# EL MISTERIOSO DUQUE

# Jo Beverley

# El Misterioso Duque

**Titania Editores**
ARGENTINA - CHILE - COLOMBIA - ESPAÑA
ESTADOS UNIDOS - MÉXICO - PERÚ - URUGUAY - VENEZUELA

Título original: *The Secret Duke*
Editor original: Signet, Published by New American Library, a division of
Penguin Group (USA) Inc., New York
Traducción: Mireia Terés Loriente


1.ª edición Junio 2012

ISBN: 978-84-92916-26-9
E-ISBN: 978-84-9944-271-6
Depósito legal: B-14899-2012


Fotocomposición: Montserrat Gómez Lao
Impreso por: Romanyà-Valls, S.A. - Verdaguer, 1 - 08786 Capellades (Barcelona)


Impreso en España - *Printed in Spain*

# Capítulo 1

*Dover, 1760*

*L*a risa podía tener mil matices, desde la alegría de un niño feliz hasta la algarabía de la locura. La risa que resonó en la noche oscura y húmeda de Dover delataba a unos hombres crueles con una víctima en sus garras.

Y eso mismo provocó que el hombre que pasaba por la calle se detuviera.

A su izquierda, el agua rompía contra el embarcadero y el viento azotaba las jarcias de los barcos. Mar adentro, las aguas revueltas agitaban un infierno de boyas. A su derecha, los faroles en la entrada de los edificios eran como esferas brillantes entre la niebla e iluminaban lo justo para que cualquier viandante no pisara los deshechos típicos de cualquier puerto: marañas de cuerdas, balas empapadas y toneles rotos que filtraban sus apestosos contenidos.

Meneó la cabeza y continuó, pero entonces volvió a oír la risa, y esta vez vino acompañada de una palabra. No la entendió, pero la voz parecía femenina.

Podía ser un tripulante joven a quien tomaban el pelo, o una prostituta bien acostumbrada a la zona. En ningún caso era asunto suyo.

Sin embargo, oyó más palabras. Pronunciadas en un tono agudo, casi autoritario. No era un jovencito. Y casi seguro que tampoco era una prostituta. Pero, ¿qué mujer decente estaría allí en una helada noche de octubre como esa?

«Maldito sea Hares.» Se había pasado dos fríos días, y sus correspondientes noches, en alta mar y ahora sólo soñaba con una buena cena y una cama caliente en The Compass, y volver a casa mañana.

Esperó y no oyó nada más.

Bueno, la conmoción ya había terminado. Sin embargo, justo entonces el sonido de las jarras de cerveza brindando le hicieron maldecir otra vez y se volvió hacia la jarana. Una de las esferas brillantes seguramente señalaba la puerta de entrada al local, pero no veía más allá.

Cuando se acercó, sólo vio dos ventanas, una a cada lado de una entrada mal agujereada con una puerta de tablones que dejaban pasar rajas de luz... y humo de tabaco, olor a cerveza, nueva y vieja, y peste humana. Era una taberna de puerto de las peores, lugar predilecto de marineros duros y trabajadores portuarios.

Una voz ordinaria dijo algo acerca de unas tetas.

La mujer no respondió.

¿Acaso no podía?

Cuando alargó la mano para abrir la puerta, vio un cartel pintado encima del marco que indicaba que aquel lugar se llamaba La Rata Negra.

—Que os ataque una plaga a todos —farfulló el capitán Rose cuando empujó la puerta de tablones con el hombro.

Estaba en lo cierto en lo del humo y la escasa luz, que dejaba el local en la penumbra. Aún así, vio lo suficiente.

Estaba lleno y, aunque casi todos los clientes estaban sentados en taburetes y bancos, bebiendo de vasos y jarras, todos se habían vuelto para contemplar el espectáculo. En una esquina, a su derecha, cinco hombres tenían arrinconada a una mujer. Quizá se la habían llevado hasta allí en cuanto había cometido el error de entrar por la puerta.

¿En qué debía de estar pensando? Incluso a primera vista, era obvio que era joven y de buena familia. El vestido de rayas marrones y crema valía una fortuna y llevaba el pelo a tirabuzones, recogido debajo de un delicado sombrero con encaje. Y sí, el balanceo debajo de la tela que le cubría el escote sugería que tenía unas buenas tetas. Uno de los captores estaba intentando apartar la delicada tela, jugando al gato y al ratón con la chica, aunque convencido de su victoria.

Ella le golpeó la mano.

El hombre se rió.

Rose miró a su alrededor en busca de aliados, pero no vio a nadie conocido.

Había otra mujer; una señora de gesto duro y de unos cuarenta años, que vigilaba el tonel de cerveza. Debía de ser la dueña o la mujer del dueño, pero no parecía tener ninguna intención de intervenir. Seguía llenando los vasos y las jarras de cerveza, y cobrando las monedas. Era él solo contra cinco, y los clientes habían empezado a darse cuenta de su llegada y a susurrar.

No era de extrañar. Destacaba tanto como ella. El traje oscuro era viejo, pero de excelente calidad. Llevaba el pelo suelto y una barba de un par de días, pero aquellos hombres sabían reconocer el rango y la autoridad.

Puede que el rango y la autoridad lo ayudaran, o quizá consiguieran que le cortaran el pescuezo. Era muy fácil lanzar el cuerpo al mar, y allí nadie había visto ni oído nada. En lugares como ése, nadie se andaba con chismes.

A lo mejor alguien lo reconocía, porque el pañuelo rojo al cuello y los pendientes de calaveras del capitán Rose estaban pensados para ser identificados, pero eso no lo protegería si lo atacaban los cinco a la vez.

De momento, no detectó reconocimiento ni hostilidad en los clientes, únicamente interés en el nuevo actor y la esperanza de disfrutar de más espectáculo gratis. Rose volvió a concentrarse en la escena de la esquina. Sí, era una dama. Lo sabía por la ropa, pero también por el porte y la ira reflejada en sus ojos. ¿Qué esperaba? ¿Que los habituales de un lugar como ese fueran caballeros?

La altivez y la voluptuosa silueta iban a conseguir que la violaran allí mismo. Incluso esos desalmados se opondrían a atormentar a una mujer asustada, pero una que presentaba tanta resistencia les llamaba la atención, y más si había acudido por su propio pie.

¿Acaso había venido buscando ese tipo de aventura? Algunas mujeres creían que los tipos duros eran excitantes, pero tendría que estar loca para caer tan bajo y, aunque se esforzaba por resultar digna, era muy joven. Quizá ni siquiera llegaba a los dieciocho. Seguro que era demasiado joven para algo tan depravado. Cuando dos de los acosadores presintieron algo y se volvieron hacia él, el capitán se preguntó si podría recurrir a la locura para liberarla.

Uno de los hombres tenía una cicatriz en la cara y era delgaducho, pero el otro era como un buey: rudo, todo músculo y con una frente ancha y dura. Sacar de allí a la chica sin verter ni una gota de sangre no iba a ser fácil, y puede que la sangre vertida fuera la suya propia. El más menudo sacó un puñal que parecía muy afilado.

Ahora ya era demasiado tarde para echarse atrás. Como con cualquier animal salvaje, sería desastroso mostrar miedo, a pesar de que el corazón le latía acelerado. Y, en realidad, no podía abandonar a aquella pobre criatura.

Avanzó y se fue abriendo camino entre las mesas.

—¡Aquí estás, desvergonzada! —rugió, con la voz que usaba para dar órdenes en pleno temporal—. ¿Qué demonios crees que haces, paseándote por aquí sola?

Ninguno de los acosadores se movió. Y tampoco la víctima, aunque lo miró fijamente. Fue entonces cuando el capitán vio que la chica estaba al límite. Tenía los ojos pálidos. Sólo esperaba que los suyos no tuvieran el mismo aspecto. «Sígueme el juego, maldita sea», pensó mientras calibraba el peligro que los rodeaba.

Seguramente, el único peligro inminente eran los dos que se habían vuelto hacia él pero, ante la menor señal de miedo, se le echarían todos encima como una manada de perros hambrientos. Llevaba un revólver en el bolsillo, pero eso sólo suponía un disparo. También tenía un puñal, pero no era tan burro como para creer que ganaría una lucha con puñales. Además, sacar cualquiera de las dos armas justo ahora sólo demostraría que tenía miedo.

Sólo conseguirían salir de esa si actuaban con naturalidad, así que pasó entre los dos hombres, agarró a la chica del brazo y dijo:

—Vamos.

De forma instintiva, ella se resistió, pero luego accedió. Seguramente parecía la actitud correcta para una mujer a la que el marido o el tutor había descubierto haciendo una travesura. Sin embargo, cuando Rose intentó dirigirse hacia la puerta, los dos hombres le bloquearon el paso.

—Tu amiguita ha venido de visita —dijo el de aspecto de buey, apretando los puños. Estaba claro que creía que eran la única arma que necesitaba, y seguramente tenía razón—. Ahora es nuestra.

—Es mi mujer —dijo, en un tono de agotamiento que esperaba que despertara la solidaridad de los hombres—. Además, está medio chalada, como podéis ver. Dejadnos ir.

—Me da igual si es tonta, siempre que tenga las tetas grandes —respondió el de la navaja, y le enseñó los dientes rotos y sucios—. Queremos verle las tetas.

«Ah, por Dios.»

—No lo creo —replicó Rose, que acercó la mano izquierda a la muñeca derecha, la giró y sacó un puñal.

Esa técnica solía impresionar a sus enemigos, porque guardaba el puñal en una funda que llevaba pegada al antebrazo, de modo que la aparición del arma parecía un truco de magia. Y en ese momento de distracción, sacó el revólver del bolsillo derecho. Era zurdo, pero bastante ambidiestro, y el revólver era pequeño y fabricado especialmente para poder manejarlo con una mano. Era demasiado pequeño para objetivos lejanos, pero bastaba para detener a un hombre de cerca.

El hombre más bajito miró las armas con los ojos entrecerrados; con cautela aunque valorando sus opciones. El buey seguía dándole vueltas a la situación y apretó los dientes, claramente anhelando poder morder a alguien.

¿Se seguirían interponiendo en su camino? Lo comprobó dando un paso al lado. Los dos tipos se movieron para bloquearle el paso.

El del puñal se dirigió a los demás:

—Venga, está solo y, a juzgar por el aspecto de esas armas, no será ningún problema. ¡Menudo puñal más ridículo! ¡A por él!

El grupo se movió aunque con indecisión.

Rose levantó el revólver y lo pegó al ojo del que empuñaba el puñal.

—Tú morirás primero.

En medio del silencio sepulcral que se produjo, desde el fondo del local, alguien habló. Era una voz de hombre mayor, pero fuerte.

—Es el capitán Rose, amigos. Yo no sé si querría enfrentarme a él.

Casi todos se volvieron hacia el hombre que había hablado, excepto los dos acosadores. El capitán Rose no les quitó la vista de encima.

—¿Rose? ¿Una flor? —se burló el del puñal—. Le arrancaré los delicados pétalos uno a uno.

Sus compañeros se rieron, aunque no parecían decididos a actuar.

—El capitán Rose de *El Cisne Negro* —añadió el señor mayor—. Le partió el brazo al último que se atrevió a amenazarlo con un puñal.

Los otros tres retrocedieron un poco. Rose no tenía ni idea de quién era ese hombre, pero le dio las gracias en silencio, aunque esperaba no tener que cumplir con la amenaza.

El capitán Rose y su barco, *El Cisne Negro*, eran muy conocidos en aquella parte de la costa sur de Inglaterra. Casi siempre, el barco zarpaba en misiones comerciales, pero a veces realizaba negocios ilícitos en el canal. Se había asegurado de que todo el mundo supiera que dichos negocios ilícitos no beneficiaban a los franceses, y más durante la reciente guerra entre los dos países. Ni siquiera la rata marina más despreciable de Kent encajaría bien que alguien favoreciera a su acérrimo enemigo.

Todo el mundo sabía que el capitán Rose de *El Cisne Negro* era un inglés leal y un buen marinero, aunque también era conocido por otras cosas. Por disfrutar de una buena pelea mano a mano y, sí, por enfrentarse a cualquiera que lo amenazara con un arma.

Pero había dos capitán Rose, y él era el otro.

Él era el duque de Ithorne, a quien sus amigos llamaban Thorn.

El otro capitán Rose era Caleb, su hermanastro.

Thorn era tan buen marinero como Caleb, o incluso más, pero no era aficionado a las discusiones inútiles y no era bueno en las peleas. Aparte de eso, Caleb y él eran prácticamente idénticos. Las pequeñas diferencias quedaban escondidas bajo una barba incipiente que, a veces, se convertía en barba frondosa. Para que el engaño fuera completo, el capitán Rose siempre iba vestido igual: una anticuada levita negra, un pañuelo rojo al cuello y un pendiente con forma de calavera y ojos de rubí.

Por lo general, la gente veía lo que quería ver, de modo que aquel exterior significaba que aquel hombre era el capitán Rose de *El Cisne Negro*.

Casi siempre, Caleb era el capitán de *El Cisne Negro* y, al ser así, su reputación iba unida a la del capitán Rose, que era conocido por ser un mujeriego sociable y un valiente luchador. Empezaba una pelea encantado, sobre todo si había estado bebiendo, y luego bebía alegremente con sus oponentes… siempre que no le hubieran amenazado con ningún arma. Para él, los puñales eran una ofensa personal y castigaba duramente al enemigo que se la mostraba. Quizá la reputación de Caleb inclinaría la balanza a su favor en este caso.

—Correcto, soy Rose, así que haced caso a ese hombre y apartaros de mi camino.

El buey arrugó la ceja.

—Sigues siendo tú solo.

—Uno de una clase puede valer más que uno de otra.

El buey se lo quedó mirando, desconcertado.

Otro hombre que estaba sentado cerca de ellos dijo:

—He oído hablar del capitán Rose, pero no sabía que estaba casado.

—Bueno, no es una unión bendecida por la iglesia —admitió Thorn.

Entre risas, uno de los acosadores gruñó:

—Pues para ese tipo de jueguecito, yo la preferiría más dulce.

—A lo mejor a mí me gusta que tenga carácter —replicó Thorn.

—¿Es así en la cama, también?

—Es increíble. —Lo dijo simplemente para molestar a los hombres que la tenían retenida, pero enseguida reconoció su error. Aquel comentario despertó un interés renovado en todo el local.

Un vaso voló por los aires, salpicando cerveza, y golpeó en la cabeza del tipo de la navaja. El hombre gritó, se llevó la mano a la cabeza, se tambaleó y cayó de rodillas al suelo.

—Eh, ese era mi vaso —protestó alguien, aunque sin demasiado entusiasmo.

Thorn empezó a maldecir. La conversación había sido una distracción, y había caído en la trampa. Por suerte, ella no. Retrocedió hasta que estuvo a su lado otra vez.

—Buena puntería, señora.

—Gracias, señor —respondió ella, muy tensa—. Pero no tengo más munición a mano.

Thorn le dio el revólver.

—Está cargado, así que tenga cuidado.

Ella lo aceptó, aunque lo manejaba como si fuera la primera vez que tuviera uno entre las manos.

—Apunte hacia arriba —dijo él, enseguida—. No queremos matar a nadie. Al menos, no de forma accidental —añadió, deliberadamente.

Por fin los acosadores retrocedieron. Obviamente, la visión de un revólver en manos de una mujer aterraba más que la del mismo en manos de un hombre, y más si la mujer en cuestión no sabía qué hacer con el arma.

Thorn tuvo que reprimir una carcajada y rezó para que la chica no le disparara a nadie por accidente, y menos a él. Aunque quizá aquello había hecho girar el viento a su favor. El tipo del puñal seguía atontado. Le había dado un buen golpe. Y el buey parecía realmente bovino sin su compañero.

Thorn metió la mano en el bolsillo de los pantalones para sacar unas monedas. ¿Cuál sería la recompensa justa en aquella situación? No quería despertar la avaricia de los clientes, aunque sí ofrecer lo suficiente para poder salir del local sin problemas. Sacó una moneda de plata de seis peniques y se la lanzó al hombre que se había quedado sin cerveza.

—¡Gracias, señor! —exclamó el hombre, con una sonrisa sin dientes.

Thorn sacó una corona y se la enseñó a otro de los matones.

—¿Para el rescate?

El hombre dudó unos segundos, y luego aceptó la moneda de cinco chelines.

—¡Perfecto, capitán! Supongo que ha valido la pena por ver ese lanzamiento perfecto. Aunque yo le quitaría el revólver, y deprisa.

—Un buen consejo.

Recuperó el arma de las manos temblorosas de la chica y puso el seguro, pero no la guardó. El local seguía lleno y Thorn no estaba seguro del ánimo de los presentes. Podían arrinconarlos, tirarlos al suelo y matarlos antes de que llegaran a la puerta. Podían hacerlo simplemente por dinero. Las mujeres eran baratas, pero las monedas de plata no se veían con frecuencia.

¿Estaba pensando demasiado y asumiendo mucho riesgo, como solían decirle sus amigos? ¿Cómo podía alguien no pensar en una situación como esta? Sin embargo, pensar no los estaba sacando de aquel entuerto y el tipo del puñal empezaba a recuperarse. Las caras que lo rodeaban eran misteriosas y perfectamente podían esconder un interés macabro en el contenido de su bolsillo...

Pero entonces empezaron a repicar las campanas de la iglesia.

Todo el mundo se puso alerta. Era demasiado tarde para un servicio religioso.

—¿Los franceses? —farfulló alguien, y otros se preguntaron lo mismo.

Varios hombres retiraron taburetes y bancos y se levantaron. Algunos incluso los tiraron al suelo con las prisas. Desde tiempos inmemoriales, las campanas de las iglesias habían avisado a los hombres de la costa de Kent para acudir a los embarcaderos y repeler las invasiones francesas. Y a pesar del reciente tratado de paz, nadie de por aquí, a escasos veinte kilómetros de Calais, se fiaba de los franceses.

A Thorn le parecía que era más una señal de duelo que una alarma por invasión pero, ¿por qué doblaban las campanas en señal de duelo tan tarde?

Y justo entonces, alguien entró en el local y gritó:

—¡El rey ha muerto! ¡Jorge II ha muerto! Le ha dado un ataque esta mañana. Está frío como el hielo.

«Santo Dios.»

Sin embargo, era su oportunidad.

—¡Pues que Dios salve al nuevo rey! —exclamó—. La cerveza corre a mi cuenta. Bebed, hombres, bebed y brindad por el joven Jorge III.

Cuando todos se dirigieron hacia la barra, volvió a agarrar a la chica por el brazo. Cuando ella se resistió, él le espetó:

—¡No sea estúpida!

—¡Mi capa! —jadeó ella.

Thorn vio la prenda arrugada en el suelo y dejó que la recogiera y se la colocara alrededor de los hombros, antes de tomarla por la cintura y dirigirse hacia la puerta en medio del caos que reinaba en La Rata.

Allí se encontró con un hombre de mirada dura y con la mano extendida. Era el dueño de la taberna. No había tiempo para entretenerse. Thorn sacó media guinea de su bolsillo secreto y se la dio. El hombre sonrió y asintió con la cabeza.

—Gracias, señor. Y que Dios bendiga al nuevo rey. Será muy extraño tener a uno nuevo.

—Mucho. —Thorn miró a su alrededor buscando al hombre que le había ayudado revelando su identidad y recibió un guiño de ojo de un hombre mayor que estaba sentado en un rincón, fumando tranquilamente de su pipa. Se arriesgó a acercarse y le entregó una guinea.

El hombre se la guardó en el bolsillo y asintió con dignidad.

—¡Que Dios le bendiga, señor!

—Y a usted también.

Y entonces sacó a la chica de allí. Corrieron por el embarcadero hasta que desaparecieron en la oscura niebla. Thorn dio las gracias por el gentío que empezaba a abarrotar las calles. Cuando había entrado en la Rata, aquella zona estaba casi desierta, pero ahora la gente salía de las casas y acudía desde otras partes de la ciudad para celebrar juntos la noticia.

El peligro inminente había pasado pero, ¿qué diantres se suponía que tenía que hacer con esa mujer? Y especialmente ahora, en un momento tan extraordinario.

El viejo rey había reinado durante treinta y tres años, tanto como alcanzaba la memoria de mucha gente, incluido él mismo. El hijo mayor del rey, Federico, había muerto hacía unos años, de modo que el heredero al trono era el pobre hijo de Federico, Jorge, un hombre más joven que el propio Thorn y bajo la tutela de su madre y de su tutor noble, el conde de Bute.

La amenaza de caos se cernía sobre Londres y tenía que regresar a toda prisa, pero tenía un peso inquieto y testarudo en la espalda. La chica se había tapado con la capa y se había protegido del frío con la capucha, de modo que Thorn no pudo verle la cara hasta que ella lo miró.

En un tono plano, la chica dijo:

—Ahora va a abandonarme.

«Una súplica te funcionaría mejor, jovencita.» Sin embargo, no parecía de las que suplicaban, ni a los granujas violentos ni a los rescatadores impacientes. Él admiraba esa cualidad.

¿O acaso sus palabras eran un ejemplo de astucia que complicaba todavía más las cosas? A Thorn no le gustaba que lo manipularan y le ofendió que ella creyera que abandonaría a una joven en aquella zona, y menos en una noche como esa.

—Será mejor que venga a mi hostería —dijo él, con brevedad—. No está lejos y allí podremos solucionar su problema.

—Dudo que le sea tan fácil.

—¿Prefiere que no lo intente? Pues márchese.

Notó que la chica se tensaba.

—No, lo siento. Es que es... complicado.

—No lo dudo. —La rodeó con el brazo por los hombros para guiarla entre el gentío. Por un momento, ella se resistió, pero luego entró en razón. El ambiente estaba muy animado. Estaba claro que celebrar la llegada del nuevo rey era preferible a llorar al antiguo, pero la celebración implicaba bebida, mucha bebida, de modo que aquello podía convertirse en un gran disturbio—. ¿Qué hacía en La Rata?

—¿Se llama así? Muy apropiado.

—¿Y bien? —insistió él.

—Yo... —Pero entonces se volvió, lo abrazó y se pegó a él. De forma instintiva, él la abrazó, pero enseguida la agarró por las muñecas para apartarla. Maldición, ¿era un nuevo método para comprometerlo y obligarlo a casarse?

—No —susurró ella, desesperada y aferrándose a su abrigo—. ¡Por favor!

«Santo Dios.» Había oído hablar de mujeres que se habían vuelto locas de deseo promiscuo. ¿Sería este un caso? ¿Era eso lo que la había traído al embarcadero? Thorn no podía negar que le había despertado la curiosidad, así que le besó los labios abiertos.

Ella se quedó inmóvil y cerró los labios con fuerza.

Vaya, pues no se había vuelto loca de deseo promiscuo. Y ni siquiera fingía entusiasmo ante la esperanza de haber despertado su interés. Aquello dejaba solo una explicación.

—¿De quién se esconde? —susurró.

Ella se relajó un poco.

—De dos hombres que se acercan por la calle.

El roce de sus labios contra los de Thorn resultó sorprendentemente seductor aunque, al parecer, no para ella. Thorn se dio cuenta de que la chica no estaba en absoluto interesada en él.

Menuda novedad.

# Capítulo 2

*F*ingiendo que se besaban, Thorn giró sin soltar a su pareja y miró a su alrededor.

Entre tanta gente, sería casi imposible localizar el problema de la chica, pero los dos hombres destacaban sobre el resto porque iban sobrios y avanzaban con determinación. Se abrían paso entre la gente sin una impaciencia evidente, pero con firmeza. Uno llevaba capa, el otro no, y ambos llevaban tricornios. Podían ser desde criados a nobles.

Sin soltar a la chica y con los labios pegados a los suyos, le preguntó:

—¿Quién tiene malas intenciones, usted o ellos?

Ella se tensó.

—Ellos, por supuesto.

—¿No son emisarios de su familia que sólo pretenden devolverla a casa?

—Para nada.

—Sería un error tomarme el pelo.

Casi gruñendo, ella replicó:

—Ojalá pudiera decirle que se fuera al infierno, y que se llevara a esos dos con usted.

Thorn se rió. No pudo evitarlo.

—Pues parece que son ellos o yo, querida. ¿No le parece mejor quedarse con el diablo que no conoce?

Ella tomó aire de forma sonora, pero asintió y bruscamente soltó:

—Está bien.

Él volvió a reírse. Maldita sea, cómo le gustaba esa chica, aunque sólo fuera por la franca aceptación de lo inevitable. Sin embargo, seguramente su naturaleza poco femenina la había metido en esa situación y podía fácilmente empeorar las cosas. Fuera quien fuera, y pasara lo que pasara, debería haberse quedado en casa, a salvo.

Siguieron avanzando, pero Thorn no quitó la vista de encima de los dos hombres. Uno entró en una taberna mientras el otro esperaba fuera, observando a la gente. Thorn se arrepintió mucho de ser alto porque, por mucho que se esforzara por mezclarse con el gentío de camino a la hostería, seguro que la chica y él llamaban la atención. Sin embargo, los hombres buscaban a una chica sola y bien vestida. Había sido buena idea taparse el frívolo sombrero con la capucha de la capa.

Pero entonces se dio cuenta de que quizá sólo llamaban la atención por estar sobrios y avanzar con determinación, igual que los cazadores.

Cuando un marinero borracho chocó contra ellos y los hizo tambalearse, Thorn aprovechó para quitarle la jarra de cerveza. El marinero se quedó mirando su mano vacía con la mirada enfurecida y luego cayó redondo encima de un montón de cuerdas. Thorn empezó a agitar la jarra, a hacer eses y se unió a la cancioncilla subida de tono que los transeúntes cantaban.

—¿Qué está haciendo? —protestó ella.

—Me camuflo. Finja que está bebida, como todo el mundo.

—Yo...

Alguien por ahí cerca entonó las primeras notas de la recientemente popular «Dios salve al rey»:

«*Dios salve a nuestro gentil rey.*
*Larga vida a nuestro noble rey.*
*Dios salve al rey.*»

Thorn se unió a la melodía, lo más desentonado que pudo, y agitó los brazos y se tambaleó. De repente, su compañera empezó a tambalearse y a cantar con ellos, en un tono muy nasal. Thorn se rió y se volvió hacia ella para darle un beso de verdad, acariciándole la lengua.

Ella echó la cabeza hacia atrás.

—Borracha, ¿recuerda? —dijo él, sonriendo.

—No estoy borracha —le replicó ella, aunque se seguía tambaleando como si lo estuviera—. Señor, yo jamás lo he estado.

—Pobrecita. Qué vida tan aburrida.

—Algunos sabemos divertirnos sin necesidad de emborracharnos.

—Pues ya me dirá cómo —respondió él, mientras veía cómo los dos hombres se reunían y se acercaban para seguir buscándola—. Pero, de momento, ría.

—¿Que ría?

Él se le acercó y le mordisqueó la oreja.

Ella gritó, aunque luego consiguió convertir el grito en la exclamación de una auténtica mujer ebria. Y también le dio una patada en la pantorrilla. Thorn no llevaba botas y los zapatos de la chica eran rígidos, de modo que esta vez se tambaleó de veras aunque, como no la soltó, estuvieron a punto de caer al suelo.

Cuando la chica recuperó el equilibrio, él le dio un cachete en las nalgas. Ella se volvió hacia él.

—Será…

Por suerte, la ira la hacía parecer la mujer de un pescador, aunque se habían convertido en el centro de atención, con mujeres y hombres arremolinados a su alrededor animando a uno o a la otra. Thorn se dijo que lo había echado todo a perder, pero entonces vio que los dos hombres restaban importancia al altercado y seguían caminando.

Se volvió… y se encontró con un cachete. No fue fuerte, así que se limitó a menear la cabeza, agarrarla por la muñeca y llevársela.

—Ya me encargaré de ti en casa, querida —anunció, en voz alta.

La multitud los animó, pero luego volvieron a sus bebidas y sus canciones y Thorn y la chica enseguida pudieron seguir libremente con su camino. Él los escondió en todas las sombras que se iban encontrando en el camino y luego tomó un estrecho callejón que los llevaría hasta la hostería Compass.

—Por ahora, estamos a salvo —le dijo a la chica—. Pero pronto llegarán a La Rata y se enterarán de toda la historia.

Ella seguía furiosa, porque desprendía ira como si fuera calor corporal, pero dijo:

—Pues descubrirán que estoy con el capitán Rose.

—Buena chica —respondió él, impresionado por la velocidad con la que lo estaba digiriendo todo e irritado por ir un paso por detrás de ella—. Y seguro que alguien sabrá dónde se hospeda el capitán Rose siempre que está en la ciudad.

Ella retrocedió.

—¡Tenemos que marcharnos!

Él la empujó hacia la hostería.

—Mi caballo y mis demás posesiones están en el Compass, pero podemos estar lejos de Dover en un cuarto de hora, y entonces podrá explicarme todo esto. Ya hemos llegado.

Había un par de mozos en el patio, uno paseando a un caballo cansado y el otro con un cubo de agua. Conocían al capitán, pero les sorprendió que llegara por la parte de atrás, y más con una mujer.

—¿Puedo ayudarle, capitán? —preguntó el mozo que llevaba el cubo.

—Sí, la noticia sobre la muerte del rey ha alterado mis planes. Voy a necesitar mi caballo y una almohadilla para sentar a la señora.

—Sí, señor —respondió el chico, aunque miró fijamente a la señora en cuestión.

Thorn también la miró, pero seguía con el rostro oculto debajo de la capucha. ¿Acaso era de Dover y tenía miedo de que la reconocieran? ¿O era una ladrona famosa, o incluso una de esas mujeres que convencen a jovencitas inocentes para llevarlas a los burdeles?

No podía creerlo. Era demasiado joven y, aunque era lista, no parecía malvada ni malintencionada.

—Sólo serán unos minutos —le dijo—. ¿Quiere comer o beber algo antes de marcharnos?

—No, gracias. —Pero luego, añadió—. ¿Dónde piensa llevarme?

Intentó que sonara firme, pero el miedo hizo que le temblara la voz. Si tuviera que decidir él, diría que era una joven de buena familia que se había visto implicada en un buen lío, lo que suponía un problema de grandes proporciones. Tenía que viajar a Londres enseguida, pero aceptó lo inevitable.

—Siempre que sea razonable, la llevaré donde me diga.

—Cerca de Maidstone.

—Está bastante lejos.

—Sí.

—¿Y cómo ha llegado hasta aquí?

—En carruaje.

Thorn tenía la sensación de que podían pasarse toda la noche jugando a las preguntas y las respuestas y, en realidad, no quería saber más de lo necesario para quitársela de encima de un modo que su conciencia aceptara.

Pues a Maidstone. Quedaba de camino a Londres pero, si hubiera viajado solo, habría hecho una parada en su casa para cambiarse de ropa y viajar en su carruaje, donde podría aprovechar para dormir un poco.

—¿No puede ser otro lugar más cerca? —le preguntó.

—No.

—Si viajamos toda la noche, no llegaremos a Maidstone hasta la mañana, y más con un solo caballo. Si a estas alturas, nadie la ha echado de menos, mañana lo harán.

—Sí.

Thorn quería impresionarla y los temores sobre un plan para obligarlo a casarse volvieron a aparecer pero, ¿cómo habría podido montar esa joven la escena de La Rata por si daba la causalidad de que él pasaba por la puerta y decidía entrar a rescatarla?

Sin embargo, si más adelante descubría su auténtica identidad, quizá sí que quisiera aprovecharse. Si viajaban toda la noche, quizá decidiera explicar qué la había comprometido. No obstante, no podía abandonarla y tardaría mucho tiempo en contratar un carruaje y una doncella para que hiciera de carabina. Además, seguir el rastro de un carruaje sería un juego de niños.

Maldición, tenía hambre. Tenía planeado estar ya cenando a esas horas.

De los establos salió un chico empujando una carretilla de heno sucio. Thorn le dijo:

—Chico, entra a buscar mis cosas y dile a Green que pasaremos cuentas otro día. Y tráeme un poco de comida y bebida. No sé, una tarta y una cerveza. Y deprisa.

—¡Sí, capitán! —El chico salió corriendo.

—¿De verdad es capitán? —preguntó la chica.

—Sí.

—¿De qué?

—De un barco, *El Cisne Negro*. ¿Cómo se llama?

Ella dudó lo suficiente para que él supiera que pensaba mentirle.

—Perséfone —dijo.

—¿Secuestrada del infierno? ¿No quiere compartir mi comida por miedo a verse atrapada conmigo seis meses al año?

La respuesta de la chica fue un silencio sepulcral.

Thorn reflexionó sobre las implicaciones del nombre Perséfone, secuestrada por Hades, señor del Infierno. A pesar de que las versiones modernas de la historia evitaban pronunciarse sobre ese episodio, supuestamente Hades la había violado. ¿Acaso esta chica había sufrido el mismo destino?

Desestimó la idea. Parecía claro que su desgracia era reciente y breve. Si la hubieran utilizado de forma vil, mostraría alguna señal.

—Un poco de gratitud vendría bien —comentó él.

—Se lo agradezco. Y se lo agradeceré mucho más si resulta ser honesto.

—El hombre del bar tenía razón. No se la puede acusar de ser melosa, la verdad. Si esos dos hombres no persiguen sus dulces encantos, ¿por qué van detrás de usted?

Ella volvió la cabeza y se convirtió en un misterio encapuchado.

—Porque me he escapado de ellos.

—¿La tenían prisionera?

—Sí.

—¿Por qué?

—No lo sé.

—Venga, tiene que saberlo. ¿Es una rica heredera?

—No.

—¿Y no se ha fugado de la cárcel?

—No.

—¿De modo que la sacaron de su casa siendo usted inocente de cualquier pecado?

La respuesta de la chica fue otro silencio.

Tenía tras ellos dos hombres decididos a encontrarla. Si se presentaban en la hostería, seguramente los mozos se pondrían de su lado a la hora de un enfrentamiento, pero Thorn quería evitar la violencia a toda costa. Era un hombre sano y activo que se había involucrado en algunas pruebas peligrosas en alta mar, pero era inexperto en aquel desconocido terreno del caballero errante y, con la reputación de una joven de buena familia en juego, lo mejor era no arriesgarse demasiado.

—¿Cuántos años tiene? —le preguntó.

—Muchos más que hace unos días.

Una respuesta interesante que sugería un desastre auténticamente drástico, pero por fin llegaron el mozo con su caballo y el chico con la comida. Tras ellos, apareció otro chico tambaleándose bajo el peso de las alforjas. Además de la ropa, llevaba las pistolas y un par de libros. Dijo que le colocaran las alforjas en el caballo y aceptó la cesta con pastas y cerveza. Dio un penique a cada chico.

—Y si aparece cualquier extraño, no sabéis qué estoy haciendo ni dónde estoy —les dijo.

—¡Sí, capitán!

Se volvió hacia la silueta encapuchada.

—Imagino que no puedo tentarla con un poco de tarta, ¿verdad?

—No, gracias.

Él se encogió de hombros y dio un buen bocado a la tarta de carne e hígado mientras se dirigía hacia el mozo de establo para darle las mismas instrucciones y entregarle una moneda.

—¿Me da un poco de cerveza?

Thorn se volvió y vio que la chica lo había seguido. Le dio la jarra. Ella sorbió, como solían hacer las mujeres, pero varias veces.

—¿Piensa explicarme su situación? —le preguntó.

—Si puedo evitarlo, no.

—¿No cree que merezco saberla?

—No.

—¿No me vendría bien saberla, para poder ayudarla? —insistió, apretando los dientes.

—No veo que eso vaya a cambiar nada.

—Por ejemplo: ¿Esos dos hombres esperan que vaya a Maidstone?

Creía que ahí ganaría, pero ella se limitó a responder un «No» tan tranquilo que seguro que ya había pensado en aquella posibilidad. Podía tener muchos defectos, pero era inteligente.

Antes de poder decir nada más, oyó un ruido e, instantáneamente, supo qué era: pasos en el callejón de atrás de la hostería que los viandantes no solían tomar.

Thorn ladeó la cabeza hacia los establos. Ella estaba frente a él, con la espalda pegada a la puerta de madera. Él fue hasta allí y rezó para que los mozos supieran qué hacer.

—¡Eh, tú!

—¿Sí, señor? —respondió el chico en un tono sorprendido bastante veraz.

—Estoy buscando a un tal capitán Rose. ¿Lo conoces? —Era la voz de un caballero, aunque perfectamente podía no serlo.

—¿Al capitán Rose, señor? —Dijo el mozo, muy despacio—. Por aquí todo el mundo conoce al capitán Rose.

—¿Y está aquí?

—¿Aquí? No señor.

Thorn sonrió. Todo iba a salir bien. Miró a su damisela en apuros y se calmó. La capa le había resbalado e, incluso en la penumbra, vio que tenía la mirada fija al frente, tensa y aterrada. Su perfil sugería que, en mejores circunstancia, podía llegar a ser guapa.

—Me refiero a si está por aquí —gruñó la voz masculina.

Un hombre peligroso y quizá desesperado. Thorn deseó tener a mano una de sus pistolas grandes, pero estaban en las alforjas.

—Se hospeda aquí seguro, señor —respondió el mozo—. Siempre lo hace. Pero, seguramente, estará en su barco.

—¿Qué barco?

—*El Cisne Negro*, señor. Anclado en alta mar, probablemente.

—¿De modo que no lo has visto?

Thorn se tensó, porque no sabía si el chico mentiría abiertamente.

—No, señor.

Seguro que el chico esperaba recibir una guinea a cambio de la mentira, y así sería.

Pero entonces, el hombre preguntó:

—¿De quién es ese caballo?

Al cabo de un segundo, el mozo contestó:

—Del coronel Truscott, aunque no sé por qué quiere saberlo. Y será mejor que lo guarde, puesto que el coronel todavía no ha llegado. El pobre se pone nervioso.

El ruido de los cascos indicaba que el animal se estaba moviendo. El hombre volvió a hablar, presumiblemente con su compañero.

—Entra y pregunta por Rose. Y por este tal Truscott. Es una lástima tener al animal aquí fuera esperando.

«Maldición.» Se olía que lo habían engañado.

Thorn sacó el puñal y corrió el riesgo de tocar a la mujer. Ella se sorprendió, pero no hizo ningún ruido. Tenía los ojos teñidos de miedo. Él levantó el puñal para que lo viera y luego le colocó la empuñadura en la mano. Sólo Dios sabía si sabría utilizarlo, pero ya era algo.

Él sacó el revólver, pero no quitó el seguro, todavía. El ruido alertaría al hombre. Ya era demasiado tarde para descubrir que deberían haber entrado en el establo, donde tendrían alguna posibilidad de esconderse.

Sin embargo, entonces se dio cuenta de que en el patio sólo había un hombre.

Seguramente, podía acercarse y matarlo.

Aunque sabía que no podía. No a sangre fría y sin estar seguro del daño que había hecho. Ni siquiera a sangre fría aún sabiéndolo. Si lo amenazaba con el revólver y el tipo no se amilanaba, Thorn no estaba seguro de si podría dispararle.

Maldita sea la indecisión.

Pero entonces el hombre de la capa se volvió para entrar en la hostería.

Miró al frente antes de mirar hacia el lado, dando a Thorn un segundo para prepararse. Cuando sus miradas se encontraron, Thorn ya le estaba apuntando a la cabeza.

—Al suelo —dijo, al tiempo que quitaba el seguro—. Bocabajo.

Era un hombre corpulento y de unos cuarenta años. El farol que colgaba junto a la puerta lo iluminó lo suficiente para revelar una boca firme y una mandíbula fuerte. Después de un momento de duda, obedeció.

Pero, ¿y ahora, qué? Tenía que evitar que ninguno de los dos los siguieran, y el otro volvería enseguida. Entonces, Perséfone agarró una tira de cuero que estaba colgada en los establos.

—Ponga las manos a la espalda —ordenó.

—Esto no saldrá bien —gruñó el hombre, aunque luego tosió. Seguramente, se le había metido forraje en la garganta.

—Hágalo, o le clavo este puñal.

Thorn la creyó, y quizá el tipo también. Colocó las manos a la espalda y ella lo ató. No parecía un gran nudo, pero resistiría lo suficiente.

—¿Coxy? —La voz nasal indicaba que el otro había vuelto—. ¿Dónde está mi amigo?

—No lo sé, señor —respondió el mozo—. Estaba guardando el caballo.

—¡Estoy aquí! —gritó el que estaba en el suelo—. ¡Pero ten cuidado!

—Debería haber alterado el orden de las respuestas —dijo Thorn, haciendo un esfuerzo por contener la risa ante lo absurdo de todo aquello, porque el segundo hombre había salido al patio y se había encontrado de frente con el revólver. Era más joven y bastante apuesto, pero su expresión se había vuelto despiadada.

—Únete a tu amigo.

Con una ira parecida, obedeció.

—A tus obligaciones de nudos, amiguita —dijo el capitán Rose, alegremente.

Con una mirada gélida, ella respondió:

—¿Por qué no me entrega el revólver? Seguro que un capitán de barco sabe más de nudos que yo.

—Cierto. —Le entregó el revólver con mucho cuidado. Al menos, no apretó el gatillo de inmediato. Había varios caballos inocentes en peligro.

Encontró un trozo de cuerda fina y ató al villano número dos. Luego, desató y volvió a atar a Coxy, con la esperanza de que la chica apreciara su pericia con los nudos.

Al final, se levantó y se volvió para recibir las oportunas felicitaciones.

Pero ella no estaba.

¿Se la había llevado un tercer villano?

Pero entonces, oyó los cascos de un caballo.

Salió corriendo, pero sólo atisbó a ver la cola de su montura que desaparecía a toda velocidad por el callejón. Maldijo un buen rato y con ganas.

—¿Por qué diablos has dejado que se llevara mi caballo? —le preguntó al mozo.

El chico retrocedió.

—Me ha dicho que le había pedido que fuera a buscar ayuda, capitán. Me ha parecido bastante creíble, y le ruego que me disculpe.

—Tráeme otro. El que sea.

El chico se dió prisa, pero Thorn no pudo montar hasta cinco minutos después.

—¿Qué hago con esos hombres, capitán? —preguntó el mozo, nervioso, señalando hacia el establo.

—Desátalos dentro de unos minutos, pero no les des ningún caballo. Si te suponen algún problema, di a todo el mundo que están intentando secuestrar a la hermana de un noble y que merecen ser colgados.

Incluso puede que fuera verdad.

—Y asegúrate de decirles que si el capitán Rose se entera de que vuelven a molestar a la señorita, pueden considerarse hombres muertos.

Seguro que los dos hombres atados lo habían oído. Esa chica no se merecía su protección, pero él tenía el deber de ofrecérsela.

Se planteó cabalgar a toda velocidad por la carretera de Londres, pero sospechaba que aquella astuta chica no tomaría el camino directo. Además, seguramente, nunca quiso ir a Maidstone. Hizo algunas averiguaciones por las inmediaciones. Una mujer a caballo sola en la noche destacaría.

Sin embargo, los que no estaban celebrando el nuevo reinado estaban en la cama, de modo que sólo consiguió dos pistas, y ninguna de ellas lo condujo hasta la chica. Sospechaba que eran mentiras deliberadas. Maldita sea, no se saldría con la suya. Todavía no había terminado con ella. Además, ¿cómo pretendía sobrevivir sola en la noche a lomos de un caballo robado?

Sin embargo, se había retrasado lo máximo posible. Volvió el caballo en dirección a Ithorne enfadado, preocupado pero, al mismo tiempo, admirado. Una mujer tan decidida lo intrigaba y quería conocer su historia.

Pero el rey estaba muerto.

Larga vida al nuevo rey, y él tenía que estar en Londres para aprovechar la ocasión.

El nuevo rey era joven e indeciso, y seguro que los miembros de la corte ya estaban tomando posiciones para ejercer su influencia. El marqués de Rothgar, por ejemplo, había estado formando al joven durante años, interpretando el papel de respetuoso mentor en lugar del de padre o tutor. El «Marqués Oscuro» tenía fama de ser omnisciente. Era como si, de alguna forma, hubiera sabido que aquel día llegaría inesperadamente pronto.

Pero él y sus semejantes no tendrían el camino fácil.

Necesitaba un afeitado y ropa elegante, y partir hacia Londres a toda velocidad.

El duque de Ithorne tenía rango y poder sobre casi todo el mundo, y debía estar en la corte para ejercerlo en ese momento crucial.

# Capítulo 3

*Carscourt, Oxfordshire, abril de 1764*

—¡Un carruaje! ¿Me pregunto quién será?

Bella Barstowe ignoró las especulaciones de su hermana. Estaba claro que Lucinda no esperaba que le respondiera y la visita no sería para Bella. En Carscourt, nunca nada era para la penitente pecadora excepto la peor de las camas y la comida más horrible. Sin embargo, el aburrimiento hacía que incluso las cosas más pequeñas fueran interesantes y, mientras seguía bordando una violeta en la esquina del pañuelo, prestó atención a cualquier indicio de quién podía ser.

¿Un vecino? No, Lucinda ya estaba pegada a la ventana y habría reconocido el carruaje de los vecinos.

¿Un invitado? No se había preparado nada en la casa, y ahora que los únicos habitantes eran Lucinda y el hermano de ambas, sir Augustus, las visitas no eran frecuentes. Lucinda era estúpida y avinagrada, y Augustus era un mojigato santurrón que casi siempre estaba fuera por negocios de varias clases.

En cuanto a Bella, era la oveja negra de la familia, y si su hermano hubiera podido encerrarla en un convento a su edad, lo habría hecho. Pero, dadas las circunstancia, estaba recluida en Carscourt sin derecho ni a un penique. Había pensado en robar para huir, lo había pensado muchas veces, pero estaba segura de que primero su padre y ahora Augustus estarían encantados de verla sentada frente a un juez y encarcelada, incluso colgada.

Bella se mordió el labio para reprimir las lágrimas. No había pretendido el amor de su padre, pero esperaba un poco de justicia, o incluso piedad, hasta el día que murió.

En cuanto a su hermano, le importaba un bledo si Augustus la quería o si sentía simpatía por ella. Ella lo detestaba y lo había hecho toda la vida. Sin embargo, la frialdad de su hermano rozaba el odio, y Bella no tenía ni idea de por qué. Sólo se le ocurría que la mancha en su virtud oscurecía su impecable reputación.

Él, igual que todo el mundo, creía que había huido con un hombre hacía cuatro años y que luego, al verse arruinada y abandonada, tuvo que regresar a casa. Y luego Bella empeoró su situación cuando rechazó el marido que le buscaron a toda prisa.

Aquello era motivo para enfadarse. Motivo para disgustarse, especialmente para alguien que valoraba tanto la virtud y el decoro.

Pero, ¿para odiar?

Cuatro años atrás, había creído que su encarcelamiento sería un castigo temporal, que aunque su familia no la creyera merecedora de una vida normal, se acabarían cansando de ser sus carceleros. Sin embargo, las condiciones de su encarcelamiento se habían endureciendo con el paso del tiempo.

Su padre no sólo la había dejado sin dinero sino que, además, le había prohibido encargar nada sin su permiso. Se suponía que tenía que suplicar vestidos y corsés nuevos, e incluso zapatos y guantes. Antes del secuestro, adoraba la ropa de moda, y su familia esperaba que se arrastrara, pero había desarrollado un nuevo espíritu que no tenía antes del secuestro y que le impedía suplicar.

Había aprendido a remendar y zurcir su ropa, y a fingir estar feliz con el resultado. En cuanto a los zapatos y los guantes, como nunca iba a ningún sitio, daba igual.

Al cabo de un tiempo, ese mismo espíritu terco insistió en que, si tenía que remendarse la ropa, aprendería a hacerlo bien. Del remiendo pasó a la reparación, y luego empezó a mejorar los modelos con encajes y bordados. En lugar de suplicar material, había recurrido a la ropa vieja. Los desvanes de Carscourt estaban llenos de objetos abandonados desde hacía más de un siglo, desde muebles a ropa. Desempolvó material e hilos, y a menudo descubría cuentas, galones y encajes.

Su familia se regodeó en aquellos esfuerzos, de modo que Bella había ocultado lo mucho que disfrutaba redescubriendo tesoros y su ingenuidad. La preciosa y frívola Bella Barstowe, la más coqueta de Oxfordshire, jamás disfrutaría con aquellas tareas tan humildes y tediosas.

Sin embargo, Augustus lo había descubierto. Y cuando se convirtió en el cabeza de familia, hizo que vaciaran la casa de lo que él llamaba «basura» y cerró el resto bajo llave. El último año, Bella había sido tan miserable que incluso había satisfecho a la pervertida alma de su hermano.

—Oigo voces —dijo Lucinda, mientras corría hacia el espejo para comprobar que llevaba bien puesto el sombrero—. ¡Augustus ha traído a alguien!

¿Acaso imaginaba que la visita podía ser un pretendiente? A los veintiséis años, Lucinda ya había perdido toda esperanza de casarse, pero allí estaba igualmente, con los ojos brillantes y sonrojada.

Bella deseaba con todas sus fuerzas que Lucinda se casara. Aquello provocaría un cambio en su situación, porque no podía quedarse allí sola. Sería una jugada peligrosa pero, a esas alturas, las puertas del infierno serían bastante tentadoras, aunque sólo fuera porque la llevarían lejos de Carscourt.

La puerta se abrió y Augustus entró con un caballero fornido y con capa. Cerró la puerta enseguida. Era abril, pero todavía hacía frío en la mayoría de habitaciones, las que no tenían chimenea.

La de Bella, por supuesto, era de éstas últimas. Siguiendo las instrucciones de Augustus, Bella no había gozado de una chimenea encendida en su habitación ni siquiera en lo más crudo del invierno. Había estado tentada de empezar a quemar los muebles.

Henry, el primer lacayo, entró tras ellos. Ayudó al caballero a quitarse la gruesa bufanda que llevaba y la capa, revelando a un cordial caballero de pelo canoso con la punta de la nariz enrojecida. Mientras Henry se llevaba sus pertenencias, el caballero sacó un pañuelo y se sonó.

Lucinda se había levantado, emocionada, pero Bella seguía sentada.

—¡Levántate, Isabella! —ordenó Augustus.

Alguien de su pía reputación debería ser flaco pero Augustus, a pesar de no ser gordo, siempre estaba ligeramente rellenito, y tenía una boca tan pequeña que, cuando la arrugaba porque había algo que le disgustaba sobremanera, parecía la abertura de un bolso cerrada.

Cuando Bella se levantó, añadió:

—Le ruego que la disculpe, señor Clatterford, pero ya ve que no es precisamente como nos hubiera gustado.

Bella hizo un esfuerzo por mantener un gesto impasible mientras sopesaba un nuevo e inesperado peligro. ¿Era ese tal Clatterford un médico que había venido a pincharla y desangrarla? Es lo que había sucedido hacía cuatro años, cuando Bella se había negado a esconder su vergonzoso acto casándose con Thoroughgood, pero el doctor Symons era un hombre de pueblo y no había querido sobrepasarse a la hora de «recuperarla» y se había negado a declararla loca. También la habían amenazado con eso para intentar forzarla a aceptar aquel terrible matrimonio.

En su rabia de airada inocencia, y todavía creyendo que el futuro sería mejor, se había negado una y mil veces. A medida que los años habían ido pasando, a menudo había pensado que incluso el matrimonio con un hombre basto de dudosa reputación hubiera sido preferible a aquella negación interminable. Al fin y al cabo, un marido podía morir.

El invitado la estaba mirando con calidez aunque, ¿podía fiarse de él?

¿Acaso era Clatterford el responsable de una institución para locos?

—Creo que la señorita Isabella Barstowe sencillamente estaba absorta en su bordado —dijo el hombre, que se acercó y observó el pañuelo que Bella todavía tenía en la mano—. Muy bonito. Su bisabuela me enseñó algunos de los objetos que le envió como regalo.

—¿Conocía a lady Raddall? —La anciana había resultado ser la única amiga de Bella. Con la chica encerrada en Carscourt y lady Raddall viviendo en Tunbridge Wells, y demasiado mayor para viajar, no se habían vuelto a ver desde el escándalo pero, desde el principio, lady Raddall le había enviado muchas cartas de apoyo. Cuando descubrió que el padre de Bella le abría las cartas e impedía que su hija mantuviera correspondencia con nadie, le escribió una reprimenda tan devastadora que incluso él tembló.

Romper el sello de una de las cartas de lady Raddall era uno de los pocos placeres de Bella, y ahora ya ni eso tenía.

—Lamenté mucho su muerte —dijo.

—Bella, ¡tenía cien años! —protestó su hermano.

—Eso no es motivo para no lamentar su muerte —respondió ella. Se volvió hacia el señor Clatterford y añadió—: Espero que no sufriera.

—Sólo por miedo a no alcanzar los cien años, señorita Isabella. Cuando lo logró, simplemente se apagó como una vela, sonriendo. —Le brillaron los ojos—. Ordenó que dejaran claro en su lápida que había alcanzado los cien años. Por si acaso, decía, alguien no sabía restar.

Bella se rió antes de poder evitarlo, y el ruido fue como un crujido en una caja sellada.

—Muy propio de ella. Todavía tenía una mente joven.

Lucinda se aclaró la garganta y Bella volvió a la realidad. Seguía en Carscourt. Seguía siendo una prisionera penitente. Seguro que tendría que pagar un precio muy alto por un pequeño momento de placer.

Augustus se encargó, con brevedad, de las presentaciones y añadió:

—El señor Clatterford ha realizado el largo viaje desde Tunbridge Wells por motivos que se desprenden de la muerte de nuestra bisabuela. ¿El testamento? —preguntó, mientras invitaba al caballero a sentarse y él mismo tomaba asiento.

«Ah», pensó Bella, mientras volvía a sentarse. Seguro que aquello interesaba a su hermano. Por algún motivo, nunca tenía dinero suficiente.

—Me preguntaba por qué no habíamos sabido nada hasta ahora —dijo Augustus—. Aunque me imagino que todo habrá ido a parar a su nieto, lord Raddall.

Clatterford se sentó en una silla cerca del fuego y se frotó las manos frente a la llamas.

—Lord Raddall ya no tiene que asumir el pago de los bienes parafernales a lady Raddall, que ya es un buen beneficio. El marido de lady Raddall dejó estipulada una generosa cantidad, pues la suya fue una unión por amor, pero ni siquiera él habría imaginado que tendría que seguirse pagando durante tanto tiempo. Hace cuarenta años que enviudó. Algo destacable.

—Y también una carga para el patrimonio —dijo Augustus, resentido.

Le dolía mucho tener que pagar trimestralmente a su madre, que insistía en seguir viva y que se había retirado a la costa en lugar de quedarse en Carscourt, donde seguro que una parte de sus bienes serían retenidos en concepto de mantenimiento. Bella no culpaba a su madre por haber querido huir de Carscourt en cuanto había podido, aunque deseaba que hubiera intentado rescatarla de alguna forma. Lady Barstowe, por supuesto, también había creído que Bella era una pecadora impenitente y una mentirosa y, para ser sinceros, nunca había sido una madre cariñosa con ninguno de sus hijos.

Clatterford se volvió completamente hacia Augustus.

—El testamento también contenía otros legados a criados fieles y otros amigos, señor, así como a la institución caritativa de Turnbridge Wells para señoras de edad. El resto de su patrimonio, no obstante, lo lega a su bisnieta... —No se volvió hacia Lucinda, sino hacia Bella—. Isabella Clara Barstowe.

—¿¡Qué!? —La explosión llegó simultáneamente de Augustus y Lucinda, que silenciaron el grito de Bella.

—Imposible —espetó Augustus—. No lo permitiré.

—Querido señor, no tiene autoridad alguna para prohibirlo, ni para controlar el dinero. La señorita Isabella ya es mayor de edad.

El cumpleaños de Bella había sido hacía dos semanas aunque, sin dinero ni refugio en el mundo, había creído que era indiferente.

La actitud del señor Clatterford era calmada, pero a Bella le pareció ver una risita. Se lo estaba pasando bien y, de repente, ella también. Augustus parecía que iba a morir ahogado. No obstante, Bella se esforzó por no exteriorizar sus sentimientos. Apenas se atrevía a creer en la libertad y, si aquello no salía bien, las consecuencias podían ser terribles.

—¡Augustus! —exclamó Lucinda, que se levantó y tiró al suelo las agujas de tejer—. Esto no puede ser posible. ¡No lo aceptaré! Esa... Esa... Esa ramera no tendrá una dote considerable mientras yo estoy aquí encerrada sin el dinero suficiente para conseguir marido.

—Si tuvieras belleza y carácter, tu parte es más que suficiente —le espetó Augustus, y luego se volvió hacia el abogado—. Impugnaré el testamento.

—No tiene base legal, señor. —Clatterford, a diferencia de Augustus, había sido cortés y se había levantado cuando Lucinda lo había hecho—. Además, lady Raddall dejó unas instrucciones precisas para este momento que yo, como albacea testamentario, estoy obligado a cumplir. A menos que la señorita Isabella se niegue, tiene que abandonar Carscourt y venir conmigo dentro de una hora.

El terrible silencio que se apoderó de la sala sólo se vio interrumpido cuando Henry abrió la puerta y entró con una bandeja de té. Augustus gritó:

—¡Fuera!

Henry, con los ojos muy abiertos, se marchó.

La pequeña pausa había dado tiempo a Bella para pensar, pero su cerebro todavía estaba desubicado y era incapaz de digerirlo todo. Tenía miedo de creer al señor Clatterford.

Augustus se levantó y se abalanzó sobre ella.

—Si te marchas con este hombre, nunca más podrás volver.

Como amenaza, había conseguido el efecto contrario. Bella se levantó con un respingo, pensando: «¡Por favor, que sea verdad!».

Lucinda habló con amargura:

—Habría jurado, Isabella, que habías aprendido la lección de las consecuencias que trae marcharse con extraños. ¿Qué sabes de este... señor Clatterford?

Era un puñal dirigido a su corazón pero, para Bella, podría perfectamente haber sido de cera. Su bisabuela había mencionado al señor Clatterford en numerosas ocasiones. Le había hablado de lo buen abogado que era. De lo bien que gestionaba sus asuntos. De lo fiable y amable que era. De su encantadora familia, incluyendo a sus cinco nietos. ¿Acaso la había estado preparando, de forma indirecta, para ese momento?

¿Por qué no decírselo abiertamente?

Obviamente, lady Raddall no sabía cuándo moriría y quizá no estaba segura de que nadie abriera las cartas que le enviaba. Quizá temía que Augustus encontrara la forma de arruinar sus planes.

Sin embargo, la mente de Bella seguía gritando que fuera precavida. No regresar nunca más a Carscourt significaba que Augustus la expulsaba, la repudiaba. Si su plan no salía bien, no tendría dónde refugiarse.

—Ya lo ve —se burló Augustus—. Tiene pocas luces. No puedo permitir que se aleje de mí.

Bella regresó a la realidad, y con la única decisión posible tomada.

—Reflexionar antes de tomar una decisión tan importante como esta no es tener pocas luces, hermano, pero yo lo he hecho y me marcho. Recogeré mis cosas.

Recogió el material de bordar y se dirigió hacia la puerta, con el estómago revuelto y preparada para que Augustus se lo impidiera físicamente. Su hermano se movió como si quisiera hacerlo y alargó la mano, que parecía una garra. Lo habían agredido hacía varios años en Londres. Había sido una desgracia pero, por algún motivo, Augustus lo había añadido a la lista de pecados de Bella.

Ella encontró el valor para mirarlo a los ojos y desafiarlo. Aunque aquella aventura acabara siendo un desastre, habría valido la pena sólo por ese instante. Él la miró a los ojos, con la cara tan colorada que parecía que estaba a punto de estallar.

Bella esquivó su garra y corrió hacia la puerta pero, en cuanto salió y cerró, se apoyó en la pared, temblando, y no precisamente de frío. Oía a Augustus y a Lucinda gritar al señor Clatterford. Su ira era la prueba de que aquello era real. Las puertas de la cárcel se habían abierto y, aunque la llevaran al infierno, pensaba cruzarlas.

Avanzó por el pasillo hacia su habitación, pero luego se detuvo y bajó las escaleras del servicio hacia la cocina. Interrumpió una animada discusión, el tema era obvio.

Todos se la quedaron mirando, con los ojos muy abiertos y alerta. Estaba segura de que tenían miedo de que les pidiera algo que los metiera en un lío. El servicio siempre había estado en una posición muy extraña, puesto que Bella era de la familia pero estaba privada de casi todas las comodidades. La mayoría ya estaban en Carscourt antes de su desgracia y costaba superar antiguas creencias.

—Me marcho —les explicó—. Ahora mismo. Necesito varias maletas, o un baúl pequeño. Antes tenía uno...

Al cabo de un buen rato, el ama de llaves dijo:

—Espero que vaya a un sitio mejor, señorita Bella.

Bella vio que todos estaban preocupados por ella, y tuvo que parpadear para contener las lágrimas.

—¡Sí! Me han dejado un dinero en herencia. —Se dio cuenta de que no sabía la cantidad exacta, pero poco importaba—. Tengo que marcharme enseguida.

Todos la miraron con nerviosismo. Al final, Henry dijo:

—Yo sé dónde está su baúl, señorita. Se lo llevaré a su habitación.

La doncella de Lucinda se mordió el labio pero, al final no le ofreció ayuda. Fue Jane, una de las criadas, quien le echó una mano.

—Yo la ayudaré a hacer el equipaje, señorita.

En su habitación, Bella sacó todas sus pertenencias del armario y la cómoda. Una colección de ropa ridícula, pero incluso demasiado grande para el pequeño baúl y no valía tanto la pena. A pesar de las horas de trabajo que había invertido en esos vestidos, esperaba poder comprarse unos nuevos dentro de poco.

¿Cuánto dinero había heredado? Puesto que lady Raddall había estipulado que tenía que marcharse de Carscourt, tenía que ser suficiente para vivir en condiciones, aunque sus bienes parafernales habían muerto con ella. ¿Cuánto podía haberle quedado? ¿La herencia cubriría indulgencias? ¿Corsés nuevos, medias de seda, cintas para el pelo, jabón perfumado…?

Bella soñaba con tiendas mientras Jane y ella empaquetaban toda su ropa interior y dos de los vestidos que había remendado.

Lo último que metió en el baúl fueron los fajos de cartas de su bisabuela, incluyendo los anexos.

Cuando lady Raddall supo que Bella recibía sus cartas sin que nadie las abriera, empezó a añadir otra carta de una mujer llamada lady Fowler, que decía estar intentando reformar la sociedad aristocrática revelando sus secretos.

«Esa mujer está loca —había escrito lady Raddall—. No sé qué cree que conseguirá extendiendo rumores de malos comportamientos entre las altas instancias, pero sus cartas son muy divertidas, especialmente para las que no podemos ir a Londres. Aunque, por desgracia, los granujas de hoy en día no llegan ni a la suela de los zapatos de los de mi tiempo, algunos apuntan maneras. El marqués de Ashart es uno de ellos y viene a Wells de vez en cuando a visitar a sus tías abuelas. El conde de Huntersdown es un granuja encantador. Hombres como esos son otro de los motivos para leer estas cartas, querida. Un día saldrás de tu jaula, pero el mundo es un lugar peligroso, y algunos de los mayores peligros vienen envueltos en papeles preciosos. No me gustaría que volvieras a caer en la misma trampa.»

Bella no se había fugado con el apuesto Simon Naiscourt, pero sí que había aceptado una cita, y aquello había sido su perdición.

Al principio, la reacción de Bella ante las cartas de lady Fowler fue de sorpresa, no de diversión. Ella creía que era una chica de su tiempo, pero a los diecisiete años no sabía nada. Obviamente, desconocía algunos de los pecados que lady Fowler detallaba y le parecía horrible que fueran algo habitual entre iguales y miembros del Parlamento. Incluso había algunos casos que afectaban a altos rangos del clero.

Lady Fowler también cargaba contra la injusticia de la ley, que otorgaba tan pocos derechos a las mujeres y daba a los hombres pleno dominio sobre ellas. Bella estaba completamente de acuerdo con ella en ese aspecto. Se dio cuenta de que ahora podría hacer una modesta donación al fondo de lady Fowler para la reforma moral de la sociedad londinense.

Besó el último fajo de cartas de lady Raddall, dio gracias a la anciana mujer, y las guardó con sus demás pertenencias.

—Ya está —dijo, mientras se levantaba y cerraba el baúl.

Miró el reloj y se dio cuenta de que ya había pasado media hora y, de repente, tenía miedo de que sus hermanos hubieran conseguido convencer al señor Clatterford para que desistiera en su plan. Se puso el sombrero encima del sencillo tocado, lo sujetó con una horquilla, recogió el fino abrigo y los malditos guantes y volvió a la salita.

Encontró al señor Clatterford solo, disfrutando de una taza de té con pastas. El hombre le sonrió.

—¿Lista? Excelente. —Se levantó y se limpió la mantequilla de los labios con una servilleta—. Sir Augustus y su hermana tenían que atender otros asuntos, pero creo que podemos ahorrarnos las despedidas, ¿verdad?

—Encantada —respondió Bella, conteniendo el aliento. Tenía que preguntarlo—. ¿Es cierto?

—¿Lo del dinero? Sí, querida.

Con el corazón acelerado, Bella preguntó:

—¿Cuánto?

—La herencia todavía se está repartiendo, pero el total que le quedará ronda las quince mil libras. A su familia le ha sorprendido tanto que ha tenido que irse a otra habitación a recuperarse.

Bella quería reírse, pero no se atrevía ni siquiera a sonreír hasta que estuviera fuera de la casa. En realidad, hasta que estuviera fuera del perímetro de Carscourt.

Cuando alguien abrió la puerta, ella se volvió asustada, y luego cerró los ojos con alivio.

—Ha venido Henry con sus cosas, señor Clatterford. ¡Marché-monos!

El señor Clatterford volvió a abrigarse. Cuando se marchaban, Henry guiñó un ojo a Bella. Ella sonrió un poco y le susurró:

—Gracias. Si Jane o tú sufrís algún tipo de represalias por esto, tienes que ponerte en contacto con el señor Clatterford en Turn-bridge Wells. Os ayudaremos.

Bajaron las escaleras y salieron. Henry y el mozo subieron el baúl a la baca y Bella entró en el carruaje.

Estaba muy tensa y tenía miedo de que Augustus ideara algo para detenerla. No sabía por qué estaba tan decidido a continuar la opresión que su padre había empezado, pero lo estaba. A Lucinda, simplemente, le estaría dando un ataque.

El señor Clatterford subió al carruaje. Bella no quitaba la vista de la puerta de la casa, esperando a Augustus. El abogado se sentó frente a ella, de espaldas al sentido de la marcha.

—Uy no, señor —dijo Bella, mientras se levantaba para intercambiar posiciones—. Permítame que...

—¿La edad por delante de la belleza? —respondió él—. Si no le importa, ¿puedo sentarme a su lado, señorita Isabella? Confieso que no me molesta ir de espaldas al sentido de la marcha, pero no veo por qué tendría que hacerlo ninguno de los dos.

Se sentaron y el carruaje se puso en marcha.

Bella siguió mirando la puerta todo lo que pudo. Permanecía cerrada y, de forma irracional, aquello empezó a preocuparla. Preferiría ver a Augustus agitando el puño en el aire que no saber dónde estaba ni qué estaba haciendo.

Al final, ya no veía la puerta. Miró al frente mientras intentaba creérselo.

—No sé cómo darle las gracias, señor Clatterford.

Él le dio unas palmaditas en la mano.

—No hay de qué. Lamento mucho no haber podido venir el día de su cumpleaños, como me indicó lady Raddall, pero hemos tenido unos días de grandes lluvias que han dejado los caminos impracticables. No me pareció sensato.

—Es un viaje muy largo, señor.

—No tanto cuando los caminos están secos, pero el tiempo no atiende a razones. Veo que en Carscourt no nos han repuesto las piedras calientes para el carruaje. Ya nos ocuparemos dentro de varios kilómetros.

Bella estaba acostumbrada a pasar frío, pero poder calentar el carruaje sería magnífico. Aunque sería todavía más magnífico tener una capa caliente. Había tenido una. ¿Volvería a tener otra algún día?

Ropa y zapatos bonitos, reuniones y bailes. Incluso atentos pretendientes... Era como si los últimos cuatro años empezaran a diluirse en su recuerdo.

Carscourt no tenía verja, pero la propiedad estaba señalada con pilares. Bella los veía pasar. Era la primera señal de libertad, aunque todavía estaban en una zona llena de arrendatarios de Augustus.

Enseguida entraron a la calle principal de Cars Green. Ayer, el viaje hasta allí le habría parecido la libertad, pero hoy todavía se sentía prisionera. Sabía que tener que regresar ahora acabaría con ella. Miró al señor Clatterford y se preguntó si formaría parte de un elaborado plan.

Un grito la hizo sobrecogerse de miedo.

El carruaje se detuvo. Debería haber supuesto que era imposible escapar.

# Capítulo 4

*E*l mozo abrió la puerta del carruaje.

—Señorita, hay una mujer que quiere hablar con usted.

Bella se asomó, con el corazón todavía acelerado, mientras intentaba reconocer a la robusta mujer de pueblo. Llevaba un pañuelo en la cabeza y un fardo debajo del brazo.

—Soy la señora Gussage, señorita Bella —dijo la mujer—. Peg Oaks, de soltera. Era la ayudante de la institutriz cuando usted era pequeña y luego me casé con el señor Gussage, el ayudante del guardabosque.

Bella se acordaba de ella, pero todavía estaba un poco sorprendida. ¿El fardo era un regalo?

—Sí, por supuesto. ¿Qué puedo hacer por usted, señora Gussage?

El arrugado rostro dibujó algo entre una sonrisa y una mueca, y luego la mujer añadió:

—¿Puedo acompañarla, señorita Bella? No está bien que viaje sola con un hombre. Y menos después... —Ahí sí que dibujó una mueca—. No es que jamás creyera que... Y ahora que Bill ha muerto, no tengo a nadie. Como me casé mayor, no tuve hijos. Y me gustaría ver mundo.

Bella estaba desconcertada y se volvió hacia el señor Clatterford buscando consejo.

—Si la mujer es decente, me parece una idea excelente —dijo

él—. No queremos levantar sospechas sobre ningún tipo de escándalo.

Bella ya se lo imaginaba: Augustus convirtiendo su partida en algo maligno y utilizándolo en su contra. Recordaba que Peg Oaks era una trabajadora amable, alegre y vitalista.

—Pues suba, señora Gussage. Ya nos encargaremos de su equipaje más adelante. Y gracias.

La mujer sonrió, subió las escaleras y cruzó la puerta del carruaje para sentarse frente a los dos.

—En cuanto al equipaje, soy una mujer robusta, pero no tanto, señorita. —Todavía estaba sin aliento—. Llevo puesta casi toda mi ropa.

El señor Clatterford ordenó al cochero que se pusiera en marcha y así fue, y enseguida empezó a ir más deprisa, gracias a Dios.

—¿Está segura, señora Gussage? —preguntó Bella.

—Llámeme Peg, señorita y sí, estoy segura. No soy una dama y nunca me he alejado cinco kilómetros de Cars Green, pero poseo algunas habilidades básicas que pueden serle útiles.

—Pero, ¿cómo ha sabido que me marchaba?

—Ya lo sabe el pueblo entero, señorita. Babs, la fregona, ha corrido para dar la noticia. En cuanto me he enterado, no me ha parecido buena idea que se marchara sola con un hombre. —Miró al señor Clatterford.

Él le sonrió.

—Ha hecho muy bien, señora, y le agradecemos su compañía. Pero vamos muy lejos de aquí. El viaje hasta Turnbridge Wells durará dos días.

Peg Gussage parecía que acababa de darse cuenta de que se había metido, sin querer, en una leonera pero, a pesar de todo, dijo:

—Perfecto, señor. Ya no tengo con qué ocupar mis días, y lo decía de corazón cuando he dicho que quería ver mundo antes de morir.

—Muy bien. Y le aseguro que, si en algún momento decide que

quiere regresar, la señorita Barstowe o yo nos encargaremos de ello. De momento, si va a ejercer de dama de compañía de la señorita Barstowe, tendremos que estipular un sueldo y unos emolumentos.

Aquella dejó a Peg boquiabierta, pero asintió con energía.

Bella se dio cuenta de que estaba sonriendo; por fin una sonrisa de verdad. Estaba tremendamente agradecida de que Peg estuviera con ellos, pero le gustaba especialmente la idea de poder hacer tan feliz a alguien con una cantidad modesta de dinero.

No tenía mucha experiencia con el dinero. A los diecisiete años, recibía una asignación, pero su padre cubría las facturas por vestidos nuevos y cosas más caras. Y, después, se quedó sin dinero. Sin embargo, estaba segura de que alguien podía vivir cómodamente con los intereses de quince mil libras.

Pararon en una hostería para reponer las piedras calientes, y luego para cambiar de caballos, pero hablaron poco. Bella tenía muchas preguntas, pero la habían educado para no discutir de dinero delante del servicio. De momento, se contentaba con alejarse cada vez más de Carscourt.

Sin embargo, al final no hacía más que pensar en su futuro.

¿Quería ir a Turnbridge Wells?

Antes, la respuesta habría sido que sí, porque allí estaba su bisabuela, pero ahora ya no estaba tan segura. Era un reconocido balneario, y eso la asustaba. Puede que Bella Barstowe hubiera sido liberada de la cárcel, pero todavía seguía presa de su reputación. Podían rechazarla.

Cuando había insistido en no aceptar el matrimonio con Squire Thoroughgood, su padre había cesado en su empeño de mantener en secreto el escándalo. Nadie había creído en su inocencia, y no podía culparlos, porque su historia no era demasiado coherente.

Había tenido que admitir que había aceptado una cita con un hombre, un hombre que pasaba por aquella zona y al que había conocido en una reunión. Fue una estupidez pero, a los diecisiete años, era estúpida y no se preocupaba por su seguridad.

Sin embargo, no se había subido a un carruaje con él por voluntad propia. La habían llevado a la fuerza hasta una taberna de mala muerte, y allí la habían tenido encerrada en una habitación durante dos días. Simon Naiscourt, aunque sospechaba que el nombre era falso, y su compañero más mayor, que parecía estar al frente de la situación, le dijeron que la habían secuestrado para pedir un rescate. Le habían prometido que no le harían daño pero que, si gritaba o pedía ayuda, la atarían y amordazarían.

Tenía miedo, pero estaba segura de que su padre pagaría el rescate y pronto la soltarían. Su padre estaría furioso y, seguramente, la encerraría en casa varias semanas por aceptar una cita, pero solía enfurecerse con ella a menudo por lo que definía como su actitud frívola e insensata. Y, mientras estaba sentada en la deprimente y sucia habitación de la taberna, pensó que quizá tenía razón.

El motivo por el que nadie nunca la creyó fue que su padre nunca recibió una carta pidiéndole un rescate a cambio de su hija. En lugar de eso, había recibido una carta de Simon donde éste le explicaba que Bella y él estaban enamorados y que se fugaban a Escocia para casarse.

Bella jamás lo entendió. Sus captores estaban impacientes y frustrados por no obtener respuesta de su padre, pero su padre le había enseñado la carta de Simon.

No obstante, no supo de la existencia de esa carta hasta su regreso, de modo que, cuando los captores se cansaron de esperar y se la llevaron con ellos hacia el sur, ella sólo podía pensar que su padre había decidido castigarla haciendo que sufriera las consecuencias de sus actos durante un tiempo. Le costaba creerlo porque, a pesar de ser un hombre estricto y tozudo, jamás lo había creído capaz de algo tan cruel, pero la otra única alternativa era que la había abandonado, y aquello era inconcebible. Esperaba que pagara el rescate en cualquier momento.

Al final, había tenido que arreglárselas sola.

Con la ayuda del capitán Rose.

Era una persona en la que no se había permitido pensar durante años. Por algún ridículo motivo, los primeros meses de su encarcelamiento lo había imaginado acudiendo a su rescate. Idioteces. Si hubiera aparecido por Carscourt, seguro que habría sido para solicitar que la detuvieran por robarle el caballo.

Y enseguida dejó de albergar esos estúpidos sueños, y ahora no era momento para regresar a ellos. Necesitaba un hogar, pero no habría más bailes ni más reuniones para la deshonrada Bella Barstowe.

Cuando se detuvieron para pasar la noche, Peg Gussage y ella compartieron habitación. Peg estaba muy emocionada:

—Madre mía, nunca había estado en una hostería, señorita Bella. ¡Menuda cama! Y debajo hay otra para mí. Madre mía —repitió, mientras sacaba la segunda cama.

Cuando tenía doncella, estaba acostumbrada a compartir cama con ella, pero ahora daba gracias por las dos camas. Le hacía muy feliz tener la compañía de Peg Gussage, pero todavía no estaba preparada para compartir cama con ella.

Pidió que les subieran la cena a la habitación, porque tampoco estaba preparada para hablar de su futuro con el señor Clatterford. Mientras comían la sopa, preguntó:

—¿Te importa dónde vivamos, Peg?

—¿A mí, señora? No. Cualquier sitio será nuevo para mí. Esta sopa está deliciosa. Muy espesa.

Bella sonrió. Era de agradecer tener una compañera que estaba tan contenta con todo. Mucho.

—El señor Clatterford espera que me instale en Turnbridge Wells, donde vivía mi bisabuela. Y también es donde él tiene su trabajo. Pero a mí me gustaría un lugar más tranquilo.

Peg untó el pan recién horneado con mantequilla.

—¿Por qué, señorita?

—No me fui con ese hombre, Peg, pero nadie del pueblo me cree, y no me sorprende. La estúpida Bella Barstowe se fuga con un atractivo granuja y la abandonan cuando le han robado la virtud. Y luego agranda su desgracia rechazando un matrimonio decente.

—Squire Thoroughgood —farfulló Peg—. ¡Un hombre horrible, según casi todos!

—Eso tengo entendido, pero mucha gente cree que cualquier matrimonio es mejor que ninguno para una mujer deshonrada, y cuando dejé claro que mi negativa era definitiva, mi padre dio permiso para que la historia circulara libremente por la zona. Y, desde el pueblo, podría haber llegado a cualquier rincón del país por carta.

—Pero eso fue hace cuatro años, señorita. Ya lo habrá olvidado todo el mundo.

—Ojalá pudiera creerlo. —Bella se acordó de que la sopa se le enfriaba y bebió un sorbo—. Aunque podría estar particularmente presente en Turnbridge Wells, por mi parentesco con lady Raddall. Incluso puede que lo comentara con sus amigas. Por pura rabia, seguro pero, ¿recordarán eso o sólo la deshonra?

Peg hizo una mueca.

—Puede que tenga razón, señorita pero, ¿qué me dice de su hermana mayor? La que está casada.

—¿Athena? —Bella se lo planteó, aunque sólo durante unos segundos.

Athena vivía cerca de Maidstone, y fue a ella a quien acudió cuando huyó de Dover. Quizá Athena quisiera acogerla, porque tenía cierto sentido del deber, pero su marido veía a Bella Barstowe como una influencia destructiva para sus hijas pequeñas. Aunque Atena lo convenciera para acogerla en su casa, siempre la verían como una pecadora y tendría que estar agradecida y comportarse con penitencia cada día.

No podía decirle eso a una criada, así que se limitó a responder:

—No, es imposible. —Se terminó la sopa mientras intentaba encontrar alguna otra posibilidad.

Podía parecer descabellado, pero quería independencia. Tantos años de encarcelamiento hacían que la menor idea de confinamiento fuera insoportable pero, ¿era posible la libertad para una chica de veintidós años?

¿Podría aparentar ser mayor, incluso una persona distinta, libre de escándalos?

—Quizá podría adoptar otro nombre —dijo para observar de primera mano la reacción de Peg—. Y vivir en un lugar tranquilo, lejos de los círculos más influyentes. Un pueblo, quizá, donde por fin pueda ser dueña y señora de mi vida, pero lejos de las miradas curiosas.

Peg se rió.

—Si quiere evitar las miradas curiosas, señorita, no vaya a un pueblo. Nada atrae más a las malas lenguas que alguien nuevo. Y las cultas, las que pueden leer y escribir, enseguida se ponen en contacto con sus conocidos de todas partes preguntándose cómo es que una mujer bonita y joven se esconde en un pueblo, independientemente del nombre que use.

—Claro, tienes razón. Pero entonces, ¿qué voy a hacer?

—Váyase a una ciudad, señorita. En las ciudades, la gente no le prestará tanta atención.

Se le ocurrió una idea descabellada.

—¿Por qué no a La ciudad? Londres. Allí cualquiera puede pasar inadvertido.

—¡Londres! Caray, señorita, quemaría mis corsés para poder ir a Londres. Incluso puede que vea al rey. Dicen que es un joven muy apuesto. Y a sus adorables hijos.

Bella hizo un esfuerzo por no reírse.

—No pienso tener demasiada vida social, Peg.

—Pues es una lástima, pero no me importa. ¿Y dónde viviríamos?

Bella no tenía ni idea, pero entonces se le ocurrió algo. ¿Podría ayudar a lady Fowler no sólo con una donación sino trabajando?

Sabía que algunas mujeres la ayudaban redactando copias de su carta y con otras tareas.

—Hay una tal lady Fowler... —dijo, dubitativa.

—¿Lady? Parece muy apropiado.

—Quizá no. Lady Fowler es una reformista social, Peg.

—¿Qué es eso?

—Quiere arreglar lo que está mal.

Peg se sirvió más té y le echó cuatro terrones de azúcar.

—Pues a mí me parece bien. ¿Más té?

Bella asintió.

—Creo que las altas esferas sociales no aprueban su labor. Escribe una carta cada dos meses y la envía a mucha gente del país. En ella detalla las maldades que comete la aristocracia. Anima a los receptores de la carta a compartir el mensaje para impulsar un cambio.

Peg abrió los ojos como platos.

—¿Cuántas cartas? —preguntó.

Era algo que Bella jamás había preguntado.

—No lo sé. Creo que más de cien.

—¿Tantas? ¡Debe de ser una mujer impresionante!

Bella intentó no reírse.

—Ella sólo escribe la original. Tiene ayudantes que la copian. Y yo sería una de ellas.

—Ah —dijo Peg—. Si eso es lo que quiere hacer, señorita... Pero ahí yo no puedo ayudarla. Sé escribir un poco, aunque me costaría mucho.

—No espero que lo hagas, Peg, y menos cuando podría ser peligroso. Lady Fowler sólo envía cartas, pero su contenido puede ofender a gente muy poderosa.

Peg masticó.

—¿Y por qué quiere hacerlo, señorita?

—Porque lady Fowler también quiere impulsar cambios en la ley para proteger a la mujer de la tiranía masculina.

—Entiendo, señorita. —Peg tomó otra rebanada de pan con mantequilla y le añadió un trozo de queso.

Bella se dijo que Peg no tardaría en parecer una bola sin la necesidad de llevar tres o cuatro capas de ropa, pero le encantaba que la mujer supiera apreciar aquellos manjares. En cuanto a ella, tenía que plantearse las implicaciones que conllevaba tener a Peg.

Algunas de las ayudantes de lady Fowler vivían en su casa, y ella podría pedir hacerlo, aunque no podría llevar a una criada. Además, aquellas residentes eran las más necesitadas, las que sus padres o maridos habían dejado sin un céntimo para sobrevivir. Ella no podía ocupar una plaza de esas.

Tendría que instalarse cerca, y poner a Peg de ama de llaves. Era una tarea abrumadora, pero tener un plan le daba mayor estabilidad. Volvió a comentarlo con Peg para comprobar su reacción.

—Si puede tener su propia casa, señorita, ¿por qué quiere trabajar para esa lady Fowler?

—Para apoyar su labor.

Peg se limitó a encogerse de hombros, pero Bella admitió que la pregunta había sido muy pertinente. La respuesta más sincera era que le daba miedo estar en el mundo sin ningún tipo de conocidos. Antes, conocía y era conocida por medio condado, e incluso tenía amigos. Aunque no eran de los de verdad, porque ninguno había intentado alinearse con ella frente a la adversidad.

Peg masticaba mientras pensaba.

—Si es lo que quiere, señorita Bella, adelante, pero no es lo adecuado para una joven y guapa. Debería bailar, flirtear y prepararse para casarse. Fue desastroso haber huido con un hombre pero...

—¡Peg, no lo hice! —Bella debería haber sabido que ni siquiera la gente del pueblo se lo habría creído—. Oh, Peg... Me secuestraron. Me llevaron a la fuerza mientras paseaba.

Le explicó la historia, aunque sin esperanzas de que la creyera. ¿Por qué iba a creerla Peg cuando nadie más lo había hecho? Como siempre, evitó mencionar al capitán Rose. Otro misterioso caballero sólo empeoraría las cosas.

Al final, Peg dijo:

—Bueno, es muy triste, pero es agua pasada y tiene que quitárselo de la cabeza.

—Ojalá pudiera, pero entenderás que significa que no puedo recuperar mi sitio en la sociedad. Por lo tanto, dedicaré mi tiempo y parte de mi dinero a una causa noble. Pero, si no quieres estar relacionada con este asunto, lo arreglaré todo para que vuelvas a casa.

Peg se lo pensó un segundo.

—No voy a abandonar la aventura tan pronto, señorita Bella y, a juzgar por sus planes, parece que necesitará a alguien que la cuide.

Bella alargó el brazo y le acarició la mano envejecida por el trabajo.

—Muchas gracias, Peg. No sabes lo mucho que significa para mí.

—Ya lo creo, señorita. No está bien estar solo en el mundo, y menos siendo mujer. Además, yo también salgo ganando. Viviremos en Londres, ¿no? ¿Dónde?

Peg estaba tranquila y convencida de que Bella sabía lo que se hacía, pero la decisión más seria que Bella había tenido que tomar en su vida era qué tipo de encaje quería en un sombrero. Estaba segura de que su bisabuela habría querido que fuera independiente, así que sería mejor que aprovechara aquella ocasión extraordinaria o jamás podría mirar a lady Raddall a la cara en el cielo.

Intentó hablar con más seguridad de la que sentía:

—Alquilaré habitaciones en el Soho, que es donde está la casa de lady Fowler. Tú te encargarás de todo mientras yo la ayudo con su trabajo.

—Muy bien, señorita.

El salario para una cocinera-ama de llaves seguro que sería mayor que el que el señor Clatterford había establecido para una dama de compañía, pero Bella no sabía cuánto sería lo correcto, y menos en Londres. Y tampoco sabía cómo realizarían las tareas básicas: comprar comida, combustible y todo lo necesario.

En realidad, ¡no sabía nada!

De acuerdo, necesitaba ayuda. Mañana lo comentaría con el señor Clatterford. Se metió en la cama, con la esperanza de dormir profundamente, pero el colchón tenía bultos y, después de un día como ese, la mente todavía le iba muy deprisa. Reprodujo el glorioso momento en que había recibido la noticia, aunque los miedos y las dudas también la abatían.

¡Londres! Ya había estado, aunque únicamente para visitas guiadas por los lugares más emblemáticos, y eso había sido en el anterior reinado. De repente, recordó cómo el tañido de las campanas que anunciaban la muerte del anterior rey les habían ayudado a escapar de La Rata Negra...

Alejó ese pensamiento de la mente.

Augustus se encargaba de imponer la renovada decencia desde el tribunal, el muy mojigato. Cómo le gustaba sermonearla, tanto antes como después del escándalo. Basta de Augustus. Otra cosa que quería alejar de su mente.

Aunque todavía seguía preocupada por lo que haría su hermano. ¿Podía alegar que estaba loca y encerrarla? Clatterford había dicho que no, pero no podía dejar de tener miedo. Motivo de más para adoptar otro nombre y alterar su apariencia.

Para poder ser una persona nueva, sin un pasado escandaloso ni miedo a su familia.

Necesitaba un nombre nuevo. ¿Cuál podría ser? Harriet, Sophronia, Jane, Margaret... Todos le resultaban demasiado extraños. Tendría que ser algo más cercano a Bella. Isabella era su nombre real, y Arabella era demasiado parecido. Clarabella era demasiado frívolo.

Bel... Bel... ¡Bellona! La diosa de la guerra.

Le gustaba.

Su nuevo apellido también tendría que tener connotaciones guerreras.

¿Bellona Sword? Complicado.

¿Bellona Cannon? No

Bellona Gunn...

Bellona Flint...

¡Sí, Bellona Flint*! Potente, breve y una parte necesaria de cualquier arma mortal.

Mañana le preguntaría al señor Clatterford qué tenía que hacer para convertirse en Bellona Flint, y qué más necesitaba para protegerse.


Al abogado no le hicieron ninguna gracia sus planes. Intentó disuadirla y convencerla de que estaría absolutamente a salvo en Turnbridge Wells, y que ya vería cómo la aristocracia enseguida la aceptaba en su círculo. Sin embargo, cuando Bella le expresó sus dudas, enseguida se desanimó.

—Pero es que eres tan joven, querida. No puedo consentir que te instales sola en tu propia casa.

Bella casi tembló ante la idea de enfrentarse a la autoridad, pero lo hizo:

—Por lo que tengo entendido, señor Clatterford, usted tiene tan poco poder para consentir mis decisiones como mi hermano.

—Santo Dios, santo Dios...

Por insistencia de Clatterford, estaban desayunando juntos mientras Peg comía sola.

—Pero... Londres —protestó él, que apenas había probado bocado—. No estaré cerca para poder aconsejarte.

---

* N. de la T. *Flint* es el pedernal, también conocido como sílex, utilizado para iniciar la combustión de la pólvora en las armas de fuego.

—Lo lamento, señor, pero seguro que puede recomendarme a otro abogado de confianza.

—Pero es que todavía eres demasiado joven para vivir sola. Sólo tienes veintiún años.

Bella no quería hablarle de lady Fowler, porque entonces el señor Clatterford sí que se opondría.

—Tengo a Peg, y conozco un poco la ciudad. Pretendo vivir de forma discreta y fingir ser mayor. Con un aspecto y una actitud más sobrios, no llamaré la atención. También pretendo ocultar mi atractivo. Una vez, participé en una obra de teatro donde interpretaba a una bruja. Todavía recuerdo cómo conseguir la piel amarillenta y pegarme una verruga.

El señor Clatterford exclamó varios «Santo Dios» y varias protestas más, pero Bella se mantuvo firme y, al final, el abogado dijo:

—Veo que estás decidida, y no puedo negarte que el círculo de lady Raddall conoce tu pasado. Como suponías, habló de ello para expresar lo preocupada que estaba por tu situación. —Untó un poco de pan con mantequilla y continuó—. Veo que la querida anciana tenía razón. Me dijo que eras tan resuelta como ella.

—¿Dijo eso? —preguntó Bella, sorprendida—. Pero si yo era el epítoma de la frivolidad la última vez que nos vimos.

—Uno también conoce a otra persona a través de la correspondencia, querida. —Se comió un trozo de jamón, todavía preocupado, y luego la miró con severidad—. Si estás decidida a seguir adelante con tu temerario plan, debo advertirte sobre los hombres. —Cuando Bella lo miró intrigada, él añadió—. Los cazadores de fortunas, querida. Habrá hombres, que a veces serán atractivos y simpáticos, que querrán casarse contigo por tu dinero.

Bella se rió con dureza.

—Le aseguro, señor, que he aprendido la lección sobre los sinvergüenzas educados.

—Puede que no reconozcas el sinvergüenza en esos hombres.

—Tendré mucho cuidado, se lo prometo. Pero, ¿me está diciendo que no puedo casarme nunca? —La sorprendió descubrir que, en su interior, todavía albergaba esperanzas románticas.

—No, no. Únicamente digo que debes tener cuidado. No te cases precipitadamente, y mucho menos sin acuerdo prenupcial. Desconfía del amor, porque atrapa a más de una mujer, y a algún caballero también, en una locura sin salida. Un granuja listo puede decirte que las precauciones serán una muestra de que no lo quieres, y así intentará casarse de forma precipitada, incluso quizá también fugarse contigo. Estate atenta, jovencita. —La señaló con el tenedor—. Esa es la pista definitiva para reconocer a un mal hombre. Como lo es cualquier intento para seducirte y obligarte a hacer algo que, por las consecuencias naturales, te forzaría a casarte.

Bella se sonrojó, pero asintió:

—Sí, lo entiendo, y se lo agradezco. Le aseguro que seguiré sus consejos. Pero sigo decidida a instalarme por mi cuenta en la capital. ¿Me llevará hasta Londres y me ayudará a instalarme cómoda y seguramente?

Él suspiró.

—Eres muy parecida a lady Raddall. Sí, señorita Flint. A regañadientes, pero lo haré.

# Capítulo 5

*Rothgar Abbey, agosto de 1764*

—*L*o que hay que hacer por los amigos —dijo el duque de Ithorne, que se había reunido a altas horas de la noche con su primo Robin, conde de Huntersdown, y su hermano de leche Christian, lord Grandiston.

—Te ofrezco un entorno elegante —replicó Robin, enseñándole la habitación—. Brandy del bueno. —Levantó la copa—. Y la mejor de las compañías.

—En la guarida del Marqués Oscuro —respondió Thorne.

—Rothgar todavía no te ha envenenado. Y te aseguro que tu terca hostilidad puede tentarlo en alguna ocasión.

—Estoy seguro de que ese desgraciado conoce venenos de acción lenta.

Robin le lanzó una mirada de advertencia y Thorn levantó la mano, disculpándose. Era la víspera de la boda de su primo Robin con la mujer a la que adoraba, y no era momento para el rencor. Thorn preferiría que la susodicha no fuera la hija del Marqués Oscuro, pero si el hecho de que Petra fuera una hija bastarda italiana católica no había hecho desistir a Robin, la incomodidad de su primo con el padre de la chica le daría igual.

Él mismo era un desagradable ejemplo de la locura del amor.

—Prohíbo hablar de política —declaró Christian, desde donde

yacía cual pantera, rubio, musculoso y elegante. A los dieciséis años, cuando se había enrolado en el ejército, era delgado y ágil como Robin e, incluso ahora, Thorn incluso se sorprendía a veces de su físico. Había sido impresionante verlo en su primera visita, cinco años después, hecho una mole de músculos y acostumbrado a dar órdenes y a mandar.

Robin y Thorn eran primos y se conocían desde pequeños. Christian y Thorn habían sido inseparables durante seis maravillosos años.

En la práctica, Thorn siempre había sido huérfano. Era hijo único nacido después de la muerte de su padre y, dos años después, su madre se casó con un francés y se trasladó a Francia. De acuerdo con las últimas voluntades de su padre, su madre no podía sacarlo del país, de modo que su educación quedó en manos de tutores y administradores.

A los diez años, alguien decidió que debía de tener un compañero de su edad. Al principio, Thorn se mostró cauto ante el alegre y vitalista invasor a quien le importaban un bledo la educación, la geografía política o la filosofía de los príncipes. Ya de pequeño, Christian demostró ser un genio de todo lo físico, sobre todo de las travesuras.

Thorn no tardó en dejarse llevar, mucho más de lo que sus tutores pretendían. Las salidas a caballo habían pasado de ser un ejercicio a convertirse en peligrosos concursos. Christian lo había arrastrado a juegos imaginarios que implicaban trepar por los árboles y cruzar riachuelos por escuálidos puentes hechos por ellos mismos, por no mencionar arcos y flechas y una perfecta ballesta. Su gusto por la guerra fue obvio desde el principio.

Christian no tenía ningún interés particular por la navegación, pero su repentino deseo de jugar a piratas en el lago de Ithorne había provocado la compra del primer bote de Thorn, que más adelante sustituyó por *El Cisne Negro*, y todo lo que ello supuso. Unos años magníficos y, cuando Robin se convirtió en una de las frecuentes visitas que recibía, formaron un triunvirato de problemas.

Y entonces Christian confesó el ardiente deseo por unirse al ejército y luchar contra los enemigos de Inglaterra. Robin fue el que protestó de forma más airada, aunque Thorn fue quien quedó más afectado. No intentó detenerlo, pero lo habría intentado si hubiera sabido que la guerra lo llevaría hasta Canadá y que sólo se verían dos veces en diez años. Aunque, seguramente, no importó demasiado. Al cabo de poco tiempo, Thorn se había visto obligado a dedicar gran parte de su tiempo a los asuntos ducales.

—Estás de mal humor, ¿verdad? —dijo Robin.

—Está demasiado ocupado con sus obligaciones —replicó Christian.

—Aunque no lo creas, mis responsabilidades me parecen satisfactorias, y tan loables como las batallas.

Maldita sea, no quería haberlo dicho en un tono tan seco.

—Entonces, ¿a qué viene *El Cisne Negro*? —preguntó Christian.

—Es un chico raro —dijo Robin, mientras rellenaba los vasos e intentaba rebajar la tensión—. De ahí el nombre del barco.

—Un cisne negro es más que raro... Es imposible —respondió Thorn, siguiéndole el juego—. Como un duque enmascarado. ¿Os he explicado alguna vez la historia de cuando rescaté a una damisela en apuros y ella me robó el caballo? —Sabía que no, así que la excusa le sirvió para superar el momento tenso.

Los otros dos se rieron, pero Christian dijo:

—Por suerte para ti. Mira qué le pasó a Robin cuando se puso en la piel de un caballero andante.

—Lo mejor que podía pasarme —respondió Robin, con aquella estúpida sonrisa de enamorado.

—Excepto por las mil guineas a pagar al Fondo Fowler —le recordó Thorn.

—No me lo recuerdes —gruñó Robin.

—Se tienen que hacer efectivas el día de la boda.

Robin los miró.

—No os vais a olvidar de esa promesa, ¿verdad?

—Lord Huntersdown, no estará sugiriendo algo tan deshonesto, ¿verdad? —dijo Thorn, con extrema sorpresa—. Llevo mi copia encima. —sacó un papel del bolsillo.

—¡Serás desgraciado!

Lentamente, Thorn desdobló la hoja que los tres habían firmado hacía cuatro años. Había sido en una de las escasas visitas de Christian a Inglaterra, y lo habían celebrado zarpando en *El Cisne Negro* y disfrutando de sus alter egos. Thorn era el capitán Rose, por supuesto. Robin era el teniente Sparrow y Christian era Pagan el pirata.

Se habían inventado esos personajes de pequeños en el lago, pero nunca los habían utilizado cuando habían salido al mar. Y eso había sido en un lugre lleno de arpones capitaneado por un viejo lobo marino llamado Harry Jenkins. Thorn cayó rendido a los encantos del mar y ordenó la construcción por el método tradicional de un cúter rápido, y aprendió las habilidades necesarias para capitanearlo. Para cuando el barco estuvo listo, le había supuesto una evasión tan milagrosa que lo bautizó como *El Cisne Negro*.

Había navegado por placer y por negocios, pero no podía hacerlo a menudo y le dolía saber que estaba anclado casi todo el tiempo. El descubrimiento de la existencia de Caleb, su hermano casi idéntico y con ciertas habilidades marineras, había sido la guinda del pastel. El hermano de leche de Thorn, Christian, había conocido a Caleb mientras trabajaba como primer oficial en un barco anclado en el puerto de Massachusetts, y le había sorprendido el más que razonable parecido.

Después descubrió que Caleb Rose y su madre habían llegado a América cuando Caleb era tan sólo un crío y que procedían de Kent. Sabedor de la reputación del anterior duque de Ithorne, y teniendo en cuenta que el nombre Rose estaba relacionado con Thorn, Christian había llegado a una conclusión y escribió a Thorn para exponerle la situación.

Thorn no tardó en descubrir el resto de la historia, puesto que la historia de Mary Fukes y su hijo era conocida en Stowting. Su padre había dejado estipulada una modesta cantidad para los dos pero, cuando el chico resultó ser casi una copia exacta del joven duque, los tutores de Thorn amenazaron a su madre con retirarle el dinero si no se llevaba a su hijo a América.

Por pura justicia, Thorn le envió una carta, a través de Christian, explicándole a Caleb que era libre de regresar a su casa sin miedo a perder la asignación, e incluso la aumentó. Sin embargo, la idea de la identidad compartida sólo se le ocurrió cuando conoció a su hermano en persona.

A pesar de las diferencias en rango y educación, se entendían muy bien y Caleb era inteligente y ambicioso. Enseguida aprendió lo poco que le faltaba por aprender para convertirse en capitán de *El Cisne Negro*, así como los cambios en los modales y la forma de hablar que habían posibilitado que Thorn ocupara su lugar de vez en cuando.

Durante casi un año, el duque de Ithorne había navegado junto al capitán Rose, para dejar claro que eran dos personas totalmente distintas, pero a partir de ahí empezaron las suplantaciones. Se encontraban en la posada Cisne Negro de Stowting. Al cabo de un rato, los dos se marchaban, aunque con las identidades intercambiadas. Caleb no fingía ser el duque más allá de la puerta. Sencillamente, se alejaba de la costa para evitar la posibilidad de que los dos capitanes Rose coincidieran.

En cuanto a la gente del pueblo, creían que el duque de Ithorne había entregado el mando de *El Cisne Negro* a su hermanastro Caleb Rose en un acto de generosidad.

Thorn sabía que, de forma ocasional, Caleb se dedicaba al contrabando, igual que la mayoría de los barcos de la costa de Kent, pero él se había mantenido al margen hasta la guerra.

Entonces, aprovechó la ocasión para lanzarse a la aventura. Sus salidas nocturnas por el canal se habían pintado de contrabando pero, en realidad, se encargaba de transportar espías y mensajes del gobierno. En cuanto Christian se enteró, insistió en unirse a la diversión a pesar de que todavía se estaba curando de su herida, y Robin se unió a ellos.

Buenos tiempos.

Peligrosos pero, aún así, buenos. El peligro le daba alegría a la vida.

De vuelta a tierra firme, a salvo y con una deliciosa copa de coñac francés en las manos, Thorn se quejó de la presión que ejercían sobre él para que se casara. Los otros dos lo entendieron perfectamente y a Robin se le ocurrió una idea: que todos juraran no casarse antes de cumplir los treinta. El que no cumpliera el pacto, tendría que hacer frente a un castigo completamente intolerable.

Tardaron una o dos horas, bajo la influencia del alcohol, en encontrar el castigo más intolerable de todos: donar dinero a una causa que detestaban.

Thorn se aclaró la garganta para dar mayor importancia al momento y leyó:

—«A fecha tres de enero de 1760. Queda decidido que los hombres jóvenes no deberían casarse jamás. Por lo tanto, estos tres solteros empedernidos decretamos el pago de una falta por parte de cualquiera de nosotros que sucumba a ese desgraciado estado desde la fecha de hoy hasta que cumpla treinta años. El castigo para quien no cumpla el pacto es donar mil guineas al fondo de lady Fowler para la reforma moral de la sociedad londinense».

De regreso al presente, Robin lo miró absolutamente serio.

—No puedo. De veras, no puedo. ¡Esa mujer está loca! Que quiera prohibir la bebida, el baile y los juegos de cartas es una nimiedad en comparación con su próximo objetivo: Petra. Supongo que el hecho de que Rothgar engendrara una hija cuando apenas tenía dieciséis años es un pequeño escándalo pero, a juzgar por cómo trata el asunto esa tal Fowler, cualquiera diría que hubo incesto. Y luego está la crueldad que demuestra hacia su esposa.

—¿Qué?

—Rothgar me enseñó el último escrito de Fowler. Es un animal por obligar a su mujer a aceptar un escándalo de tales dimensiones en su casa. Como si a Diana le importara.

—¿Rothgar está suscrito a la carta de lady Fowler? —preguntó Thorn, sorprendido.

—Por supuesto. O alguien en su nombre. Una de sus habilidades es estar al corriente de todo.

Thorn se dijo que ojalá a él se le hubiera ocurrido hacer lo mismo.

—Si esa mujer va detrás de la esposa y la hija del Marqués Oscuro, las pobres tienen los días contados. Y yo lo aplaudiré.

—Me gustaría retarla en duelo. Lástima que sea mujer, y mayor.

—Creo que sólo tiene cuarenta y pico —replicó Christian.

—Pero está enferma —dijo Robin—. Se rumorea que su marido le contagió la sífilis. Suficiente para amargar a cualquier mujer.

Thorn meneó la cabeza.

—Tan bondadoso como siempre.

—No tanto como para regalarle mil guineas. Además, ahora ha empezado a meterse en asuntos políticos. Imaginaos lo que podría llegar a hacer con tanto dinero. Ruego a vuestras amables y sabias almas, ¿no podría donar el dinero a cualquier otra causa? A una inclusa. A cien hospicios. ¡Lo que sea!

—Esa mujer es peligrosa —asintió Christian que, obviamente, no estaba tan ebrio como parecía—. Al principio, sus cartas sólo eran una fuente de diversión pero, como bien dice Robin, ahora aboga por la acción violenta. Ella y sus seguidoras se han convertido en motivo de preocupación.

—Ah.

Lord Grandiston formaba parte de la guardia real, que escoltaba al monarca y solía encargarse de su seguridad.

Recordarlo hizo que Thorn cambiara de tema de conversación.

—¿Sabéis qué opinión le merecen los bailes de máscaras al rey?

Lo he oído denunciarlos, pero asistió al que Rothgar organizó el año pasado.

—Y casi muere a manos de un asesino —añadió Robin.

Christian hizo una mueca.

—Algo vergonzoso para todos los presentes, imagino.

—Para Rothgar, no. Tuvo la oportunidad de interponerse, noblemente, entre el rey y el asesino.

—Si estás sugiriendo que lo organizó él, olvídalo —dijo Robin—. El asesino murió.

—¿Qué más da una muerte aquí y otra allá?

Robin puso los ojos en blanco y se sirvió más brandy.

—Me interesa ese asunto —dijo Thorn a Christian, balanceando el vaso—. Este año me toca organizar las Fiestas Olímpicas, y me iría muy bien que el rey asistiera.

Christian alzó la mano.

—Si sugieres que ponga en marcha maquinaciones en la corte, no soy tu hombre. Sólo puede sugerir que, si al final acaba acudiendo, llevará escoltas disfrazados.

—Eso no será ningún problema. Tradicionalmente, los hombres se disfrazan acorde a su posición. Los miembros del parlamento se ponen togas de senadores y los militares, una armadura de diseño clásico.

—¿Armas reales? —preguntó Christian.

—No. Pero si hay alguien que esté de servicio...

—Una propuesta satisfactoria.

Sin embargo, Robin intervino:

—Dudo que asista. Las Fiestas Olímpicas tienen mala fama y, que yo sepa, no ha acudido a ninguna desde la del año pasado. Al anterior rey, por supuesto, le encantaban.

—Mi fiesta será apropiada hasta para las sensibilidades más delicadas —dijo Thorn.

Los otros dos se lo quedaron mirando.

Él sonrió.

—Simplemente, pretendo que no haya partes íntimas expuestas ni orgías.

Sus amigos lo siguieron mirando.

—¿Os da miedo de que sea una fiesta terriblemente aburrida? Habrá otros alicientes. Gente del teatro que fingirán ser invitados más libertinos.

—Ingenioso —admitió Robin—. ¿Qué serían de esas celebraciones si las damas y los caballeros aburridos no tuvieran con quién flirtear, o incluso llegar a más? Pero tus mercenarios lo mantendrán escondido. Lástima que no pueda asistir y ser testigo del intento.

—Yo sí que iré —dijo Christian—. Aunque el rey no asista, no me perdería este milagro moderno por nada del mundo.

—¿Por qué no vendrás? —le preguntó Thorn a Robin.

—Petra está embarazada. Llevaremos una vida tranquila durante un tiempo.

Por lo que conocía de la futura condesa de Huntersdown, Thorn lo dudaba, aunque no dijo nada.

Christian preguntó:

—¿Por qué una celebración tan recatada? No es tu estilo.

—Quizás estoy refinando mi estilo. —Thorn no quería que Christian y Robin hurgaran demasiado en sus planes, así que agitó el papel que tenía en la mano—. En cuanto a lady Fowler, coincido en que es lamentable, pero un pacto es un pacto, y más cuando nos obliga a pagar no sólo por cometer la locura de casarnos, sino por la locura de haber aceptado el pacto en primer lugar.

Robin se levantó, le quitó el papel de las manos y lo releyó.

—Aquí no dice nada sobre cómo tengo que hacer efectivo el pago.

—Cierto. ¿En qué estás pensando?

—En una donación anónima. Una cosa es donarle el dinero, y otra muy distinta que sepa que he sido yo. Seguramente, lo gritaría a los cuatro vientos en su detestable carta. Incluso puede que lo utilizara para demostrar que sus acusaciones eran correctas.

—Lo haría, ¿verdad? De acuerdo, canalizaré el pago. Tengo tantos abogados y banqueros al cargo de mis asuntos que lady Fowler jamás descubrirá de dónde ha salido el dinero.

—Gracias, gracias, gracias, querido primo. —Robin bebió un buen trago de brandy. Y luego sonrió—. Ha sido una buena práctica para cuando tú caigas. Tienes muchas papeletas para ser el próximo.

Christian se rió, pero Thorn dijo:

—Puede que tengas razón.

—¿Qué? —exclamó Christian—. Thorn, Thorn, piensa en otras mil guineas para el Fondo de lady Fowler.

Sin embargo, y con toda la felicidad del nuevo converso, Robin preguntó:

—¿Estás enamorado?

—No. Y después de haberte visto en los últimos tiempos, me parece un estado contagioso que intentaré evitar a toda costa. —Dio un sorbo al vaso de brandy—. Tuvimos un incidente en *El Cisne Negro* hará cosa de un mes. Mala suerte en una tormenta, pero podría haber sido mi final. Y soy el último de mi familia.

—Pero si es el único placer que te queda —protestó Christian.

—No es cierto pero sí, ser capitán de *El Cisne Negro* es una parte importante de mí. Una parte que, de momento, he abandonado. Con un hijo, o mejor dos, en casa volveré a ser libre.

—¿Sabes cuánto tiempo podrías tardar en lograrlo? —le preguntó Christian.

—Me parece que soy bastante competente en aritmética.

—¿Tres años o más alejado de *El Cisne Negro*? No puedes hacerlo.

—Puedo hacer cualquier cosa que me proponga.

—Deberías casarte —intervino Robin—. Y no, no estoy hablando como hombre absolutamente enamorado. Necesitas una familia, y la única forma de conseguirlo es formándola. Además, sacudirá tu ordenada vida para siempre.

—Mi ordenada vida no tiene nada de malo —replicó Thorn, mientras intentaba mantener a raya la ira—. Y sólo sucumbiré a la confusión absoluta si me enamoro. Pretendo acordar un matrimonio perfectamente racional con una mujer que esté preparada para llevar la carga de ser duquesa.

—No lo dices en serio, ¿verdad? —dijo Christian.

—No creo que tenga el carácter para la pasión alocada.

—Sí que lo tienes. Te he visto en *El Cisne Negro*.

—Una cosa es un barco, y otra una mujer.

—Pero en tu interior hay fuego. Algún día prenderá.

—¿Y qué me dices de ti? —preguntó Thorn—. Tú eres un auténtico infierno.

—Que puede arder tranquilamente. Con tantos hermanos, no tengo ninguna responsabilidad.

Robin levantó su vaso.

—¡Porque uno de nosotros es completamente libre!

Los tres bebieron y se produjo otro momento díscolo, pero ya iba siendo hora de ir terminando. Thorn agarró el decantador antes de que Robin pudiera volver a llenar los vasos.

—Tienes que ser coherente mañana.

—Hoy —dijo Christian, que se levantó y se desperezó—. Ya son más de la una. Vete a la cama, Robin, o decepcionarás a tu mujercita.

—Ese día todavía no ha llegado —replicó Robin, con una sonrisa de felicidad, antes de salir del salón.

Mientras avanzaban por el pasillo, Christian dijo:

—Es feliz.

—Sí.

Habían llegado a la habitación de Thorn, y Christian entró con él. El ayudante de cámara de Thorn se retiró.

—¿A qué viene esa animadversión hacia lord Rothgar?

Era una pregunta seria, así que Thorn reflexionó la respuesta.

—Tiene mucho poder, y sobre todo una gran influencia sobre

el rey. Alguien, quizá más de uno, tiene que ejercer de contrapeso, y yo tengo la ventaja de gozar de una mejor posición social que él.

—Estarías más seguro buscando emociones a bordo de *El Cisne Negro*.

—Largo —dijo Thorn, y Christian se marchó.

El ayudante de cámara regresó y lo ayudó a desvestirse.

—¿Te parece que me estoy buscando problemas, Joseph?

El hombre era diez años mayor que Thorn y era una persona tranquila y calmada que lo había vestido desde que Thorn tenía catorce años y había empezado a acudir a la corte y a otras fiestas de la alta sociedad. No tenían secretos.

Bueno, muy pocos.

—Quizás está un poco nervioso últimamente, señor. Quizá desde que decidió no volver a salir a navegar.

—Soy consciente de los desequilibrios en la corte desde mucho antes que eso. —Mientras se ponía la bata, preguntó—. ¿Debería casarme?

—Únicamente cuando usted quiera, señor.

—¿Y si no quiero nunca?

—El mundo no se acabará con el final del título de Ithorne, señor.

—¡Sacrilegio! Sí que quiero, y lo sabes.

Robin tenía razón en que lo bonito era la familia. Se había planteado fijarse en alguna de las hermanas de Christian, porque le gustaba que fueran una familia tan numerosa, pero no podía hacerlo. Esas chicas se merecían casarse por amor, no por conveniencia.

—Necesito una esposa que lleve mis casas y ejerza de anfitriona cuando organice fiestas —dijo Thorn, que era consciente de que estaba discutiendo consigo mismo—. Alguien a quien comprarle joyas y que puedan quedarse en la familia. Alguien que me dé hijos sanos que continúen con el apellido.

Niños a quien enseñar a navegar en el lago, con quien jugar a piratas y a Robin Hood...

—Todo a su debido tiempo, señor. Ya encontrará a la mujer adecuada.

—Eso espero —respondió Thorn, y bostezó—. Sería horrible casarme con la mujer equivocada.

# Capítulo 6

*Ithorne House, Londres. Septiembre de 1764*

—*A*quí está, señora. —La doncella, muy nerviosa, señaló una puerta sencilla que había al final del pasillo encalado del servicio—. Da a una zona de habitaciones, señora, aunque los invitados no pueden acceder a ellas. Gire a la derecha y enseguida se encontrará a alguien.

La doncella tenía más de treinta años, pero retorcía el delantal entre los dedos como una niña nerviosa.

—Si la descubren, no dirá que la he dejado entrar yo, ¿verdad, señora? Hago lo que está en mi mano para lady Fowler, pero necesito el trabajo. Y le juro que esta casa no es tan mala. El duque va a pecar a otras partes. Aquí sólo beben, juegan...

Bella le acarició el brazo.

—Nunca confesaré que nadie de esta casa me ha ayudado. Regresa a tus quehaceres y olvídate de mí. Y gracias.

La chica hizo una reverencia y se marchó. A pesar de que Bella no tenía ninguna intención de huir, miró la puerta con algunos de los miedos de la doncella. Había invadido la casa de un noble; de un duque, nada menos. ¿Cuál era el castigo para eso? Y, para empeorar todavía más la situación, en unos instantes invadiría una selecta fiesta de las grandes personalidades del país.

Se estremeció sólo de pensarlo.

Lady Fowler había recibido una carta de la doncella, angustiada porque el duque iba a organizar las Fiestas Olímpicas, un baile de máscaras anual y desenfrenado para la elite de Londres. Obligarían al servicio a llevar ropa indecente y quería saber qué tenía que hacer.

Lady Fowler vio una oportunidad perfecta para desenmascarar los secretos mejor guardados de aquellas personas que mandaban en el país y redactaban las leyes. La doncella dejaría entrar en la casa a una de sus ayudantes pero, ¿a cuál? La elegida, aunque a regañadientes, fue Bella o, mejor dicho, Bellona Flint.

Bella había conseguido llevar a la práctica su plan. Había adoptado la personalidad de Bellona Flint: sencilla, severa, con el entrecejo peludo y una pequeña verruga en la nariz. Había alquilado una pequeña casa cerca de la de lady Fowler y se pasaba el día entero allí copiando la carta y ayudando en lo que podía. Sin embargo, cinco meses después ya estaba desencantada con la señora, con su grupo de apoyo y su trabajo.

El marido de la pobre lady Fowler le había contagiado una desgraciada enfermedad. Le estaba destrozando la salud, ya casi no salía de la cama, y quizá también el cerebro. Su carta había degenerado hasta convertirse en un panfleto escandaloso, pero ahora flirteaba con el peligro al verter opiniones políticas bastante radicales. Muchas de sus ayudantes estaban nerviosas, pero eran mujeres tímidas e incapaces de protestar. Bella no era tímida, pero no sabía qué hacer. Se había empezado a plantear la posibilidad de marcharse.

Y ahora, frente a esa puerta, deseó haberlo hecho. Aunque, puesto que no había sido así, sólo había deseado descubrir la manera de superar a las hermanas Drummond.

Las dos recién llegadas eran pájaros de otro nido. Las hermanas irlandesas, Helena y Olivia Drummond, tenían picos y garras, y muchas ideas para acciones dramáticas. Ya habían organizado una sonora protesta a las puertas del baile de máscaras venecianas de Madame Cornelys, y habían lanzado tinta a las piernas de una actriz que llevaba pantalones. En cuanto leyeron la carta de la doncella, enseguida habían propuesto invadir la fiesta, asumiendo que la intrusa sería Olivia.

Bella había tenido tanto miedo de lo que podrían llegar a hacer que se ofreció voluntaria para el trabajo, aunque se había olvidado de su aspecto de Bellona Flint. Olivia y Helena, ambas terriblemente atractivas, se habían burlado de su capacidad para comportarse con elegancia, cosa que las enzarzó en una reñida discusión. Al final, Bella había mostrado su carta secreta: su experiencia en ese tipo de fiestas.

Cuando se presentó en casa de lady Fowler, había mantenido la historia de Bellona Flint lo más fiel posible a la suya propia, y sólo omitió el secuestro y se puso unos años de más. Bellona procedía de una familia aristocrática, pero había vivido el rechazo de su padre cuando se había negado a casarse con el hombre que él había escogido. Una modesta herencia de una familiar ya mayor la había rescatado.

Y así podía justificar haber asistido a dos bailes de máscaras. Una vez, disfrazada de Betsy, la lechera, y la otra de reina Leonor de Castilla. Sabía cómo comportarse, cómo fingir y cómo hablar con los demás como si fueran sus personajes. Lady Fowler le había confiado la misión.

Lo que ella no sabía era que, en las Fiestas Olímpicas, todo el mundo iba vestido al estilo clásico. Los políticos llevaban togas y los militares llevaban armaduras griegas o romanas. Las señoras casadas iban disfrazadas de matronas o diosas, pero las solteras solían ir vestidas de ninfas.

De haberlo sabido, jamás habría peleado por la misión pero, una vez hecho, no tuvo el valor para desdecirse. No podía perder los nervios ahora. Acarició la peluca negra y la máscara tras la que se ocultaba. Nadie descubriría jamás que aquella escandalosa criatura era ella.

Normalmente, un disfraz de ninfa consistía únicamente en una túnica ligera y sin mangas. Ella había insistido en llevar el viso debajo, pero le habían tenido que cortar las mangas. Nunca había expuesto sus brazos a la vista ajena.

Ni los pies. Quería ponerse medias pero, con las delicadas sandalias griegas, estaba claro que no quedaban bien. Y para empeorarlo todavía más, las cintas de las sandalias llevaban unas llamativas estrellas que llamaban mucho la atención.

Lady Fowler o las hermanas Drummond, no estaba segura de quién había sido, habían decidido que sería Kelano, una de las Pléyades, ninfas convertidas en estrellas tras un rapaz ataque del dios Orión.

«¡Un símbolo viviente de la crueldad de los hombres!», había declarado lady Fowler en su ya clásico y exagerado estilo.

Por lo tanto, Bella llevaba estrellas en las sandalias, en el cinturón azul oscuro que le recogía la túnica blanca y en la peluca. Las de la cabeza no le suponían ningún problema, pero las que llevaba cerca de los dedos desnudos de los pies le molestaban un poco.

Mientras rezaba para que hubiera otras que fueran más desvestidas que ella, colocó la mano en el pomo de la puerta y la abrió un poco. Aunque no sólo estaba nerviosa por el disfraz. Estaba invadiendo la casa de un noble. Y teniendo en cuenta la severa injusticia de las leyes que protegían a los nobles, seguramente la podían colgar por eso.

Irguió la espalda y se asomó. Tenía ante sus ojos el mundo ducal. El resplandeciente suelo del pasillo estaba cubierto por una alfombra alargada y las paredes estaban pintadas de color verde claro y decoradas con acuarelas de paisajes.

Por un momento, se preguntó si se habría equivocado de casa. El duque de Ithorne era un vividor pero allí no había señales de lascivia ni ordinariez. Cuando prestó atención a los sonidos que llegaban de otra parte de la mansión, la confusión aumentó. Sólo oyó una música animada, pero nada de gritos ni risas alocadas, aunque ya hacía una hora que llegaban invitados.

Era imposible que se hubiera equivocado, así que volvió a tocarse la máscara, accedió al pasillo y cerró la puerta tras ella. Caminó hacia la música y, cuando se acercó, reconoció el baile. Antes de darse cuenta, estaba bailando sola en el pasillo. Hacía tanto tiempo que no bailaba, y le gustaba tanto…

Se detuvo.

«Nada de eso, Bella. Estás aquí por algo muy serio.»

Siguió caminando y ahora sí que oyó voces y risas, pero seguían siendo las propias de una reunión elegante, no de una orgía. Giró una esquina y se detuvo, con el corazón acelerado, al ver a los primeros invitados. Se obligó a caminar hacia los dos grupos y se tranquilizó al comprobar que, efectivamente, algunas de las ninfas de la fiesta iban vestidas de forma tan escandalosa como ella.

Sin embargo, aquella gente parecía estar disfrutando de una inofensiva conversación. En el primer grupo, tres hombres con armadura clásica hablaban con una matrona y una tímida ninfa que, seguramente, eran madre e hija. En el segundo grupo, dos hombres con toga flirteaban con dos ninfas un poco más desenvueltas, pero su actitud estaba dentro de los límites.

Viendo a esas ninfas, Bella se preguntó si al final la descubrirían por ir demasiado tapada. ¡Una jovencita llevaba dos tirantes en los hombros y el vestido apenas le cubría las rodillas! Además, en un tobillo llevaba lo que parecía una tira de diamantes, cosa mucho más escandalosa que estrellas en las sandalias.

Mientras se acercaba al primer grupo, disimuladamente recogió un poco de tela alrededor del cinturón para subir el bajo del vestido. Se fijó y vio que enseñaba casi un palmo de pierna. Reprimió la urgencia de volver a colocarse el vestido en su sitio.

Los soldados y las modestas damas hablaban de lo que parecían asuntos mundanos: el estado de las calles y el clima. Y entonces, uno de los caballeros mencionó a John Wilkes.

Bella hubiera preferido que no mencionaran ese nombre. El año pasado, habían encarcelado a ese hombre por crear una edición del «North Briton» donde criticaba al rey. Había conseguido evitar la ley al huir del país. Ahora, y bajo la influencia de las hermanas Drummond, lady Fowler había utilizado parte de una sorprendente donación de mil guineas para comprar una prensa. Decía que la utilizaría para imprimir su carta y que, de esa forma, pudiera distribuirse libremente por toda la ciudad de Londres.

Aquello ya era suficientemente preocupante, sobre todo teniendo en cuenta el contenido incendiario de las últimas cartas, pero Bella tenía miedo de que las hermanas Drummond tuvieran en mente planes más peligrosos. Estaban metiendo con calzador la gestión tiránica de Irlanda por parte de Inglaterra entre las quejas sobre la opresión legal de las mujeres, y eso se acercaba mucho a la alta traición. Si utilizaban la prensa para imprimir discursos en esa línea, las pobres ayudantes de lady FLowler seguramente terminarían como las ovejas, en el matadero.

Ovejas o pájaros, igual de vulnerables...

—¿Sola, bella ninfa? Le ruego que nos acompañe.

Con el corazón acelerado otra vez, Bella se volvió hacia un caballero con toga.

—Lo lamento, señor, pero me veo obligada a estar en otro sitio.

—¿Qué puede obligar a una ninfa en una fiesta como esta? Se lo ruego, regálenos el placer de su compañía.

El otro caballero se unió a la súplica, pero estaba claro que a las dos ninfas no les hacía ninguna gracia tener competencia.

—Quizá es mi deseo que me obliguen a estar en otro sitio —respondió Bella, con una sonrisa—. Discúlpenme, caballeros.

Continuó caminando, preparada para que la agarraran del brazo, quizá incluso para que la acusaran de impostora. Cuando no sucedió nada de eso, se relajó un poco. Nadie había sospechado, así que su actitud debía de ser apropiada.

Se acercó con cautela a otro grupo de personas pero, aparte de alguna mirada, nadie le prestó la menor atención. Ese grupo también parecía enfrascado en una conversación seria sobre política. Bella escuchó referencias a Greville, Newcastle y al embajador francés.

Sabía que aquella fiesta suponía una oportunidad para las personas más importantes de la ciudad para encontrarse y negociar sin las limitaciones de las tradicionales rivalidades y las enemistades enquistadas, pero le sorprendió comprobarlo. Así no iba a lograr su propósito.

Aunque todavía quedaba tiempo para que la fiesta se volviera más salvaje.

Bella giró una esquina y se alegró de mezclarse con una compañía más alegre. Aquí todo era movimiento y risas y podía avanzar entre la multitud con interacciones informales. Estaba claro que muchos de los invitados se reconocían, pero había otros que seguían el juego del baile e intentaban adivinar el personaje que interpretaba el otro.

Varios caballeros trataron de adivinar su identidad invitándola a detenerse con ellos y flirtear con ella. Sin embargo, todo con muy buen humor y ella respondía con una broma acerca de su toga o su armadura y seguía caminando. Sí, podía hacerlo. Recordaba cómo hacerlo.

Empezó a animarse. Sonreía con más facilidad, la música le invadía la mente… y de repente se dio cuenta de que le gustaban las miradas de apreciación masculina. Los caballeros le decían «guapa», «encantadora» y admiraban sus estrellas…

«No te valoran a ti —se dijo—. Se comen con la mirada tus labios pintados, la peluca y el traje atrevido.» Daba igual, porque aquel entorno la devolvió a su juventud robada y le gustaba demasiado. Le costaría mucho regresar a su aburrida vida después de esa noche pero, ¿qué otra opción tenía?

Llegó al centro de la casa, a una abarrotada galería encima de una preciosa escalinata de madera brillante y metal pulido. Encima de su cabeza, adivinaba un techo delicadamente enlucido con una pintura en el centro, pero había poca luz.

En cambio, el salón de abajo estaba iluminado para llamar toda la atención, convirtiéndolo en un escenario donde hacían su entrada los invitados. Se acercó a la parte delantera para tener una mejor visión y enseguida se sintió acosada por ruido, perfumes y sudor, provenientes tanto de su alrededor como de abajo.

Miró al salón y se preguntó si el duque estaría allí, recibiendo a los invitados más importantes. ¿Qué disfraz llevaría? ¿Una toga senatorial, quizá con una corona de laurel de emperador? Vio algunas coronas así, e incluso algunas doradas.

Sí, el altivo duque seguro que llevaba eso.

Esperaba que aquella invasión le facilitara obtener más información sobre el duque de Ithorne, porque estaba particularmente interesada en él. La había preocupado aquella extraordinaria donación de mil guineas y le había pedido al señor Brownley, el abogado de Londres que el señor Clatterford le había recomendado, que intentara descubrir de dónde procedían. Le había costado mucho, porque estaba claro que la fuente no quería que la descubrieran, pero un contacto en un bufete de abogados que hacía muchos trabajos para el duque de Ithorne había desvelado que sabía algo sobre ese asunto. ¿Por qué iba a donar tan alta suma al fondo Fowler un duque joven y vividor? Bella estaba segura de que sus intenciones no eran buenas.

¿Acaso esperaba que aquello volviera loca a lady Fowler? Parecía enrevesado, pero es lo que había conseguido. Lady Fowler ahora estaba convencida de que contaba con el apoyo de alguien poderoso y, bajo la influencia de las hermanas Drummond, planeaba acciones más descabelladas cada día.

Y, para colmo, llevaba varios meses atacando al marqués de Rothgar en sus cartas, algo que sólo se entendía si era fruto de la locura, aunque él hubiera insistido en endosar a su hija ilegítima en su casa con su esposa y en la sociedad.

¿Estaría allí esa noche el hombre al que llamaban el Marqués Oscuro, quizá vestido todo de negro? Otro término que se le aplicaba era *Eminence Noir*: el poder oscuro tras el trono. Por lo visto, el término provenía de Francia, donde una vez existió un *Eminence Rouge*: el poder rojo o cardenal Richelieu.

Lord Rothgar le daba más miedo que el propio rey, puesto que no conocía reglas ni leyes. Por lo que sabía de él, hacía lo que le apetecía y sus venganzas no se hacían esperar.

Sí, Bella tenía que dejar a lady Fowler. Tenía que buscarse otra vida.

Ninguno de los hombres del salón parecía lord Rothgard o el duque, aunque estaba segura de que sería difícil reconocerlos. Los había visto pocas veces y desde lejos. Ambos eran altos y morenos, cuando no iban empolvados. El marqués tenía diez años más que el duque.

Mientras observaba, se fijó en que los invitados que llegaban levantaban la vista, miraban a su alrededor y exclamaban encantados. Bella decidió bajar y ver el salón desde aquella perspectiva.

No le resultó fácil ir a contracorriente, e incluso algunas veces tuvo que pegarse demasiado a alguien. A veces, a hombres, que sonreían y bromeaban. Uno incluso intentó llevársela con él hacia arriba, pero la soltó en cuanto ella protestó.

Sin embargo, estaba sonrojada y acalorada. Ojalá algunos disfraces no dejaran los brazos masculinos y musculosos desnudos para que rozaran los suyos. Ojalá la multitud no la aplastara ocasionalmente contra un cuerpo rígido, o una armadura rígida.

Había olvidado la sensación de tener a un hombre tan cerca. Aunque quizá nunca la había conocido. Al menos, no de aquella manera tan informal.

Excepto una vez.

Hacía cuatro años. En Dover. En los brazos de un hombre en medio de una muchedumbre ebria. La besó en medio de una muchedumbre ebria. De pie en el establo junto a ese hombre, aterrada por si la descubrían, por el futuro que podía esperarle, aunque consciente de la presencia de ese hombre. Poderosa y físicamente consciente de un modo que jamás había olvidado.

Y eso que él iba completamente vestido, igual que ella.

Acabó de bajar las escaleras y accedió a un espacio más ancho, jadeando como si segundos antes se hubiera estado ahogando. Ahogando en el aroma y el poder masculinos.

Todavía estaba rodeada de gente, aunque ya no se rozaba con nadie. Afortunadamente, ningún hombre tenía ya la excusa de pegarse a ella. Se dirigió hacia la puerta principal y allí se volvió para contemplar la decoración que veían los invitados que llegaban por el acceso normal.

«Ah.»

Nunca había estado en Italia, pero así era como se la imaginaba. Se veían unos balcones y ventanas dibujados en la tela de unas paredes de piedra ficticias, llenos de gente retratada tan al detalle que casi parecían de verdad. Y la tela oscura que había visto desde la galería representaba un cielo estrellado. Le llegaron cientos de aromas. No sabía identificarlos, pero las hierbas y otros olores sugerían que estaban en una tierra lejana.

—Absurdo, ¿no le parece?

Bella se asustó y se volvió hacia el hombre: un joven vestido con ropa de campesino. Llevaba una rústica túnica hasta la altura de la rodilla y pantalones marrones. Llevaba una incipiente barba oscura, el pelo canoso y su única máscara era un trapo atado encima de los ojos con una pequeña abertura.

Por un momento, Bella creyó que era un atrevido criado, pero la voz no pertenecía a un criado. Era obvio que era un caballero, y uno que se había tomado la libertad de desafiar todas las normas y había acudido disfrazado de esclavo romano.

Estaba esperando su respuesta y quizá no entendía su silencio.

Bella tuvo que elegir muy rápido entre el hastío o la complacencia y prefirió la sinceridad.

—Me parece encantador. Me pregunto si realmente se parece a Italia.

—Todo lo que un decorado puede parecerse a cualquier cosa. Pero, ¿cree que Ithorne ha hecho un trabajo pasable?

—Dudo que el noble duque haya hecho algo de todo esto.

Su compañero se rió.

—Es cierto. «Tú, doncella, haz esto. Tú, chico, haz aquello.»

Su tono le decía que sentía el mismo desprecio por la ociosa clase noble que ella.

Y pareció que él también se había dado cuenta.

—Está claro que somos almas gemelas —dijo—. Venga a bailar conmigo.

Puede que fuera una proposición pero, en lugar de ofrecerle el brazo para que ella lo acompañara, la tomó del brazo y se la llevó hacia las escaleras.

Después de una reticencia inicial, Bella se fue con él. Tenía que pasar desapercibida hasta más tarde, cuando empezaran los actos impúdicos, y una dama acompañada destacaría menos que una sola. Y no podía negar que le encantaría volver a bailar, aunque sólo fuera una vez. Habían pasado muchos años desde la última vez.

Como había imaginado, al ir acompañada, los otros hombres no la molestaban. Una señorita debería poder pasear sola y no tener que ser objeto de insultos, pero en ese momento su corazón no quería entrar en discusiones. De hecho, su corazón estaba absolutamente desatado.

Bueno, su corazón no. No se estaba enamorando, pero estaba al borde de un precipicio, y todo por culpa de una mano fuerte y masculina que la tenía agarrada. ¿Cuánto tiempo había pasado desde la última vez que un hombre la había tomado de la mano, ambos sin guantes, piel contra piel?

Imaginaba que cuatro años, desde el último baile al que había asistido. O quizá cuando Coxy y Naiscourt la habían subido al carruaje a la fuerza.

—¿Qué le preocupa, dulce ninfa? —le preguntó el chico.

Bella se dio cuenta de que habían llegado a lo alto de la escalera y que tenía el ceño fruncido. Era primordial que ese chico no sospechara nada, así que enseguida dibujó una sonrisa.

—Únicamente el gentío, señor, y el retraso que eso supone para llegar al salón de baile. Me encanta bailar.

Él miró a la gente que les bloqueaba el paso.

—¿Quiere que haga que se separen como las aguas?

—Entonces, ¿es Moisés? Lleva un disfraz de esclavo.

—Sólo soy un simple pastor al que han dado permiso para descender de la colina para divertirse una noche. Pero, si quisiéramos fingir que toda esta gente son cabras, seguro que sabría cómo manejarla.

—¿Cabras? ¿En las Fiestas Olímpicas?

—Las cabras aristocráticas siguen siendo cabras. Sólo tiene que oírlas balar.

Bella no pudo evitar reírse.

—¡Cállese, señor! Me temo que terminará mal.

—¿De regreso a mi montaña? ¿U obligado a abandonar el país, como el pobre Wilkes? No tema; no soy tan estúpido como para poner mis osados pensamientos en negro sobre blanco. ¿Y usted?

Bella contuvo el aliento. ¿La habían descubierto? ¿Tan rápido?

—¿Qué osados pensamientos iba a tener yo? —preguntó.

—Sobre el vago de Ithorne, por ejemplo. Seguro que, en el sótano, tiene una mazmorra para castigar insolencias como esas.

—Seguro que sí. Tengo entendido que es un vividor de lo más bajo.

Él sonrió.

—Un duque nunca está en lo más bajo, dulce ninfa.

—Quizá no en esta vida.

—Ah, pero usted está anticipando el momento en que todos seremos divididos entre ovejas y cabras. Aunque es muy injusto para las cabras que las conviertan en cebo del diablo, ¿no le parece?

—Sí —asintió, disfrutando de aquella jocosa conversación más de lo que debería. Por desgracia, la casa de lady Fowler estaba desprovista de todo tipo de ingenio—. Me había prometido un baile, señor. ¿Acaso no es hombre de palabra?

Ah, ahora había hablado la antigua Bella Barstowe, con su impaciencia y sus peticiones.

—Venga, deje que la guíe. —Le rodeó el hombro con un brazo y empezó a caminar. Bella se sentía impotente, como si, además de la cintura, le hubiera oprimido la voluntad.

Como si estuviera convencida de ir allí donde él le dijera.

Como una cabra.

Ningún hombre le había rodeado jamás el cuerpo con tanta decisión, y echaba de menos las habituales capas de tela que solía llevar encima. Como por arte de magia, el chico consiguió abrirse paso entre la gente, y ella casi notaba su brazo desnudo pegado a su piel.

Ya fuera un criado o un noble, Bella estaba en brazos de un granuja que no conocía la moderación. Cualquier mujer con dos dedos de frente se alejaría, pero es que ella se moría de ganas de bailar.

Se abrieron paso entre la multitud y llegaron al salón.

La decoración imitaba el mármol y los pilares, aunque aquí nadie había cubierto el techo dorado, que brillaba a la luz de cientos de velas. En el centro del alargado salón, una hilera de invitados disfrazados bailaban al son de «La dama de mayo».

El chico se colocó a un lado de la puerta, para que pudiera seguir entrando gente, y Bella encontró el valor para soltarse.

Él se lo permitió, con un gesto divertido en su interesante boca.

—¿Qué ninfa es, querida? A juzgar por las estrellas, me atrevería a decir que una de las Pléyades. Y también lleva estrellas en los pies —comentó en un tono que hizo que Bella retorciera los dedos de los pies.

—Kelano —respondió ella, enseguida—. ¿Y usted tiene un nombre, pastor?

—Soy de clase demasiado baja para tener nombre. Pelo de ébano —añadió, acariciándole uno de los tirabuzones que le caían encima del hombro—. Eso sería una pista para identificar a Kelano la arpía, oscura y salvaje.

¿Cómo era posible que una caricia en la peluca la hiciera estremecer?

—O Kelano de la Amazonia —replicó ella, mientras le apartaba la mano. Había investigado acerca de su nombre—. Tenga cuidado, señor. Quizá lleve un arco y una flecha escondidos en algún sitio.

—A lo mejor debería cachearla. Por si supone una amenaza para mis cabras.

—¡Creo que no!

Él alargó la mano para acariciar la tela que le cubría el hombro derecho y, por un momento, Bella creyó que iba a hacerlo. Pero entonces, él suspiró.

—Lamentablemente, yo tampoco. Pero se me antoja como un auténtico misterio, Kelano, envuelta en un disfraz de múltiples capas. Debo saber más. Sin embargo, la noche es joven y tenemos tiempo.

—¿Tiempo? —repitió ella, intentando no sonar alterada. Había conocido a algunos hombres atrevidos de joven, pero nunca a nadie así. A pesar de que respiraba de forma acelerada, la emoción le llegaba hasta las estrellas de los pies. El chico estaba flirteando con ella de la forma más deliciosa. Y ella también estaba flirteando con él.

¿Cuánto tiempo había pasado desde la última vez?

Cuatro años.

Una eternidad.

—Ha llegado la hora de apartar capas hasta dar con la verdad —dijo él.

—¿Las suyas también? —Fue una respuesta instintiva, realizada con la intención de repeler, pero él sonrió y Bella se dio cuenta de que su provocativa respuesta había sido una estupidez.

—Por supuesto —dijo él—. ¿Empezamos? —Otra caricia, aunque esta vez fue un dedo en el costado.

—No —respondió ella, mientras retrocedía, aunque se encontró con la espalda pegada a la pared.

—Podríamos ir a buscar un lugar más tranquilo…

Bella notó que abría mucho los ojos. Le estaba proponiendo el tipo de escándalo que había venido a buscar. Y, oh desastre, ¡estaba tentada de aceptar!

—Primero el baile —replicó, enseguida.

Ya se alejaría de él más tarde.

—Kelano la sabia. —Pero entonces, su sonrisa presagió algo mejor para el futuro—. Un camino pausado conduce a mayores placeres, ¿verdad? Venga.

Esta vez, le ofreció la mano en lugar de tomarla directamente. Bella era consciente de que Kelano la sabia encontraría cualquier excusa para huir, pero al final colocó la mano encima de la suya.

—Le gusta mucho bailar, ¿verdad?

Mientras movía los pies al ritmo de la música, Bella no intentó negarlo, y corrió con él para unirse a la hilera del baile. Al cabo de poco, estaba absolutamente inmersa en los pasos de baile.

Cuando se reunieron en el centro y se volvieron, él le dijo:

—Creo que la conozco.

A pesar de la punzada de pánico que sintió, Bella sonrió pero, cuando se volvió hacia el siguiente caballero, su mente alarmada calibró el peligro que corría.

¿Era posible que el pastor fuera alguien a quien hubiera conocido hacía cuatro años? Estaba segura de que no se trataba de ningún vecino del pueblo, ¿y qué chico de Londres la recordaría de verla por la calle? Y sin embargo... Sin embargo, descubrió que había algo en él que le resultaba familiar.

¿Dónde?

¿Cuándo?

Las mejillas con barba incipiente parecían un rasgo habitual, y era un detalle poco usado por los caballeros...

No lo ubicaba, pero no podía quitárselo de la cabeza ni siquiera cuando sonreía y flirteaba con otros hombres. Si alguien la reconocía sería un desastre.

Pero, ¿el chico conocía a Bella Barstowe o a Bellona Flint? Le parecía imposible que alguien pudiera reconocer a Bellona con ese disfraz, y más teniendo en cuenta que Bellona no socializaba.

—¿Y quién es usted, deliciosa doncella? —Bella volvió a la realidad y miró al caballero con quien estaba emparejada.

Reunió el valor para ofrecer la réplica convencional:

—Eso tiene que adivinarlo usted, señor.

—Melia —sugirió él.

Bella no tenía ni idea de quién era Melia, pero meneó la cabeza y siguió bailando mientras se preguntaba por qué no había ofrecido aquella respuesta convencional al pastor. En lugar de eso, le había confesado su identidad y lo había seguido hacia donde él había querido. Era un hombre muy peligroso y, encima, creía que la conocía. En cuanto el baile terminara, tenía que evitarlo como fuera.

De momento, lo iba mirando de reojo, comprobando el peligro.

Sus ojos se encontraron a menudo.

¿Por qué la estaba mirando? ¿Acaso también le extrañaba aquella sensación de familiaridad?

¿Formaba parte del círculo reformista de lady Fowler? No. Los pocos hombres que apoyaban la causa eran del clero o sabios. Y el pastor era demasiado descarado. Sólo había que verlo flirtear con todas las mujeres con las que se emparejaba durante el baile. Obviamente, ella estaba haciendo lo mismo, pero por una causa noble.

Comprobó, desalentada, las reacciones de los objetos de sus flirteos; todas las mujeres, jóvenes o mayores, caían rendidas a sus pies. Bella había oído hablar de ciertos hombres que podían hacer perder la cabeza a una mujer, y ahora había conocido a uno.

Y, durante un rato, ella también había sucumbido a sus encantos.

Pero ya no quería saber nada más. Prestó atención a sus parejas de baile y buscó el escándalo. Había algunos a los que le hubiera gustado apartar, como el obeso senador que se pegaba demasiado mientras bailaba o el delgado como un palo de escoba que aprovechaba cualquier ocasión para mirarle los pechos. O el peludo con los labios húmedos que estaba tan sudado que tenía toda la toga pegajosa.

No, había sido un comentario injusto, porque hacía mucho calor en el salón. Los ventanales estaban abiertos pero, a pesar de que ya era septiembre, hacía un tiempo extrañamente cálido y no corría nada de viento. Cuando volvió a emparejarse con el pastor, dijo:

—Hace muchísimo calor. —Vio el destello en sus ojos y enseguida quiso bloquear cualquier respuesta sugerente—. Es una bendición que llevemos tan poca ropa. A lo mejor este disfraz debería convertirse en el uniforme para bailar. Imagínese tener que soportar este calor con capas de enaguas y seda.

—O con un traje de terciopelo bordado —replicó él.

—¿Un pastor con un traje de terciopelo? —se burló ella.

—¿Las diosas sudan? —respondió él.

—Yo sólo soy una ninfa...

—Y es mundialmente conocido que las ninfas son muy traviesas.

—Y los pastores son... —Pero no se le ocurrió nada para terminar la frase.

—Las cabras son lascivas —propuso él—. A lo mejor es contagioso. Ay, madre mía —añadió, mientras la agarraba de la mano—. Nos estamos contagiando.

—Entonces, habrá repartido lascivia por todo el cuerpo de baile, señor. Algo que, pensándolo bien, sería como contagiar un sarpullido a una colonia de leprosos.

—¡Kelano! Me sorprende. Pero si está acalorada...

Con gran pericia, se salió de la hilera del baile y cruzó las puertas que daban a la terraza, iluminada con faroles. Hacía más fresco, y su piel sudada notó casi frío, pero una ardiente alarma recorrió su cuerpo.

Se volvió hacia el salón, pero él le preguntó:

—¿Tiene frío? —y recogió algo de un banco. Le tapó los hombros con un gran chal, la capturó entre la tela y la atrajo hacia él.

Ella intentó colocarle las manos en el pecho para detenerlo, pero ya era demasiado tarde. Hacía un segundo estaba bailando y ahora, de repente, estaba pegada a su cuerpo prácticamente desnudo.

—¿Juega al gato y al ratón? —le preguntó él.

—¿Juega a la cabra? Suélteme.

Él se rió y luego la besó. Al principio, fue un beso rápido pero, al cabo de unos segundos, la rodeó con un brazo y le agarró la cabeza con la otra mano. Volvió a besarla, esta vez con más pasión y pericia, y le abrió la boca para que ella notara cómo sus lenguas se rozaban.

Bella intentó resistirse, pero una parte hambrienta de su ser, la parte que una vez había bailado y flirteado y, sí, incluso besado en terrazas oscuras una o dos veces, despertó de forma aterradora. La habían besado y le había gustado, pero nunca así. Nunca lo había vivido de aquella forma.

Tan peligroso.

Tan memorable.

«¡No!»

Volvió la cabeza y se apartó.

Él se lo permitió, pero estaba sonriendo y con los ojos brillantes. Y todavía tenía agarrados los extremos del chal, aprisionándola.

—¡Suélteme!

Quiso decirlo con decisión, pero el hecho de que estuviera sin aliento lo convirtió más en un suspiro. Sabía que estaba esperando fervientemente la dramática respuesta de él.

Él soltó la tela.

Ella se envolvió con el chal y escondió los brazos y los hombros desnudos… y la decepción.

—No debería haberlo hecho.

—Entonces, no debería haber venido a la fiesta.

—Entonces, ¿se trata de ese tipo de fiesta donde las jóvenes son atacadas por interpretar un papel?

—Así es como funcionan los bailes de disfraces, si la dama también quiere jugar.

—Pero yo no...

—Si mi beso la ha ofendido, le pido disculpas, pero no me ha parecido poderosamente ofendida, mi dulce y sabrosa ninfa.

Bella tragó saliva y su sinceridad innata la obligó a admitir que tenía razón, y que las partes pícaras y estúpidas de su ser querían volver a caer rendidas a sus brazos.

Encontró el valor para quitarse el chal y lo dejó en el banco, con la esperanza de hacerlo con aire informal.

—Después de nuestra breve distracción, esclavo, debo regresar a círculos más elevados.

—No se fíe de los senadores ni de los dioses. A pesar del resplandor, son hombres como yo. Si es tan inocente como quiere hacer ver, deseará que la acompañe hasta su grupo.

Era un desafío tan hábil como una navaja entre las costillas, y Bella recordó el comentario que el pastor le había hecho antes acerca del reconocimiento. ¿Qué sospechaba? Intentó descifrar las sutilezas de su expresión pero, ahí fuera, la iluminación era tenue, algo sin duda diseñado así a propósito.

—Si lo permito, entonces descubriría quién soy —le dijo.

—¿Conocer a una mujer por su compañía? Intrigante. ¿Cree que puede permanecer de incógnito eternamente?

—Puedo intentarlo.

Aquella boca, aquella sensual boca, sonrió y provocó la aparición de varias arrugas en las perfectas mejillas.

—Lo descubriré, y lo sabe.

Bella quería devolverle la sonrisa, pero se limitó a alzar la barbilla.

—Lo dudo.

—Sólo es cuestión de tiempo. En realidad, tengo la sensación de que ya la conozco.

—Eso también lo dudo.

—Entonces, ¿es una provinciana nueva en la ciudad?

—No me sacará más información, esclavo. —Sin embargo, sabía que cuanto más tiempo se quedara allí, más peligro correría, así que dijo—. Y ahora, adiós. —Y regresó al salón de baile.

Rezando para que no la siguiera, atravesó a toda prisa la hilera de bailarines, despertando alguna queja. Cuando llegó a la puerta que había al otro lado, se dio la vuelta. Una parte de ella esperaba que el pastor la hubiera seguido, que estuviera a punto de atraparla y sumirla en otra descabellada locura; sin embargo, predominaba su sensatez.

No obstante, sintió una punzada de decepción al ver que él seguía en la puerta de la terraza y no mostraba ningún interés hacia ella. Estaba hablando con un hombre de pelo canoso que llevaba una sencilla túnica.

«¿Lo ves, burra? El encuentro y el beso no han significado nada para él.» Aunque, por supuesto, ella jamás había creído que así pudiera ser. Se permitió contemplarlo un momento más, extrañada por su actitud sobria y concentrada.

Recordó haber pensado si él también sería un invasor en la fiesta. En tal caso, quizá estaba hablando con un cómplice, con quien quizá planeaban atacar a alguien. ¿Estaban planeando matar al duque o incendiar la casa? Debería hacer algo para detenerlos.

Pero entonces él se volvió y la miró directamente. Bella habría jurado que sus ojos se abrieron mucho detrás de la máscara. ¿Acaso había adivinado lo que estaba pensando? Muy asustada, se volvió para marcharse, pero había un grupo de gente que entraba en el salón y tuvo que apartarse.

Volvió a mirar al pastor.

Él no se había movido y seguía mirándola.

Bella dio media vuelta para marcharse, pero vio que había varias personas que la estaban mirando. Directamente a ella. Las máscaras escondían las expresiones de sus caras, pero la intensidad de las miradas parecía casi hambrienta.

¿La habían reconocido como la intrusa? ¿Se estaban preparando para descuartizarla?

Una mujer la miró de arriba abajo, con los labios arrugados. Maldición, ¿acaso el pastor le había desarreglado el vestido y ahora tenía un aspecto indecente? Bella se miró. No, todo estaba en orden, incluso las estrellas de los pies, pero allí estaba pasando algo y no sabía qué era. Casi cegada por el pánico, Bella se deslizó por un hueco que vio entre el grupo y salió escopeteada hacia la derecha, esforzándose por no parecer una criminal que huía de la justicia. No tenía ni idea de adónde iba. Sólo rezaba para encontrar un lugar tranquilo donde recuperarse.

Y entonces oyó un susurro: «¡Escandaloso!».

Hizo una mueca, como si le hubieran clavado un puñal pero, cuando miró a su alrededor, nadie la estaba mirando. Tres diosas griegas estaban susurrando como cuando se está chismorreando, y sonreían con el regocijo de disponer de una reputación que destrozar.

Bella volvió a mirar a su alrededor, pero vio que no había nadie más.

El corazón se le tranquilizó y empezaba a tener la mente más clara. Quizá no corría ningún peligro, y había venido a la fiesta en busca de un escándalo.

Se agachó como si tuviera que ajustarse una cinta de la sandalia y prestó atención a los susurros.

—En *flagrante delicto*, querida. ¡Absolutamente!

—Pero, ¿quién?

—He oído que ha sido Grandiston.

Oyó una risita tonta.

—No me extraña. Estaba muy, muy viril con aquella antigua armadura...

«¿Grandiston?» El nombre le sonaba de algo, pero no lo ubicaba. ¿Era tan importante como para aparecer en la carta de lady Fowler? ¿Y quién era la mujer?

Una de las diosas debió de haber preguntado lo mismo.

—Psyche Jessingham.

Ese nombre sí que le sonaba, porque la relación adúltera de lady Jessingham con Ithorne había sido tema de conversación en casa de lady Fowler, aunque nunca había aparecido mencionada en la carta. De joven, a lady Fowler la habían obligado a casarse con un desagradable señor mayor y sentía compasión por otras mujeres que habían sufrido el mismo destino, por mucho que pecaran.

Ahora lady Jessingham era viuda, pero lady Fowler seguía fiel a su política, aunque le gustaría denunciar a Ithorne por no casarse con la mujer a quien había empañado la reputación.

—¿Psyche y Grandiston?

Bajaron la voz y Bella tuvo que esforzarse por oír algo. ¿Seguiría en sus trece lady Fowler y se negaría a utilizar un escándalo que implicaba a esa mujer?

—Nunca aprendió discreción —dijo una de las mujeres—. Pero exactamente, ¿qué han visto?

Más susurros y, luego:

—Muy despeinada —dijo, la que lo estaba relatando todo, con segundas intenciones—. El vestido bajado por la parte delantera...

De repente, Bella se dio cuenta de que las tres señoras la estaban mirando, con gesto serio.

Les sonrió y se marchó, aunque le dio tiempo a oír una palabra más: «Rothgar...».

¡Maldición! ¿También se había visto envuelto el gran marqués? Después de tanto tiempo en casa de lady Fowler había descubierto algunas cosas escandalosas, y ahora sabía que, a veces, varios hombres compartían a una desafortunada mujer. Eso sí que sería una historia para la carta. Pero... pobre señora Rothgar, que estaba en la recta final de su embarazo, y que ya había tenido que aceptar a la hija bastarda de su marido en su casa.

Tenía que descubrir más cosas. ¿Dónde se estaba produciendo aquel encuentro escandaloso de Grandiston?

# Capítulo 7

*T*horn se movió entre el gentío lo más deprisa que pudo sin demostrar ninguna urgencia, porque casi todos los presentes lo habían reconocido y no quería alarmar a nadie. También ocultó su enfado, pero estaba furioso consigo mismo. Iba a llegar tarde para evitar el desastre porque no había cumplido con su deber. En lugar de controlar la fiesta y vigilar al rey, se había escapado a la terraza para jugar con una ninfa amazona.

Había tenido que dejar que Kelano se marchara sin identificarla, y era una lástima, pero tenía ante sí un avispero que no podía ignorar. Habían descubierto, y nada menos que Psyche Jessingham, a Christian en una de las habitaciones privadas con una mujer. Esa mujer creía que podía contraer matrimonio con Christian, así que seguro que pensaba gritarlo a los cuatro vientos.

Seguro que tenía que darle las gracias a Christian por haber elegido una de las habitaciones más alejadas de la fiesta pero, aún así, tendría que oírlo. ¿En qué demonios estaba pensando? Ya estaba enredado con tres mujeres problemáticas. Aparte de la rapaz Psyche, había cometido la locura de casarse a los dieciséis años con una joven de Yorkshire que respondía al poco favorecedor nombre de Dorcas Froggatt. Había creído que estaba muerta pero hace poco descubrió que estaba viva. Mientras la buscaba para solicitar la nulidad del matrimonio, se había enamorado de una tal señorita Hunter, que lo abandonó en cuanto supo que era un hombre casado.

Para añadir mayor vergüenza al momento, el mensaje que había recibido a las puertas de la terraza había llegado por cortesía de Rothgar.

Thorn estaba a punto de agarrar un jarrón de porcelana china y estamparlo contra la pared.

—Señor.

Thorn se volvió y se encontró con un soldado romano que parecía dispuesto a detenerlo.

—Solicitan su presencia —dijo el hombre, muy serio.

Thorn maldijo, aunque en silencio. No podía ignorar una solicitud del rey. Se volvió hacia la fiesta.

El rey Jorge había elegido disfrazarse con una sencilla toga, en un intento por mezclarse con la gente y pasar desapercibido. Aunque no lo había conseguido, obviamente. Nadie se atrevió a hacer una reverencia o mostrar abiertamente que lo había reconocido, pero era algo complicado para personas que habían aprendido a comportarse en la corte desde la cuna.

Thorn tuvo que hacer un esfuerzo por no hacer una reverencia cuando dijo:

—Tengo entendido que ha habido un pequeño contratiempo, señor. Le pido que me disculpe.

—Muy desafortunado —replicó el rey, aunque parecía de buen humor—. Pero se trata de una pareja casada, ¿no?

«¿Casados?» Thorn escondió su sorpresa e inclinó la cabeza en reconocimiento a la sabiduría popular.

—Los poderes del afecto marital, señor.

—Algo que entiendo perfectamente, puesto que Dios también me ha bendecido con ellos, ¿no? ¿Puedo esperar que tú también seas igual de feliz dentro de poco, Ithorne? Perteneces a una familia noble y eres el único soltero, ¿no?

La costumbre del rey de añadir un «¿no?» al final de casi todas sus frases hacía que Thorn quisiera ahogarlo pero, por ahora, sólo quería terminar aquella conversación y descubrir la auténtica dimensión del problema.

—Pretendo ser tan feliz como usted, señor —dijo—. Y por eso estoy siendo muy cuidadoso con la elección.

—Deja que tus amigos elijan por ti, ¿no? Como hice yo.

Sí, y luego se quejó del aspecto y los modales de Charlotte de Mecklenburg-Strelitz, recordó Thorn. En aquella época, Jorge estaba perdidamente enamorado de la bella Sarah Lennox. Sin embargo, ahora los reyes parecían una pareja enamorada, y eso apoyaba su intención de concretar un matrimonio.

—Seguiré su consejo, señor. Pero ahora, si me disculpa...

Con el permiso del rey, Thorn regresó a su destino original, y más teniendo en cuenta que el mensaje procedía de Rothgar. ¿Acaso había organizado él el escándalo y lo había hecho llegar a oídos del rey con la intención de que el monarca culpara al anfitrión?

Thorn creía que su batalla con Rothgar era meramente política pero, ¿era posible que el marqués estuviera dispuesto a lo que fuera para eliminar cualquier amenaza a su poder?

Vio a su serio secretario, Overstone, que se acercaba, muy incómodo vestido con una toga, y se detuvo para recibir más noticias.

—Según las habladurías, señor, lord Rothgar ha reducido el escándalo diciendo que se trata de una pareja casada. Algunos le han creído, pero lady Jessingham lo niega de forma vehemente y está expresando una muy baja opinión de esa chica. ¿Quiere que apoye la versión del matrimonio, señor?

Thorn pensó muy deprisa.

—Todavía no, pero tampoco la niegues. Sé discreto.

Thorn avanzó deprisa por un estrecho pasillo, preparado para cualquier tipo de desastre.

Y lo que descubrió fue sencillamente increíble. Efectivamente, habían descubierto a Christian en un apasionado encuentro, pero la chica en cuestión era su mujer, Dorcas Forggatt, la mujer de la que quería huir mediante la nulidad matrimonial. Era una extraña situación comprometedora, aunque resulta que también se trataba de la señorita Kat Hunter, de quien Christian se había enamorado.

¡El amor! No había nada peor para arruinar la vida de un hombre, sobre todo cuando Dorcas, Kat o quien quiera que fuera, acusaba a Christian de querer comprometerla para obligarla a seguir casada.

Fuera cual fuera la verdad de aquella complicada red al final de la noche, Thorn prometió acudir a Malloren House al día siguiente para reunirse con Rothgar e interceder por su hermano de leche.

Porque, maldita sea, Rothgar estaba en el centro del incidente. Resulta que la esposa de Christian era una amiga de Yorkshire de la marquesa, y estaba pasando unos días en Malloren House. Rothgar la había llevado con ellos al baile sabiendo toda la verdad. Dijo que había sido con buenas intenciones, pero Thorn lo dudaba. El incidente podía haber terminado en un vergonzoso escándalo para él y en una reprimenda por parte del rey.

Sin embargo, si Rothgar había utilizado a Christian como arma de forma deliberada, la rivalidad política podía convertirse en una guerra abierta y personal.

Cuando se metió en la cama, con el cielo que empezaba a clarear, volvió a pensar en Kelano.

Quizá sí que había sido una arpía de verdad y había provocado todo aquello lanzándole una maldición.


Bella regresó a su pequeña casa alquilada en carruaje a las tres de la madrugada. Las dos jóvenes doncellas que tenía la recibieron como si hubiera escapado de un pozo lleno de serpientes. Aunque quizá tenían razón.

—¡Señorita! —exclamó Annie Yelland, que todavía estaba delgada como un palo a pesar de que ya llevaba varios meses comiendo bien—. Estábamos muy preocupadas por usted.

—¡Mezclada con tanta depravación! —declaró su hermana Kitty que, a pesar de seguir la misma dieta que su hermana, se había convertido en una belleza con mucho pecho.

Cuando Bella las había rescatado, se parecían mucho más: delgadas, pálidas y asustadas. Kitty, la mayor, era un poco más alta que Annie, pero no era una chica alta, y era pelirroja, mientras que Annie era castaña. Annie, en cambio, tenía una piel más bonita y los ojos marrones y más grandes.

—¿Ha sido horriblemente insoportable? —preguntó Kitty.

—En general, no —respondió Bella, mintiendo ligeramente. No quería fomentar el gusto de Kitty por el escándalo.

Le habría gustado no implicar a las chicas en ese asunto, pero había necesitado vestirse en casa y regresar aquí después de la fiesta. Kitty estaba aprendiendo a ser doncella de compañía y Annie estaba aprendiendo a ser cocinera, pero lo que sabía una, la otra también. Y, siempre que podían, estaban juntas. Si Kitty tenía que arreglar alguna pieza de ropa de Bella, se llevaba la cesta de coser a la cocina en lugar de quedarse en la habitación, como debería hacer.

Y allí estaban, otra vez las dos cuando, en realidad, sólo era tarea de Kitty esperar a Bella despierta y ayudarla a desvestirse. Bella podía y le daría permiso a Kitty para que se levantara tarde, porque ella también dormiría un poco más, pero Peg Gussage necesitaría a Annie en la cocina a primera hora. Aunque no tenía sentido regañarla en ese momento. Quizá la chica aprendería la lección para el próximo día.

Bella subió a su habitación con Kitty mientras Annie iba a la cocina a calentar agua para que se lavara. Kitty insistió en ayudarla a desvestirse, aunque no necesitaba mucha ayuda para quitarse la túnica y el viso. Annie entró con la jarra de agua caliente y la vació en el cuenco de porcelana que había detrás del biombo. Bella se lavó con el agua a la temperatura perfecta pero, en ese punto, insistió en que las chicas fueran a acostarse.

Las hermanas eran dos tesoros y ella tenía mucha suerte.

Había llegado a Londres únicamente acompañada por Peg y había alquilado esa casa. Peg trabajaría de cocinera y ama de llaves pero necesitaría, al menos, una chica en la cocina, una doncella y alguien que se encargara del trabajo más duro, un hombre o un chico. Las dos preferían a un chico fuerte en lugar de un hombre, porque tendría que vivir con ellas. Consciente de su buena fortuna, Bella decidió probar suerte en centros de caridad.

El asilo había sido una experiencia terrible, y descubrió que casi todos los ocupantes eran gente mayor o niños, puesto que los niños sanos iban a trabajar a partir de los seis años. Sin embargo, vio a un joven de aspecto robusto tendido en un colchón en mitad del día.

«No se lo lleve, señora —le dijo el supervisor, que apartó la asquerosa manta con la que estaba tapado. El chico parecía tener unos diez años—. Le encontramos un buen trabajo en unos establos, pero se hizo daño y ya no se ha curado. La putrefacción de la pierna se extenderá y, tarde o temprano, lo matará.»

Bella temía que era verdad, pero los ojos tristes del chico le habían llegado al alma y, aparte de la pierna hinchada y supurando, parecía fuerte. Aún a sabiendas de ser una estúpida bondadosa, le preguntó cómo se llamaba, el chico respondió que Ed Grange, y Bella contrató un carro para que lo llevara a su casa. El carro fue necesario porque no sabía cómo meterlo, a él y a su pierna, en un carruaje. Pero es que además apestaba y, seguramente, estaba infestado de algo.

Peg Gussage se quedó de piedra y, efectivamente, le dijo que era una estúpida bondadosa, pero se puso manos a la obra con baños, buena comida y remedios caseros del pueblo.

La presencia del chico enfermo había acelerado la necesidad de encontrar un par de doncellas, así que Bella corrió la voz entre las seguidoras de lady Fowler y habló con el sacerdote de la iglesia de Santa Ana. Y fue él quien le explicó la triste historia de las hermanas Yelland.

—Vivían con su padre viudo, señorita Flint. Era minero, pero un hombre de bien. Quizá las protegía demasiado, por su bien y por el de ellas. Si hubieran aprendido un oficio o hubieran ido a servir a alguna casa, estarían en mejores condiciones. El invierno pasado, su padre se cayó y se rompió la espalda. Las chicas lo cuidaron con mucho amor, pero el hombre murió hace seis semanas y tuvieron que gastar el poco dinero que les quedaba en el modesto funeral. Annie y Kitty ocultaron su situación a todo el mundo, incluso a mí, porque tenían mucho miedo de acabar en el asilo. Y con razón. Con razón.

—Claro —dijo Bella—. ¿Cuántos años tienen?

—Dicen que Kitty tiene dieciséis y Annie quince, pero a menudo no lo saben con certeza. Son demasiado mayores para cualquier casa de acogida y, como le he dicho, no conocen ningún oficio. Pero han llevado la casa de su padre durante años y no sé de ninguna enfermedad o debilidad que padezcan. Con un poco de amabilidad y comida, pronto se convertirán en buenas trabajadoras y son muy buenas chicas.

Consciente de que cualquier mujer sensata habría ignorado el caso, Bella fue a visitarlas a su modesta casa. Estaba limpia y ordenada, pero estaba claro que habían vendido todo lo que habían podido, y ellas estaban delgadas y pálidas. Si se las llevaba, traería más trabajo a casa, en lugar de manos que ayudaran, pero no podía abandonar a las hermanas Yelland, igual que no había podido dejar que Ed Grange muriera en el asilo.

Adoptar el nombre de Bellona Flint no la había endurecido y, por lo visto, su encarcelamiento en Carscourt había despertado en ella una conciencia especial hacia los menos afortunados desconocida a la Bella de hacía cuatro años.

A pesar de su fragilidad, las hermanas se habían puesto a trabajar con muchas ganas, porque quizá creían que si no lo hacían bien las echarían a la calle. A los pocos días, Ed también empezó a hacer el trabajo que podía desde el colchón y, al cabo de una semana, ya caminaba apoyado en una muleta. Ahora, los tres eran trabajadores buenos y fuertes y Bella daba gracias cada día.

Incluso ya planeaba hacer algo más por ellos.

Annie sería una buena cocinera, y Kitty sería una doncella decente, pero Bella aspiraba a más. Las dos eran listas y ya les había enseñado, a ellas y a Ed, a leer, a escribir y aritmética. Si Bella pudiera ponerles un negocio dentro de unos años, podrían ser mujeres independientes, como ella.

Quizá una pastelería, que también vendiera y sirviera té. O una mercería. Cualquier cosa que las liberara de la necesidad de casarse. Su tiempo con lady Fowler la había convencido de que, para muchas mujeres, el matrimonio suponía muchos más peligros que ventajas, pero también que ser una mujer soltera sin familia ni ingresos era terrible.

Al menos, la vida de Ed sería más fácil de encaminar. Sólo necesitaba que lo aceptaran de aprendiz en algún sitio.

Bella salió de detrás del biombo con el camisón y miró la cama con anhelo. Sin embargo, se sentó en la mesa para dejar por escrito los acontecimientos de la noche. Por desgracia, el escándalo había resultado no serlo y, en cualquier caso, ya no era un secreto. Todo el mundo había empezado a hablar de lord Grandiston y su mujer porque, por lo visto, el matrimonio sí que era un secreto.

Aparte de embriaguez y disolución, no había observado nada más.

Había oído que el rey había acudido a la fiesta, pero sólo después de que se hubiera marchado. En cualquier caso, no compartiría esa información, porque lady Fowler lo consideraba la virtud personificada y su única esperanza para reformar la nación. La pobre mujer ya parecía bastante débil de la cabeza. Si descubría que también se equivocaba con el rey podía sufrir un infarto.

Bella mordisqueó la punta de la pluma mientras pensaba en lady Fowler y fruncía el ceño. Tenía que salir de ese círculo pero, ¿adónde iría? La idea de estar sola en el mundo la aterraba. Y también le pesaba abandonar a las mujeres más débiles en manos de las erráticas decisiones de lady Fowler y las tendencias radicales de las hermanas Drummond.

Se frotó la cabeza en un intento de concentrarse en la página en blanco, pero ni los ojos ni la mente colaboraban. En realidad, su mente sólo quería recordar a cierto pastor pícaro, una terraza iluminada con faroles y unos besos maravillosos...

Se levantó y meneó la cabeza. Ella, más que nadie, debería ser inmune a los encantos seductores de un granuja.

Deslizó el calentador por la cama, lo dejó en el suelo y se metió dentro mientras todavía estaba caliente. Perfecto. Se acurrucó e intentó alejar la mente de la locura de la noche. Se desvió hacia otro tipo de tonterías: recuerdos lejanos que había revivido esa noche.

Su último baile de máscaras. Un baile mucho más pequeño que se celebró en Vextable Manor, cerca de Carscourt. Allí todos se conocían, pero habían fingido que no y habían interpretado sus papeles. Se había escapado con...

¿Quién había sido? ¿Tom Fitzmanners o Clifford Speke? Seguramente Tom, porque recordaba que el elegido apenas era unos años mayor que ella y estaba bastante nervioso al encontrarse a solas con una jovencita que lo estaba invitando a besarla.

Se rió. Qué pícara era en aquella época.

Pero, por encima de todo, le encantaba bailar.

Bailaban mucho en fiestas y reuniones, pero también de repente en una casa u otra, apartaban los muebles, recogían la alfombra y alguien se ponía a tocar el clavecín o la espineta.

Cuatro largos años sin bailar, sin flirtear, sin el más recatado de los besos, y no se había dado cuenta de lo mucho que lo había añorado. Hasta esa noche.

¿Se había asustado porque el pastor era pícaro o por su propia y apasionada reacción? Una reacción que había asomado con uñas y dientes.

No quería perder su libertad a cambio del matrimonio, pero no podía negar que deseaba un hombre. Un hombre joven, apuesto y habilidosamente pícaro.

Dio media vuelta y hundió la cabeza en la almohada como si así pudiera hundir todas esas tonterías, pero su mente se negó a obedecer y regresó a la devastadora experiencia.

Los ojos del joven, que la habían capturado igual que el chal de seda, y la habían atraído hasta su cuerpo alto, fuerte y apasionado con apenas ropa entre ellos.

Su boca había sido ardiente y experta. Muy distinta a la de Tom Fitzmanners.

Aunque un poco parecida a la del capitán Rose.

Se tendió bocarriba para contemplar la oscuridad. Había olvidado ese beso. Aquel también fue robado, pero aquella era la única conexión. Entonces, ¿por qué sentía que había algo más?

Quizá por la barba oscura. El pastor no se había afeitado para fingir ser un campesino; y el capitán Rose no se había afeitado porque lo era. Bueno, un campesino no, pero tampoco tenía la categoría para asistir a las Fiestas Olímpicas.

Aunque tenían otra cosa en común: si ella hubiera sido tan estúpida como para caer en las redes de cualquiera de los dos, la habrían destruido.

Aunque ya no había peligro. Dio un puñetazo a la almohada para colocarla mejor. En la vida de Bellona Flint no había espacio para la locura del amor, y era mejor así.

# Capítulo 8

*D*espués de haber trasnochado tanto, Bella se despertó más tarde de lo habitual y se sentó a desayunar medio dormida. Volvió a repasar la fiesta, buscando desesperadamente algún cotilleo jugoso que llevar a casa de lady Fowler. Las hermanas Drummond sacarían mucho partido de su fracaso.

Pero había fracasado, así que decidió llevarlo con la mayor dignidad posible. Se vistió con uno de los aburridos y prácticos vestidos de Bellona, reprimiendo un estúpido arrepentimiento por no tener un vestido más bonito y un lamento todavía más estúpido por la reacción que los hombres habían tenido ante su disfraz.

No necesitaba ayuda para vestirse, porque seguía llevando la ropa interior hecha a mano en lugar de corsé, pero dejaba que Kitty practicara el oficio. Como siempre, Kitty puso mala cara ante la ropa interior sin refuerzo y, también como siempre, Bella intentó convencerla de las ventajas de vestir de forma sencilla.

—Ya está —dijo—. Vestida en apenas unos minutos. La cantidad de tiempo que la mayoría de las mujeres invierten en vestirse. Y peinarse.

Kitty respondió:

—Sí, señorita —aunque con desacuerdo. Tanto ella como Annie consideraban indecente cualquier cosa que no fuera un corsé reforzado con varillas.

A Kitty tampoco le hacía demasiada gracia la necesidad de Bella de parecer mayor y fea, y siempre se daba la vuelta cuando Bella se ponía la crema que le daba un tono amarillento a la piel y la crema oscura que hacía que se le hundieran los ojos.

Bella se encogía de hombros, se tocaba la verruga en la nariz, se recogía el pelo en lo alto de la cabeza, lo ataba y lo escondía debajo de una cofia.

Ya llevaba meses con la misma rutina y nunca le había importado, pero hoy miró su reflejo en el espejo e hizo una mueca a Bellona Flint. Anoche había sido ella misma. Estaba guapa. Las miradas de los hombres se lo habían confirmado…

Y a saber dónde habría podido acabar. Mientras se colocaba un pequeño sombrero plano, dijo:

—Lista. Ya no tengo que preocuparme por el pelo en todo el día. Y así tengo tiempo para asuntos más importantes y útiles. Espero que sigas con la lectura, Kitty.

Kitty, que estaba haciendo la cama, se volvió.

—Sí, señorita. Voy por la mitad de *El progreso del peregrino* y hay unas cuantas palabras que desconozco. Las he escrito en un papel. —Sacó una hoja de papel del bolsillo.

—Excelente —respondió Bella, mientras se levantaba—. Las repasaremos en cuanto regrese. Ahora tengo que ir a casa de lady Fowler de inmediato.

—¿Qué capa quiere, señorita?

Bella miró por la ventana y vio que el cielo estaba gris. Como su estado de ánimo.

—La de lana marrón, Kitty.

Se puso los zapatos de piel y se volvió hacia la puerta.

—Disculpe, señorita…

Bella se volvió.

—Dime, Kitty.

—¿Qué tengo que hacer con el disfraz?

«Quémalo» fue la respuesta que primero se le ocurrió, y con

una ferocidad que casi le dio miedo. Sin embargo, rechazó la idea y todo lo que implicaba y respondió:

—Ah, guárdalo en algún sitio. Nunca se sabe...

Se marchó a toda prisa intentando no pensar en por qué había reaccionado de aquella forma, aunque no lo consiguió. Porque sabía que, para ella, el disfraz representaba la ardiente tentación.

Preferiría no ver a Peg hoy, pero siempre salía por la puerta de la cocina, y hacer lo contrario sería llamar demasiado la atención.

Como siempre, Peg echó un vistazo a su aspecto y pareció desilusionada, pero igualmente preguntó:

—¿Y? ¿Cómo es la casa del duque? ¿Muy señorial? —Estaba batiendo algo en un cuenco.

—Por supuesto.

Peg ni siquiera se esforzaba en ocultar su interés por la clase noble y sus costumbres. A menudo, se acercaba a Queen's House con la esperanza de ver a Sus Majestades paseando, y a veces regresaba muy contenta. Bella no podía ahorrarle detalles de su noche.

—La decoración de la casa era impresionante. Pilares, ruinas, un escenario que representaba una plaza con balcones, como si fueran de casas particulares. Nunca he estado en Italia y, por lo tanto, no sé si la representación era exacta, pero los demás invitados se quedaron boquiabiertos.

—Ah, me gustaría haber podido verlo.

—Pero sólo era para los ricos y nobles —señaló Bella—. En un mundo justo, estaría abierta para el pueblo, aunque sólo fuera antes o después de la fiesta.

Esperaba que Peg estuviera de acuerdo, pero la mujer respondió:

—No estoy tan segura, querida. Botas llenas de barro por el suelo pulido y las alfombras. Manos sucias en las cortinas...

—Quieres decir que es más trabajo para el servicio, ¿verdad? —Sin embargo, Bella no pensaba darse por vencida—. Podrían tapar los muebles con sábanas y mantener a la gente lejos de las cortinas.

—Entonces no sería lo mismo.

—De acuerdo, entonces la próxima vez que me cuele en una fiesta así, te llevaré conmigo.

—¡Santo Dios, no! —exclamó Peg—. Nunca saldría de mi habitación vestida como usted iba. ¿Le pasó algo? —le preguntó, con gesto de preocupación.

Bella cogió una pasa de un cuenco y la abrió para sacarle la semilla.

—Nada. Aunque un buen número de hombres me hicieron proposiciones deshonestas.

—Por supuesto. Estaba preciosa. ¿Algún pretendiente decente?

—¡Peg! Me había colado en la fiesta. Además, sabes que no tengo ningún interés en los hombres, y menos en el matrimonio. —Bella masticó y tragó la pasa.

—Lo sé, y es una lástima.

—Sólo porque tu marido fuera un buen hombre no significa que todos sean igual.

—Oh, siempre con lo mismo. Ande y váyase con sus gallinas cluecas.

—Oh, siempre con lo mismo —replicó Bella, y se marchó.


En casa de lady Fowler, las cosas fueron más o menos como había imaginado. El comportamiento de lord Grandiston había sido escandaloso, porque además todo el mundo parecía estar de acuerdo en que lo descubrieron en una situación íntima y con el vestido de lady Grandiston prácticamente abierto pero, al estar casados, a ellas les servía de bien poco.

—Pregunté acerca de lady Jessingham —dijo Bella, intentando encontrar algo de valor—. Por lo visto, tenía las miras puestas en Grandiston, porque no sabía que estaba casado. Y al ser el hermano de leche del duque de Ithorne quizá... bueno...

—Bueno, ¿qué? —preguntó lady Fowler.

La señora se sentó en su silla frente al fuego de su habitación. Apenas salía de allí, y mantenían el lugar exageradamente cálido. Además, el olor era bastante desagradable. Helena Drummond, de rasgos duros y la mayor de las hermanas, estaba sentada en un taburete cerca de lady Fowler, con las llamas reflejadas en los mechones pelirrojos de su pelo. Bella tenía que admitir que era una mujer resistente.

Bella todavía se sonrojaba al hablar de esos asuntos.

—Que quizá la compartían.

Dos mujeres más que estaban en la habitación contuvieron el aliento.

Mary Evesham estaba leyendo en voz alta cuando Bella llegó. Tenía varias cartas en el regazo. Debían de ser de las seguidoras de lady Fowler. Mary era una recién llegada; hermana de mediana edad de un cura y que se quedó en la más absoluta de las miserias cuando él murió. A Bella le caía muy bien, porque le parecía que era muy inteligente y siempre tenía una nota de humor en los ojos.

La otra mujer era Celia Pottersby, una viuda delgada y amargada que nunca había explicado el motivo de esa amargura.

En una esquina, la robusta Agnes Hoover tejía. Era la doncella de lady Fowler desde hacía treinta años. Casi nunca hablaba, pero observaba y escuchaba, y a menudo parecía que lo desaprobaba todo. Sin embargo, era fiel a su señora y la trataba con la ternura de una madre.

—Seguramente la compartían, y en la misma cama, pero no tienes pruebas, Bellona —dijo Helena Drummond con una sonrisa—. En cualquier caso, esta noticia no nos sirve para nuestra causa.

—Entonces, ¿por qué propusisteis la invasión del baile? —preguntó Bella.

—Para entrar en la casa de un duque —replicó Helena, con una sonrisa ambiciosa—. Habría podido presentar muchas posibilidades.

¿Qué diablos habían planeado las hermanas Drummond?

—¿Te lo pasaste bien, querida Bellona?

La mirada maliciosa de Helena hizo que Bella se diera cuenta de que las hermanas Drummond creían que la habría horrorizado tener que interpretar ese papel. Y debería haberse horrorizado, de haber acudido como Bellona.

—Fue horrible —respondió ella, estremeciéndose—. Pero espero poder seguir haciendo sacrificios por la causa.

—¡Querida Bellona! —exclamó lady Fowler, mientras extendía la huesuda mano.

Bella la aceptó con cuidado y notó la delgadez de la piel.

—Siento mucho haber fracasado, señora.

—No podemos ganar todas las batallas. Siéntate a mi lado mientras escuchamos a Mary. Tiene una voz preciosa.

El taburete estaba prácticamente pegado al fuego. Bella tenía la cara cubierta de sudor y la pobre mujer ya olía a putrefacción.

—Lo siento, señora, pero tengo una emergencia en mi casa. Una de las doncellas... Intentaré regresar más tarde.

Escapó sintiéndose culpable por las pobres a las que la pobreza tenía atrapadas en casa de lady Fowler, pero sintió un gran alivio cuando salió al aire libre otra vez.


Thorn recibió a su ayudante de cámara y al día de mal humor. Malditas sean las Fiestas Olímpicas y todos los que participaron en ellas, incluido él mismo. Joseph se movía deprisa por la habitación, como siempre sensible al estado de ánimo del señor. En ese momento, a Thorn le molestaba incluso eso.

—Desayuno —dijo, mientras salía de la enorme cama ducal. Había pertenecido a su padre y no tenía ni idea de por qué el hombre había decidido cubrir toda la superficie con tallas bulbosas, puesto que nunca llegó a conocerlo. Al menos, no eran obscenas, aunque no habría sido especialmente sorprendente.

El segundo duque de Ithorne era un granuja bebedor, jugador y amante de los caballos, y Thorn se alegraba de no haberlo conocido. Sin embargo, deseaba que cierta reputación no fuera siempre unida al título. No era ningún santo, pero no pecaba tanto como muchos asumían, y hoy necesitaba toda la dignidad del mundo.

Entró en el vestidor y utilizó la ducha que había hecho instalarse copiando los modelos que a veces se utilizaban en los barcos. Los baños le gustaban, sobre todo el enorme baño griego que había en el sótano, y sobre todo con compañía femenina, pero la ducha era eficaz.

Se colocó en la palangana que le cubría hasta los muslos y tiró de la cadena para soltar el agua, que estaba a la temperatura exacta, claro. Templada. Se lavó, también el pelo, que todavía conservaba la capa de polvo gris que Joseph le había aplicado encima del suyo para ponerse en la piel del pastor.

Fue divertido durante un rato. Hasta que todo se fue al carajo.

Maldito sea Christian, y maldita sea su insensible y recién descubierta esposa. Sin embargo, a quien realmente quería mandar al infierno y que se quedara allí era a Psyche Jessingham. Había perseguido a Christian con la esperanza de atraparlo y lo había conseguido, aunque no iba a sacar nada de su descubrimiento. ¿Acaso esperaba aprovecharse del escándalo para obligarlo a casarse con ella?

Salió de la ducha, se envolvió con la toalla caliente que Joseph le ofreció y se secó. Se peinó, se puso la bata de seda y se sentó para que Joseph lo afeitara. La barba de dos días era útil, sobre todo la más oscura que le crecía enseguida. Como el impecable duque de Ithorne, lo afeitaban dos veces al día. Como capitán Rose, se dejaba crecer la barba. Cambiaba su aspecto, igual que la barba de dos días en el pastor.

Aunque, a pesar de todo, casi todos lo habían reconocido. Había estado a punto de invitar a su hermanastro. Caleb y él se habrían divertido un poco a costa de los invitados. Desgraciadamente, no recordaría el baile de anoche por ser precisamente divertido.

Después de desayunar, escogió cuidadosamente su ropa, preparándose para la visita a Malloren House, donde sería el invitado en la guarida de Rothgar, aunque no debía parecer inferior en ningún momento.

«Maldito sea todo.»

—¿Qué quiere que haga con esto, señor?

Thorn se volvió y vio que Joseph tenía una hilera de estrellas plateadas en la mano.

—¿De dónde han salido?

—Estaban pegadas a su disfraz, señor.

Kelano.

Debería decirle que las tirara al fuego. Eran de oropel y no tenían ningún valor. Pero, al final, dijo:

—Déjalas en la mesa del vestidor. Quizá pueda devolverlas.

Joseph obedeció con una obvia impasividad.

Mientras salía de la habitación, Thorn admitió que Joseph tenía razón. Aquellas estrellas puede que lo llevaran hasta Kelano otra vez, quien fuera y donde quiera que estuviera pero era, sin duda, una tentación que tenía que olvidar.


Al día siguiente, a Bella no le apetecía nada ir a casa de lady Fowler. Se entretuvo con el desayuno y el periódico, fingiendo que buscaba noticias escandalosas. Cuando miró por encima la sección de anuncios breves, un nombre llamó su atención. Leyó el anuncio entero:

«Kelano, tengo tus estrellas. Mándame un mensaje diciendo cuando puedo devolvértelas en la hostería Goat de la calle Pall Mall. Orión Hunt.»

No podía ser una casualidad. Había perdido las estrellas en el baile, probablemente cuando se habían besado, pero seguro que él tenía en mente algo más que devolverle los adornos. El nombre Orión era un aviso. Fue ese mismo dios quien persiguió a las Pléyades con malvadas intenciones.

Sin embargo, y presa de la tentación, volvió a leer el mensaje.

Se sintió atraída hacia la locura no sólo por los apasionados recuerdos, sino también porque supondría escapar de todo lo demás de su vida. Escapar de Bellona Flint y regresar al mundo de cuento de hadas que era diametralmente opuesto al círculo de lady Fowler.

Si decidía reunirse con él, ¿cómo se las iba a ingeniar para hacerlo y estar a salvo?

En ese momento, entró Kitty.

—Oh, creía que ya habría terminado de desayunar, señorita.

Bella se dio cuenta de que estaba jugueteando con un trozo de tostada dura.

—He terminado —dijo, al tiempo que se levantaba de la mesa.

Kitty recogió los platos del desayuno, pero estaba claro que le pasaba algo. Sin embargo, resultó que las acciones de Bella no eran el único motivo de preocupación para la joven. Mientras le ofrecía el pañuelo para taparse el escote, dijo:

—Señorita, tengo que decirle algo…

Bella se volvió, alarmada por el tono dubitativo y nervioso de Kitty. «Oh, no.» No pudo evitar deslizar la mirada hasta su cintura.

—¡Señorita! —exclamó Kitty—. Nunca haría eso. Y Annie tampoco.

—No, no, claro que no. Lo siento. Es que me ha parecido que… Da igual. ¿Qué quieres decirme, Kitty?

La chica se mordió el labio, tragó saliva y, al final, soltó:

—Annie y yo, señorita. Queremos casarnos.

Bella se quedó mirando y estuvo a punto de decir que las hermanas no podían casarse pero, por suerte, su mente sensata consiguió formular otra pregunta:

—¿Con quién?

—Con Alfred Hotchkins y Zebediah Rolls, señorita.

«De la A a la Z», pensó Bella, mientras intentaba encontrar una respuesta.

—Pero Kitty, Annie y tú sois muy jóvenes.

—Diecisiete y diecinueve años, señorita. Y Fred y Zeb son un poco más mayores. Son primos, ¿sabe?

Bella no sabía nada de nada.

—¿Dónde los habéis conocido?

—En la iglesia, señorita, hace años. Son buenos muchachos. Honestos y trabajadores. —Kitty estaba retorciendo el delantal entre los dedos.

—No necesitáis mi permiso, Kitty.

—¿Ah, no? ¿Entonces, de quién?

Bella descubrió que no lo sabía pero, pasado el primer momento de sorpresa, las preguntas empezaban a acumularse en su mente.

—Kitty, Kitty, ¿os lo habéis pensado bien? No necesitáis casaros. Puedo poneros un negocio a las dos. No hay ninguna necesidad...

La chica abrió los ojos como platos.

—Pero, señorita, ¡sí que quiero casarme! Y Annie también, tanto como yo.

—Pero, ¿por qué? Kitty piensa en cómo las leyes nos colocan bajo el dominio del marido. Cualquier cosa que ganes, será suya. Podrá decidir dónde vives y qué haces. La ley no te defenderá si te maltrata. —Bella no se atrevió a sacar el tema de los derechos del marido en la cama y los peligros de las enfermedades.

Kitty tenía el ceño fruncido como si Bella le estuviera hablando en un idioma extranjero.

—No trabajaré, señorita. Al menos, no a cambio de un sueldo y, si no vivo con él, ¿dónde voy a vivir?

—Quizá quieras huir si te pega.

—Dudo que lo haga, señorita pero, si Fred se sobrepasa conmigo, las mujeres de la parroquia lo sabrían, empezando por su abuela. La abuela Rolls es indomable. El pobre acudiría a mí para que lo protegiera —admitió Kitty con una pícara sonrisa.

Bella se la quedó mirando. Mujeres unidas contra la crueldad de los hombres. ¿Era posible?

—Además, señorita, quiero a Fred, y Annie quiere a Zeb. Y el amor no hace preguntas, sólo las responde, ¿no es cierto?

«¡Qué locura!», quería exclamar Bella, pero estaba demasiado descolocada.

—Tengo que conocer a esos jóvenes —dijo, al tiempo que admitía que sus palabras eran de lo más absurdo. Apenas tenía un par de años más que Kitty, y no era la tutora legal de las chicas, pero tenía que intentar protegerlas de aquella locura.

Quizá tendría que pasar mucho tiempo antes de que las dos parejas pudieran costearse una boda.

—¿Y tienen oficio?

—¡Uy sí, señorita! Son primos y sus padres tienen un negocio de fabricación de carruajes que un día será de los hijos, y como la madre de Zeb está muerta y la de Fred está prácticamente inválida desde que enfermó el año pasado, necesitan ayuda en casa.

—En otras palabras, ¡lo que quieren son criadas gratis! ¿No te das cuenta?

Kitty se rió, pero enseguida se tapó la boca con las manos, aunque sus ojos seguían sonriendo. Bella se sonrojó. Aquella chiquilla se estaba riendo de ella.

Kitty recuperó el gesto serio.

—Sería mucho más fácil contratar a un ama de llaves, ¿no cree? Nos quieren a nosotras, señorita, por eso nos han propuesto matrimonio otra vez.

—¿Otra vez?

—Fred me lo pidió hace más de un año, señorita, pero con nuestro padre enfermo yo no podía casarme, y no sabía cuándo podría, así que lo rechacé como si no lo quisiera. Así que, cuando llegaron los tiempos difíciles no pude pedirle ayuda, ¿lo entiende? Pero él es un cabezota y ahora hemos solucionado todos los malentendidos.

Bella suspiró.

—No lo apruebo, Kitty, porque he visto muchos ejemplos del

sufrimiento que las mujeres soportan en sus matrimonios pero, si estás decidida, yo puedo evitarlo. Aunque te pido que no vayáis más deprisa de la cuenta.

—Nunca la dejaríamos en la estacada, señorita. No se preocupe.

Bella decidió que quizá la casa de lady Fowler sí que podía ser un refugio y se marchó. Sin embargo, no lo fue y, a las dos en punto, encontró una excusa para marcharse. Mientras caminaba las dos calles que había hasta su casa, aceptó que parte de su impulso por encontrarse con Orión nacía de la sorprendente noticia que le había comunicado Kitty.

¡Si sus doncellas podían divertirse con jóvenes, ella también!

En cuanto llegó a casa, preguntó:

—Kitty, ¿sabes dónde podría comprarme un vestido nuevo sin tener que esperar?

—¿Sin tener que esperar? Diría que lo mejor es ir a una tienda de harapos. Bueno, donde venden ropa de segunda mano. No son harapos, pero la gente las llama así.

—¿De veras? ¿Y de dónde sale la ropa?

—Básicamente, de criadas, señoritas. Las señoras suelen regalar la ropa vieja a sus doncellas, aunque a veces se trata de vestidos que las chicas no pueden ponerse, por eso lo venden a las tiendas de harapos.

—¿Estoy siendo desconsiderada por no regalaros ropa vieja a Annie y a ti? —preguntó Bella.

Kitty sonrió.

—Usted nunca podría ser desconsiderada conmigo, señorita. No después de todo lo que ha hecho por Annie y por mí.

—Sólo encontré dos tesoros, nada más. ¿Conoces alguna tienda de harapos? Una buena.

—¿Una buena? ¿Qué clase de vestido quiere?

Bella se lo pensó.

—Uno que Kelano pueda ponerse de día. Y también me pondré la peluca. ¿Podrías arreglarla para llevarla con un sombrero?

—Sí, creo que sí, señorita. —Sin embargo, Kitty parecía preocupada—. Señorita, ¿en qué lío va a meterse ahora?

Bella giró sobre los talones y le sonrió.

—Otra pequeña aventura. —Y se alejó antes de que Kitty pudiera seguir haciéndole preguntas—. No podré llevar máscara, pero no quiero que me reconozcan como Bellona Flint ni como Bella Barstowe. —Se volvió para mirarse al espejo—. Volveré a oscurecerme las cejas para que hagan juego con la peluca, y me pintaré los labios y las mejillas. Creo que eso bastará. Mis rasgos no son particularmente especiales. Bueno, ¿puedes descubrir donde hay una buena tienda de harapos? ¡Ah, y no le digas nada a la señora Gussage! Se preocuparía.

—Le daría un buen consejo, y quizá debería hacerlo. No pensará hacer algo peligroso, ¿verdad, señorita?

—No, te lo prometo. Perdí algo en el baile y sólo pretendo recuperarlo.

—¡Oh, señorita! ¿Está segura de que es sensato hacerlo? ¿Y si la reconocen?

—De ahí que necesite el disfraz —replicó Bella, mientras se volvía hacia la doncella y hablaba con firmeza—. Así que, por favor, en cuanto encuentres un lugar donde poder comprarme el vestido, me lo dices.

Kitty salió corriendo y así Bella tuvo tiempo de pensárselo dos veces, aunque se negó a asustarse. Durante varios meses, se había conformado con estar escondida y a salvo, pero el baile había despertado algo, había abierto una puerta. Y no podía resistir la tentación de cruzarla.

Kitty regresó con el nombre de una tienda que le había dado la doncella de una casa cercana y salieron juntas a buscarla.


Encontraron Lowell Lane, una calle estrecha lateral, y avanzaron buscando la tienda de la señora Moray, modista. Un nombre más afortunado que tienda de harapos y, por lo visto, la señora Moray pagaba bastante dinero por buenos vestidos y sabía comprar y restaurar las prendas. Al final, la encontraron, porque vieron un cartel pintado en la pared entre la puerta verde y una pequeña ventana rectangular. Al otro lado del cristal, había una mujer con cofia cosiendo bajo la poca luz que le entraba de la calle.

Cuando Bella entró, sonó una campana y la mujer se levantó y se quitó las gafas. Era de mediana edad y corpulenta, con ojos perspicaces que enseguida se fijaron en la ropa aburrida de Bella y especularon. Hizo una reverencia y preguntó cómo podía ayudarlas.

Mirando la tienda alargada y estrecha, llena de estanterías de ropa y que olía a sudor seco y perfume, Bella notó la presencia de las anteriores propietarias de la ropa.

Quizá por eso estaba incómoda. Hacía cinco años que no se compraba nada moderno y, antes de eso, iba a la modista, escogía modelo y tela, y regresaba para las pruebas y todo el ritual. Aquí no sabía cómo desenvolverse.

—Necesito un bonito vestido de día, señora. ¿Qué tiene en mi talla?

La mujer volvió a mirarla y dijo:

—Acompáñeme. —Y se volvió hacia los estantes que estaban a su derecha—. Este es muy bonito y creo que es de su talla.

Escogió uno marrón y lo desplegó en la mesa central. Era muy parecido al que llevaba, aunque de una tela más buena y un poco más escotado.

—Disculpe, señorita Moray. Creo que no me he sabido explicar. Quiero un vestido bonito y moderno.

La señorita Moray pareció sorprendida, pero entonces le brillaron los ojos.

—Y debería, porque todavía es joven.

Se volvió hacia los estantes, se acercó a otro y sacó un vestido de color crema con un estampado de flores rosas. Lo dejó encima de la mesa.

—Sí, lo sé, es un poco claro para la moda de Londres, pero está hecho del mejor algodón y se puede lavar. Llegó a mis manos bastante sucio, pero lo he lavado a conciencia.

Bella se lo colocó delante para comprobar el largo, pero también para olerlo. Un olor muy agradable, gracias a Dios. Lo acarició como si quisiera comprobar la calidad de la tela, pero también porque era muy bonito y no pudo evitarlo.

Quizá peligrosamente bonito. ¿Qué sería de ella si volvía a vestirse de aquella forma?

—Le quedaría de maravilla, señorita —la animó Kitty.

La propietaria de la tienda se fue hasta otro estante y regresó con una capa de color fucsia.

—Combínelo con esta capa y estará preciosa.

—¡Oh, es el color perfecto para su piel, señorita! —exclamó Kitty—. ¿Puede probárselo mi señora? —preguntó.

Bella ocultó que aquel importante apelativo le había hecho gracia.

—Por supuesto. Acompáñeme.

El probador estaba al final de la tienda y sólo estaba iluminado por una ventana alta. Bella se quitó el vestido y se puso el nuevo. Le iba un poco ancho en la cintura y un poco estrecho en el pecho, pero serviría. Excepto por una cosa: el escote en V desde los hombros hasta la cintura que dejaba a la vista el viso y la ropa interior.

Kitty enseguida se alejó para pedir un corsé apropiado para su ama.

¿Corsés de segunda mano?

Hacía años, había llegado a tener tres corsés, todos hechos a mano y forrados con delicadas telas. Dos con un lino bordado pero, el de noche, estaba forrado de seda.

Durante los cuatro años de encarcelamiento, empezaron a quedarse anticuados y tuvo que arreglarlos, zurciendo las varillas que amenazaban con escaparse y remendando las esquinas que se abrían. Y todo para sobrevivir a los intentos de su padre por someter su espíritu. Aquello lo enfurecía, igual que el hecho de que Bella hubiera rechazado disimular su vergüenza con un matrimonio.

La ira de su padre era su dulce recompensa, pero el resultado fue una batalla de egos entre dos personas que no tenían intención de ceder. Y ahora se daba cuenta de que todo aquello le sirvió para forjar a una nueva persona que todavía no entendía del todo.

Kitty regresó con aire triunfante.

—Venga, señorita. Ahora sí que irá vestida de forma decente.

—Dirás que iré vestida de forma incómoda —farfulló Bella, pero se quitó el vestido y se sometió a la ardua tarea de ponerse un corsé, irguiendo la espalda y, de repente, pareció más alta. ¿Acaso había empezado a doblarse.

Kitty le enfundó una enagua de color crema delante y Bella se puso el vestido.

«Bella Barstowe —se dijo mientras contemplaba su reflejo—. Cuánto tiempo sin verte.»

Kitty le añadió la preciosa capa encapuchada y un sombrero de paja adornado con manzanas rosas. Quedaba tan bien que Bella se preguntó si la astuta señorita Moray no lo habría adornado mientras ellas estaban ocupadas con el corsé.

—Sí —dijo Bella—. Servirá. Será perfecto.

Volvió a ponerse su ropa y fue a pagar. La cantidad era tan modesta que estuvo a punto de protestar, pero no quería llamar demasiado la atención. En lugar de eso, compró el vestido marrón y otro de rayas blancas y azules sin ni siquiera probárselos. Añadió dos enaguas más, otro sombrero, un manguito de piel y un par de zapatos de seda que fueron un capricho. Acabara como acabara su vida, dudaba que tuviera que bailar con compañía noble.

La señora Moray se emocionó ante la abultada compra y Bella se dio cuenta de que no había utilizado su dinero para fines caritativos. Antes creía que el trabajo de lady Fowler era bastante benevolente, pero ahora tenía sus dudas acerca de la mujer y de su misión.

Mientras regresaban a casa, Bella dijo:

—Kitty, quiero que Annie y tú visitéis la tienda de la señora Moray y os compréis un vestido cada una.

—Oh, señorita Barstowe. Muchas gracias. Tenía unos vestidos preciosos.

Bella le sonrió.

—Considéralo *in lieu* de la ropa vieja que no os he dado.

Kitty le devolvió la sonrisa, pero preguntó:

—¿Qué significa «lié»?

—*In lieu*. Es francés, y significa en lugar de.

—Ah. —Bella vio que practicaba en silencio. Sin duda, pronto encontraría una excusa para utilizar la nueva palabra que había aprendido. Sintió lástima por todo lo que ambicionaba para ella, porque era muy lista. Pero, ¿qué conseguía una mujer siendo lista en este mundo? Sería una esposa y madre lista, y eso estaría muy bien, pero no necesitaría el francés para nada.

En casa, probaron el disfraz. Kitty arregló la peluca mientras Bella se pintaba la cara. Luego, se vistió con todo el conjunto y contempló el resultado en el espejo.

Nadie que hubiera conocido a Bella Barstowe hacía cinco años la reconocería, pero...

—¿Crees que me reconocería alguien como Bellona Flint? —preguntó.

—No veo cómo, señorita, y menos con la peluca y el maquillaje. Creo que podría pasearse por delante de la casa de lady Fowler y nadie la reconocería.

—Excelente. —Bella se lo quitó todo y fue hacia la mesa. Había llegado la hora de contestar al pastor.

«Pero los pastores son lascivos», recordó. Tenía que ir con mucho cuidado, sobre todo con alguien que se hacía llamar Orión. Eso significaba que no podía permitirle una respuesta.

Escribió: «Kelano se encontrará con Orión para recuperar sus estrellas mañana a mediodía».

Si ese hombre había soñado con una cita nocturna, seguro que se quedaría decepcionado. Bella no tenía ninguna intención de correr tal peligro, aunque no hubiera podido resistirse a acudir a la cita. Estaba harta de ser seria y aburrida, y se moría de ganas de volver a encontrarse con el pastor. Bromear con él, flirtear con él y quizá, sí, también besarlo otra vez.

Volver a ser una chica atractiva.

Ser Bella.

# Capítulo 9

*A*l día siguiente, Bella se acercó al Goat con mariposas en el estómago. Algunas eran de emoción, pero casi todas eran de alarma. Quizá Peg había adivinado la verdadera naturaleza de la cita pero, si lo había hecho, no había protestado. Aprobaba cualquier cosa que alejara a Bella de Bellona Flint y de lady Fowler. Y también apoyaba por completo las bodas de Annie y de Kitty, y estaba muy ocupada planeando su desayuno de bodas.

Bella se detuvo y frunció el ceño ante la hostería estrecha y de tres plantas, y perdió los nervios. Volvía a perder todo el control sobre su vida, y acudir a la cita sólo lo empeoraría. Seguro que el pastor lo veía como una invitación, quizá incluso como su consentimiento a una relación amorosa.

Sin embargo, no podía marcharse sin que la curiosidad la devorara por dentro.

Recuperó la compostura y se dirigió con decisión hacia el Goat.

No era tan grande ni estaba tan lleno como el cercano Star and Garter, pero no parecía ser un pozo de depravación y la gente que entraba y salía parecía respetable. Bella se acarició la cara, intentando asegurarse, en vano, de que las cejas oscuras y las mejillas y los labios rojos estaban en su sitio, y luego entró.

—He venido a visitar al señor Hunt —dijo a un mozo, con la mayor sangre fría del mundo. Vio cómo la miró y se dio cuenta de que creía que era una prostituta. Estuvo a punto de protestar, pero así sólo conseguiría llamar más la atención. En lugar de eso, siguió al chico por un pasillo hasta una puerta.

El chico llamó. Una voz dijo:

—Adelante.

El mozo abrió la puerta. Con el corazón acelerado, Bella entró. Oyó cómo el chico cerraba la puerta tras ella, pero no podía apartar la mirada del hombre que la estaba esperando.

Un lacayo. Con librea y la cara empolvada. Y, encima, un lacayo enmascarado. La máscara era de estilo veneciano y con forma de animal; en este caso, una cabra. Sólo le tapaba la mitad superior de la cara, pero la nariz era tan prominente que ensombrecía la boca y la mandíbula.

Pero, ¿un lacayo?

Había fantaseado con que el pastor no perteneciera a la elite, incluso con que fuera un intruso en la fiesta, como ella, pero un caballero. Citarse con alguien así era una aventura. Citarse con un lacayo arribista era un error.

—Mis estrellas —solicitó ella, con frialdad.

En silencio, él señaló una caja de cartón que había encima de la mesa, cerca de él.

—¿Una cabra muda? —preguntó ella, que avanzó con cautela.

—Quizá sólo escueta de palabra.

Ella se detuvo y analizó la voz. La máscara la amortiguaba pero, igual que en el baile, no detectó ningún acento de clase baja. No era un lacayo.

—¿A qué viene el disfraz? —preguntó ella.

—Yo podría preguntarle lo mismo.

—Yo no voy disfrazada —mintió Bella, satisfecha por haber conseguido su objetivo. Él no había negado ir disfrazado.

—¿Se suele pintar tanto? —preguntó él.

—Es la moda. Tanto para hombres como para mujeres.

—Y muy especialmente para los que persiguen ocultar el paso del tiempo. ¿Realmente es tan mayor, Kelano? —Cuando ella no respondió, él se encogió de hombros—. Le garantizo que las exigencias de la corte son estrictas y tanto hombres como mujeres llevan máscaras pintadas para esa función.

«Y, encima, es asiduo de la corte», pensó Bella. Saltaba a la vista por cómo hablaba de la corte pero también, ahora que se fijaba mejor, por su postura. Un buen lacayo siempre estaba erguido, pero ese hombre se desenvolvía con la elegancia innata de la buena cuna, como quien es educado para ella desde pequeño.

Y aquello lo convertía en alguien especialmente peligroso. Había venido disfrazado para arruinar a una pobre chica.

—Si no le importa, señor, le ruego que se aparte de la mesa.

—¿Por qué?

—Sería una tonta si me acercara tanto a usted.

Divertido, él preguntó:

—Entonces, ¿por qué está aquí?

—Para recuperar mis estrellas.

—Si son de oropel y bisutería, y no valen ni un chelín.

—Quizá me gustan mucho.

—Busque otra excusa.

—No tengo que buscar nada —dijo ella, con decisión, y encontró el valor para dar media vuelta y dirigirse hacia la puerta.

—Kelano.

Aquella palabra la detuvo, y se volvió.

—Tenía esperanzas de que hubiera venido para verme otra vez.

Bella lo miró fijamente. Al fin y al cabo, así era y había algo en el aire entre ellos. Algo especial.

—Quizá sí —admitió ella—. Pero, en lugar del pastor, me he encontrado con una cabra.

—Y yo, en lugar de una ninfa, me he encontrado una arpía. ¿Por qué se ha pintado así?

—No podía venir sin disfrazarme y arriesgarme a que alguien me reconociera.

—Claro, así que con la cara lavada la reconocerían, ¿no?

—A cualquiera pueden reconocerlo en cualquier rincón, aunque sea su zapatero.

—Creo que los zapateros sólo recuerdan pies. ¿No le apetece confesarme su nombre?

—Tanto como a usted confesarme el suyo. —Pero Bella estaba haciendo un gran esfuerzo por no reírse. Hacía siglos que no intercambiaba puyas dialécticas con un hombre ingenioso.

—Ha venido a reunirse con Orión Hunt —dijo él.

—Una persona tan real como Kelano. ¿Por qué ha querido concertar esta cita?

—Deseaba volver a verla, pero he fracasado. Esa no es usted.

—Kelano tampoco lo era.

—Pero se le acercaba más, creo.

—¿Y usted? —preguntó Bella—. ¿Qué disfraz se acerca más a la realidad, el pastor o el lacayo con máscara de cabra?

Vio la sonrisa incluso debajo de la sombra de la nariz de cabra.

—El pastor, se lo aseguro, pero no podía pasearme por Londres con ese disfraz.

La imagen que le vino a la cabeza la tentó a sonreír.

—¿Qué necesidad tenía de disfrazarse?

—¿Y usted?

—Ya se lo he dicho. Una dama sola reuniéndose con un caballero. Si se supiera, podría arruinar mi reputación. ¿Le sucedería lo mismo a usted si alguien lo descubriera aquí conmigo?

Él cogió la caja.

—Eso dependería de cómo describiera arruinar. Tal descubrimiento podría arruinar mi vida.

—¿Cómo?

—Si procediera de una familia respetable quizá me viera obligado a casarme con usted.

Aquella frase provocó una serie de emociones en su interior que Bella no tenía tiempo de analizar, porque él avanzó y le ofreció la caja.

Ella la cogió como un pájaro nervioso al que le ofrecen una semilla.

La cautela estaba justificada. Él la agarró de la muñeca izquierda y la atrapó. Notó unas intensas sensaciones que le subían por el brazo, y algunas la emocionaron, aunque la mayoría la aterraron. Tiró del brazo.

—Suélteme.

—Un momento.

Ante su tono, Bella se estremeció de pies a cabeza.

—No, por favor...

—No voy a hacerle daño. Sólo quiero una recompensa. Un beso sería un precio justo por haberle devuelto su bisutería pero, por desgracia, la máscara sólo me permite dársele en la mano. —Hablaba con una voz tan grave que parecía acariciarle la piel y haciendo que tomara consciencia de cada bocanada de aire que respiraba—. ¿Me lo permitirá? —le preguntó, casi en un susurro.

No esperó a que le respondiera, de eso Bella se acordaba, sino que la agarró por la mano y se acercó los dedos enguantados a la boca.

Bella volvió a notar una elegancia noble y eso era tan peligroso como una espada desenvainada. Su pastor no era ningún lacayo, y estaba claro que no se había colado en las Fiestas Olímpicas. Era uno de los poderosos. Si huía de la habitación gritando y con el vestido roto, nadie le haría caso.

No tenía una familia a quien acudir o que la defendiera. Estaba sola en el mundo y, por primera vez, fue consciente del peligro que eso suponía. ¡Qué estúpida había sido al aceptar acudir a la cita!

Intentó liberar los dedos, pero él la tenía bien agarrada y le metió la mano debajo de la máscara, en la boca de la cabra.

Mientras la observaba, le brillaban los ojos.

¿Acaso estaba disfrutando con su miedo?

Bella se obligó a relajarse. Incluso consiguió dibujar una pequeña sonrisa.

—Creo recordar que las cabras no comen carne.

Quizá ahora sí que esos ojos sonrieron. Y luego Bella notó unos dientes contra las yemas de los dedos. El susto fue visceral y muy perturbador.

Sí, él había sonreído. Bella se imaginaba su boca tensa, con sus dedos entre los dientes.

La soltó y luego notó la presión de los labios contra el reverso de los dedos. Apenas pudo notarla a través de la piel de los guantes pero, por dentro, donde estaba ardiendo, se estremeció.

Y no de miedo.

—Ojalá... —¿De dónde había salido eso?

—Ojalá, ¿qué, brillante estrella?

Ella respondió de la forma más articulada que pudo:

—Ojalá supiera quién es.

Él bajó la mano de Bella, pero no la soltó.

—Si usted me lo dice, yo se lo diré.

—¿Por qué tiene que ser complicado para usted?

—¿Por qué tiene que ser complicado para usted?

—Todo es más complicado para una mujer. —Bella liberó la mano y se sintió avergonzada al comprobar que él no la estaba reteniendo. Dio un paso atrás.

—Quizá no todo. Las mujeres, por ejemplo, no tienen que luchar.

—Pero sufren igual que los hombres en tiempos de guerra.

Él inclinó la cabeza.

—Una esposa no es personalmente responsable de sus deudas. ¿Está casada?

La pregunta apareció de forma tan natural que estuvo a punto de responder. Sin embargo, al final, dijo:

—¿Importa?

—Un esposo furioso podría retarme en duelo. Otro peligro.

—Un marido furioso azotaría a un lacayo. O incluso quizá lo mataría con el visto bueno de la sociedad.

—¿Vivimos en un mundo tan despiadado?

—Sí.

—Puede que tenga razón, pero un marido listo esperaría un poco y se desharía de mí sin hacer ruido. Y seguramente pegaría a su esposa infiel. ¿Es una esposa infiel, Kelano?

Bella intentó pensar qué respuesta era la correcta. ¿Decir que estaba casada la protegería o sería más seguro admitir que era soltera, porque así sería alguien con quien quizá se vería obligado a casarse?

¿Y por qué resultaba tan excitante la idea de verse obligada a casarse con ese hombre?

—¿Y usted? —le preguntó abiertamente mientras daba otro paso atrás y se acercaba a la puerta—. ¿Está casado?

—No, pero le ruego que no piense que no tengo experiencia en las habilidades necesarias.

—Ni se me había pasado por la cabeza. —Bella se sonrojó de tal forma que creyó que la pintura de la cara iba a derretirse.

Él sonrió.

—Gracias. Y pongo toda mi experiencia a su servicio. Si no puede ser hoy, ¿querrá verme otro día?

—¡No! Y le aseguro que jamás aceptaría una cita de noche con usted.

—Sólo un aviso, dulce ninfa: la noche no es necesariamente para pecar.

Bella sabía que había abierto mucho los ojos. Sabía que debería huir. Ahora mismo. Y, sin embargo, parecía atada a ese lugar. Enraizada.

—Disfrutaría mucho con mis pecaminosas habilidades, Kelano. Se lo prometo.

Bella dio otro paso atrás y se topó con algo. Esperaba que fuera la puerta.

—Nunca sería tan estúpida —dijo, y buscó el pomo de la puerta a tientas.

—Y, sin embargo, aquí está. ¿De veras que ha venido a recuperar un adorno que vale unos pocos peniques? —Cuando ella no respondió, él sonrió—. Si regresa mañana a mediodía, estaré aquí esperándola. Y la cama también.

Señaló el mueble con una elegancia innata y una mano preciosa. La fuerza de la mano le despertó algunas dudas sobre su convencimiento de que era un aristócrata, pero el resto de su cuerpo delataba riqueza y buena familia...

Estuvo a punto de sucumbir a la tentación, pero el poder del peligro despertó un pánico en ella que la hizo reaccionar. Incapaz de apartar la mirada del peligro ni un segundo, encontró el pomo, lo giró y huyó.

Salió corriendo por el pasillo, pero consiguió detenerse antes de acceder al vestíbulo. Salir corriendo podía despertar sospechas de que era una ladrona pero, aunque sus pies avanzaran despacio, el corazón le latía desbocado. Miró hacia atrás, por miedo de que la siguieran, pero el pasillo estaba vacío.

Se dio prisa, aunque intentando no demostrar urgencia y salió a la calle Pall Mall, buscando otro posible peligro. ¿Acaso ese hombre tendría vigilantes?

Una vez fuera, miró a su alrededor temerosa de alguna trampa o persecución, pero nadie la detuvo, así que giró la primera esquina y se detuvo para recuperar el aliento.

Había escapado. Ese hombre no sabía quién era y no pensaba volver al día siguiente. Siempre que pudiera resistirse, claro. Creía que se había encontrado con hombres atractivos en su vida, algunos incluso endemoniadamente apuestos, pero nunca se había encontrado con nadie como él. Tanto en el baile como hoy parecía capaz de doblegar su voluntad, de hechizarla como un vidente.

Aceleró el paso mientras regresaba a casa, a la seguridad de Bellona Flint, a la que ningún hombre intentaría seducir para llevársela a una pecaminosa cama en pleno día. Todavía llevaba la caja en la mano. La lanzó al arroyo del suelo y vio cómo un pilluelo callejero que apareció de la nada la recogía y volvía a desaparecer como una araña.

Bella sintió lástima por el chico, pero había muchos como él. Se dio cuenta de que detestaba Londres. Odiaba la suciedad, la masificación de gente, muchos de ellos pobres, la política, las tramas...

Un hombre gritó algo lascivo y Bella se dio cuenta de que estaba cerca de St. James Street, donde estaban los clubes de hombres. Dio media vuelta e intentó orientarse para ir hacia el Soho, mientras buscaba un coche de alquiler. Chocó contra un hombre, o él chocó contra ella. Bella se alejó pero el hombre ya estaba retrocediendo e inclinando la cabeza a modo de disculpa.

Bella asintió al hombre elegantemente vestido, pero entonces se lo quedó mirando. Conocía esa cara de piel rugosa y con marcas de picaduras.

—¡Usted! —exclamó.

Él retrocedió todavía más.

—¿Señora?

Bella abrió y cerró la boca, intentando decir algo coherente. Para rematar el día, eso.

—Usted —repitió, esta vez en voz baja y furiosa—. Usted me secuestró en Carscourt y me llevó a Dover. —Dio un paso adelante y formuló la pregunta que la había atormentado durante años—. ¿Por qué? ¡Por qué!

Mientras ella avanzaba, él retrocedía y susurró:

—No tan alto, maldita sea.

Bella se detuvo porque vio que la gente que había alrededor se había detenido para mirarlos. Quería pasar tan desapercibida como él, pero también quería respuestas, quería saber por qué su vida se había convertido en un desastre y, por lo visto, el destino la había colocado frente a las respuestas. Quizá debería temer a Coxy pero, en esos momentos, era una zorra que había localizado a su próxima presa. No obstante, intentó relajarse y comportarse como si se tratara de una conversación normal.

—Menuda sorpresa encontrarme con usted, señor —dijo.

Él también se relajó y la miró de arriba abajo con cara de desdén, como si el zorro fuera él.

—Oí que había huido de su familia, señorita Barstowe. Confieso que me llena de placer ver que un Barstowe ha caído en lo más bajo.

Él también creía que era una prostituta, pero a ella le daba igual.

—Si fuera cierto, sería sólo por su culpa, malnacido. Dígame por qué me secuestró.

—¿Por qué iba a hacerlo?

Bella se acercó.

—Porque, si no lo hace, montaré una escena que muchos recordarán durante años. Le destrozaré la vida igual que usted hizo conmigo.

Coxy vio a la loba. Dijo:

—No lo haría... —Pero miró a su alrededor para comprobar si había mucha gente.

—Sí que lo haré —replicó Bella—. ¿Qué podría perder?

—¿Quiere saberlo? —dijo él—. Se lo diré, y de buena gana, pero no aquí.

—Si cree que iré a algún sitio con usted...

—No hace falta que sea un lugar cerrado —farfulló él, mientras volvía a mirar a su alrededor—. Camine a mi lado. Y trate de relajar ese aspecto de arpía.

Bella se rió, aunque no de diversión, pero se volvió y empezó a caminar por la calle, intentando actuar con normalidad para tranquilizar a los que los rodeaban. Hacía tanto rato que tenía el corazón acelerado que incluso estaba mareada, pero había algo que la obsesionaba: dentro de muy poco lo sabría. No conseguiría arreglar nada, porque nada podría, pero lo sabría.

—Fue su hermano, señorita Barstowe.

Ella se detuvo y lo miró fijamente.

—No me mienta.

—Le doy mi palabra de que es la verdad. El motivo de su ruina fue Augustus Barstowe, ahora sir Augustus Barstowe, pilar de la comunidad.

Bella siguió caminando mientras daba vueltas a esa idea.

—¿Qué relación podría tener él con usted?

—Toda. Le gané una importante cantidad de dinero jugando a los dados. Y se negó a pagarme.

Bella consiguió seguir caminando, pero se rió.

—¿San Augustus? ¿Jugando a las cartas? Debe de pensar que soy estúpida.

—A usted también la engañó, ¿verdad? Si no quiere, no me crea.

En un día de extraordinarios acontecimientos, ahí tenía otro pero, por algún motivo, creía a ese desgraciado. Con la mirada furiosa y clavada al frente, dijo:

—Explíquemelo todo.

# Capítulo 10

—Su hermano perdió dinero en una partida y se negó a pagarme. ¿Sabía que las deudas del juego no se pueden reclamar legalmente?

—No.

—Entiende ahora por qué tuve que tomar medidas. Amenacé con explicárselo a su padre. Eso siempre suele funcionar con los jóvenes. Pero su hermano insistió en que, aunque se lo dijera, su padre nunca pagaría unas deudas de juego y que él, sencillamente, no tenía el dinero. Un tipo escurridizo, su hermano. Además, me advirtió que si le contaba a su padre lo del juego, sir Edwin dejaría de pagarle la asignación, y que entonces todavía tendría menos dinero para pagarme, y que su padre era un juez inflexible que incluso puede que presentara cargos contra mí por organizar partidas de dados ilegales. En realidad, dijo que no podía hacer nada y se rió satisfecho.

—Eso sí que me lo creo —dijo Bella—. Pero… el juego. No tenía ni idea. No creo que nadie lo supiera. Ni lo sepa. ¿Sigue jugando?

—Es un adicto, señorita Barstowe, de modo que sí, sigue jugando. No obstante, me evita, y yo a él también.

Bella siguió caminando mientras intentaba digerir aquel extraordinario cambio de rumbo de la realidad. Augustus siempre había sido el virtuoso, lamentando públicamente cada uno de los pequeños pecados de sus hermanas, pero sobre todo los de Bella, porque era la que no le tenía ningún miedo.

Aunque estaba claro que debería habérselo tenido.

Imaginárselo como un adicto secreto al juego era difícil y, sin embargo, encajaba con lo que ella conocía de su hermano y su crueldad.

—Pero, ¿por qué me castigó a mí? —preguntó ella.

—No fue un castigo, señorita Barstowe. Fue una inversión. No es aconsejable ignorarme, pero algunas averiguaciones revelaron que su hermano había dicho la verdad sobre su padre. Sir Edwin era tan contrario al juego que preferiría ver cómo su hijo quedaba retratado como un hombre que no paga sus deudas antes que pagarme ni un penique.

—Pero, ¿por qué no secuestró a Augustus? —preguntó Bella.

—Porque así no habría conseguido mi dinero. Creí que, secuestrándola a usted, sí que lo conseguiría.

—Creo que se ha vuelto loco.

—Malvado sí, señorita Barstowe, pero no loco, excepto al creer que cualquier padre pagaría la modesta cantidad de seis mil guineas para recuperar a su hija sana y salva.

—El rescate —dijo ella—. Pero, ¿cómo pudo perder tanto dinero Augustus?

—Es muy fácil. Como le he dicho, es una deuda menor en el juego.

Bella sabía que era cierto, porque las pérdidas en los juegos eran las protagonistas de algunas de las historias más trágicas que llegaban a oídos de lady Fowler. Algunos hombres habían perdido toda su fortuna en una sola noche. A Bella siempre le había costado mucho creerlo pero, por lo visto, ella misma era una víctima del juego.

—Entonces, ¿me secuestró para conseguir el rescate? ¿Y cómo es que mi familia no sabía nada de ningún rescate? Estaban convencidos de que me había fugado con un hombre que luego me había abandonado.

—Ahí cometí un error —admitió Coxy—. Utilicé a su hermano como intermediario.

—¿Augustus conocía sus planes?

—Señorita Barstowe, fue él quien lo planeó todo. Nos dijo dónde concertar la cita y que él recogería la nota y se la entregaría a su padre. Di por sentado que su hermano adaptaría el plan a sus intereses pero, en lugar de eso, destruyó la nota y no dijo nada.

Bella se detuvo y lo miró fijamente.

—¿Que hizo qué?

El hombre la miró y, aunque era un tipo amargado y miserable, Bella vio que le estaba diciendo la verdad. Y también entendió por qué le estaba explicando todo aquello. A pesar de los años que habían pasado, todavía estaba resentido con Augustus por cómo lo había engañado.

Ella también estaba furiosa; y más que furiosa. Se le revolvieron las tripas de asco y se tapó la boca con la mano, para no vomitar. Se dio cuenta de que ahora estaban en una calle más tranquila y sin nadie alrededor, pero no tenía miedo. Estaba demasiado llena de horror y furia.

—Santo Dios, ¿por qué? Nunca me cayó bien mi hermano, y yo a él tampoco pero… ¿cómo pudo abandonarme a ese destino?

—Nunca me ha explicado sus motivos, señorita Barstowe. En aquel momento, me convenció de que había entregado la nota a su padre y que éste la había roto, por lo que me vi obligado a actuar y la llevé al sur con la intención de venderla.

Bella le dio la espalda y se quedó mirando una verja negra que había frente a una casa de ladrillos.

—No puedo creerle. Nadie puede ser tan infame. Seguramente, le entregó la carta a mi padre y él se negó a pagar.

—¿Tan insensible era su padre? Y además, de haber sido así, ¿por qué la trató como lo hizo cuando regresó a casa?

Bella tragó la bilis ácida que le subía por la garganta.

—¿Por la culpa?

Pero ni siquiera ella se lo creía. Siempre había detestado a su padre por su rígida moralidad y su naturaleza implacable, pero nunca habría hecho algo tan obviamente incorrecto. La habría castigado por la locura de aceptar una cita clandestina y habría hecho lo que hubiera estado en su mano para ver colgados a sus captores, pero habría pagado el rescate.

Augustus.

Augustus había permitido que arruinara su vida. Recordaba cómo la había tratado durante los años de encarcelamiento, como si él fuera el santo sufridor y ella, la horrible pecadora. Incluso se había enterado de que había disfrazado su salida de Crascourt de la peor forma posible: había comentado a los vecinos que su pobre hermana se había fugado con otro hombre. Quería arrancar uno de los puntiagudos hierros de la verja y clavárselo en su corazón podrido.

Se volvió y miró al hombre que tenía al lado.

—¿Y tengo que creerme que dejó que mi hermano se saliera con la suya? ¿Que nunca recibió el dinero?

Él sonrió y le enseñó un diente roto.

—Veo que me ha entendido, señorita Barstowe. Su hermano me pagó cuando su padre murió.

—¿Esperó tres años después de mi huida cuando podría haber acudido a mi padre y haberle explicado toda la historia? ¡Eso me habría exonerado!

—Usted nunca fue mi prioridad y sir Edwin era un hombre con quien no quería tenérmelas. Además, me habían avisado.

—¿Quién? ¿Augustus?

Coxy arrugó los labios para demostrarle que compartía la misma incredulidad.

—Su salvador. El capitán Rose me dejó un mensaje advirtiéndome que la dejara en paz. Y descubrí que también era mejor no tenérmelas con él.

El capitán Rose. La desdibujada imagen de los sueños y las pesadillas de Bella. Un hombre alto y moreno con una levita vieja, un pañuelo rojo al cuello y un pendiente con forma de calavera. Un hombre que había sacado un puñal y un revólver como por arte de magia y había amilanado a cinco despiadados asesinos, sin mencionar a Coxy.

Hacía mucho tiempo que había guardado ese periodo de su vida en un rincón de la memoria, pero ahora le parecía extraordinario que el capitán Rose hubiera intentado protegerla incluso después de que ella le robara el caballo.

Reflexionando sobre eso, se volvió hacia Coxy:

—¿Tuvo usted algo que ver con la mano rota de mi hermano?

Él dibujó una amarga sonrisa.

—Tengo que proteger mi reputación. Una noche, tuvo un desagradable encuentro con unos rufianes.

Bella recordaba cuando atacaron a Augustus y le robaron el dinero. Ella todavía seguía defendiendo su inocencia y se negaba a casarse con Squire Thoroughgood cuando Augustus regresó de Londres con la cara llena de moretones y la mano izquierda rota. Los huesos no se le habían curado bien y, como resultado, le había quedado la mano con forma de garra. Se volvió más agresivo con ella, aunque lo había disfrazado de condena mojigata.

Coxy continuó:

—Después de eso, aceptó pagarme una pequeña cantidad cada mes y, como le he dicho, me lo terminó de pagar todo, con intereses, cuando heredó. Fue una agradable sorpresa tener que esperar sólo tres años para cobrarlo todo. ¿De verdad su padre murió de una hernia intestinal?

Bella se lo quedó mirando.

—¿Cree que…?

—Sólo era una pregunta. Cuando una muerte es tan oportuna…

Ella se cubrió la boca con la mano y, por fin, aceptó el horror de toda la situación.

Augustus era un adicto al juego.

Siempre había sabido que ella era inocente.

Siempre había sabido que su lamentable situación había sido por culpa suya y, a pesar de todo, se había mostrado implacable.

E incluso puede que matara a su padre. Aquella era una mera especulación pero, después de lo que había descubierto, era una posibilidad.

Cuando su hermano heredó, podía haberla liberado y, en cambio, aumentó las restricciones y ahora Bella entendía por qué. Fue por rencor, porque la creía responsable de su dolor y su deformidad.

Se volvió para hacer otra pregunta pero Coxy se había marchado. Lo vio a lo lejos, hablando con otro caballero. Podía perseguirlo y montarle la escena con la que lo había amenazado, pero ya no era su peor enemigo.

Su peor enemigo, y el motivo de su destrucción, era su hermano Augustus.

Se marchó corriendo a casa, reflexionando sobre las consecuencias de lo que acababa de descubrir, pero se detuvo en seco cuando descubrió un nuevo horror. Augustus iba a casarse, y con una dulce y joven inocente.

Peg había recibido la noticia a través de una amiga de Cars Green que, en su última carta, no había hablado de nada más que no fuera el cortejo de sir Augustus hacia la señorita Langham de Hobden Hall. A Bella no le hizo ninguna gracia la idea, pero sólo porque su hermano era muy frío. A ojos del mundo, sería un buen matrimonio para la señorita Langham, porque su padre era un recién llegado a los círculos de la pequeña aristocracia después de haber ganado una fortuna con los negocios. Bella creía recordar que se dedicaba a importar cuero y pieles de primera calidad.

Cuando Bella tenía diecisiete años, Charlotte todavía iba a la escuela, pero había asistido a algunas reuniones sociales con sus padres. Parecía tímida, tranquila y con ganas de complacer, y ahora no debía de tener más de dieciocho años.

Vio una hilera de calesas y llamó a una. Mientras volvía a su casa del Soho, se planteó la posibilidad de que Coxy hubiera mentido, pero la sinceridad con la que había hablado de sus propios delitos le daba credibilidad y su versión de los hechos tenía sentido. Incluso su padre, a pesar de ser duro y rígido, no habría abandonado a su hija en manos de unos captores por no tener seiscientas guineas.

Por otro lado, Augustus era capaz de llegar hasta donde fuera por esconder sus pecados. Si su padre lo hubiera descubierto, quien habría terminado encerrado en Carscourt sin derecho ni a un penique hubiera sido Augustus y no ella. A lo mejor su padre no habría extendido por el pueblo la naturaleza de los pecados de su heredero, pero todo el mundo habría sospechado que tenía que ser algo horrible. Correría el rumor y nunca podría volver a reclamar superioridad moral ante nadie.

Bella no tenía ni idea de por qué le preocupaba tanto, pero así era. Algunos hombres sabían convivir perfectamente con sus reputaciones escandalosas, como el duque de Ithorne, por ejemplo, o su primo el conde de Huntersdown. El marqués de Rothgar y su familia también, y no se trataba únicamente de una cuestión de rango. Les daba igual lo que los meros mortales pensaran de ellos.

Y Augustus no era de esos. Sin su superioridad moral, no sería nada. Por primera vez, Bella agradeció a los granujas su rechazo a la hipocresía. Su hermano, su vil, embustero e hipócrita hermano, era un hombre mucho peor.

Y Bella iba a tener que hacer algo. Tendría que evitar ese matrimonio, aunque no podía quedarse con eso. Tenía que conseguir que Augustus no volviera a arruinar la vida de ninguna otra joven.

Pero, ¿cómo?

Llegó a casa. Bajó de la calesa, pagó al conductor y entró en casa, atosigada por las histéricas preguntas de Kitty.

La chica insistió.

—Pero, ¿dónde están las estrellas, señorita?

Bella volvió a la realidad. ¿Estrellas?

—Ah, el adorno. Lo he tirado. Estaba roto.

Porque había huido de Orión Hunt.

Pero Orión Hunt, fuera quien fuera, no era nada.

—¿Quiere que vaya a buscarlas, señorita?

—¿El qué? ¿Esa baratija? No. Y deja de hacer preguntas, Kitty. Necesito pensar. Súbeme una taza de té a la habitación.

Bella subió las escaleras y, por el camino, se quitó el sombrero y la peluca.

Cuando se miró al espejo, vio que Coxy jamás la habría reconocido si ella no se le hubiera acercado, pero no se arrepentía del encuentro. Por fin sabía la verdad.

No le extrañaba que la hubiera mirado con desprecio. El rojo de los labios y el marrón de las cejas se habían corrido. Cogió un trapo e intentó limpiarse, pero seguía pensando en Augustus y en la necesidad de actuar.

Mientras se tranquilizaba y volvía a la realidad, se estremeció; no podía vivir sabiendo eso y no hacer algo. Deseó tener el valor para matarlo. Tenía un revólver y sabía utilizarlo.

Comprarlo fue una de las primeras cosas que hizo cuando recuperó la libertad. Siempre había recordado la sensación de sujetar el revólver en La Rata Negra. Allí no sabía cómo utilizarlo, y lo había notado extraño y pesado en las manos, pero también había reconocido el poder que le daba. Había comprobado cómo hombres duros y peligrosos retrocedían al verla armada, y había querido recuperar ese poder.

Había tenido que hacer acopio de valor para visitar el masculino mundo de una armería y comprar un revólver. Seguramente, Bella Barstowe no habría podido hacerlo, pero Bellona Flint sí. Había contratado lecciones de tiro a primera hora en un centro donde los hombres iban a practicar. Iba cada semana y tenía el revólver en perfectas condiciones. Nunca jamás volvería a ser tan abiertamente vulnerable.

Sin embargo, dudaba que pudiera matar a nadie, ni siquiera a Augustus, y menos a sangre fría.

Volvió a emprenderla con la pintura facial mientras recordaba lo que Coxy había dicho del capitán Rose. Era increíble que hubiera intentado protegerla.

Ese hombre había influido en su vida de muchas formas. Primero, rescatando a una completa desconocida y, después, demostrándole el poder de un arma. Había actuado con ella como un equipo en el establo y había confiado en que haría lo correcto.

Quizá sin esas horas a su lado, Bella no habría podido reunir el coraje para rechazar un matrimonio intolerable. Sin las semillas sembradas aquella noche, quizá no habría tenido la fuerza necesaria para inventarse una nueva vida.

Si pudiera volver a verlo para que le diera fuerzas de nuevo…

Se rió de sí misma. Era como anhelar encontrarse con el rey Oberón.

Kitty entró en la habitación con la bandeja del té.

—¿Qué le pasa, señorita?

Bella relajó la expresión.

—Nada, Kitty. Es esta pintura. No se va.

—Necesita agua caliente y jabón, señorita. Voy a buscarlo.

Kitty se marchó y Bella se quedó mirando su propio reflejo…

¿Podría ayudarla Clatterford? Sabía que su historia lo había enfurecido tanto como a ella pero, ¿era algo que las leyes pudieran solucionar? Aunque pudieran localizar a Coxy otra vez, no conseguirían que testificara en un tribunal. Por eso era mejor no mencionar el encuentro de esa tarde, porque se temía que tendría que infringir alguna ley antes de cumplir su misión.

Quería arruinar a Augustus como él la había arruinado. Irguió la espalda. ¿Era posible que esa fuera su venganza? Revelar que era un adicto al juego sería suficiente para destruir a un hombre como él. No satisfaría del todo la rabia que sentía, pero dañaría la reputación de su hermano y salvaría a Charlotte Langham.

Pero, ¿cómo iba a lograrlo?

Si conseguía pruebas, puede que lady Fowler incluyera su nombre en su carta. Si no, quizá la propia Bella podía hacer correr la voz de sus pecados. Pero, antes, necesitaba pruebas y no tenía ni idea de cómo conseguirlas.

¿Dónde iban a jugar a cartas y dados los hombres cuando no querían que sus conocidos se enteraran? Ojalá le hubiera sacado ese tipo de detalles a Coxy. ¿Cómo iba alguien como ella, una chica joven e inexperta, a acceder a un lugar así y luego sacarlo a la luz para el escarnio público?

Se acordó del capitán Rose. Él seguro que lo sabía. Seguramente, él también jugaría y conocía todos los escondites, pero se alarmó cuando vio por dónde iba su mente. No, no podía ir a Dover a buscar a un hombre a quien había conocido brevemente hacía cuatro años.

Sin embargo, no veía ninguna otra opción y tenía que hacer algo o enloquecer.

En cuanto aceptó el plan, respiró una gran calma. Sintió la certeza que sólo había sentido en otra ocasión: cuando decidió que tenía que huir de aquella habitación en Dover a cualquier precio.

Una decisión que contradecía todos sus instintos de esperar a que la rescataran y había tenido que superar el miedo a saltar desde tan arriba, pero lo había hecho y había sido la mejor decisión.

Gracias a la ayuda del capitán Rose.

Se sirvió el té y se lo bebió, aclarándose un poco.

Tenía que marcharse lo antes posible. Su objetivo no podía esperar.

Creía que tardaría unas doce horas en llegar a Dover, pero era una buena carretera con carruajes frecuentes, algunos de los cuales viajaban de noche. Haría eso y llegaría mañana.

De repente, recordó el Goat y el pastor que quizá regresaba mañana lleno de lascivas esperanzas. Motivo de más para salir de la ciudad, aunque ese hombre y sus tentaciones habían quedado reducidos a nimiedades frente a la necesidad de destruir a Augustus.

¿Su hermano también era un seductor de inocentes? ¿Un bebedor? Ahora que conocía un vicio, sospechaba que había muchos más.

Kitty entró en la habitación con el agua caliente.

—Hazme el equipaje, Kitty. Me voy a Dover.

Kitty estuvo a punto de dejar caer la jarra.

—¿A Dover, señorita?

—Sí, a Dover, y lo antes posible. Dile a Annie que vaya a comprarme un asiento en la primera calesa que salga.

—¿Irá usted sola, señorita?

Bella no se esperaba la pregunta. Una dama debería llevarse a su doncella en un viaje así, pero ella no quería llevarse a Kitty. La chica se preocuparía, y Bella se preocuparía por ella. Su objetivo podía ser peligroso.

—Sí —respondió, con firmeza—. Estaré a salvo en un carruaje público, y allí tendré personal de la hostería para ayudarme. Hay muchas mujeres que viajan solas así.

—Pero no damas de su posición social, señorita.

—Mi posición social no es tan alta.

Como esperaba, Kitty no estaba segura de su argumento y dejó de protestar.

—Me limpiaré la cara mientras me haces el equipaje, y voy como Bella, no como Bellona. Viajaré con un vestido de Bellona porque son más cómodos, pero me llevaré los que compramos en la tienda de la señorita Moray.

—¿Y los corsés, señorita? —preguntó Kitty, con tono esperanzado.

—Los corsés también —cedió Bella, con un suspiro fingido.

Tenía que llevar corsé y ropa moderna, porque el capitán Rose esperaría a alguien parecido a la joven que rescató, pero no debería lamentarlo. Hacía unos meses, había decidido esconderse tras la apariencia de Bellona Flint por miedo a que alguien la reconociera, pero también porque quería tener un aspecto más sencillo y maduro para encajar en casa de lady Fowler. En la piel de Kelano, había vuelto a probar qué se sentía al volver a ser ella, y eso lo había cambiado todo. Bellona era como una cárcel y Bella, en cambio, era como un par de zapatos cómodos después de haber llevado durante un tiempo unos que le hacían ampollas.

Y también se dio cuenta de algo más.

Era Bella, y no Bellona Flint, quien tenía que pasar cuentas con Augustus Barstowe.

Augustus.

El motivo de todos sus problemas, y sin un ápice de vergüenza ni compasión en su ser.

Bella Barstowe lo vería arder en el infierno, lo juraba, aunque tuviera que arder con él.


Thorn se quitó la máscara en cuanto la misteriosa Kelano se marchó y la guardó en una maleta, que ahora llevaba camino a casa, como otro lacayo más haciendo recados. Con la librea azul marino con el ribete plateado y la peluca empolvada, era prácticamente invisible en el refinado Londres, y la invisibilidad era un lujo.

A veces, se vestía de lacayo para escapar durante una hora, más o menos, de las obligaciones del duque de Ithorne. El capitán Rose era una escapatoria mejor, pero hacía meses que no recurría a él. No estaba seguro de cuánto tiempo más podría resistirse.

Había salido a navegar con *El Cisne Negro* pero, como el propietario, el duque, había tenido que mostrarse bastante distante con hombres con los que, en la piel de Rose, bebía y se divertía. Y no era lo mismo.

Se cruzó con un grupo de mugrientos chicos que jugaban a algo que sólo ellos entendían. No los envidiaba, pero sí que le hubiera gustado vivir unos años sin ser duque.

Incluso Jorge, el rey de Inglaterra, había vivido la infancia y la juventud sin el peso del cargo, pero Thorn no había tenido tanta suerte. Sus primeros recuerdos ya implicaban a alguien diciendo: «A la cama, Excelencia» o «Bébase la leche, Excelencia».

Se encogió de hombros. Igual que el rey, la única salida era la muerte. Sólo rezaba para que no hubiera títulos ni rangos sociales en el cielo.

Se detuvo frente a una fulana morena pero, por supuesto, no era Kelano.

¿Quién sabía por qué una mujer despierta el deseo en un hombre mientras que otra, igual de guapa, encantadora y atractiva, no? Él sólo sabía que era así y que no había podido dejar de pensar en Kelano. No estaba seguro de si esperaba que ese encuentro terminara en la cama, o que lo curara de una locura pasajera, pero no había sido ninguna de las dos cosas. La astuta resistencia que había presentado la chica sólo añadía interés a la cacería.

Debería haber dejado a alguien encargado de vigilarla y seguirla, pero creía que llegarían a un entendimiento y le revelaría su nombre auténtico o descubriría que sus encantos se habían desvanecido a la luz del día. Y ahora no podía quitársela de la cabeza, y no podría hasta que resolviera el misterio.

Una joven intrépida consciente de estar metiéndose en una trampa pero con una astucia y una frialdad impropia de su juventud. ¿Volvería mañana? ¿Y él? Puede que la chica estuviera organizando una trampa perfecta para obligarlo a casarse con ella. Casi todos los asistentes al baile habían descubierto su identidad enseguida o lo habían sabido por otros.

Thorn subió las escaleras traseras de su casa, como haría cualquier lacayo, y cogió una tartaleta de mermelada de la cocina al pasar. El repostero gritó y alzó un puño, pero enseguida lo reconoció. El hombre seguía meneando la cabeza.

—¿Ha ido bien, señor? —preguntó Joseph.

—No ha ido ni bien ni mal —respondió Thorn, a la ligera, mientras se peinaba.

Joseph le ofreció una camisa limpia. No era muy hablador, pero sabía escuchar.

—No ha estado tan ligera y frívola como en el baile —dijo Thorn mientras se abotonaba la camisa—. Admito que estoy decepcionado.

—Quizá sólo quería recuperar el adorno, señor. —Joseph le ofreció unos pantalones marrones.

—Era una baratija y ella misma lo ha tratado como tal. Sin embargo, y pensándolo bien, no me desagrada su reserva. Hace que el juego sea mucho más interesante.

—Siempre, señor —dijo el ayudante, copiando la sonrisa de Thorn, aunque enseguida añadió—. Siempre que no se entre en un juego peligroso.

—Los peligrosos son los mejores —protestó Thorn con una sonrisa—. Aunque voy a intentar ser bueno.

Enseguida estuvo listo para trabajar, con un chaleco y una chaqueta.

Cuando se puso el anillo con el símbolo ducal, Thorn decidió que sí, que se alegraba de que Kelano hubiera resultado no ser una ramera. Amantes había muchas. Los desafíos intrigantes e ingeniosos no abundaban. Sí, mañana regresaría.

Joseph sacó una delicada corbata ribeteada con encaje.

—¿No ha descubierto quién es, señor?

—No. —Thorn se anudó la corbata y la fijó a la camisa con una sencilla aguja de oro—. No era ninguna dama de la lista de invitados, pero algunos trajeron a amigos que estaban de visita en la ciudad, siempre que fueran de suficiente categoría.

Se ató el pelo con una sencilla cinta y recordó la conversación que había tenido con Kelano respecto a la pintura facial. Se alegraba de no tener que hacer ninguna visita inminente a la corte para no tener que utilizarla.

—Aunque claro, también hay caballeros que traen a mujeres de clase baja, aunque no las dejan vagabundear solas por la fiesta. Por un momento, me pregunté si pertenecía al grupo de teatro, pero no les consta.

Se miró al espejo para comprobar que todo estaba en orden y asintió.

—Es un misterio, Joseph, y pretendo disfrutarlo, pero el trabajo empieza a acumularse y tengo que ponerme a trabajar.

# Capítulo 11

*E*l largo viaje en una calesa llena dio tiempo a Bella para pensar.

Involucrarse con el capitán Rose era atrevido, pero no conocía a nadie más que pudiera ayudarla. Y tuvo que admitir que ese hombre había vivido en su recuerdo como su héroe salvador. Si resultaba ser un villano, llevaba el revólver en la maleta pequeña que tenía a los pies.

Ninguno de sus compañeros de viaje se mostró con ganas de hablar, pero sí que intercambiaron algún comentario breve, sobre todo en las breves paradas en las hosterías. A Bella la sorprendió descubrir que se sentía extraña siendo ella misma, una joven vestida de forma seria, y a veces adoptaba la personalidad de Bellona y molestaba a los demás.

Cuando anocheció, aceptó que odiaba vivir una mentira y que odiaba, especialmente, ser Bellona Flint. Pobre Bellona. Primero la había creado y ahora iba a matarla. Cortaría cualquier conexión con lady Fowler, se marcharía de la casa alquilada y Peg y ella se irían a vivir a otro sitio.

Sin embargo, la vigilia en la oscuridad le suscitó algunas dudas y empezó a juguetear con la idea de adoptar una nueva identidad. Alguien más parecido a ella pero sin los peligros del escándalo.

No. Era como si, con cada engaño, se borrarse y desdibujase un poco más. De hecho, ya ni siquiera sabía quién era Bella Barstowe.

¿Era la chica segura y coqueta a la que habían sacado de Carscourt a la fuerza hacía tanto tiempo?

¿O era la persona cerrada en que se había convertido para sobrevivir el encarcelamiento?

¿Se había convertido en Bellona Flint?

No, eso nunca.

¿Era Kelano, la alocada que había aceptado una cita con un hombre que sabía que intentaría seducirla? ¿O acaso sólo había revivido a la antigua Bella, tan frívola como siempre la habían acusado de ser?

Quizá se durmió un rato, encajonada entre un corpulento hombre y una mujer rolliza, porque se despertó de golpe, asustada ante un recuerdo.

¡El mozo de establos del Crown and Anchor!

Estaba tan alterada que le sorprendió que nadie más se despertara alarmado. Sin embargo, todo estaba tranquilo, así que se relajó. Y recordó.

Hacía años, cuando llegaron a Dover, sus captores le habían explicado su plan: llevarla a París y venderla en un burdel. Ella se desmayó y, cuando despertó, estaba encerrada en una habitación de una hostería. Al final, aceptó que nadie iba a acudir a su rescate.

La única bendición fue que su pasividad durante el viaje había hecho que sus captores bajaran la guardia. La habían encerrado en la habitación, pero había una ventana. Estaba en un piso alto, pero estaba dispuesta a intentar bajar por la pared diciéndose que una pierna rota llamaría la atención y que la muerte era preferible al destino que le esperaba.

Sin embargo, un chico que pasaba por allí la salvó de ambas cosas. Apareció por el callejón, silbando y con un cubo en la mano, de modo que ella lo llamó. Cuando levantó la mirada y la vio, ella le preguntó si le podía traer una escalera. Cuando él la siguió mirando sin hacer nada, ella se quitó la cadena y la cruz de plata que llevaba colgada al cuello, se la enseñó y le prometió que sería suya si la ayudaba.

El chico la miró y le preguntó: «¿Eres una princesa?».

Bella estuvo a punto de decirle la verdad, pero luego se dijo que, con alguien tan joven, seguramente funcionaría mejor una fábula. «Sí, y un malvado monstruo disfrazado de hombre me ha capturado. Podría regresar en cualquier momento. ¡Ayúdame, por favor!»

El chico soltó el cubo y salió corriendo, y al poco regresó con una larga escalera. No era lo que Bella hubiera preferido. Era algo muy rudimentario, una serie de trozos de madera clavados en un palo. Aunque estaba lo suficientemente desesperada para ignorarlo y, en cualquier caso, ¿qué más daba? Nunca había intentado subir o bajar de ningún tipo de escalera.

Tuvo más miedo del que esperaba. Y no lo habría hecho si la alternativa no hubiera sido mucho peor. Se subió al alféizar de la ventana, dio media vuelta y buscó el primer peldaño de la escalera, agarrada al palo como si le fuera la vida en ello. La falda se le enganchó a la madera. Por si tenía pocos problemas, iba a terminar echa un desastre.

Por fin, apoyó un pie en la madera pero, aún así, tuvo que reunir todo su valor para soltarse del alféizar y confiar en el endeble palo. Crujía y se balanceaba mientras bajaba los frágiles peldaños.

Cuando estuvo en el suelo, tuvo que apoyarse en la pared para recuperarse, pero enseguida estuvo bien. Había conseguido escapar pero tenía que alejarse del Crown and Anchor.

Le dio al chico la cadena y la cruz, y aquel recuerdo fue el que la despertó. Estaba preocupada por si lo acusaban de haberla robado, así que le prometió que, si la guardaba, volvería y le daría lo que valía. Y se había olvidado.

Todo lo que había pasado después la había hecho olvidarse de él, pero podían haberlo deportado, o colgado, en esos cuatro años.

Había sido una desconsiderada. Con todos sus problemas, podría haberle pedido a lady Raddall que se ocupara del asunto. Era una especie de deuda, que no había pagado, y que la convertía en un ser casi tan despreciable como Augustus.

Aunque una cosa estaba clara: lo primero que haría en Dover, antes incluso de empezar a buscar al capitán Rose, sería tratar de encontrar a ese chico. ¿Le había dicho cómo se llamaba?

Se quedó un segundo en blanco, pero luego se acordó, o eso creyó: Billy. Era un principio, y lo encontraría o no era merecedora de ninguna buena suerte.

Volvió a dormirse, aunque fue más bien alguna que otra cabezada, y el amanecer la encontró despierta, pero alerta, y lista para hacer más planes. Una dama joven y sola necesitaba una historia, y más si tenía la intención de quedarse en una hostería varios días.

No era lo mismo que adoptar otra identidad. Esto era un recurso.

Utilizaría su propio nombre, pero sería una institutriz que estaba esperando a un grupo que tenía que llegar de Francia. Los aburridos vestidos de Bellona darían consistencia al personaje, igual que el más sencillo de los que había comprado en la tienda de harapos. Por desgracia, de momento no podría ponerse más bonito del estampado de espigas durante un tiempo, pero no había podido evitar meterlo en el equipaje.

Cuando el carruaje se detuvo frente a la hostería Ship, estaba preparada para interpretar su papel, pero no se había olvidado de su deber con el chico que la había ayudado años atrás.

Esperó a que sacaran su maleta del maletero, con la intención de reservar una habitación en el Ship pero, cuando oyó que otro pasajero preguntaba por el Compass, reorganizó sus planes.

El Compass era donde la había llevado el capitán Rose y estaba claro que era un cliente habitual. Si se hospedaba allí, podría averiguar más cosas sobre él. No esperaba encontrárselo allí cuando llegara, aunque le iría de fábula. Pretendía averiguar todo lo que pudiera de él y tomar una decisión sensata sobre si le pedía ayuda y, para hacerlo, el mejor sitio era el Compass.

Un hombre cargó su maleta en un carro y se marchó. Mientras lo seguía, Bella estaba mareada por la falta de sueño, pero la brisa marina, fresca por el frío de septiembre, la despertó. Empezó a disfrutar de ser Bella Barstowe, independiente y con un objetivo.

Sin embargo, a medida que iba acercándose al Compass, su recién recuperada confianza empezó a fallarle. Nunca antes había entrado sola en una hostería. Bueno, había entrado en el Goat... ¡y la habían tomado por una furcia!

Sonaron las campanas y se dio cuenta de que eran las doce. ¿Estaría Orión Hunt esperándola en el Goat? ¿Cómo reaccionaría cuando viera que Kelano no llegaba? Esperaba que perdiera el interés. Ya no cometería más locuras como esa.

—¿Señora?

Vio que el conductor del carro con su equipaje la estaba mirando de una forma extraña, como si tuviera miedo de que le hubiera pasado algo. Ella irguió los hombros y continuó caminando. Esta vez, nadie la tomaría por una furcia, con el vestido de Bellona y el pelo recogido debajo de la cofia y del sombrero.

Y así fue. Le asignaron una habitación sin ningún problema. Era una habitación pequeña que daba a un callejón estrecho pero, ¿qué más podía esperar una institutriz? Al menos, la doncella enseguida le subió una jarra de agua caliente y parecía muy dispuesta a ayudarla en lo que fuera.

Bella se lavó y deshizo el equipaje, aunque dejó el revólver en la maleta pequeña. Puede que la doncella mirara en algún cajón. Estaba ansiosa por meterse en la cama, pero tenía que encontrar a Billy, así que salió hacia el Crown and Anchor. No quería entrar en la hostería, porque quizá alguien la reconociera como la chica que había llegado con dos hombres. Sólo Dios sabía qué debían de haber pensado de todo aquello, pero seguro que nada bueno para su reputación. En cualquier caso, como buscaba a un mozo de establos, entró por el patio posterior y se acercó a un hombre de mediana edad.

—¿Billy Jakes, señora? Hace dos años, se marchó a trabajar para sir Muncy Hexton, camino de Litten. Ha hecho algo malo, ¿señora?

—En absoluto. Sólo es que me han pedido que le entregue un mensaje.

—¿Un mensaje? —repitió el hombre, sorprendido, pero entonces llegó un carruaje lleno de pasajeros y corrió a asistirlo.

Bella también se marchó antes de que alguien sospechara. Aunque no estaba segura de qué podían sospechar, pero se sentía como una fugitiva.

Siguió, de memoria, los pasos que había dado después de su huida hasta llegar al embarcadero. Caminó buscando La Rata Negra, pero no la vio. Quizá se había convertido en el Red Cock o el Jolly Tar.

Aquella zona seguía tan desagradable y apestosa como la recordaba, aunque la brisa marina y la luz del sol refrescaban un poco el ambiente, cosa que no sucedió aquella noche. Recordaba que entonces estaba todo cubierto por la niebla, que enfriaba la piel y confería un aspecto fantasmagórico a todo.

No habría entrado en la Rata Negra si la hubiera visto de día, pero sabía que sus captores la estaban siguiendo y sólo quería encontrar un lugar donde esconderse.

Una locura pero, ¿qué otra cosa podría haber hecho?

Se volvió de espaldas a los edificios y sus recuerdos y contempló los barcos que llenaban el puerto. ¿Sería *El Cisne Negro* uno de ellos? Esperaba que no.

¿Estaría pintado de negro?

Intentó leer los nombres. *El Chiflado Philips. La Esperanza de Kent. El Cantarín Willie.*

Siguió caminando pero, cuando vio la oficina del capitán del puerto, entró y preguntó si tenían alguna lista de todos los barcos atracados en el puerto. Un chico le señaló dos pizarras en la pared llenas de nombres. Se acercó y vio que una correspondía a las llegadas y la otra, a las salidas. *El Cisne Negro* no estaba en ninguna de las dos.

«Mejor», se dijo. Tenía que averiguar mucho más acerca del capitán Rose antes de tomar una decisión. Solía decirse que la venganza es un plato que se sirve frío. Al principio, justo después de su encuentro con Coxy, le habría gustado servirlo hirviendo, pero ahora ya estaba más calmada. Se vengaría, pero no se destruiría a sí misma en el proceso. Tenía que planearlo todo cuidadosamente.

Así que regresó al Compass pensando en ir a buscar a Billy Jakes de inmediato pero, independientemente de la hora que fuera, estaba demasiado cansada. Subió a su habitación y se metió en la cama.

Durmió de un tirón hasta el día siguiente temprano. Muy temprano. Apenas había amanecido cuando se despertó, así que ni siquiera se atrevió a llamar a ningún criado, a pesar de que el fuego se había apagado y la habitación estaba congelada. Se envolvió con la colcha y se sentó a tomar notas sobre sus planes.

Dejó la pluma en el aire un segundo mientras reflexionaba sobre lo perfecto que sería si Augustus muriera. Muerto ya no podría volver a hacerle daño a nadie.

Desgraciadamente, por cobardía o moralidad, ella no podía hacerlo. Sería maravilloso enterarse de que se había roto el cuello, pero no podía empujarlo por un acantilado ni contratar a nadie para que lo hiciera.

La puerta de la habitación se abrió y entró una chica bastante desaliñada. Se sorprendió al ver a Bella despierta y le tembló el cubo con carbón.

—¡Oh, discúlpeme, señorita! He venido a encender el fuego.

—Adelante —respondió Bella, con una sonrisa.

La chica se acercó al fuego a toda prisa y con la cabeza agachada, como si quisiera esconderse debajo de la cofia.

Cuando las llamas prendieron, Bella le preguntó:

—¿Es demasiado temprano para pedir agua caliente y el desayuno?

La chica tenía unos ojos enormes.

—Preguntaré abajo, señorita. No creo que tarden, señorita. Seguro. Ahora tengo que irme, señorita.

Salió de la habitación y Bella estuvo convencida de que la pobre no estaba acostumbrada a encontrarse con los clientes despiertos. No debía de tener más de diez años.

Quizá podría hacer algo útil para las chicas jóvenes a las que obligaban a trabajar desde pequeñas, aunque seguro que ésta estaba agradecida por tener un trabajo.

Bella contempló la página en blanco y se desesperó ante su indecisión. Había algunas mujeres en casa de lady Fowler que eran muy seguras de sí mismas. La propia lady Fowler, las hermanas Drummond, e incluso la amargada Hortensia Sprott. Como mínimo, el asunto de Billy Jakes sería sencillo.

Hundió la pluma en el tintero y escribió: «Saber a cuánta distancia está Litten y, si es necesario, contratar un carruaje». Ya estaba. Por algo se empieza.

Después tenía que ocuparse del capitán Rose.

Volvió a mojar la punta de la pluma y escribió: «Averiguar información sobre R».

Intentaría recopilar información sobre el capitán, sobre su carácter y sus actividades, entre los trabajadores del Compass.

Volvió a mojar la pluma y añadió: «Disfrutar de la tranquila soledad y el tiempo para pensar».

Era la primera vez en su vida que estaba sola, sin ninguna autoridad sobre ella, ni nadie que dependiera de ella, ni presiones ni obligaciones. Si iba vestida con pulcritud, seguro que los hombres no la atosigarían; seguramente, ni siquiera se fijarían en ella. ¿Qué había más discreto que una institutriz con ropa sobria?

Era un alivio muy bienvenido.

Cuando le trajeron el agua caliente, esta vez una doncella más mayor, Bella empezó a dar muestras de su naturaleza chismosa planteándole preguntas de todo tipo. Descubrió que Louise llevaba cinco años trabajando en el Compass, primero como ayudante y luego como doncella, y le gustaba mucho.

Se le hacía extraño pensar que Louise ya estaba aquí en 1760. ¿Se había producido algún chismorreo entre el servicio sobre lo que había pasado en los establos? Aunque Bella era consciente de que sería peligroso plantearle esa cuestión.

Cuando Louise regresó con el desayuno, Bella le pidió que la ayudara con el corsé para así poder seguir charlando con ella un poco más.

¿Había mucha gente en Dover en esa época del año?

¿Qué clientes importantes solían pernoctar en el Compass?

¿Había ladronzuelos peligrosos o piratas por esa zona?

El nombre del capitán Rose no surgió en ninguna ocasión.

Antes de que la doncella se marchara, Bella le preguntó la distancia que había hasta Litten y la previsión del tiempo.

Casi cuatro kilómetros, y el día sería claro pero fresco.

Bella le dijo que necesitaría una calesa con un caballo después del desayuno y, cuando bajó, ya la tenía en la puerta. Con los datos necesarios para llegar a casa de sir Muncy Hexton, donde trabajaba Billy Jakes, emprendió la marcha confiando en conservar sus habilidades para conducir una calesa.

El caballo era tranquilo y necesitaba poca ayuda, así que no puso a prueba sus habilidades. Mientras avanzaba por caminos rurales, el viaje se convirtió en otra agradable escapada. Aquello era muy distinto al abarrotado Londres y sólo oía, de vez en cuando, el canto de algún pájaro u otro animal, y se cruzó con otros viajeros con quien intercambió un sencillo «Buenos días».

Había lugares tranquilos en el mundo, y gente normal que llevaba una vida buena y ordinaria. A veces era muy fácil olvidarlo.

Se entristeció un poco cuando llegó a su destino.

La modesta casa estaba en las afueras de Litten Gorling y daba a la calle principal. Había un muro bordeando la calle y Bella lo siguió, buscando los establos. La calle seguía el perfil del muro en un giro a la izquierda, con huertos a la derecha y campos cosechados al fondo.

Bella vio los establos, entró y, cuando un joven salió para encargarse del caballo, le preguntó:

—¿Eres Billy Rakes?

El chico la miró con cierta cautela, pero asintió.

—Sí, señora. ¿Puedo hacer algo por usted?

Bella bajó de la calesa sin ayuda.

—Me preguntaba si todavía conservas la cadena y la cruz, Billy. Si no, da igual pero, si es así, me gustaría cumplir mi promesa, por fin, y pagarte su valor.

Él se la quedó mirando y se sonrojó.

—Entonces, está sana y salva, señora. Siempre me lo pregunté. Y yo diciendo esas tonterías sobre las princesas. Sí, todavía conservo la cadena y la cruz. —Parecía preocupado—. ¿De verdad quiere que se las devuelva? Es que había pensado regalárselas a mi Anne. La estoy cortejando —añadió, con timidez, aunque con una sonrisa tan preciosa que Bella envidió a su enamorada—. Todavía no lo he hecho porque su padre querría saber de dónde las he sacado.

—¿Preferirías quedártelas antes que el dinero?

—Sé que es una bobada, señora, pero es que son muy bonitas, y sigo pensando en usted como en mi princesa. Y ahora Anne es mi princesa. Y se merece muchas cosas bonitas.

Bella estaba a punto de llorar.

—Entonces, deberías dárselas. ¿Qué te parece si hablo con el padre de Anne y le digo que la cadena y la cruz fueron la recompensa por un gran servicio prestado?

El chico dibujó una enorme sonrisa.

—¡Sería fantástico, señora! Y si acepta esa versión, todos los demás también lo harán.

—Entonces, dime dónde puedo encontrarlo.

—No será necesario, señora, porque aquí viene para ver qué está pasando. Es el jefe de los establos. El señor Bickleby.

Bella se volvió y vio a un musculoso hombre de pelo canoso recogido en una cola pequeña porque estaba completamente calvo de la parte superior de la cabeza.

—¿Qué pasa, Billy? —le preguntó—. ¿Por qué entretienes a la señora con tus cosas?

Bella sonrió.

—Señor Bickleby, no se endafe con Billy, por favor. He sido yo quien ha empezado la conversación. En realidad, he venido hasta aquí para hablar con él.

El hombre arrugó las pobladas cejas.

—¿Qué ha hecho?

—Ser un héroe —respondió Bella, con firmeza.

El hombre se quedó sorprendido.

—¿Qué?

—Me gustaría hablar con usted en privado mientras Billy da de beber a mi caballo.

Después de varias miradas sospechosas, el hombre la llevó hasta una pequeña sala.

—Y bien, ¿a qué viene todo esto, señora?

Bella le explicó su historia.

—Lamento mucho haber tardado tanto en regresar, pero Billy me ayudó mucho y me gustaría que se quedara la cadena y la cruz como recompensa y que se las entregara a su hija.

El hombre hizo otra mueca, aunque asentía.

—Sí, a ella le encantaría. Le gusta mucho. Son jóvenes, pero sensatos y Billy es un trabajador bueno y honesto.

—Puede explicar la historia, si quiere, señor Bickleby, pero me gustaría que no mencionara mi nombre.

—No se preocupe, señora. Si a mí me está bien, esto no le interesa a nadie más.

—Perfecto. Gracias.

Bella dio media vuelta para marcharse, pero el hombre dijo:

—¿Tiene algún otro problema, señora?

Ella se volvió, muy tensa.

—Le ruego que me perdone, señora, pero calculo que no debe de tener muchos más años que Billy y Anne, y ha venido sola.

Bella sabía que se lo decía con buena intención, pero su preocupación parecía amenazar su libertad.

—No tengo ningún problema, señor Bickleby, pero le agradezco su amabilidad.

—Como quiera, señora. Pero no está bien estar solo, ni para un hombre ni para una mujer.

Bella estuvo a punto de protestar, pero al final dijo:

—No, no está bien. Pero a veces es nuestro destino.

El hombre la miró con escepticismo, pero no insistió. Bella regresó hasta donde Billy estaba paseando al caballo.

—Todo ha ido bien.

Al chico se le iluminó la cara de felicidad. Una frase muy manida, pero Bella nunca había comprobado, de primera mano, sus efectos.

¿Cuándo había sentido ella aquella gloriosa felicidad?

¿Cuándo la sentiría, si es que la sentía?

Salió de la casa dirección a Dover con la visión borrosa por las estúpidas lágrimas. Sin embargo, eran lo que alimentaba su odio hacia Augustus. A estas alturas, y de no haber sido por su vil hermano, quizá Bella querría a un buen hombre que la correspondería.

Llegó a Dover cuando el sol empezaba a ponerse y deseó que el capitán Rose estuviera en el Compass, porque así quizá podría poner en marcha su venganza.

Cuando Louise le subió la cena a la habitación, Bella le preguntó, esperaba que de forma distraída, si había llegado algún huésped nuevo.

Sólo dos familias. Por supuesto, el capitán Rose no había aparecido.

Mientras se bebía la sopa y se comía el queso asado, Bella estuvo pensando. Quería averiguar más cosas sobre el capitán Rose y no quería regresar a la incómoda vida de Bellona en Londres.

Podría quedarse, al menos, una semana, pero necesitaba una ocupación. Puede que aquello supusiera una agradable escapada de su vida normal, pero no le gustaba la inactividad, así que compraría una pieza de batista y haría pañuelos. Quizá podría regalarlos a las mujeres que vivían en casa de lady Fowler como regalos de despedida.

Antes de acostarse, escribió una carta a Peg informándola de que estaba bien y que no esperaba regresar esa semana. A la mañana siguiente, se acercó a algunas tiendas y compró un libro para leer y tela de batista e hilo. En la habitación tenía la cajita de tejer y, durante los años de encierro en Carscourt, la sencilla tarea de bordar pañuelos la había relajado.

Aunque también tenía otro objetivo: la entretenía mientras estaba sentada en el pequeño salón habilitado para los huéspedes. Estaba junto al vestíbulo, con una chimenea encendida y varias sillas y una mesa donde los huéspedes podían escribir cartas.

Encima de aquella misma mesa, cada día había un periódico y, a pesar de que era de hacía uno o dos días, Bella lo leía mientras pensaba que las noticias parecían de un mundo muy lejano. Intentó evitar los titulares que antes habría buscado para lady Fowler. Ese capítulo de su vida estaba cerrado, pero vio una pequeña noticia que tenía que ver con las Fiestas Olímpicas donde se informaba al lector que lord y lady G---n estaban felizmente reconciliados y ya estaban camino de la casa familiar de lord G---n en Devon. Bella se alegró por ellos, también de que la carta de lady Fowler no hubiera intentado exagerar algo que, obviamente, había sido un drama menor.

Un día, las palabras «Su Excelencia, el duque de Ithorne» llamaron su atención, pero la noticia sólo informaba de que el duque había asistido a una reunión de los patrocinadores del hospital contra la viruela. Sin duda que era algo que hacía porque nobleza obligaba, pero hizo que Bella tuviera una mejor opinión de él.

Casi siempre, se sentaba con su costura y escuchaba cómo los huéspedes iban y venían y alguna conversación ocasional. Le encantaba la ventana que tenía a un mundo en movimiento e incluso se enteraba de algún drama: barcos que habían zarpado sin todo el pasaje, equipajes perdidos, e incluso algún caso de terror en alta mar, pero nada acerca del capitán Rose.

El tercer día, ya tenía una pila de pañuelos y empezaba a cansarse de la costura cuando escuchó que alguien decía:

—… el Cisne Negro…

Se quedó inmóvil intentando escuchar algo más. Le pareció que el mesonero respondía, pero sólo dijo:

—Se avecina tormenta.

Bella enseguida recogió la costura y salió del salón como si volviera a su habitación. Para su mayor disgusto, el mesonero ya estaba solo, pero aprovechó la ocasión.

—¿He oído que mencionaban a un cisne negro? —preguntó, como si nada—. ¿Existe un animal así?

El mesonero se inclinó brevemente como gesto de cortesía.

—Para nada, señora, pero quizá por eso es un nombre tan llamativo. Hay hosterías con ese nombre, e incluso un barco.

—¿Un barco? —preguntó Bella.

—Seguramente, habrá más de uno, pero aquí tenemos la versión local. Tengo un cuadro del barco aquí mismo, señora —dijo, señalando hacia la pared.

Las paredes de la entrada estaban prácticamente cubiertas por cuadros de barcos, pero Bella ni siquiera se había fijado. Ahora se acercó al que el mesonero estaba señalando, pero no le pareció un barco tan especial.

—Pues, si lo han pintado, será famoso, ¿no? —preguntó ella.

El hombre se rió.

—No especialmente, señora, pero hace un tiempo tuvimos a un artista hospedado aquí que no podía pagar la cuenta, así que le traje lienzo y pinturas y le dije que me hiciera un cuadro de todos los barcos locales. El capitán de *El Cisne Negro* siempre me dice que quiere comprarlo, pero a mí me gusta.

—Entonces, ¿lo conoce? —preguntó Bella, fingiendo hablar por hablar, aunque con el corazón acelerado.

—Cuando está en la ciudad, se hospeda aquí, señora. Y ahora, si me disculpa... —Se marchó a atender a otro huésped antes de que Bella pudiera averiguar nada más.

Ella se quedó en el vestíbulo y, mientras fingía observar el cuadro, escuchaba una nueva conversación. Pero no averiguó nada nuevo. Frustrada, se cubrió con la capa encapuchada y salió a dar un paseo a pesar del viento hasta que llegó la amenazadora tormenta. Vio cómo las nubes se hacían más compactas y, como todavía no era mediodía, cuando llegara la lluvia seguramente no pararía en todo el día.

Se alejó del embarcadero y callejeó por Dover, donde los edificios la protegían del viento, y luego se alejó de las calles principales, con las tiendas y las hosterías, para adentrarse en una zona más residencial.

Pasó por delante de casas viejas y construcciones más nuevas, y vio a mujeres ocupadas con las tareas diarias del cuidado de la casa y los niños. Se detuvo para ver cómo un herrero golpeaba un metal y le daba forma curva con algún propósito, y más adelante vio a unos hombres colocando los ladrillos de una casa nueva.

A su alrededor, la gente estaba ocupada con su vida normal. ¿Tenía ella alguna esperanza de gozar de una vida normal algún día? Una vez lo dio por seguro; se casaría, tendría hijos y llevaría su casa. Sin embargo, un brusco giro de los acontecimientos le había robado aquella certeza y no la recuperaría ni siquiera destruyendo la reputación de Augustus.

Cuando las campanas de la iglesia tocaron las doce, empezaron a caer las primeras gotas. Bella dio media vuelta para regresar a la hostería, pero tuvo que detenerse cuando los asistentes a una boda salieron de una iglesia y lanzaron granos de trigo a los recién casados. A pesar de la lluvia, los novios reían y se miraban a los ojos como si la mirada del otro estuviera plagada de estrellas.

Todos se alejaron, con prisas para ponerse a cobijo antes de que la lluvia empapara sus mejores galas, pero Bella los siguió más despacio, con las lágrimas confundiéndose con la lluvia.

Finalmente, aceptó que quería casarse con todas sus fuerzas.

Con una pequeña fortuna, incluso ella podría comprarse un marido, pero dudaba que pudiera escoger al candidato. Por el amor de Dios, había preferido sufrir un encierro de cuatro años antes que acceder a un matrimonio horrible, y muchas de las mujeres que había conocido en casa de lady Fowler eran pruebas vivientes del poder destructivo de la institución. Incluso Clara Ormond, que había vivido un feliz matrimonio, se había quedado en la miseria gracias a la irresponsabilidad de su marido.

Y, no obstante, el deseo de casarse no desaparecería.

Pensó en Kitty y en Annie, cuyos ojos brillaban. Y en Peg, con sus dulces recuerdos. Y en Billy Jakes.

Bella quería un buen marido, una casa e hijos.

Quizá antes habría soñado con una casa señorial, o incluso con una gran propiedad. Pero ahora, una casa modesta bastaría si la compartía con buena compañía. Habría un cómodo salón donde ella se sentaría y cosería mientras su marido le leía algo en voz alta. En la casa de sus sueños también había niños pero, de noche, estaban arropados en su cama.

Esos sueños no eran nada ambiciosos. Nada que la pudiera avergonzar o atemorizar. Sólo comodidad y amorosa seguridad.

Una enorme gota de lluvia le cayó en la cara y la sacó de su ensimismamiento.

¡Hasta el cielo lloraba ante sus ambiciones!

Entró en una pastelería para tomar un té y esperar a que la lluvia pasara pero, en una de las pequeñas mesas, había una joven pareja cogida de la mano y mirándose enamorados a los ojos.

Bella dio media vuelta y caminó dirección al Compass, agradecida de que la lluvia ayudara a camuflar sus lágrimas. Cuando se acercó, miró el rótulo de la hostería. ¿Por qué no le decía la brújula del cartel qué dirección debía tomar para gozar de días más felices?

Entró y estaba de pie en el vestíbulo, preguntándose qué podía hacer con la capa empapada, cuando la puerta de la calle se abrió y entró un grupo de hombres calados hasta los huesos. Hombres ruidosos, que apestaban, gritaban y, a veces, se sacudían el agua como perros.

Bella se pegó a la pared y deseó que no se interpusieran entre las escaleras y ella.

—¡Pounce! ¡Pounce! —gritó un hombre—. ¿Dónde estás, canalla? ¡*El Cisne Negro* ha atracado en el puerto y tenemos hambre!

Bella ya no estaba incómoda. Buscó al hombre que había gritado. ¿Sería el capitán Rose?

Entonces, un hombre de cara rubicunda, pelo negro y complexión fornida volvió a gritar:

—¡Eh, los del Compass! ¿Dónde está todo el mundo? Han llegado unos buenos hombres secos como...

Se interrumpió cuando vio a Bella.

Se sonrojó un poco más.

—La escoba de una bruja. —Retrocedió—. ¡Chicos, chicos, hay una dama presente!

Ahora todos la estaban mirando, y parecían niños de colegio tímidos e incómodos. Bella los miró, buscando al capitán Rose. Alto, moreno...

Aparecieron tres criados y el señor Pounce para encargarse. Acompañaron al grupo hasta el comedor y el mesonero se volvió hacia ella.

—Disculpe, señorita Barstowe. No querían ofenderla. ¡Pero si va empapada! Haré venir a alguien para que se lleve su capa y la seque. ¿Quiere que le suba la cena a la habitación?

Bella miró hacia el comedor, que ahora estaba lleno de marineros de *El Cisne Negro*, pero el señor Pounce jamás permitiría que cenara allí, así que le entregó la capa y aceptó lo inevitable.

—Sí, gracias. Imagino que son parte de la tripulación del barco del que hablábamos antes, *El Cisne Negro*, ¿verdad?

—Sí, señora. —El hombre ya se estaba dando media vuelta para entregar la capa a un criado.

Bella le hizo una pregunta directa.

—¿Es alguno de ellos el capitán?

Él la miró.

—¿El capitán Rose? —Era lógica que le extrañara la pregunta, pero no pareció sospechar de ella.

—He oído hablar un poco de él. ¿Es el que grita?

Bella no lo creía, pero quizá cinco años habían distorsionado muchos sus recuerdos.

—No, señora. Ese es Pudsy Galt, el contramaestre. Le subiré la cena a la habitación en un santiamén.

El hombre se alejó y Bella captó la indirecta. Tenía que subir a la habitación y quedarse allí, y no albergar estúpidas y románticas esperanzas con el capitán Rose. Se quedó un segundo más en el vestíbulo, escuchando, pero las voces de los marineros eran como una cacofonía y no podía entender nada.

Subió a la habitación con la cabeza dando vueltas a la situación. Aunque el capitán Rose no estuviera en el comedor de abajo, estaba en Dover. Quizá dormiría allí, como había hecho hasta ahora. Lo que significaba que, a lo mejor, dentro de poco tendría su oportunidad.

De repente, le empezaron a temblar las rodillas y tuvo que sentarse.

Querer encontrarse al capitán Rose era muy distinto a la idea de hacerlo de forma inminente, y más cuando estaba relacionado con un grupo de hombres sucios y chillones que, sin duda, ahora mismo se estaban emborrachando.

# Capítulo 12

*A*brió un poco la puerta y oyó el volumen cada vez mayor de los gritos. Louise estaba subiendo con la cena, así que cerró la puerta y se sentó en una silla.

La doncella entró, dejó la bandeja y colocó los platos en la mesa.

—Hay una botella de vino, señora, obsequio de la casa, por las molestias de abajo.

Estaba a punto de alejarse a toda prisa, pero Bella dijo:

—¿Van a quedarse a dormir aquí?

—Afortunadamente para usted, señora, no. Pronto se irán a buscar otros entretenimientos. —El hoyuelo que le apareció en la mejilla indicaba qué clase de entretenimiento—. Pero suelen venir a comer la primera comida caliente en tierra firme. Todo corre a cargo del capitán Rose.

—Qué generoso.

La chica dibujó una amplia sonrisa.

—Sí que lo es, señora. Siempre se hospeda aquí cuando está en Dover, y siempre tiene algún detalle con los trabajadores. —Antes de que Bella pudiera hacerle más preguntas, añadió—. Tengo que irme, señora —y se marchó, cerrando la puerta tras ella.

Al cabo de unos instantes, Bella volvió a abrirla con la esperanza de oír una voz que le sonara. Luego se sentó a la mesa y cenó.

No lo hubiera creído posible, pero los marineros hicieron todavía más ruido, y sus gritos graves eran interrumpidos, de vez en cuando, por algún grito femenino. Gritos que no parecían de protesta. Se preguntó si Louise estaría con ellos.

Sabía que tendría que estar ofendida pero, por desgracia, una parte de ella estaba celosa. No quería ser una doncella de hostería sirviendo a marineros borrachos, pero quería compartir las alegrías de una celebración y, sí, también la compañía de hombres que supieran apreciar su belleza.

Agradeció mucho la botella de vino.

De repente, alguien gritó:

—¡Capitán! ¡Capitán! —Y todas las jarras de cerveza golpearon la mesa.

Y una voz nueva dijo:

—¿Os están tratando bien, chicos?

—¡Sí!

—Pues traedme una jarra de cerveza y una moza bien rolliza. ¡Tengo que ponerme al día!

Las risas llegaron a la habitación de Bella como un río desbocado.

Ella estaba sentada con los ojos muy abiertos. ¿Ese era el capitán Rose?

¡Aquella voz no se parecía en nada a la que ella recordaba! Y la imagen que retrataban sus palabras todavía menos. ¿Una jarra de cerveza y una moza rolliza?

Sin embargo, encajaba perfectamente con el tipo de hombre que debía de ser. Bella había adornado sus breves recuerdos con un traje a medida.

Rellenó el vaso y bebió.

Seguro que ese capitán Rose podría ayudarla con sus asuntos ilegales, pero no creía que pudiera confiar en él. Por extraño que pareciera, tenía la sensación de que, en 1760, habría podido confiar en él.

Miró el vaso vacío con el ceño fruncido. Era una estupidez porque no había confiado en él. Le había robado el caballo y se había escapado sola, algo que la había aterrado, porque no había confiado en las intenciones del capitán.

Y, claramente, había hecho bien.

Su llegada no había calmado los ánimos en el comedor. Todo lo contrario. Al cabo de poco, los marineros estaban entonando lo que parecía una típica canción de taberna, siguiendo el ritmo con los pies y las manos en la mesa, mientras una fuerte voz de barítono ejercía de líder. Bella se alegraba de no poder entender nada de la letra.

Volvía a tener el vaso lleno, así que bebió y contempló la nueva realidad.

No le sorprendía haber creado la imagen de Rose como un héroe caballeroso. Aquellos días, incluso después de todo lo que había pasado, todavía había sido capaz de soñar con un hombre que aparecía a lomos de un corcel noble para llevársela de su encarcelamiento y tormento.

Ahora parecía que estaba frente a un hombre más normal, un rudo capitán de barco que disfrutaba con la cerveza y las mujeres, pero también un hombre generoso con sus hombres y de quien, en general, nadie hablaba mal.

Sin embargo, Bella no había imaginado lo deprisa y con qué valentía había actuado frente a los peligrosos hombres de la Rata Negra, ni el miedo que su nombre había despertado entre los asistentes.

Seguía siendo un hombre capaz de acciones atrevidas, y es lo que ella necesitaba.

Probablemente.

Tenía toda la noche para pensárselo. Él siempre se hospedaba allí, así que hablaría con él por la mañana. Alargó la mano para coger la botella y descubrió que estaba vacía. No le extrañaba que estuviera ligeramente mareada.

Se levantó, se tambaleó un poco, y fue a cerrar la puerta. Ya no averiguaría nada más. Miró la silla que había junto al fuego y el libro que estaba encima de la mesa, pero la final se metió en la cama y se tapó.

«Oh, no.» No había cerrado la puerta con llave para que Louise pudiera entrar y llevarse los platos de la cena, pero seguramente estaba ocupada con el jolgorio de abajo...

Debería cerrarla antes de dormirse.

Debería levantarse, desvestirse y lavarse, pero es que era mucho más fácil quedarse allí.

No sabía cuánto tiempo había pasado cuando oyó pasos en el pasillo. No era el caminar silencioso de una doncella, sino el andar seguro de unas botas. Se obligó a incorporarse. ¿En qué estaba pensando al dejar la puerta abierta en una hostería llena de rufianes borrachos?

Estaba a medio camino entre la cama y la puerta cuando las botas pasaron de largo. Unos segundos después, una puerta a su derecha se cerró de golpe.

¿Era el capitán Rose?

Bella se sentó, mirando a la derecha, como si pudiera atravesar las paredes con la mirada. Si estaba allí, seguiría allí mañana. Pero entonces, oyó unos pasos más acelerados y una puerta que se abría. Oyó algunas palabras:

—... su caballo, capitán...

¿Caballo? ¿Significaba eso que pensaba marcharse?

Bella se levantó y se tambaleó ligeramente. Si se marchaba, puede que aquella fuera su única oportunidad. La única oportunidad para conocerlo, hablar con él y analizar su actitud.

Si tenía el valor, claro.

Más pasos. El mozo, que se alejaba.

Con el corazón acelerado y la garganta seca, se miró al espejo. Se le habían soltado algunos mechones de pelo, así que los metió debajo de la cofia. Intentó alisar las arrugas del vestido marrón y fue consciente, casi por primera vez, de lo poco que la favorecía.

—Mucho mejor —le dijo a su reflejo—. Lo último que queremos es despertar el instinto sexual de un marinero que acaba de llegar de alta mar.

Aquella idea la hizo dudar otra vez, pero apretó la mandíbula, se puso los zapatos, abrió la puerta y se asomó. El pasillo estaba vacío y abajo todo estaba en silencio. La tripulación debía de haber ido a buscar entretenimiento.

Se preguntó por qué el capitán Rose no estaba con ellos. Aunque... ¿Era posible que se hubiera llevado su propio entretenimiento a la habitación? Le parecía haber oído sólo un par de botas, pero puede que los zapatos delicados de una mujer no hicieran tanto ruido.

O quizá la había subido en brazos...

Por algún motivo desconocido, aquella imagen despertó sus estúpidas ansias otra vez.

Si había una mujer con él, la oiría desde el otro lado de la puerta. Oiría palabras, risas, algo.

Cerró la puerta y avanzó muy despacio hasta la siguiente para pegar la oreja. No oyó nada y se dijo que el golpe que había oído había sonado un poco más lejano. Detrás de la siguiente puerta oyó movimiento y una maldición ahogada.

Una voz masculina, y no era agradable.

Escuchó un poco más y sólo oyó un golpe seco.

Hizo acopio de valor y llamó a la puerta. Fue un golpe muy tímido. Quizá ni siquiera la había oído. Llamó con más decisión.

—¡Adelante, hombre!

Madre de Dios, ¡despertaría a toda la casa y a ella la encontrarían allí con él!

Bella abrió la puerta, entró, la cerró y se volvió hacia el capitán Rose.

Se quedó boquiabierta. Sólo llevaba los calzones, de modo que tenía el pecho y la mitad de las piernas desnudos.

Él parpadeó como si se estuviera aclarando la visión.

—¿Quién demonios es usted?

Bella se humedeció los labios.

—Isabella Barstowe.

Él volvió a parpadear y frunció el ceño.

—¿Te he mandado llamar?

No la había reconocido pero, ¿por qué iba a hacerlo? Ella no estaba segura de que lo hubiera reconocido de no haber sido por el pendiente con forma de calavera y ojos de rubí que llevaba. Sin embargo, tenía que ser él. Alto, con el pelo moreno hasta los hombros, barba… aunque esta vez era más frondosa que hacía años. Tirada en la cama estaban la camisa, el chaleco negro, la levita y el pañuelo rojo.

Tenía el pecho mucho más ancho de lo que había imaginado pero, ¿qué sabía ella de pechos masculinos?

—¿Y bien? —le espetó, con la frente arrugada.

—No, señor, no me ha mandado llamar. Quería hablar con usted.

—No es un buen momento, señorita Barstowe. —Se volvió hacia el lavabo, cogió un trapo, lo enjabonó y empezó a lavarse.

Bella se lo quedó mirando boquiabierta. Ella quería mantener una conversación con él para descubrir qué clase de hombre era, pero quizá sus acciones hablaban de forma más clara. Era un zoquete.

Mucho mejor para ayudarla a destruir a su hermano, aunque…

—Soy Perséfone —dijo ella.

Él se volvió para mirarla mientras se frotaba el musculoso pecho con el paño. Bella siguió el movimiento de la tela y su mirada terminó en su hombro derecho.

Vio unas marcas oscuras. Cuando se movió, las marcas fueron más visibles: era el tatuaje de un cisne negro.

—¿Qué Perséfone?

Bella levantó la mirada.

El capitán tenía los ojos marrones, aunque no había podido fijarse hacía cuatro años.

Quizá, la diferencia que notaba ahora era que entonces estaba sobrio y ahora no. No estaba borracho perdido, pero había algo en la delicada elección de palabras que le decía que iba medio borracho.

—Le robé el caballo —dijo ella.

El capitán volvió a parpadear, pero entonces abrió los ojos:

—¡Ah, eso! ¿Ha venido a pagármelo?

—¿Qué? No. Bueno, sí. Bueno... ¡Podría ponerse un poco de ropa!

—Ya llevo un poco de ropa —replicó él, sonriendo—. Además, ha entrado sin que la hubiera invitado. —Sin embargo, cogió la camisa de la cama y se la puso por la cabeza—. Y dígame, señorita Barstowe, ladrona de caballos, ¿por qué ha venido?

Bella hizo lo que pudo para concentrarse.

—Capitán Rose, podemos hablar después, cuando se haya... recuperado, pero tenía miedo de que se marchara antes de poder hablar con usted mañana. Necesito su ayuda. —No pareció demasiado impresionado, así que añadió—. O, mejor dicho, quiero contratarlo.

—Se trata de negocios, ¿entonces? —preguntó él, un poco más interesado—. Puedo concederle unos minutos—. Señaló una silla—. Siéntese, señora, por favor.

Bella se dejó caer en la rígida silla, con la esperanza de poder controlarse un poco más. Él se sentó en la otra, se reclinó y estiró las largas piernas. Largas piernas desnudas a excepción de los calzones. Y cubiertas de pelo negro.

Bella no controlaba nada y, de repente, todo aquello parecía una locura. Se levantó, pero él dijo:

—Si vamos a hacer negocios, será mejor que primero saldemos las deudas. ¿El caballo?

—Hice que se lo devolvieran. No le debo nada.

—¿Y si no me lo devolvieron?

Ella lo observó con cautela. Estaba jugando con ella pero, ¿le estaba mintiendo?

—¿No? Di instrucciones para que lo dejaran en una posada cerca de Maidstone y enviaran aquí un mensaje para que fuera a recogerlo.

—Entonces, puede que a quien le confió el mensaje, sencillamente decidiera quedarse el caballo.

Bella quería romper algo. ¿Es que nada salió bien durante aquellos días?

Había dejado el caballo en una posada porque no quiso presentarse en casa de su cuñado a lomos de un caballo robado. Durante el largo y pausado viaje, se había inventado una historia. Dijo que se había escapado antes, justo al sur de Londres, y que había viajado una pequeña distancia en un carruaje.

Cuando estuvo a solas con Athena le explicó la verdad y le suplicó que enviara la guinea a la posada para que devolvieran el caballo. Su hermana le había prometido que lo haría, pero quería evitar a toda costa enfurecer a su marido. Quizá había sido sincera con él.

Sir Watson Ashton no habría pagado, y menos con pruebas de que Bella había mentido. En realidad, Athena ya había tenido que convencerlo para que no dejara a Bella en la calle.

—¿Cuánto valía el caballo? —preguntó ella, algo tensa.

—Es difícil de decir después de tanto tiempo…

Le estaba dando largas para retenerla allí.

Ella se volvió hacia la puerta.

—Entonces dejaré que siga con su… —Agitó la mano hacia el lavabo—. Puede comunicarme una cifra otro día.

—No tan deprisa. —El capitán se colocó frente a ella, bloqueándole la puerta, antes de que pudiera reaccionar.

Bella retrocedió y se puso la mano sobre el corazón acelerado.

—Gritaré.

—Tendría que explicar cómo ha acabado en mi habitación.

—Déjeme pasar.

El capitán se reclinó en el marco de la puerta y se cruzó de brazos.

—Ha venido a contratarme. ¿Para qué?

Bella apretó los labios.

—¿Como amante?

Bella se echó hacia atrás.

—¡En absoluto!

Él sonrió y la recorrió de arriba abajo con la mirada.

—Una lástima.

Por ridículo que parezca, entre el miedo y la rabia, Bella notó una chispa de placer provocada por aquellas palabras.

¿Tan necesitada estaba de cariño masculino?

«Sí.»

—Entonces, ¿por qué ha venido? —preguntó él, con una actitud tan implacable que ella supo que tendría que darle alguna historia creíble. Se tranquilizó con mucha pereza, fruto de la desesperación.

—Me... Me encontré por casualidad con uno de los hombres que me secuestraron.

—Continúe.

—Me dijo que usted lo había amenazado con tomar represalias si hacía algo más contra mí. Quería darle las gracias. Y entonces me acordé de su caballo. De que no estaba segura de si se lo habían devuelto. Así que he venido a comprobarlo.

—Y a contratarme para algo —añadió él.

Era increíblemente persistente.

—En eso he cambiado de idea.

—Una decisión sensata. ¿Ha venido sola? ¿Cuántos años tiene?

—Eso, señor, no le incumbe. Y ahora déjeme pasar.

Él se limitó a ladear la cabeza.

—Perséfone. Es a la que secuestraron, se la llevaron al inframundo y escapó, pero tenía que regresar y pasar allí seis meses al año. ¿Es este su inframundo? ¿Y yo soy su Hades? —volvió a sonreír, y esta vez fue una burla—. Esas historias de dioses y diosas. Los llaman clásicos, pero todo son disfraces y falsas identidades para poder realizar actos impúdicos. —Con un repentino cambio de tono, y sin ningún tipo de humor, le preguntó—. ¿Qué acto impúdico la ha traído hasta aquí, Perséfone?

Bella contuvo el aliento. El capitán creía que podía suponer una amenaza para él. En realidad, era una especie de contrabandista.

—No pretendo ocasionarle ningún mal, capitán. Lo prometo.

—Pero puede que lo cause de todos modos.

Bella empezó a preguntarse si corría un peligro real. Si el capitán decidiría matarla porque sospechaba una amenaza sobre él. Había oído historias aterradoras sobre la crueldad de los contrabandistas, y los ojos de rubí de la calavera parecía que parpadeaban con la luz de las velas.

Sin embargo, él irguió la espalda y se alejó de la puerta.

—Se le ha terminado el tiempo. Volveré dentro de dos días, quizá tres. Si lo que quiere de mí es suficientemente importante, esté aquí cuando vuelva y hablaremos de nuevo. Quizá todo vaya mejor cuando los dos estemos sobrios.

Bella se sonrojó al comprobar que su estado había resultado tan obvio, pero estaba concentrada en la posibilidad de escapar. Se acercó a la puerta, sin apartar la mirada de él, y siempre se mantuvo lo más lejos de él posible.

—¿Estará aquí? —preguntó él.

Con la puerta ya abierta, ella lo miró.

—No lo sé.

Él asintió como si aquello, al menos, tuviera sentido.

—Soy voluble como el mar, señorita Barstowe; unas veces soy rudo y otras, galante, pero tiene mi palabra de que, a menos que me haga daño a mí o a los míos, conmigo está a salvo.

Bella lo observó y, a pesar de que creía que aquellas palabras eran verdad, le costaba creerlas. Sin embargo, cuando él empezó a quitarse la camisa otra vez, ella cerró la puerta y regresó a su habitación. Una vez dentro, echó el pestillo y se quedó allí, con el corazón acelerado.

Debería regresar a Londres mañana mismo y olvidarse del capitán Rose. No era el galante héroe que ella había imaginado.

Sin embargo, no estaba segura de si lo haría y no podía entender ni siquiera sus propios motivos.

Thorn rompió el sello con forma de cisne y leyó la nota de Caleb:

«*Menuda sorpresa. Apareció una mujer en mi habitación del Compass y se presentó como Perséfone. Parecía medio ebria y no tenía la cabeza demasiado clara, y tuve poca paciencia con ella, sobre todo cuando dijo que no estaba interesada en mi cama. Entonces dijo que me había robado el caballo y recordé que me habías explicado esa historia. Me despertó la curiosidad.*

*La hice hablar pero no averigüé demasiado. Pero había acudido a mí porque quería algo. Habló de contratarme. Quizá vuelve a tener problemas. Dijo que se llamaba señorita Barstowe.*

*Al final, decidí que tenías que encargarte tú y le dije que tenía que atender unos asuntos urgentes, y era cierto, porque tenía a una buena moza esperándome en otra parte. Le dije que, si realmente quería hablar conmigo, tenía que esperarme tres días. Si te interesa, deberías tener tiempo de sobras para llegar hasta aquí. Seré discreto pero, si no te interesa, dímelo y volveré dentro de tres días para ahuyentarla.*

*Caleb*»

Thorn dejó la carta, pensativo.

—Ee-oo-ah.

Bajó la mirada hasta la gata de la cesta, con los dos cachorros pegados a ella, como parecía que hacían constantemente los últimos días.

—Seguro que tienes razón, *Tabitha*, pero no puedo ignorarlo.

—Ah-oo.

—Sólo te preocupa tu bienestar y el de tus cachorros si me llega una muerte prematura. Recuerda que eres la gata de Christian.

*Tabitha* refunfuñó y Thorn se rió. Christian y su mujer habían comprado la extraña gata en uno de sus viajes, pero *Tabitha* le había cogido manía a su dueño. Y por eso Christian le había pedido a Thorn que la cuidara durante un tiempo con el extraño comentario: «No quiere hablar conmigo».

Y por extraño que parezca, en cuanto Christian desapareció por la puerta, la gata había empezado a hacer esos ruidos tan raros que parecían palabras. Lógicamente, no tenían sentido pero, por lo visto, la gata reconocía el nombre de Christian.

—De acuerdo, eres la gata de Caro —dijo Thorn—. Pero ahora vuelven a estar juntos y felices, así que tendrás que tolerarlo.

La gata sacó la garra y bajó la tapa de la cesta. Era la desaprobación máxima, aunque eso implicaría que entendía a los humanos, y era imposible.

Una criatura intrigante. Era de una extraña raza que se encontraba, básicamente, en la Isla de Man y de ahí su nombre: Manx. Esos gatos tenían una cola muy corta o inexistente y unos cuartos traseros muy grandes, parecidos a los de los conejos, lo que llevó a especular que habían sido producto del cruce entre un conejo y un gato. Según Thorn, de ser cierto eso, los gatos y los conejos de la Isla de Man tenían que ser muy raros.

En sus aventuras, Christian y Caro se habían inventado la historia de que esos gatos procedían de Hesse y que, allí, los criaban para que cazaran conejos salvajes. El mito del gato-conejo era fascinante, pero Thorn estaba más interesado en establecer la verdad, y ahora que tenía la custodia temporal había invitado a un grupo de científicos para que lo estudiaran. Existían dos corrientes de opinión enfrentadas y se estaban buscando más especímenes para seguir estudiándolos.

Thorn había instalado a los invitados felinos en su despacho, en una cesta forrada con terciopelo y había encargado su cuidado a un lacayo. Estaban cuidados hasta extremos insospechados pero *Tabby*, como Caro la había bautizado, todavía se seguía quejando. Había aprendido a cerrar la cesta como gesto de desaire pero, el único intento por parte de Thorn de atar la tapa de la cesta para evitar que salieran había provocado una violenta reacción, acompañada por lo que pareció una sarta de maldiciones propias del marinero más rudo.

Al final, Thorn aceptó que una fémina lo había acobardado y decidió tomárselo con buen humor. Le había puesto el nombre de *Tabitha*, mucho más digno y la había designado como el oráculo délfico de la casa. En definitiva, por lo visto a ese oráculo también costaba entenderlo.

—Ir o no ir, esa es la cuestión —dijo, hablando con la tapa de la cesta—. ¿Crees que el señor Shakespeare se dio cuenta de que algunas de sus palabras seguirían siendo tan afortunadas siglos después de su muerte?

La tapa se levantó un poco, pero *Tabitha* no dijo nada.

—Barstowe. ¿Conocemos a algún Barstowe?

—Aa-oo.

—No, ya me lo imaginaba. ¿Un nombre falso? ¿Y qué puede querer tantos años después?

*Tabitha* se levantó y la tapa se acabó de abrir. Uno de sus cachorros se escapó. La gata lo cogió con la boca y lo metió en la cesta otra vez. Por experiencia, Thorn sabía que ese juego duraría un buen rato. De toda la camada, sólo habían sobrevivido dos cachorros y, mientras que uno era como *Tabitha*, el otro era normal, algo que fascinaba a los científicos. El gato normal era muy aventurero mientras que el Manx era más asustadizo, aunque Thorn no tenía ni idea de si era un dato importante.

Cuando Christian le endosó las criaturas, los cachorros no tenían nombre, así que Thorn se lo puso. El normal y aventurero era negro, así que lo llamó *Negro*. El Manx gris era regordete y más precavido, así que le puso el irreverente nombre del rey, *Jorge*.

*Tabitha* volvió a agarrar a *Negro* y bostezó.

—¿Agotamiento o aburrimiento, señora? ¿Quieres que importe algunos ratones? ¿O prefieres conejos?

—¡Ee-oh-ar-oo!

Una respuesta muy adecuada para una broma privada.

—Claro que no, discúlpame. Pero comparte tu sabiduría conmigo. ¿Acaso la señorita Barstowe ha descubierto que el capitán Rose es, a veces, el duque de Ithorne y ha decidido reclamarle matrimonio por una aventura que tuvieron hace cuatro años?

El gato hizo un ruido que pareció una risa.

—¿Por qué otro motivo, si no, se ha acordado de mí de repente? Estoy perplejo.

—O-er-o.

—Ah, claro. Gracias. —Thorn hizo sonar la campana que tenía encima de la mesa mientras reflexionaba sobre si la gata entendería realmente el lenguaje de los humanos. Aquella secuencia de sonidos sólo se producía cuando parecía sensato llamar a su sufrido secretario. Quizá debería llevar a cabo un par de experimentos.

Apareció un lacayo.

—Que venga Overstone, por favor.

Cuando el corpulento joven entró en el despacho, Thorn dijo:

—Barstowe. Una dama entre veinte y veintitrés años.

—Puedo hacer alguna averiguación, señor.

*Negro* volvió a escaparse. *Tabitha* lo recogió y lo llevó hasta la mesa de Thorn. Saltó, con gran facilidad gracias a sus poderosos cuartos traseros, y dejó al cachorro en la mesa. Luego, bajó de otro salto y fue a dar un paseo.

—¿Me dejas de niñera? —preguntó Thorn, con incredulidad. Su secretario hizo un ruido extraño que perfectamente podría haber sido una risa ahogada—. Te estás sobrepasando, señora. —Sin embargo, rescató al pequeño aventurero del peligro de la tinta. O al tintero del peligro del gato.

Notó unas pequeñas uñas afiladas en la piel mientras *Negro* le exploraba la mano. Thorn se dio cuenta de que estaba sonriendo.

—De acuerdo, me gusta tu actitud, chico.

Mandó a Overstone a hacer las averiguaciones pertinentes y llevó a cabo un experimento lingüístico. Como siempre, *Jorge* estaba asomado en la cesta, maullando, pero con miedo a salir de la cesta.

Thorn dijo:

—¿Por qué no traes a tu otro cachorro?

*Tabitha* emitió un sonido absolutamente indescifrable, pero no obedeció.

—Eso no me dice nada —dijo Thorn mientras *Negro* emprendía una atrevida aventura por su manga.

Thorn sintió lástima por el gato tímido y se acercó a la cesta y lo cogió. *Jorge* protestó. *Tabitha* se volvió pero sólo lo observó con los ojos entrecerrados.

La gata subió a la mesa de un salto para vigilarlo.

—Me pregunto si los bebés serán tan complicados —se dijo Thorn—. Pero vosotros me recordáis un poco a Christian y a mí. Yo no era precisamente tímido, pero antes de que él llegara era más... cauto. Tendrías que relajarte con él. Es un buen hombre. Mejor que yo, porque al menos va con la verdad por delante.

Colocó una pluma delante de *Jorge*, que la acarició con cautela. *Negro* se deslizó por el brazo de Thorn para aferrarse a la pluma como un depredador, pero *Jorge* no se amilanó.

—Admirable —le dijo Thorn—. No dejes que un mequetrefe cualquiera te pisotee. —Sin embargo, el consejo llegó con retraso, porque los cachorros habían formado una bola de pelo, aunque era difícil saber si era por afecto o por competición.

Con lo que pareció un suspiro, *Tabitha* sacó a uno de la melé y fue a dejarlo en la cesta. Era *Negro*.

—No funcionará. Saldrá en un periquete. —Pero *Tabitha* se volvió y siseó al cachorro, que ya estaba planeando su huida, y el pequeño volvió a meterse en la cesta—. Disciplina. Excelente. Si algún día encuentro a una esposa adecuada, te nombraré institutriz. Pero bueno, ¿tú qué crees que haría Christian con Bella Barstowe?

*Tabitha* tenía a *Jorge* en la boca, pero lo miró.

—Cierto. Iría a Dover a descubrirlo todo. Es lo que hizo. Pero fíjate en el caos que organizó.

*Tabitha* estaba dejando a *Jorge* en la cesta, pero Thorn no necesitaba su sabiduría.

—Al final, consiguió a la mujer que quería.

—¿Ai-ee-u?

—Por supuesto que no. ¿Bella Barstowe? Pero tengo que conocer el final de la historia.

—Ar-o-o.

—De acuerdo. Estoy desesperado por escaparme unos días. No es nada malo. No tengo asuntos pendientes y, aunque me he prohibido embarcarme en *El Cisne Negro*, esto me da una excusa para ser el capitán Rose.

Thorn hizo llamar a Joseph y le dijo que hiciera el equipaje del capitán, y luego revisó sus asuntos más personales para comprobar que no dejaba nada pendiente. Escribió unas notas a Christian a Devon y a Robin a Huntingdonshire. Robin le había hecho prometer que le notificaría siempre que se pusiera en la piel de su alter ego.

Cuando Thorn le preguntó por qué, Robin respondió: «Para poder preocuparme por ti.

—¿Y no sería mejor no saberlo?

—No, porque entonces tendría que preocuparme siempre.»

Había mucha gente que se preocupaba por él, y le gustaría que no lo hicieran.

Overstone regresó con una hoja llena de notas.

—Hay bastantes Barstowe en el país, señor, con y sin e. En Oxfordshire, Shropshire, Hampshire, Lincolnshire. Voy a necesitar un poco más de tiempo.

—No sufras. No espero de ti una omnisciencia propia de Rothgar.

El secretario respondió:

—Gracias, señor. —Pero parecía que Thorn lo había insultado con sus pocas expectativas. Aunque dentro de un segundo estaría más preocupado.

—Me voy a Ithorne. Ordena que tengan preparado mi carruaje de viaje dentro de una hora, y envía inmediatamente a un mozo con esto a la hostería Cisne Negro de Stowting.

El secretario puso una cara como si, de repente, una delicada parte de su cuerpo estuviera ardiendo. Sabía que un mensaje a Stowing seguramente significaba que Thorn estaba a punto de convertirse en el capitán Rose. Y, por lo visto, *Tabitha* también lo sabía. Protestó.

Thorn escribió deprisa. Cuando dobló la carta, Overstone estaba preparado con la cera caliente para que Thorn pudiera aplicar el sello. Y no el ducal, sino la imagen de un cisne negro.

—Señor...

—Si surge algún asunto que precisa mi atención durante los próximos días, tienes una hora para avisarme.

—Muy bien, señor.

Después de unos segundos de reflexión, Thorn añadió:

—No pienso navegar.

Overstone no dijo «Gracias a Dios», pero su gesto reflejó un alivio claro. No entendía qué necesidad tenía Thorn de llevar otra vida, y menos una que implicaba unas condiciones de vida rudas y algún peligro ocasional.

Thorn, en cambio, sentía cómo la emoción le llenaba las venas. No querría ser el capitán Rose siempre, pero sus aventuras con esa identidad eran sus grandes momentos de libertad.

—Que Dios bendiga a la señorita Barstowe, cazamaridos o no —le dijo a *Tabitha*.

Tuvo que dejar listos un par de papeles, pero enseguida todo estuvo listo para su partida. Con una pequeña sensación de estupidez, se despidió de los gatos. *Tabitha* lo miró y cerró la tapa de la cesta.

—He dejado instrucciones para que os cuiden con mimo —protestó Thorn.

—Ee-o-uar-sss.

Aquello sonó como un pronóstico desalentador, seguido por una maldición.

# Capítulo 13

*A*l día siguiente, Bella se despertó ligeramente indispuesta. Aunque decidiera regresar a Londres, hoy no podría soportarlo. Enseguida se convenció de que el capitán Rose había demostrado no ser absolutamente terrible y que lo más sensato sería esperar y hablar con él cuando no estuviera borracho.

Sin embargo, esa charla tendría lugar en un sitio menos peligroso que una habitación de hostería. En el salón de abajo. Sí, eso sería seguro.

No obstante, con ese plan en mente, tenía que averiguar más cosas sobre él, así que le pidió a Louise que le ayudara a lavarse el pelo. Era imposible mantener una conversación con la cabeza inclinada sobre una palangana pero, cuando la chica empezó a desenredarle el pelo, Bella empezó el interrogatorio.

—Anoche me encontré al capitán Rose en el pasillo. Un hombre muy apuesto.

—Sí que lo es. —En el espejo, Bella vio que la chica dibujaba una sonrisa.

Bella suspiró.

—Aunque me temo que también es un hombre malo.

—Sí, eso también, señora. —Pero luego la chica añadió—. No, malo no. Pero es atrevido y con una actitud pícara.

—Y, cuando no está a bordo de su barco, ¿vive aquí en Dover?

—A pocos kilómetros, señorita.

—¿Está casado?

—¡Ni hablar!

—¿Hay muchos capitanes de barco casados?

—Bastantes, señorita.

—Debe de ser muy extraño estar casada con un hombre que pasa largas temporadas lejos.

—Bueno, creo que con ciertos individuos es más bien una bendición, señora. ¿Por qué no se sienta delante del fuego para que se le seque más deprisa?

Bella se movió, aunque secundó las palabras de la chica acerca del matrimonio. Seguro que lady Fowler hubiera preferido que su marido estuviera lejos gran parte de su tiempo.

—Supongo que el capitán Rose ha salido al mar desde pequeño —dijo, mientras se levantaba la melena para que el calor le llegara a los mechones de abajo.

—Tiene un color de pelo precioso, señorita. Refleja los tonos del fuego de una forma muy bonita.

Bella se rió.

—Pero espero que no prenda fuego.

—No se preocupe, señora. —Louise empezó a recoger la habitación y Bella pensó cómo plantearle la pregunta de otra forma, pero la chica contestó enseguida—. El capitán Rose llegó a Dover apenas hace ocho años, señorita, aunque nació en la región de Kent. Se crió en América, pero luego regresó al pueblo de su madre y poco después se convirtió en capitán del barco del duque de Ithorne.

Bella dio un respingo tan fuerte que la doncella se le acercó corriendo.

—¿Se ha quemado, señora?

—No, no, es que... Un duque. Increíble. ¿Cómo se conocieron?

¿Y qué repercusión tendría eso en sus planes? La relación entre esta aventura y su vida en Londres parecía inquietante.

Vio que Louise arrugaba la frente como si no estuviera segura de qué podía decir.

—Explícamelo —le dijo Bella.

—Bueno, supongo que por esta zona no es ningún secreto, pero espero que no se ofenda, señorita. Verá, el capitán Rose es el hermano ilegítimo del duque. Se parecen tanto que nadie puede negarlo, y parece ser que por eso mismo el chico y su madre tuvieron que marcharse a América cuando él era pequeño. Luego, un amigo del duque conoció a Caleb, así es cómo se llama el capitán, y quedó tan sorprendido por el asombroso parecido que lo organizó todo para que se conocieran.

—Es como una obra de teatro —dijo Bella, maravillada—. ¿Y qué pasó?

—El duque podía haberse tomado muy mal aquel escándalo, pero no fue así. El capitán Rose, bueno, entonces no era capitán, dijo que quería regresar al pueblo de su madre y su Excelencia no puso reparos. Y cuando el duque descubrió que Caleb era marinero y que había sido ascendido a contramaestre de un barco comercial, lo preparó para ser capitán de *El Cisne Negro*.

—Qué generoso.

—Mucho, señorita, pero claro, el duque es huérfano, o como si lo fuera. Quizá le hizo ilusión descubrir que tenía un hermano, aunque fuera ilegítimo. —Recogió la toalla húmeda y la palangana—. Debería marcharme, señorita. Quizá me necesitan en otro sitio.

—Sí, claro. Gracias.

Bella estaba tan absorta en aquella extraordinaria información que no la escuchó marcharse. El capitán Rose era el hermano ilegítimo del duque de Ithorne y, por lo visto, eran prácticamente iguales.

Ella sólo había visto al duque de lejos. De acuerdo, tenían el mismo pelo oscuro y la misma complexión pero, aparte de eso, parecían completamente distintos. Uno era elegante y altivo, casi zalamero. El otro era apuesto pero rudo. Terrenal.

Sin embargo, ¿qué significaba aquella absurda coincidencia? ¿Suponía algún peligro para ella?

El duque tenía una casa en Kent, a apenas diez kilómetros de allí. Si su padre había tenido un hijo bastardo, ¿por qué no con una mujer local? Aparte del temprano traslado al otro lado del Atlántico, y era comprensible, ¿por qué no iba a terminar aquí el hijo bastardo y por qué no iba a darle trabajo el duque en su barco? ¿Era raro que un duque tuviera un barco? No tenía ni idea.

La coincidencia era que había conocido al capitán Rose aquí en 1760 y, en 1764, se había colado en la casa de Londres del duque como parte de su trabajo para lady Fowler. Eran dos acontecimientos separados que resulta que estaban conectados, como cuando conoces a alguien y, hablando con otra persona, descubres que también lo conoce.

¿Aquella información debería afectar a sus planes?

No. Se levantó y se sentó frente al espejo. Aunque el capitán Rose informara a su augusto patrón de todo lo que hacía, seguro que el nombre de señorita Barstowe no le sonaba de nada al duque.


Los dos días siguientes pasaron muy lentamente y Bella tuvo demasiado tiempo para pensar y dudar. Tan pronto estaba decidida a quedarse y hablar con el capitán Rose, como estaba lista para subirse a un carruaje camino de Londres y olvidarse de él. Sin embargo, todavía quería vengarse de Augustus y no sabía de qué otra forma hacerlo.

Por muy ordinario que fuera el capitán Rose, estaba segura de que disfrutaría sacando a la luz la auténtica naturaleza de un bicho como Augustus, y que lo haría con gusto.

Compró más batista e hilo y cosió desesperadamente más pañuelos.

Estaba en su habitación, planteándose otro día de espera sin demasiado entusiasmo, cuando Louise llamó a la puerta y le dijo que el capitán Rose estaba abajo y que había pedido hablar con ella. Estaba claro que la doncella tenía muchas preguntas, y Bella se temía que se había ruborizado. No tenía ninguna explicación aceptable, así que no intentó ofrecer ninguna.

—Bajaré dentro de un minuto, Louise —dijo. En cuanto la doncella se marchó, corrió al espejo a comprobar su aspecto. Para ese encuentro, tenía que ir limpia, pulcra y sobria.

Era una reunión de negocios.

Respiró hondo varias veces, salió de la habitación y bajó las escaleras. Lo vio desde la curva de las escaleras y hubo algo que la hizo detenerse. Quizá fue la sorpresa, aunque no sabía por qué.

Él estaba de pie, de espaldas a la escalera, con su ropa anticuada pero con botas altas de montar. Ella prefería los abrigos modernos con los faldones pegados al cuerpo pero, en él, aquel estilo más ancho quedaba casi elegante.

¿Elegante?

No era una palabra que hubiera aplicado al hombre con quien habló la otra noche. Aunque claro, llevaba menos ropa y estaba borracho.

Él se volvió y levantó la mirada.

Bella continuó bajando mientras rezaba para que su corazón dejara de latir con tanto nerviosismo. Había pedido, incluso rogado, aquel encuentro, y ahora que lo había conseguido tenía que mantener el control.

Cuando llegó al vestíbulo, realizó una reverencia y habló con tono distante:

—Vaya, ya ha regresado, capitán.

Él le devolvió la reverencia.

—El mismo, señorita Barstowe.

—Y justo a tiempo.

—Es muy ruin hacer esperar a una dama.

A pesar de haber intercambiado apenas dos frases, Bella tenía la sensación de estar hablando con otra persona; alguien más reservado y extraordinario. ¿Era posible que la bebida alterara tanto a una persona?

—Hace un día precioso —dijo él—. ¿Le apetece dar un paseo?

Bella dudó unos segundos. Había pensado ir al salón, pero se dio cuenta de que aquello sólo sería seguro con la puerta abierta. Y quizá querría hablar de cosas que no quería que nadie más escuchara.

Estar con él con las puertas cerradas sería una locura, sobre todo después del último encuentro.

Él arqueó la ceja ante su silencio.

Mantener la entrevista en un lugar público sería una idea excelente. Bella volvió a inclinarse.

—Iré a buscar la capa, capitán.

Subió las escaleras a toda prisa, segura de que él la estaría observando igual que ella había hecho con él. ¿Con mirada lasciva?

Se dio cuenta, por primera vez, de que quizá se había hecho una idea equivocada de Bella Barstowe. Hacía cuatro años, ella le dio la menor información posible, con lo que él sabía que la estaban persiguiendo dos hombres aunque no el por qué. Quizá incluso pensaba que se había visto envuelta en aquella situación por deseo propio, a lo mejor incluso con intenciones pecaminosas.

No le extrañaba que le hubiera hecho aquellos comentarios la otra noche.

Le temblaron las manos mientras se colocaba la horquilla del sombrero y se puso el abrigo y los guantes con cierta torpeza. Si hubiera tenido un caballo a mano, lo habría montado y hubiera desaparecido, pero no iba a permitir aquella debilidad.

Sería un tiempo breve con él, y en público. No correría ningún peligro y él seguía siendo exactamente el hombre que necesitaba para destruir a Augustus.

Thorn esperó el regreso de la señorita Barstowe, fascinado por lo que había visto.

Vestía de forma más sencilla que hacía cuatro años, porque su vestido incluso parecía anticuado, y había cambiado quizá un poco más de lo que él esperaba en ese tiempo. Apenas recordaba a una chica guapa, y ahora se había convertido en una mujer bonita que quizá podría llegar a ser preciosa si se relajaba y era feliz, pero parecía seria y cauta. Quizá era comprensible, teniendo en cuenta lo que había pasado.

Sintió la extraña necesidad de conseguir que se relajara, fuera feliz y descubrir qué pasaba.

Tenía un pelo precioso. Hacía cuatro años, y de noche, no se había fijado en el color. Ahora lo llevaba recogido debajo de una cofia poco favorecedora pero, a juzgar por los mechones sueltos, era de color castaño con reflejos bronce, un tono que era perfecto para su piel pálida...

Se detuvo. Bella Barstowe no le interesaba en ese sentido. Ya era suficientemente malo que tuviera una extraña obsesión con Kelano, que no había regresado al Goat. Una ninfa sensata. Y mejor para él. Suponía una tentación demasiado grande para su cordura, y ahora su objetivo era encontrar a la esposa perfecta.

Aquel era un excelente motivo para no estar aquí, hablando con Bella Barstowe quien, sin duda, se había metido en un buen lío hacía cuatro años por culpa de su alocamiento y el comportamiento liberal.

Debería marcharse y volver a su vida decente, pero la chica ya estaba bajando las escaleras con un abrigo de lana igual de anticuado y un pequeño sombrero encima de la cofia. Era imposible imaginar algo más alejado de una ingeniosa seductora. El posadero, Pounce, le dijo que la chica había dicho que era una institutriz. Algo poco probable para la joven atrevida que había conocido, pero casi ninguna institutriz acababa ejerciendo ese trabajo por elección propia.

Ella se acercó a él, haciendo un esfuerzo por estar tranquila y serena, pero Thorn reconoció el nerviosismo debajo de la máscara, y ahora sí que parecía que tenía la edad que decía. ¿Por qué había venido? ¿Qué la había llevado a meterse en la habitación de Caleb?

Si tenía miedo del capitán Rose, ¿por qué había esperado pacientemente a que regresara?

Suspiró ante su propia locura, consciente de que quería saber todas las respuestas y, si era necesario, volver a ayudarla.

Le ofreció el brazo. Ella dudó, pero al final lo aceptó, y él la acompañó hasta la calle, donde empezaba a azotar el viento. Esperaba que ella hablara primero, porque la explicación de Caleb de su encuentro había sido muy breve, pero la chica se había quedado muda. El cielo empezó a taparse y, a los ojos expertos de Thorn, pronto llovería así que rompió el hielo.

—Retomemos nuestra conversación, señorita Barstowe. O quizá podría repetirla. Hace unas noches, mi habilidad para comprenderla estaba un poco limitada. ¿Ha venido a Dover a pagarme el caballo?

Ella lo miró con una franqueza admirable.

—Di instrucciones para que se lo devolvieran, señor.

—¿Y si lo niego?

Bella apretó los labios y a Thorn le pareció una pena porque, en su estado natural eran una delicia. No eran demasiado grandes, nunca le habían gustado las bocas demasiado grandes, pero sí carnosas.

Muy parecidos a los de Kelano. Nunca había sido consciente de aquella preferencia...

—Si realmente no le devolvieron el caballo, capitán, le pagaré su valor. ¿Ya lo ha calculado?

—Cincuenta guineas —respondió él.

—¿Cincuenta guineas?

—Era un buen caballo.

—No tanto —replicó ella.

Thorn tuvo que reprimir una risa, y estaba encantado de que todavía conservara su espíritu combativo.

—Añado algo por habérselo prestado y los inconvenientes que eso me provocó. ¿Y bien?

Ella se detuvo y lo soltó para poder mirarlo de frente.

—¿Es su condición para continuar la conversación?

—Siempre es mejor zarpar con el casco limpio.

—No sé qué significa eso pero, de acuerdo, señor. Le pagaré cincuenta guineas, pero sólo porque estoy en deuda con usted por los inconvenientes y por rescatarme. Gracias.

A continuación lo miró a los ojos, con la barbilla alzada y la cabeza ligeramente ladeada a la derecha. Él reconoció a la chica asustada y valiente, pero le sorprendió sentir una conmovedora afinidad, como si hubieran significado más el uno para el otro de lo que era cierto.

—Fue un honor servirla, señorita Barstowe —dijo él, y era verdad.

Siguieron caminando, pero sopló una brisa marina que levantó suciedad, polvo y hojas del suelo, y que provocó que ella tuviera que sujetarse el sombrero y darse media vuelta.

—Quizá deberíamos regresar al Compass —propuso ella.

Oyeron las campanas de alerta.

—¿A su habitación? Un poco comprometedor, ¿no cree? ¿O acaso es su propósito? Entró en mi habitación.

Ella lo miró con incredulidad.

—¿Cree que lo engañaría para obligarlo a casarse conmigo, capitán? ¿Por qué?

Aunque Thorn sabía que la chica estaba hablando con un capitán de barco, la novedad de su actitud provocó que tuviera ganas de sonreír encantado.

—Discúlpeme —dijo—. Ha sido una absoluta estupidez. Pero sí que entró en mi habitación...

Ella se había sonrojado.

—Porque creí que iba a marcharse de inmediato. Ya se lo expliqué.

Pero Caleb no. Aquella conversación era como un laberinto y podía ocultar grandes peligros. Se había pasado la vida adulta entera escapando de trampas para obligarlo a casarse y no iba a caer en las de Bella Barstowe.

—Por experiencia propia, señorita Barstowe, el único momento en que una mujer está dispuesta a perseguir a un hombre es cuando tiene en mente el matrimonio. O, a veces, los placeres maritales.

—Es un asqueroso —dijo ella, con los ojos azules llenos de ira.

Se alejó de él, con los tacones repiqueteando en los adoquines.

Thorn debería dejar que se marchara, pero se le había ocurrido una locura. La siguió.

—Es una moza muy temperamental.

Ella apretó los dientes y miró la frente.

—No soy temperamental. Y tampoco una moza. No me siga molestando, capitán Rose.

Continuó caminando. Él la siguió, a cierta distancia, mientras la observaba.

Tenía el pelo de color bronce, no negro. No llevaba ningún tipo de maquillaje.

Pero la voz y los gestos, sobre todo cuando se enfadaba...

¿Era posible que Bella Barstowe fuera Kelano? ¿Cómo? ¿Por qué?

¿Y sabía que él era Ithorne?

Aquello convertiría toda esa historia en una trampa muy elaborada.

Ella, de repente, se volvió y se enfrentó a él.

—¿Tengo que gritar?

Si era cierto, lo estaba haciendo muy bien.

—¿Serviría de algo? —respondió él—. En el Compass saben que se ha marchado conmigo porque ha querido y hemos estado a la vista de cualquiera todo el tiempo. Y lo seguimos estando y, como aquí el conocido soy yo, diría que mi reputación está más en juego que la suya.

Ella alzó la barbilla y apretó los labios.

—Ridículo.

Sí, sin duda, Kelano. Estaba seguro.

—¿De veras? —preguntó él, valorando todas las combinaciones posibles—. Entró en mi habitación sin que nadie la invitara.

Bella se sonrojó, básicamente de rabia, aunque seguía estando guapa. El hecho de que no fuera maquillada tenía ventajas, y más para una dama de tan excelente complexión. A pesar del rubor, lo siguió mirando a los ojos.

—Como recordará, quería contratarlo. Y le aseguro que no para... para...

Él la rescató.

—Entonces, ¿qué quiere de mí? —le preguntó—. Hay muchas personas a las que les gustaría descubrirme implicado en actividades ilegales.

Ella se tranquilizó y luego asintió.

—Entiendo. Imagino que un contrabandista debe vivir con miedo constante a la ley.

—Soy tan contrabandista, señorita Barstowe, como usted es moza.

—Si insiste...

Él se burló:

—Entonces, sí que es una moza.

Ella volvió a clavarle la mirada, aunque esta vez estaba cargada de humor.

—Sea lo que sea, capitán Rose, yo no formo parte de ningún complot en su contra, pero entiendo que lo piense. Dicho esto, lo que me sorprende es que no deje que me vaya. Adiós, señor.

Volvió a marcharse, aunque no con rabia, sino con decisión.

Que una mujer lo dejara plantado, dos veces, era una novedad. ¿O habían sido más de dos? Kelano también lo había rechazado. Dos veces.

Intentando contener una sonrisa, Thorn corrió y se colocó a su altura.

—Pero me necesita de forma urgente, señorita Barstowe. Aprovechó la primera ocasión que tuvo para hablar conmigo. Y cuando surgieron asuntos urgentes que reclamaban mi presencia, me esperó aquí, de brazos cruzados...

—Yo nunca estoy de brazos cruzados.

—Entonces, ¿qué ha hecho estos días?

—He bordado pañuelos.

—¿Con esmero?

—A la perfección.

—¡Menudo modelo de domesticidad!

Y algo que no encajaba ni con la chica que había rescatado ni con Kelano. ¿Se estaba imaginando una fantasía de la nada? Aunque así fuera, tenía que pensar en su juventud, sus necesidades y sus urgencias. No podía abandonarla.

—Dígame qué cree que puedo hacer —dijo, con la mayor persuasión que pudo. Ella no respondió—. Maldita sea, señorita Barstowe, institutriz o no, es demasiado joven para rondar por aquí sola, y más para concertar citas con hombres peligrosos.

Aquello sí que provocó una respuesta. Ella dio media vuelta para mirarlo a la cara.

—¡No se atreva a darme órdenes, señor! Y, en cualquier caso, si hubiera traído un guardián sería para protegerme de tipos peligrosos como usted.

Le clavó un dedo enguantado en el pecho.

—Cierto —dijo él, sonriendo—. Tiene razón.

Había varias personas mirándolos. Sería el tema de conversación de Dover durante varios días: una joven regañando al capitán Rose y sin que hubieran represalias.

Le añadió dramatismo al retroceder y hacer una reverencia.

—Mi querida señorita Barstowe, me disculpo por mis muchos defectos pero le ruego que me crea. Ahora mismo estoy dispuesto a convertirme en su más humilde servidor. Por lo tanto, por qué no me explica su problema para que veamos qué puedo hacer yo.

# Capítulo 14

La rabia de Bella se convirtió en una especie de estremecimiento. ¿Fue la reverencia, tan elegante y cortés? ¿O fueron los ojos, que parecían compasivos y realmente interesados... en ella?

Y, a la luz del día, sus ojos parecían más del color avellana que marrones.

Voluble como el mar. Así se había descrito él mismo, y era cierto pero, ¿podría con un hombre así? Tenía que huir de aquel camino de zarzas en el que voluntariamente se había metido, pero notaba que ya estaba enredada. Atrapada.

—¿Su problema es un hombre vil, señorita Barstowe? ¿Quizá el mismo que hizo que entrara en la Rata Negra hace cuatro años?

—¿Cómo lo sabe? —preguntó ella, horrorizada.

Él levantó la mano para tranquilizarla.

—Una mera deducción. Ha acudido a mí por algo, y la única conexión que tenemos es aquel breve incidente de hace años. ¿Acaso esos hombres han intentado hacerle daño otra vez?

Bella intentó recomponerse. Su explicación tenía sentido, aunque su teoría parecía rara.

—No, no me han hecho nada. Usted los amenazó, y se lo agradezco de todo corazón.

—¿Cómo lo sabe? —Ahora parecía sorprendido de verdad.

Bella se dio cuenta de que varias personas los estaban mirando con mucho interés y siguió caminando. No había ningún motivo para no explicarle esa parte.

—Me lo dijo uno de ellos. El más mayor, que se llama Coxy. Hace poco me lo encontré en Londres por casualidad. Me sorprendió tanto encontrármelo que no tuve miedo. Le pedí que me lo explicara todo.

—A la fuerza, me imagino —farfulló él—. ¿No sabía por qué había terminado en la Rata Negra?

—¿Usted sí? —preguntó Bella, horrorizada. ¿Había formado parte del plan desde el principio?

Él levantó una mano.

—No, no quería decir eso. En aquel momento, supuse que usted lo sabía pero que prefería no explicármelo. ¿Se llama Barstowe de verdad?

—Sí.

—Quizá no es demasiado sensato utilizarlo aquí, ¿no cree?

Ella soltó una risa seca.

—A consecuencia de lo que sucedió hace cuatro años, Bella Brastowe está destrozada. Ya nadie puede hacerme más daño.

—Explíqueme qué pasó.

Parecía serio y compasivo, y la mezcla resultaba tentadora como la manzana del Edén, pero Bella no lo hizo. Ese hombre era tan peligroso como la serpiente.

—No puedo obligarla —dijo él—. Pero, a veces, explicar una historia ayuda a aclarar la mente, y viví en primera persona una parte de la historia. Es comprensible que sienta curiosidad por lo que pasó.

Visto así, era difícil negárselo, aunque no le hacía demasiada gracia revivir todo aquello.

—Me secuestraron en casa de mi padre —dijo.

—¿Cómo es posible? ¿Entraron en los jardines?

—¿Acaso las damas sólo pueden pasear por los jardines? Estaba un poco lejos de la casa... —Añadió una mentira— Recogiendo flores salvajes para mi colección de flores secas.

—Primero los pañuelos, y ahora la colección de flores secas —dijo él, dando a entender que no creía ninguna de las dos cosas—. ¿Y su doncella?

—No me acompañó —admitió Bella.

—¿Una cita?

Lo último que Bella deseaba era ruborizarse, pero notó cómo se le calentaban las mejillas.

—De acuerdo. Tenía una cita para conocer a un nuevo admirador. Y sí, fue una estupidez pero, ¿cómo iba a sospechar que formaba parte de un plan para secuestrarme?

—¿Qué pasó?

Su tono compasivo la invitó a hablar y, al cabo de poco, y caminando entre el fuerte viento, se lo acabó explicando todo. Cuando se acercaba al final, al terrible destino que le esperaba, casi no le salían las palabras. Después de pasar un tiempo con lady Fowler, conocía mucho más el lado oscuro de los burdeles.

Él le tomó las manos enguantadas, para tranquilizarla.

—Escapó —le dijo, como si Bella necesitara que se lo recordaran.

Y quizá era cierto, porque aquella palabra estuvo a punto de descontrolarla.

—Aunque, ¿por qué esperar tanto? —preguntó él—. ¿Por qué no escapó antes, si tuvo la oportunidad?

Las pausadas preguntas la sacaron del agujero donde estaba y quizá el viento fuerte y húmedo la ayudó a aclarar la mente.

—Al principio, me vigilaban muy de cerca. Siempre había uno que me acompañaba, excepto de noche, y siempre comprobaban que la habitación estaba cerrada con llave.

—¿No intentó pedir ayuda a otras personas durante el viaje? ¿Otros viajeros, los posaderos?

—No. Me habían amenazado pero... Puede parecer extraño, pero todavía estaba muy preocupada por si la historia se sabía y estaba segura de que mi padre pagaría el rescate. Pero, aunque no lo hiciera... Creo que di por sentado que se cansarían y me soltarían.

—Era muy joven y había vivido una vida muy protegida. ¿Cuándo cambió?

—Cuando llegamos a Dover y me enteré de sus planes. Para entonces, gracias a Dios, ya no me vigilaban tan de cerca, seguro que también gracias a mi pasividad. Me encerraron en una habitación en el Crown and Anchor esa noche, pero había una ventana.

—Buena chica.

Ante aquel comentario, ella levantó la mirada y se encontró con una cálida sonrisa en sus ojos. Ella sonrió y se dio cuenta de que, aquella noche, había hecho algo muy valiente. Le habló de Billy Jakes y de cómo había ido a buscar a Litten.

—¿Tiene un buen trabajo? —preguntó él.

—Sí, ¿por qué?

—Porque podría ayudarlo, si lo necesitara.

—No creo que quiera ser marinero, pero muchas gracias por su amabilidad. Parece que está muy bien en casa de sir Muncy y dentro de poco se casará con la hija del responsable de los establos.

Él asintió.

—Entonces, escapó de la hostería. ¿Cómo terminó en la taberna?

—Por pura estupidez —confesó ella—. Iba corriendo por las calles de Dover, asustada y con un ataque de pánico. No tenía dinero. No conocía a nadie. Decidí ir a la iglesia y pedir ayuda al sacerdote, pero entonces vi a mis captores, que ya me estaban buscando, y me metí en el primer lugar público que encontré. Sabía que sería un lugar horrible, pero jamás podía imaginar lo que pasó allí dentro. —Lo miró—. Permita que le vuelva a dar las gracias por salvarme. Arriesgó su vida por mí.

—De nada —respondió él, contento—. Cuando hubieran recuperado la cordura, se habrían dado cuenta de que no querían tantos problemas, ni siquiera por una chica guapa como usted.

Bella miró al frente, otra vez complacida por un cumplido sin importancia. Sin embargo, descubrió que esta vez no le había gustado tanto el cumplido como quien lo había hecho. Para su sorpresa, le gustaba el capitán Rose. Fuera sensato o no, no le tenía ni pizca de miedo. Incluso tenía la sensación de que podría llegar a ser su amigo.

La otra noche, en su habitación, había sentido todo lo contrario. Qué extraño.

—Así que se marchó en mi caballo y, ¿dónde fue? —preguntó él—. ¿A Maidstone?

—A casa de mi hermana, que vive cerca de allí. Y ella me llevó a casa.

—Con el padre que no quiso pagar el rescate. ¿Tan vil era?

No le había dicho nada del cambio de notas porque no estaba segura de si quería explicarle su plan. Sin embargo, los motivos por los que ahora dudaba eran distintos: quizá el capitán viera la venganza como algo poco natural y poco femenino.

—Nunca encontraron la petición de rescate —dijo.

—¿Otro mensajero despistado, como con mi caballo?

Ella soltó una risotada breve y amarga.

—Exacto. Aunque este mensajero despistado fue el culpable de todo. —No podía callárselo—. Fue mi hermano Augustus —reconoció, con rencor en la voz.

—¿Qué hizo? ¿Perdió la nota?

—A propósito. Y luego la sustituyó por otra que parecía de mi amante donde anunciaba nuestros planes para huir y pecar. —Muy seria, añadió—. ¡Y lo peor es que todo fue idea suya desde el principio!

—Ah, entiendo que por motivo de las deudas del juego.

—¿Cómo...? —Pero interrumpió la pregunta con un suspiro—. ¿Tan habitual es que los hombres pierdan grandes cantidades de dinero en el juego?

—Bastante habitual, aunque no siempre termina con un drama como el suyo. Las deudas del juego no se pueden reclamar por ley.

—Me lo dijo Coxy.

—Seguro que él lo sabe bien —replicó él—. Por lo tanto, hay otros métodos para que los perdedores paguen. Si los jugadores son caballeros, cualquier moroso es condenado al ostracismo. Y el miedo a tal repercusión los suele obligar a encontrar el dinero. Si no pueden, se disparan un tiro en la cabeza o huyen a un país extranjero.

—Si al menos Augustus hubiera tomado una de esas dos opciones.

—Me gusta su espíritu, señorita Barstowe.

Bella se rió y, realmente, se sintió más ligera. Gracias a la admiración del capitán.

Las calles estaban casi vacías, porque el tiempo había empeorado bastante, pero él no parecía incómodo y ella no quería terminar aquel encuentro.

—Coxy parecía un caballero —dijo ella, aunque luego añadió—. Bueno, más o menos.

—Hay una cantidad inimaginable de «más o menos» en la vida. A juzgar por nuestro breve encuentro, yo diría que él era de los «menos».

—Seguramente, tenga razón. Porque ni siquiera fue capaz de cumplir la amenaza de desenmascararlo delante de los demás caballeros si no pagaba. —Bella reflexionó sobre su plan. Aunque todavía no estaba claro, implicaba sorprender a Augustus en el acto y deshonrarlo. Sin embargo, ella jugaba con la ventaja de que no quería dinero. La deshonra le bastaba—. ¿Dónde juegan esos hombres? —preguntó.

—Normalmente, en un club de juego, que se suele llamar «infierno». Pero, ¿por qué jugaba en esos sitios su hermano, y no en círculos más privilegiados?

Bella respondió sin dudarlo.

—Porque tenía que preservar su reputación impecable, especialmente a ojos de nuestro padre, que detestaba el juego por encima de cualquier otra cosa. —Se sujetó el sombrero contra otra oleada de viento y lo miró—. ¿Es posible que alguien entre en un infierno con una identidad falsa?

Los ojos del capitán sonrieron.

—Una pregunta demasiado teológica para mí, señorita Barstowe pero, en el «infierno», podría dar un nombre falso. Siempre que jugara con dinero en efectivo, nadie le haría ninguna pregunta.

Bella le dio varias vueltas a esa respuesta.

—Pero adquirió deudas.

—Y eso significa que los hombres con los que jugaba aceptaron sus vocales.

—¿Vocales?

—Un promesa escrita de pagar, abreviada con las vocales IOU*.

—¿Me está diciendo que unas letras en un papel podrían ser el motivo de que alguien perdiera una fortuna o una familia quedara arruinada?

—Sí, por desgracia es así.

—Una tragedia —dijo Bella, mientras se acordaba de Hortensia Sprott, abandonada en la miseria por culpa de las vocales de su padre.

Aquello había reavivado su deseo de deshonrar a su hermano. Y quizá también podría deshonrar a alguien más al mismo tiempo y evitar sufrimientos futuros.

—Coxy aceptó la promesa de Augustus de que le pagaría —dijo—. Con lo que entiendo que debía de estar seguro de que cobraría. ¿Por qué?

—No podemos estar seguros pero, ¿su hermano es listo?

—No.

—Entonces, seguramente creyó que jugaba con un nombre falso pero que, en realidad, los tiburones lo conocían.

---

* IOU es la abreviatura de *I owe you*, cuya traducción es: «Estoy en deuda con usted». *(N. de la T.)*

—¿Tiburones? —preguntó ella.

—Hombres, y a veces mujeres, que se ganan la vida en las mesas de juego. Normalmente, son jugadores expertos pero, si es necesario, hacen trampas y las hacen tan bien que muchas palomas nunca sabrán que las han desplumado.

—Una paloma —repitió Bella, con entusiasmo, y se soltó el sombrero aunque no confiaba demasiado en el tiempo. Sonrió a su acompañante—. Me gusta pensar en Augustus como una paloma, y más si encima está desplumada.

—Y asada en pastel de carne —respondió él, con los ojos brillantes. Pero entonces, se detuvo y le preguntó—. ¿Es su objetivo?

Bella observó sus rasgos pero, al final, tuvo que fiarse de su instinto.

—Sí.

—¿Cómo?

—Revelando su adicción al juego.

Él arqueó las cejas.

—Y ha venido a pedir ayuda a un capitán de barco. ¿Por qué?

Visto así, era ridículo. Bella no podía confesarle que había sido su héroe mítico durante cuatro años.

—Porque no conozco a nadie más que pueda ayudarme —dijo—. Ya me ha instruido sobre los jugadores.

—Pero eso no significa que sea uno de ellos.

—Pero sí que sabe tratar con hombres peligrosos. Estoy segura de que, ahora mismo, lleva revólver y puñal encima.

El capitán dibujó una sonrisa irónica.

—Así es. Muy bien, señorita Barstowe, hablemos del asunto. Sin compromiso alguno —le advirtió—. Cuando presionaron a su hermano para que pagara, ¿por qué elaboró un plan tan malvado? ¿Por qué no confesárselo a su padre? Es lo habitual. El padre se enfurece con el hijo pero acaba pagando por el honor de la familia.

Bella meneó la cabeza.

—Papá habría hecho algo más que enfurecerse. Habría cortado

cualquier asignación a Augustus y lo habría encarcelado en Carscourt.

Tuvo que hacer un esfuerzo por no añadir: «Como hizo conmigo».

—Entonces, ¿por qué Coxy no acudió directamente a su padre y amenazó con desenmascarar a su hijo como un hombre que no paga sus deudas de honor? Diría que era lo suficientemente caballero como para hacer que esa amenaza fuera creíble.

—¿Deudas de honor? —Bella se burló—. Excremento de paloma, mejor dicho.

—Muy adecuado y, en realidad, es así como se llaman pero, ¿por qué no tomó esa ruta el tiburón?

—No me lo dijo, pero puedo adivinarlo. Cualquier mínima averiguación en la zona le habría revelado cómo era mi padre. Severo, rígido e implacable. Castigaría a Augustus, pero no pagaría. Opinaría que el castigo más justo sería la vergüenza.

«Como conmigo.»

—Además, era juez. Habría encontrado algún cargo en contra del tiburón y le habría infligido el peor castigo posible. ¡Maldición! Ahora Augustus ocupa ese cargo y emite juicios sobre los pobres desgraciados que se sientan en el banquillo de los acusados cuando él es el peor pecador de todos.

—Los pobres desgraciados existen por un motivo.

—Espero que usted nunca acabe en ese banquillo.

Por algún motivo, él sonrió, como si se estuviera imaginando algo que le apeteciera.

—Así que el tiburón pierde la esperanza y la secuestra para que el rescate pague la deuda —dijo.

—Fue idea de Augustus —le recordó Bella.

—No lo he olvidado. Me extraña que no dejara que el plan llegara hasta el final. Su padre paga el rescate, cualquier recriminación recae sobre usted por haberse alejado de la casa sola y la deuda está saldada.

—¿Duda de mi historia? —preguntó ella, herida—. No tengo pruebas.

—Creo que usted se lo ha creído.

—¿Qué sacaba Coxy inventándoselo?

—Al parecer, nada, pero me gustaría entender el plan de su hermano.

—Nunca nos hemos llevado bien, así que quizá mi destino no le preocupaba. —Aunque incluso a ella no le parecía suficiente para explicar su actitud—. Siempre ha sido un egoísta pero sí, cuesta creer que me abandonara a ese destino.

Le cayó una gota de lluvia en la mejilla, y casi pareció una lágrima.

El capitán Rose la llevó a un lugar más protegido y frunció el ceño ante las nubes oscuras que se acercaban.

—Deberíamos regresar al Compass, pero déjeme especular un poco más. Por desgracia, de vez en cuando me cruzo con hombres así; débiles, tremendamente egoístas y, por lo tanto, que viven constantemente con miedo. Seguramente tenía la intención de llevar el plan hasta el final, pero luego quizá se preguntó si el tiburón le habría hablado de su implicación, a propósito o por un descuido. O si usted había oído algo. Su imaginación siempre se pondría en lo peor. Si no regresaba a casa, nunca podría desenmascararlo.

—¡Eso es monstruoso!

—Pero su hermano lo es, ¿no es cierto?

Bella se cubrió la boca, pero sabía que era la palabra adecuada. Saberlo era lo que la había traído hasta aquí, hasta aquella cita desesperada. Simplemente, no se había parado a pensar en los detalles.

—Su querido Augustus debió de pasar mucho miedo cuando regresó a casa.

Bella nunca lo había visto de esa manera.

—¡Por eso se portó tan mal conmigo!

—¿Qué le hizo?

Bella meneó la cabeza.

—Trivialidades pero que me iban minando poco a poco. Da igual.

—Lo dudo —respondió él, pero una ráfaga de viento húmedo lo obligó a protegerla con su cuerpo—. Volvamos al Compass. Así que regresó a casa, no la creyeron y la encarcelaron. Una actitud comprensible hacia una hija que, por lo visto, se ha fugado con un amante y ha pasado varios días fuera de casa, aunque algunas familias intentarían esconder el incidente o camuflarlo con una boda.

—Intentaron lo segundo, pero me negué.

—¿Por qué?

Ella lo miró con los ojos entrecerrados.

—¿Usted aceptaría casarse con una arpía veinte años mayor que usted que lo vería siempre como un pecador y que no le daría ni un segundo de libertad para volver a pecar?

—Me cuesta imaginar la situación, pero no, señorita Barstowe. Lo dudo. ¿Sabe a cuánto ascendían las deudas de su hermano?

—Seiscientas libras.

—Una cantidad modesta para haber provocado todo ese berenjenal.

—¿Modesta? El contrabando debe de ser un negocio muy provechoso.

—Sí que lo es, pero yo no soy contrabandista. O casi nunca —añadió. Pero entonces, de repente, empezó a caer un aguacero. La rodeó con un brazo y la llevó corriendo hasta un edificio próximo—. El Crown and Anchor. Aquí nos servirán un té.

Bella tuvo que correr para seguirle el paso.

—¡Pero si es donde me retuvieron! —le recordó—. Pueden reconocerme.

—Pues que lo hagan —le respondió él, con una sonrisa.

Bella se rió. Por la felicidad de correr. De sentirse protegida por el fuerte brazo de un hombre. Por el placer de la sonrisa de seguridad. ¿Cuándo fue la última vez que se sintió tan libre?

Cuando entraron en la hostería, se dijo: «En el baile de máscaras. Con el pastor. Cuando salimos al balcón a besarnos».

Y el capitán Rose era el hermano bastardo del duque de Ithorne. De repente, aquella idea la dejó de piedra. ¿Era posible que ese hombre, que ahora se sacudía el agua del tricornio, estuviera en la fiesta disfrazado de pastor? Parecía increíble.

¿Eso explicaba por qué se había sentido inmediatamente atraída hacia él hoy?

¿Y el lacayo? ¿También había sido el capitán Rose?

La idea la emocionaba, aunque también la aterrorizaba. ¿Reconocería el capitán a Kelano? ¿Qué consecuencias podría tener eso?

Imágenes de camas le invadieron la mente...

—¿Qué la pasa?

Bella salió de su ensimismamiento y descubrió que él la estaba mirando.

—¿Todavía está preocupada por si alguien la reconoce después de cuatro años? Yo debo admitir que, de no haberse presentado, no la habría reconocido pero, en cualquier caso, ¿por qué importaría tanto?

Bella no tuvo que responder, porque una mujer entró en el recibidor.

—¡No me mojes el suelo, Caleb Rose!

«Caleb.» Por algún motivo inexplicable, el nombre bíblico no le pegaba.

—No puedo evitarlo. Parezco un pato recién salido del agua, tía Ann —protestó él—. Apiádate de dos patos y tráenos una taza de té.

—Ah, está bien —dijo la mujer rellenita, riéndose—. ¡Sari, trae unas toallas! —exclamó, mientras los llevaba hasta un pequeño salón con una estrecha ventana y cuatro sillas. El fuego estaba encendido y Bella se quitó la capa. Gracias a Dios, el agua no la había traspasado, y la colgó en un gancho en la pared.

El capitán Rose seguía tomándole el pelo a la casera de mediana edad, y ella le hacía lo mismo, entre risas. Mientras Bella se quitaba los guantes y acercaba las manos al fuego, la actitud del capitán la hizo sonreír. Seguro que, para que lo trataran con tanto afecto, ese hombre tenía que ser bueno.

Entró una doncella con unas toallas y Bella se secó la cara y el sombrero lo mejor que pudo mientras intentaba hacer una lista de los parecidos entre el pastor y el capitán de barco. Altos. Fuertes aunque no gordos. Barba de tres días...

Él se volvió y la descubrió observándolo. La doncella y la casera se habían marchado y estaban solos y, aunque la puerta estaba abierta, Bella sintió un escalofrío de indecencia. Descubrió que había despertado al verlo como un hombre ordinario. No, quizá no ordinario, pero alguien con quien podría... dudó un segundo ante la extraordinaria idea. Con quien podría casarse.

Él señaló una silla junto al fuego.

—¿Por qué no se sienta y me explica exactamente qué ha pensado para su hermano?

Bella se sentó a un lado del fuego mientras el capitán se sentaba al otro lado, con mucha elegancia. Le extrañó fijarse en eso, pero no podía evitar recordar cómo la otra noche estaba prácticamente tirado en la silla. Elegante, sí, pero con un instinto más animal. Imaginaba que serían los efectos del alcohol. Le sorprendía que se contentara con un simple té después de la helada lluvia.

Sí, señor, voluble como el mar.

Él arqueó una ceja.

—Me está observando como si fuera un misterio.

—Quizá me estoy preguntando si mi plan lo sorprenderá mucho.

Y era cierto. Proponer un plan de venganza a un contrabandista y un sinvergüenza era una cosa. Proponérselo a ese hombre de repente la ponía nerviosa.

La casera regresó con la bandeja del té. Sirvió a Bella, añadiendo leche y azúcar a la taza, como le pidió la joven, y le dejó el plato y la taza en las manos.

—Tenga, señora, esto la hará entrar en calor. Y no se deje engañar por este. Dejaré que te sirvas tú el tuyo, con lo especial que eres —le dijo al capitán—. Pórtate bien, joven, y quiero la puerta siempre abierta.

La mujer se marchó y, mientras el capitán Rose se añadía un chorrito de leche al té, torció el gesto.

—Está claro que se siente con derecho a tratarme como a un niño travieso.

—Está bien que alguien lo haga.

Él arrugó los labios.

—Moza desagradecida.

Ella le sonrió y, de repente, se sintió muy... feliz. Sí, era la palabra. Otra sensación desconocida pero, en aquel acogedor salón, con el fuego y bebiendo té, se sentía más feliz de lo que recordaba haberse sentido jamás.

Él se sirvió un poco de té y bebió. Bella se dio cuenta de otra cosa.

—Este té es excelente.

—¿Es una experta? —preguntó él, observándola por encima del borde de la taza.

—No, pero sé diferenciar lo bueno de lo malo, creo, y este me gusta.

—Es una mezcla que me gusta y la tía Ann lo sirve únicamente a clientes que sepan apreciarlo. Volvamos al castigo que tiene pensado para Augustus el Vil. ¿Tiene alguna idea de cómo desenmascarar sus pecados?

Bella tuvo que confesar:

—No. Había pensado en pillarlo en el acto, pero con eso no ganaría demasiado, ¿verdad?

—A él no le haría demasiada gracia.

—Cierto. Y quizá podría hacer correr la voz. —Estaba pensando en publicarlo en la carta Fowler, pero los pecados de un baronet de pueblo no le interesarían—. Verá, va a casarse con una jovencita dulce e inocente. No sólo busco venganza. Necesito arruinarle la vida para que no pueda casarse con Charlotte Langham o con cualquier otra mujer decente. Para que no pueda hacerle daño a nadie más.

Él la estaba mirando con gesto inexpresivo, y ella volvió la cabeza.

—Lo siento. No sé por qué le estoy dando la lata con todo esto. Fue una locura venir a Dover.

—Bobadas. Como le dije, la ayudaré si puedo, pero usted no puede ser la responsable de difundir los pecados de su hermano. Dirían que lo hace por rencor.

Bella lo miró y suspiró.

—Lo sé. No tengo ninguna esperanza, ¿verdad?

El capitán le ofreció más té y ella aceptó. Él también se sirvió otra taza.

—La muerte sería la justicia máxima —dijo.

Ella lo observó detenidamente.

—No podría matarlo. Quizá una mujer más fuerte podría hacerlo, pero yo no.

—¿Y podría contratar a alguien para que lo hiciera?

Se sintió acorralada por sus preguntas, como si estuviera en un juicio. Aunque, por extraño que pareciera, su principal preocupación era que no quería que nadie cargara en su conciencia con la muerte de su hermano, pero mucho menos ese hombre.

—No —respondió y, para no parecer débil, añadió—. La muerte sería un final demasiado bueno para él. —De repente, se dio cuenta de que era verdad—. Quiero que viva con su castigo como hice yo, pero toda la vida —dijo—. Y quiero que se sienta tan terriblemente avergonzado que tenga que dejar de ser juez. Que deje de moverse entre la sociedad decente. Que no pueda ni siquiera caminar por la calle...

Las palabras le habían salido sin pensar, pero ahora estaba mirando al capitán, preguntándose si parecía ofendido por aquella confesión.

Él sólo dijo:

—Puede que, después de unos años, su hermano se reviente la cabeza. ¿La preocuparía?

—No —respondió ella—. Creo que no. Estoy segura de que no es una actitud demasiado cristiana.

—No hay de malo en querer vengarse del canalla que le provocó tanto dolor y, sí, señorita Barstowe, la ayudaré en lo que pueda. Al fin y al cabo, este asunto me incumbe. Me vi envuelto en su pequeño contratiempo, y pretendo que su hermano pague por lo que le hizo. La cuestión es: ¿usted quiere participar, estar presente, o se conforma con saber que la misión se ha cumplido?

Bella dejó el plato y la taza, desorientada ante la elección. Su deseo de hacer justicia era intenso, aunque la visión de cómo hacerlo no estaba tan clara. Y seguía sin estarlo, pero la pregunta era muy clara.

Respiró hondo y luego dijo:

—Si es posible, me gustaría participar. Y sí, estar presente. Pero...

Él levantó una mano y sonrió.

—Nada de peros hasta que no sepamos a qué nos enfrentamos. ¿Su hermano suele vivir en el campo o en la ciudad?

—En el campo. En Oxfordshire. A veces viaja a Londres, aunque muy de vez en cuando.

—Interesante. Londres proporciona un mayor anonimato.

—Creo que solía ir más a menudo, pero le tendieron una trampa y, desde entonces, si no es por negocios, ya no va. Ah, aquello fue obra de Coxy. Su castigo personal.

—Un cobarde —dijo él—. Como me temía. Pero, si sé algo del campo, por muy taimado que sea su hermano, algunas personas seguro que sabrán algo acerca de sus vicios y los lugares que frecuenta. En Oxfordshire averiguaremos información y elaboraremos un plan.

—Oxfordshire —dijo Bella, que quería añadir que no podía regresar allí, y menos a la zona que rodeaba Carscourt. Pero allí es donde tendría que llevarse a cabo el plan.

—¿Dónde vive ahora? —le preguntó él.

Bella tuvo que pensar deprisa y decidir cuánta información quería darle, porque no quería que descubriera nada de Bellona ni de lady Fowler. La opinión que tuviera de ella le importaba demasiado. Pero tenía que decirle algo.

—En Londres —dijo—. En el Soho.

—¿Sola? —preguntó él, con las cejas arqueadas.

—Con una pariente mayor. Su ofrecimiento de una casa me permitió escapar de Carscourt.

—Pues le concede mucha libertad.

¿Qué podía decir ella?

—Sí.

—En tal caso, deberíamos ir a Londres juntos. Resulta que tengo unos asuntos pendientes allí, y podemos seguir hablando de nuestro plan por el camino.

«¿Asuntos con su hermano ilegítimo, el duque?» Esa relación la seguía preocupando, pero el duque de Ithorne no iba a descubrir por arte de magia que su hermano se estaba asociando con una mujer que se había colado en su fiesta y que trabajaba para lady Fowler.

—No podremos hablar de todo esto delante de otros pasajeros —protestó ella.

—Alquilaremos un carruaje. —Lo dijo como si no fuera del todo escandaloso. Hasta no hacía tanto, viajar con un hombre extraño en un carruaje privado le habría parecido una auténtica locura. Ahora, con él, le resultaba irresistible.

Con su colega, su conspirador.

Su amigo.

Ese hombre que podía ser y convertirse en algo más, y sobre todo en un carruaje privado.

—De acuerdo —respondió Bella, intentando mostrarse calmada—. ¿Temprano?

—Antes del amanecer, si le parece bien.

—Por supuesto y, teniendo en cuenta que yo le he metido en todo esto, capitán Rose, debe permitirme que pague el carruaje.

—Aquello se llevaría buena parte de su presupuesto.

—Bobadas. Igualmente tendría que ir a Londres.

Aliviada, Bella accedió y se levantaron para regresar al Compass muy tranquilos.

Por dentro, en cambio, Bella estaba hecha un manojo de nervios y emoción.

Esa misma mañana, su principal objetivo había sido vengarse de Augustus y evitar que hiciera daño a nadie más. Y todavía lo quería, pero ahora presentía que se había embarcado en una aventura mucho más atrayente.

Descubrir más cosas acerca de aquel hombre tan intrigante y voluble.


Thorn acompañó a Bella Barstowe a su habitación del Compass, consciente del peligro, y de que ese peligro era irresistible. Era el peligro que representaba una mujer intrigante y atractiva.

Kelano de las Pléyades, pero también Kelano del Amazonas, dispuesta a luchar por hacer justicia. Kelano la arpía, ¿la agente de su destrucción? El peligro le añadía sabor a la vida, pero no podía imaginarse a Bella con aquel disfraz.

Sin embargo, invitarla a viajar con él era preparar el terreno para un desastre monumental. Se había burlado ante la idea de querer provocar una situación que obligara a un capitán de barco a casarse con ella pero, si descubriera que era un duque, quizá cambiaría de opinión. Y lo más sorprendente es que no la había detenido. Después de evitar ese tipo de trampas durante toda su vida adulta, ahora parecía dispuesto a aceptar una.

Había algo entre ellos. Algo que había experimentado en contadas ocasiones, y jamás con una mujer joven y soltera. Y ella también lo sentía. Lo sabía.

Lo habían sentido en el baile, y en el Goat, aunque en aquella ocasión ella se mostró más precavida. Fue el motivo por el que huyó corriendo, y por el que él regresó, contra todo razonamiento sensato, al día siguiente.

El motivo por el que sintió una punzada de decepción cuando ella no acudió a la cita.

El motivo por el que pensaba viajar con ella mañana y, con o sin ella, destruir a su hermano.

Ojalá pudiera borrar todo su sufrimiento y recuperar todo lo que había perdido, pero era imposible, incluso para el duque de Ithorne. Sin embargo, como duque de Ithorne tenía miles de formas de destruir a Augustus sin implicarla para nada.

Su lado racional sabía que eso sería mejor. Debería devolverla a su casa de Londres y obligarla a que no se moviera de allí. Sin embargo, merecía participar, ser testigo de cómo se hacía justicia y, al menos, le concedería eso.

# Capítulo 15

Salieron antes del amanecer en un carruaje hacia Londres, como habían planeado. Cuando Bella vio a cuatro caballos tirando de la calesa, se alegró mucho de haber dejado que él lo pagara todo. Los capitanes de barco debían de ganar más de lo que ella creía.

Por la noche, sus pensamientos habían virado hacia el matrimonio. No hacía tanto tiempo, creía que era una locura casarse si una mujer disponía de los medios para permanecer soltera, pero resultó ser una teoría quebradiza, que fácilmente podía verse resquebrajada por amantes felices y por un marido que seguramente podría ser un buen marido.

Era apuesto, aunque eso contaba poco. Lo más importante era que era amable, considerado y podía reírse con su tía, una casera. Físicamente, la atraía y por la noche había recordado el beso que se habían dado hacía cuatro años, y había tenido sueños y fantasías que mezclaban al pastor, al lacayo y al apuesto y heroico capitán Rose, todos unidos formando el marido ideal.

Y ahora, por lo visto, resultaba que también era rico.

Sin embargo, el matrimonio con un capitán de barco habría sido, en su día, muy poco para Bella Barstowe, aunque esa Bella seguramente ya había muerto. Nunca se casaría con un caballero de campo, y mucho menos conseguiría hacer realidad su sueño de juventud de casarse con un noble con propiedades y una casa en Londres. De hecho, nadie volvería a aceptarla en cualquier versión de la sociedad en la que había nacido.

Entonces, ¿por qué no convertirse en la señora Rose?

Su traicionera mente nocturna había creado imágenes de la vida en una casa de Dover, de sus fuertes y amorosos brazos, y de niños. De vecinos y respeto. De compras y cocina...

Incluso la visión nocturna había fallado ahí, porque ella no sabía cocinar. Aunque luego se dio cuenta de que quizá Peg querría venirse con ella y de que tendría que buscar sustitutas para Annie y para Kitty.

Tener servicio significaba que tenía que ampliar su pequeña casa por algo más grande. Al fin y al cabo, ese hombre era un capitán y hermano de un duque. Quizá el duque de Ithorne fuera a visitarlos algún día. Añadió un modesto salón y un comedor, todo decorado con cierta elegancia. Aquello también requeriría un lacayo, y esa palabra la devolvió al Goat, y a una cama, y a otras imágenes que hicieron que se sonrojara cuando se vieron por la mañana.

Oyó cómo le explicaba al posadero que había traído una nota para la señorita Barstowe donde la reclamaban en Londres y que le había ofrecido transporte. No había pensado en cómo verían eso aquí en Dover pero, si había alguna posibilidad de que sus sueños se hicieran realidad, era importante. Se había asegurado de fingir ser seria y distante.

Ahora viajaban a gran velocidad y Bella descubrió que un carruaje para dos era muy pequeño cuando se compartía con un hombre grande, y más con uno cuya presencia parecía particularmente poderosa.

Se refugió en el pensamiento racional. También había tenido algunos pensamientos racionales durante la noche, y ahora planteó un problema:

—Estoy nerviosa por si me reconocen cerca de mi casa. Mi historia sigue siendo un escándalo. Incluso los que nunca han pensado mal de mí siguen creyendo que me fugué con un hombre, así que sería un desastre que me vieran con usted.

Él asintió.

—Además, si alguien de la zona la reconoce, puede alertar a su hermano y hacer que sea más cauto. Sería mucho mejor que se quedara en Londres y dejara que yo me encargara.

Tenía razón, pero no era lo que Bella quería.

—Creo que puedo disfrazarme —le dijo, sin mencionar que ya tenía experiencia previa—. Una peluca y un poco de pintura facial servirán, siempre que no nos acerquemos demasiado a Carscourt. Puedo preparar un disfraz de un día para otro en mi casa de Londres.

La peluca oscura de Kelano. Y un toque de la pintura facial amarillenta de Bellona.

Él frunció el ceño, y Bella creyó que iba a intentar convencerla de que se quedara en Londres, pero luego se encogió de hombros y dijo:

—Como quiera.

—¿Y usted, señor? Su vestimenta llamará la atención en Oxfordshire.

Él sonrió y bajó la mirada hacia la vieja levita.

—Me gusta llamar la atención pero, para que no sea así, sólo tengo que ponerme una ropa aburrida y más actual.

—¿Y quitarse el pendiente? —sugirió Bella, que reconoció su tono bromista, y le gustó.

—¿Debo hacerlo? —protestó él, con los ojos brillantes.

—Me temo que sí.

Se acercó las manos a la oreja, se quitó el pendiente y se lo entregó.

—Lo dejo a su cargo.

Bella lo aceptó y dijo:

—Una calavera. —Y pensó: «Si al menos dejara a mi cargo su corazón». Aún así, cerró la mano, decidida a mantenerlo a salvo—. ¿Por qué lo lleva? Le hace parecer un pirata.

—Porque me divierte. Y porque, a veces, resulta útil llamar la atención.

—Como en la Rata Negra —recordó ella.

—Exacto. Si realmente quiere venir a Oxfordshire conmigo, tenemos otro problema. Seremos una pareja poco habitual, y no queremos que nadie especule sobre nosotros.

Bella lo miró, intrigada.

—No nos parecemos, así que no podemos decir que somos hermanos, pero no estamos tan alejados en edad para cualquier otra explicación inocente. —Al cabo de unos segundos, añadió—. La única solución que se me ocurre es que finjamos que estamos casados.

Bella estuvo a punto de dar un respingo en el asiento.

—¡Rotundamente, no!

Podía sonar escandaloso, pero se acercaba demasiado a sus sueños.

—Ninguna indecencia, se lo aseguro pero, si no, ¿cómo vamos a presentarnos?

Tenía razón, y Bella empezó a calmarse, pero seguía siendo un plan peligroso en muchos sentidos.

—¿Hermanastros? —sugirió.

Él arqueó una ceja y ella hizo una mueca. Bella conocía la vida en el campo. Aunque era posible, nadie se lo creería.

—Siento mucho que la idea la angustie pero, si quiere venir conmigo, no veo otra opción. Cualquier cosa extraña llamará la atención, lo que aumenta las posibilidades de que la reconozcan. Y, para ser sincero, usted misma ha dicho que ya no tiene que preocuparse por su reputación.

Bella arrugó la nariz, pero era verdad.

Lo que significaba que no era adecuada para ser la esposa de nadie.

Todos sus sueños se esfumaron. Intentó no mostrar el dolor que sentía y dijo:

—De acuerdo. —Y se encogió de hombros. Aquello ayudó a que estuviera todavía más decidida a arruinar a Augustus, igual que él había hecho con ella.

Él inclinó la cabeza.

—Entonces, ¿puedo llamarla Bella?

Era poco, pero ella lo aceptó.

—Supongo que sería apropiado... —Pero enseguida dijo—. No, no puede. Si utiliza mi nombre real cerca de Carscourt puede que me reconozcan.

—Cierto. Y encima, tiene cerebro —asintió él. Otro avance—. Entonces, ¿cómo quiere que la llame?

—De la forma convencional: esposa o señora Rose.

Aquel fingimiento iba a ser muy doloroso, pero lo prefería a la posible alternativa: despedirse de él en Londres y, seguramente, no volver a estar a solas con él nunca más.

—Si vamos a ser tan convencionales, debería ser una esposa seria. —La observó de arriba abajo—. Su ropa cumple con el papel, pero no así su vitalidad. Quizá unas gafas. —Bella había dado otro respingo, porque las gafas formaban parte del disfraz de Bellona—. Con cristales neutros, por supuesto.

Ella se vio obligada a decir.

—¿De dónde voy a sacar algo así?

—Ya se las conseguiré yo. Y un anillo, claro.

La cosa iba de mal en peor. Bella se frotó el dedo anular de la mano izquierda.

—No me parece correcto.

—Todo es por una buena causa —respondió él, de forma tan banal que Bella estuvo a punto de darle un cachete.

—Viajar me provoca dolor de cabeza —mintió—. ¿Podemos seguir hablando más adelante?

Él asintió, por supuesto, lo que dejó a Bella sola con su tristeza. Se volvió hacia la ventana y fingió que él no estaba allí.

Al final, tuvo que salir de su depresión pasajera y tuvo que admitir que una pausa para tomar una taza de té mientras cambiaban los caballos la había reanimado. En pocas palabras, tenía que disfrutar de ese regalo: tiempo a solas con ese hombre. Lo aprovecharía al máximo, lo que significaba que quería averiguar más cosas sobre él.

Cuando volvieron a subir al carruaje, le preguntó:

—¿Y qué negocios tiene que hacer en Londres, señor? ¿Algo relacionado con un barco?

—Con un cargamento. Pero me llevará poco tiempo.

—¿Y su barco? *El Cisne Negro*. ¿No le necesita?

—La pobre, siempre me refiero a los barcos en femenino, está recibiendo tratamiento. Le están limpiando la quilla —añadió, apretando los labios.

Bella consiguió no reaccionar, pero quería reírse. En lugar de eso, lo invitó a seguir hablando de barcos y del mar.

Poco después, descubrió que era ella quien hablaba de sí misma, aunque sobre asuntos seguros: sobre la zona de Oxfordshire donde había crecido. Sobre la geografía, la agricultura y la industria. Se avergonzó de su ignorancia y tuvo que admitir que había sido una muy mala estudiante.

—Seguro que estaba más interesada en ir hasta los límites de la propiedad de su padre para encontrarse con jovencitos —dijo él.

—No hasta que tuve, al menos, quince años, se lo aseguro, señor. Antes de eso, me pasaba el día soñando despierta e ignorando las clases.

—Soñando con encontrarse con jovencitos en los límites de la propiedad de su padre.

—No. Soñaba con conocer a chicos en las fiestas, bailes y reuniones. Incluso en Londres. En la corte. —Sonrió ante las locuras de juventud—. Y todos me adoraban, claro.

—¿Cuántos sueños se hicieron realidad? —preguntó Thorn, intentando no alejarla de los recuerdos sinceros, porque quería saberlo todo acerca de Bella Barstowe.

—Algunos —respondió ella—. Empecé a acudir a reuniones locales a los dieciséis años, y fui a Londres el invierno de 1760.

—¿Cuando Jorge II todavía estaba vivo?

—Sí. Me lo presentaron. Todo fue muy abrupto, pero creo que me tomó el pelo. No estaba segura, porque tenía un acento alemán muy fuerte. Imagino que el nuevo rey no tiene acento.

—No, puesto que nació y se ha criado en Inglaterra.

Ella le sonrió.

—Es extraño que eso sea extraño.

—¿De veras?

—Quizá no deberíamos permitir que alguien que no ha nacido aquí acceda al trono.

—¡Una idea sorprendente y, seguramente, desleal!

—¿De veras? —replicó ella, repitiendo sus mismas palabras a propósito.

Era como si hubiera florecido ante sus ojos, y no de un capullo, sino de un cardo que se había convertido en flor. Una rosa no. Algo más llamativo. Una amapola, quizá. De color rojo intenso y meciéndose con la brisa. Ese debería haber sido su destino, y no la existencia monótona que llevaba ahora.

—¿Por qué me está mirando así? —le preguntó ella.

—Estaba revisando la historia de Inglaterra bajo sus nuevas normas. —Se arriesgó a cambiar de tema para hablar de lo que le interesaba—. ¿Ha asistido a algún baile de máscaras?

Ella volvió a sonrojarse. Precioso.

—¿Por qué me lo pregunta?

—Mera curiosidad.

—En tal caso, sí, a alguno.

—¿Le gustan?

Bella se mostraba recelosa sobre aquel asunto. Interesante.

Sin embargo, respondió:

—Sí.

—¿Cuál ha sido su disfraz preferido?

—¿Y el suyo? —contrarrestó ella.

Thorn recordó el disfraz de pastor, pero dijo:

—De pirata. ¿Y el suyo?

—De reina medieval.

—¿No era demasiado joven para ese papel?

—Todo el mundo es demasiado joven durante un tiempo, incluso las reinas.

—Cierto. Muchas princesas se han casado y se han convertido en reinas a una edad temprana. Y algunas incluso en países extranjeros.

—Otro ejemplo de las injusticias que tienen que soportar las mujeres —señaló ella.

—Es cierto. ¿Es una de esas feministas?

—¿No cree que tendría motivos para serlo?

Thorn recordó su historia.

—Sí, sí, claro que sí. Volvamos a nuestros planes. ¿Quién son las personalidades más importantes de la zona este de Oxfordshire?

Thorn la escuchó, pero se distrajo imaginando a Bella Barstowe a los dieciséis años disfrutando en fiestas, reuniones y bailes. Vestida de joven reina en un baile de máscaras. Recordaba que, hacía cuatro años, ya tenía cuerpo de mujer. Ese había sido su problema en la Rata Negra. Ese y no dejarse acobardar.

Seguro que era atrevida a los dieciséis, aunque no demasiado estúpida. Una chica con la cabeza bien amueblada y muy astuta, a quien le gustaba jugar pero que, como ella había reconocido, sabía dónde estaban los límites. Seguramente, ya debía de tener pretendientes y ya había emprendido el camino para encontrar un buen marido y tener una vida feliz.

Hasta que su hermano se lo robó todo.

Seguro que había alguna forma de devolverla a ese camino. Todavía era joven, y bonita, pero arrastraba una reputación manchada. La venganza no lo solucionaría...

A menos que alguien obligara a su hermano a confesar la verdad.

Aunque todavía no se lo sugeriría a ella. No quería darle esperanzas. Sin embargo, su principal objetivo en aquella aventura era devolverla al lugar que había ocupado hacía cuatro años.

Por supuesto, él siempre podía situarla más arriba. Podía convertirla en duquesa.

Quizá frunció el ceño, porque ella lo miró intrigada. ¿Qué le estaba diciendo? ¿Algo acerca de la caza local? Cuando el carruaje se detuvo para cambiar los caballos, Thorn vio que estaba salvado. Bajó para hablar con los postillones.

Bella lo vio alejarse, desanimada. ¿Qué había dicho?

Algo acerca de sus padres. Que no habían sido cariñosos, pero que sus hermanos y ella los habían visto relativamente poco.

¿Acaso se había disgustado porque, en los hogares más humildes, las cosas funcionaban de otra manera? Se le encogió la garganta al comprobar que todavía había más cosas que los separaban. A ella no le importaba, pero quizá había vivido demasiado para ser la esposa de un capitán de barco.

Cuando él regresó y el carruaje reprendió la marcha, ella no dijo nada, pero él comentó:

—Creo que me estaba hablando de su infancia. ¿Tenía criados que los cuidaban?

Bella quería hablarle de Peg, pero eso la llevaría a comentar otras cosas, de modo que la mencionó junto a otros nombres y luego preguntó:

—¿Y sus padres eran cariñosos?

Ella se arrepintió de inmediato. Era el hijo ilegítimo de un duque y, en algún momento, lo habían enviado lejos porque el hijo legítimo y él se parecían demasiado. No le extrañó que respondiera con un «No» muy rotundo. Quizá eso también explicaba por qué se mostró tan cauto acerca de su siguiente comentario.

Habló de sus juegos de infancia y luego viró la conversación hacia ella otra vez.

—Seguro que era tan traviesa que llamaba constantemente la atención de sus padres.

Bella no pudo evitar reírse.

—Por desgracia, sí, pero aprendí a no agotar su tolerancia, o quizá me dieron por caso perdido. Mis hermanas mayores siempre se comportaban como se esperaba de ellas.

Eso la llevó a hablarle de Athena, la que vivía en Maidstone, y de sus recuerdos de la Rata Negra, y cada palabra y cada relación la sumergía más en emociones que sólo le hacían daño.

—¿Todavía tiene el puñal? —le preguntó ella.

Él extendió la mano derecha y ella vio el brillo del metal en la muñeca. Lo sacó con la mano izquierda. Era zurdo. De eso tampoco se había dado cuenta. Cada detalle era glorioso. Le habló de su revólver y de por qué lo había comprado, y lo sacó para enseñárselo.

Se acercaron a Londres y el largo viaje había pasado entre conversaciones variadas que parecían fluir de forma natural, aunque ella sabía que él tenía secretos. Pero no podía quejarse, porque ella también tenía los suyos.

Cuando el carruaje se adentró por las calles adoquinadas, Bella temió el más mínimo contacto con su vida de mentiras y estuvo a punto de explicarle todo lo de lady Fowler y pedirle consejo. Era lógico pensar que se lo explicaría a su hermano el duque.

—Haré averiguaciones en Londres acerca de los «infiernos» existentes en su zona de Oxfordshire. Imagino que usted no conocerá ninguno, ¿verdad?

No pudo evitar responder:

—Los infiernos que viví allí fueron de otro tipo.

Él le acarició la mano y la miró muy serio.

—Le haremos pagar.

Los dos se habían quitado los guantes, y ella percibió la delicada calidez de su mano. Entonces, él apretó los dedos e intensificó la sensación que superaba cualquier calidez física. Algo que le puso mucho más difícil no confesarle las locuras que escondía en su corazón.

Se quedó mirando el suelo del carruaje, seguramente transmitiendo una imagen de timidez y miedo, pero intentando desesperadamente no revelar nada.

Él le tomó la mano y se la acercó a la boca, lo que provocó que ella lo mirara a los ojos.

—Prometo solemnemente vengarla —dijo, y le besó los nudillos.

De repente, el carruaje parecía extremadamente pequeño. El más mínimo movimiento y estarían lo suficientemente cerca como para besarse.

Él se relajó y se separó de ella, y Bella recuperó la cordura. Estaba claro que él no tenía en mente ningún tipo de beso.

Se quedaron en silencio hasta que llegaron a la hostería Jorge, donde dejarían el carruaje.

Bella esperaba que la dejara marcharse sola en una calesa pero, por supuesto, él se negó. Mientras la acompañaba a casa, ella se temió que quisiera entrar. ¿Cómo le explicaría que era su casa y que tenía su propio servicio?

Sin embargo, él no intentó entrar. Simplemente esperó a que abriera la puerta. Ella volvió la cabeza y se despidió con la mano.

Él realizó una reverencia con la elegancia que solía desprender, con un aire oscuro y misterioso gracias a la luz de la antorcha que portaba el chico que acompañaba a los viandantes de noche.

La casa estaba oscura y en silencio, y ella esperaba poder llegar a su cama sin despertar a nadie, pero vio que una cabeza con gorro blanco se asomaba por la barandilla, iluminada por una temblorosa vela. Kitty parecía que llevaba un atizador en la mano. Pero bajó las escaleras corriendo, arriesgándose a tropezar con el camisón y romperse el cuello.

—¡Oh, señorita! ¡Gracias a Dios que está bien!

# Capítulo 16

*B*ella tuvo que soportar un fuerte abrazo y luego se soltó.

—Estoy perfectamente —mintió—. Os escribí para decíroslo.

—¡Pero ha estado fuera mucho tiempo! Lo siento, señorita. Sé que no debería decirle esto. Pero es que estábamos muy preocupadas.

Bella suspiró.

—Lo siento, Kitty, pero tengo que encargarme de unos asuntos importantes y tengo que volver a marcharme por la mañana. Así que deja que vaya a costarme.

—¿Marcharse otra vez? —A Kitty le temblaron los labios, como si fuera a llorar. Pero se contuvo—. Como usted diga, señorita. Pero deje que vaya a buscarle un poco de agua caliente. El fuego de su habitación está encendido. Hemos esperado su regreso cada día.

Dio media vuelta antes de que Bella pudiera protestar y, en realidad, le gustaría lavarse un poco después del largo viaje. Subió las escaleras muy despacio, desalentada ante la idea de tener que hacer frente a otro largo viaje mañana por la mañana.

Aunque fuera con el capitán Rose.

Con Caleb.

Por algún motivo, no podía pensar en él como Caleb.

De hecho, sería mejor no pensar en él.

Sería más fácil dejar de respirar, se dijo mientras se sacaba la horquilla que le sujetaba el sombrero y se quitaba la cofia. Metió la mano en los bolsillos del vestido para vaciarlos, y descubrió una calavera de marfil con los ojos de rubí.

La miró como si se tratara de una cabeza mágica que podía transmitirle sabiduría, pero luego la envolvió en un pañuelo y la guardó en el bolsillo, para mayor seguridad.


Thorn caminó hasta su casa por las oscuras y peligrosas calles de Londres con la única compañía del chico de la antorcha. Necesitaba pensar.

Bella Barstowe, su duquesa. Era ridículo pero, en cuanto se lo había planteado, la idea había echado raíces en su mente.

Había conocido a todas y cada una de las mujeres consideradas adecuadas para ser su esposa y ninguna había mostrado más que un atractivo superficial. Thorn había imaginado su futuro y, con todas, había visto una vida aburrida. Un aburrimiento tolerable, siempre que cada uno llevara una vida independiente, pero nada más.

Muchas eran guapas, y algunas incluso preciosas, pero no estaba buscando un adorno.

La mayoría estaban bien educadas para gestionar una casa grande, asumir su papel en la corte y codearse con los poderosos. Era un punto a su favor, aunque ahora Thorn se preguntó por qué. En esos momentos, su casa funcionaba a la perfección sin una duquesa.

Las jóvenes casaderas conocían la corte igual de bien que conocían el mundo de la moda y la frivolidad, pero aprender el protocolo de la corte sólo era cuestión de inteligencia y aplicación, y estaba convencido de que Bella tenía ambas cosas. Además, la habían presentado al rey hacía años, y como una visita del campo, no como una componente más de su mundo, así que no le resultaría extraño.

Y sólo quedaba... su reputación.

Era un impedimento, porque la gente podía llegar a ser muy cruel, especialmente con los que consideraban intrusos, y muchos estarían resentidos con ella por llevarse el primer premio. Aunque, por otro lado, en las altas esferas todos eran más tolerantes con los pequeños pecados, y su capa ducal escondería casi todos sus defectos.

Robin y Christian la aceptarían. Y eso ya era un comienzo.

No, el verdadero comienzo sería confesarle quién era realmente antes de que aquella situación se complicara todavía más.

Aunque todavía no quería hacerlo.

Cuando se acercó a Ithorne House, hizo una mueca. Era como el argumento de una estúpida obra de teatro, pero quería comprobar si podía cortejar y conquistar a Bella Barstowe en la piel de un simple capitán de barco, no como duque de Ithorne.

Bella se soltó el pelo mientras intentaba no recordar el contacto de sus manos y sus labios en los nudillos. Intentando no recordar el beso que no habían llegado a darse.

Meneó la cabeza y se desvistió hasta quedarse en corsé y viso. Y luego se quitó las horquillas del pelo. Se lo estaba cepillando cuando entró Kitty, con Annie pisándole los talones con el calentador del colchón, aunque su mirada nerviosa delataba que había venido para asegurarse de que sí, de que Bella estaba en casa sana y salva.

Bella le pidió a Kitty que la ayudara a desabrocharse el corsé y luego las mandó a las dos a la cama.

Sola, se desnudó y se lavó el sudor y el polvo. Mientras se acariciaba los pechos con el paño húmedo, recordó cuando había entrado en la habitación del capitán mientras se estaba lavando.

Lavándose el pecho musculoso…

Una extraña sensación la obligó a bajar la vista. Tenía los pezones duros. Se los acarició con el paño y la sorprendió la sensación de calor que desprendía su cuerpo. ¿Qué estaría haciendo ahora el capitán? ¿Lavándose, como ella? Apretó el paño mientras se lo imaginaba haciendo lo mismo.

Sacudió la cabeza, se estremeció y tiró el paño al suelo. Se puso el camisón y se metió en la cama, aunque sospechaba que la mente desbocada no la dejaría dormir demasiado bien. Sin embargo, lo siguiente que supo era que Kitty la estaba despertando.

—Ha llegado un paquete para usted, señora, así que he creído que debía despertarla.

Bella se incorporó y se frotó los ojos.

—¿Un paquete? ¿Qué hora es?

—Casi las nueve, señorita.

Bella se despertó de golpe. Había dicho al capitán que estaría lista para el viaje a las diez.

—Agua. El desayuno. Y saca todo lo que compré en la tienda de harapos. —Le quitó el paquete de las manos a Kitty—. Y tijeras para cortar la cuerda.

A los pocos segundos, tenía la caja abierta. Había un montón de pelo rubio. Lo levantó con cautela y descubrió que era una peluca. Abrió la nota que había debajo.

Una caligrafía fuerte, aunque un poco indocta, como cabía esperar.

*«Querida señorita Barstowe:*

*Estaré en su casa a las diez de la mañana con una calesa. Dijo algo de una peluca pero, no sabía si ya tenía una.*

*Su servidor,*

*Capitán Rose.»*

Sí que tenía una peluca, pero aquella de color rubio pardusco era mucho mejor que la negra. Además, si el capitán Rose era el pastor del baile puede que la reconociera. Era mejor evitarla.

Saltó de la cama, se lavó y se puso el viso y las medias. Como se negaba a viajar con corsé, se puso la ropa interior de antes. Si arruinaba el efecto del vestido, mala suerte. Kitty había colocado todos los vestidos encima de la cama.

¿Debería ponerse el más bonito, el que se había puesto para acudir al Goat? No porque, otra vez, el capitán podría reconocerla. De acuerdo, entonces se pondría el más sobrio, el marrón. Era muy práctico para un viaje largo y polvoriento.

Aunque debería llevarse el otro. Quizá llegaba el día en que daba igual si la reconocía.

Se sentó frente al tocador para peinarse y recogerse el pelo. Cuando se colocó la peluca rubia, el resultado fue bastante convincente. Ya estaba cortada en un estilo sobrio y discreto que pasaría desapercibido.

Recatado.

Depresivo, en realidad, y la hacía parecer más pálida.

—Señorita, en la caja hay otra cosa —dijo Kitty—. Otro par de gafas.

Bellona llevaba gafas de media luna, pero estas eran completamente redondas y, cuando Bella se las puso, añadió un gesto solemne a la recatada palidez. Sin embargo, el disfraz funcionaría. Aunque se encontrara con alguien que hubiera conocido a Bella Barstowe hacía cuatro años, aquella chica pálida y sencilla no provocaría suspicacias.

Se puso el vestido marrón, una cofia blanca y uno de los aburridos sombreros marrones de Bellona Flint. Cuando se puso la capa marrón, parecía tan mojigata que a cualquiera le extrañaría que el capitán Rose se hubiera casado con ella.

—Todo por la causa —farfulló, mientras daba media vuelta—. ¿Has cerrado ya el baúl?

Kitty estaba haciendo un esfuerzo por no llorar.

—Señorita, ¿qué está haciendo? ¿No puedo acompañarla? No está bien. ¿Se va con un hombre?

—Sí pero, si fuera a fugarme por motivos pecaminosos, no me vestiría así, ¿no crees? No seas tonta. Y no se lo digas a nadie.

Vio que eran casi las diez y bajó para hablar con Peg. Preferiría no tener que hacerlo, pero Peg se lo tomaría a mal. La encontró en la cocina aporreando una masa de pan.

—Se ha vuelto a dejar llevar por la locura, ¿verdad?

—Nunca me he dejado llevar por la locura —replicó ella.

—Sí, sí que lo ha hecho. Y más de una vez. Aunque sólo tuvo problemas en una ocasión. Y sé que no fue culpa suya, pero si no hubiera estado paseando por ahí usted sola...

Bella dejó que las recriminaciones pasaran de largo hasta que cayeron en el olvido; Entonces, envió a Annie a hacer un recado, le explicó a Peg lo que había descubierto y lo que había planeado hacer.

—¡Sir Augustus! —exclamó Peg, aunque luego añadió—. No es que me sorprenda, la verdad. Siempre fue un niño sospechoso, y luego estaban los rumores.

—¿Sobre qué? —preguntó Bella, de repente muy interesada en aquella información.

Peg la miró con los ojos entrecerrados.

—Sí, seguramente voy a correr algunos riesgos pero, si me dices dónde va a jugar Augustus, será menos arriesgado.

Peg aporreó la masa varias veces más.

—Hay un lugar en Upstone. El Old Oak. Acoge a hombres, pero también ofrece servicios de otra clase y les guarda el secreto. Pero no querrá entrar ahí.

—Claro que quiero. No te preocupes. Iré acompañada.

Lo dijo con picardía, y obtuvo la respuesta que esperaba. O casi. Peg balbuceó algo, pero luego apretó los labios y descargó su rabia con la masa.

—Vas a matarla —dijo Bella.

—Eso demuestra lo poco que sabe sobre el proceso de hacer pan. Hará lo que quiera. Ya lo sé.

—Estaré a salvo —dijo Bella, con suavidad—. Iré con el caballero que me rescató hace cuatro años.

—¿El capitán Rose? ¡Pero si dijo que era un pirata!

Annie regresó justo en ese momento y gritó.

—Nada de eso —replicó Bella—. Ni siquiera es contrabandista.

—«Casi nunca», se dijo—. Pero está ofendido porque también se vio salpicado por la historia, y está dispuesto a ayudarme. —Tenía que distraer a Peg o todavía intentaría hacerla cambiar de planes—. Y, cuando regrese, habrá cambios.

—¿Cambios? —preguntó Peg con suspicacia.

—Para mejor. Pretendo dejar de trabajar para lady Fowler.

—Gracias a Dios. ¿Y dónde iremos?

—No lo sé. Quizá deberías escoger tú. Piénsatelo mientras estoy fuera. Uy, llaman a la puerta.

Bella salió corriendo antes de que Peg pudiera seguir protestando.

Abrió la puerta ella misma y se encontró con el capitán Rose, que la estaba esperando con una calesa.

Él arqueó las cejas y sonrió.

—Mucho mejor de lo que me esperaba. Ni siquiera yo la habría reconocido.

—Imagino que ayuda que, normalmente, no tengo un aspecto espantoso.

Él se rió.

—Bueno, al menos, no para hacer gritar a los niños. ¿Está lista?

Él cargó el baúl en el maletero. Bella entró en el carruaje con su pequeña maleta. Se sentó y miró, con curiosidad, la cesta que había en el suelo del carruaje. ¿Comida para el viaje?

Él subió y los postillones pusieron a los cuatro caballos en marcha. Si en la cesta había comida, todavía estaba viva.

—¿He oído un gemido? —preguntó ella, con cautela.

—Quizá. He elaborado un plan para poder explicar una estancia prolongada en un mismo sitio y, al mismo tiempo, buscar señales de rincones de excesos. Vamos a buscar gatos-conejos de Hesse.

Bella lo miró con la nariz arrugada.

—¿Cómo dice?

—Ahora se lo explico —replicó él, con los ojos brillantes—. Recientemente, se ha descubierto la existencia de una criatura que se cree que es el cruce entre un gato y un conejo. La comunidad científica está movilizada, sobre todo preguntándose si es posible. Un eminente caballero cuyo nombre jamás revelaremos ha enviado agentes por toda la nación para descubrir otros ejemplares.

—¿Mitad gato, mitad conejo? ¿Qué mitad pertenece a cada animal?

Él se rió y, en ese momento, pareció muy joven.

—¡Qué pregunta tan deliciosa! Nunca nadie se la había hecho. Normalmente, la parte delantera pertenece al gato y, la trasera, al conejo. Grandes ancas y una cola pequeña o inexistente.

—¿Lo dice en serio? —preguntó ella.

—Absolutamente.

—¿Por qué de Hesse? —insistió ella, que todavía temía que le estaba tomando el pelo.

—Porque se dice que el ejemplar original se encontró allí, donde es el terror del famoso conejo con colmillos de Hesse.

—Capitán Rose, no me hace demasiada gracia que hable de tonterías en un momento como este.

—Señorita Bartsowe, le estoy explicando la historia como me la han explicado a mí. Le doy mi palabra de honor. Y, como prueba de ello, aquí está el gato. —Recogió la cesta y se la colocó sobre las rodillas.

—¿Ha traído un gato?

—Tres. —Cuando levantó la tapa, Bella vio que la cesta estaba forrada con tejido lujoso y, dentro, un gato de pelo oscuro. Y luego vio los dos cachorros.

—Oh —dijo, alargando las manos de forma automática.

La gata maulló y Bella escondió las manos.

—Esos modales, *Tabitha* —la reprendió él.

La gata respondió:

—¡I-ah! —No parecía que se estuviera disculpando.

—Verá que los gatos-conejos de Hesse hablan —dijo él—. Con el tiempo, la entenderá perfectamente.

—¿Ah sí? ¿Y qué significa «I-ah»?

—No es adecuado para los delicados oídos de una dama. Al menos, una dama humana.

—No me extraña que se haya enfadado. A las gatas con cachorros muy pequeños no les gusta que las molesten.

—En teoría, sí, pero insistió.

—¿Insistió? —Bella lo miró con incredulidad—. Si va a mofarse de mí durante todo el viaje, va a ser un trayecto muy largo.

—Sólo le digo la verdad —protestó él—. No sé si le ha cogido manía al chico que dejé a su cargo o si le apetecía acompañarnos, pero se mostró decidida a venir.

—¿Es suya? —preguntó Bella, totalmente confundida.

—Uy, no. Para nada. Es de un familiar.

—De Londres.

—Sí, de Londres —asintió él. Parecía que la estaba invitando a que hiciera más preguntas, y ella lo habría hecho si no se hubiera imaginado de quién se trataba.

Jamás hubiera dicho que al duque de Ithorne le interesaran los gatos extraños, pero todos los nobles tenían sus excentricidades. El capitán debía de haber pasado la noche en casa de su hermano.

Otro duro golpe en contra de sus sueños imposibles. Un hombre que se movía con soltura entre las altas esferas de la sociedad jamás se casaría con alguien como ella. Creía que ya se había hecho a la idea, pero la punzada de dolor demostró que todavía no lo había conseguido. Quizá la delicadeza con la que hablaba de la gata había minado esa sensación.

Los cachorros se movieron y se pegaron a su madre. Después, intentaron escalar por las paredes de la cesta. El capitán acercó la mano y uno de los pequeños se le subió encima, maullando y lamiendo. El otro parecía que se lo estaba pensando.

La madre gata lo miraba, pero no maulló.

—Son diferentes, ¿no? —dijo Bella.

—Sí, uno es un gato-conejo, pero el otro parece totalmente felino.

—¿Cómo es posible?

—Es lo que fascina a los científicos, pero si sobreentendemos que *Tabitha* es el resultado de un cruce entre gato y conejo y que su propio... eh, compañero era gato, quizá sí que es posible. A juzgar por la naturaleza extraña de estos procesos, un descendiente podría ser gato y el otro, gato-conejo.

Bella estaba ligeramente sonrojada, porque no era la conversación típica que una dama solía mantener, y menos con un caballero, pero estaba fascinada.

—¿Y los demás gatitos?

—Por desgracia, sólo sobrevivieron dos y la persona descuidada que estaba a su cargo en aquel momento no guardó los cadáveres.

—Habría sido extraño.

—No si hubiera pensado un poco a largo plazo —replicó él, muy serio, haciéndola reír.

—¿Siempre piensa tan a largo plazo?

—Intento hacerlo, sí. Por ejemplo, me he acordado de su anillo de casada. —Metió la mano libre en el bolsillo y sacó un pequeño saco de tela, y se lo ofreció.

Bella se tensó, pero él le dijo:

—Es la única forma de hacerlo.

Bella abrió el saco y vio un sencillo anillo.

—No parece nuevo.

—Es que no debería parecerlo, ¿no cree?

No era algo tan terrible, se dijo Bella. Se quitó el guante izquierdo y se puso el anillo. Le iba un poco justo. «Ah, no es infalible», pensó Bella, con un punto de satisfacción, aunque empezaron a colarse otros pensamientos. Acerca de cosas reales...

Alejó esos pensamientos y sacó el pañuelo donde llevaba el pendiente con forma de calavera. El capitán llevaba el pelo recogido y Bella vio que llevaba un sencillo aro de oro.

—Será mejor que se quite su calavera —le dijo.

—¿Qué? —él la miró, sorprendido, pero luego sonrió—. Guárdela.

Fue algo indefinido, pero Bella volvió a guardársela en el bolsillo. Era como si tuviera una pequeña parte de él en custodia, algo que resultaba conmovedor observando cómo los cachorros exploraban sus manos y la delicadeza con la que él los trataba.

Quería tener la custodia de él entero, pero era imposible.

—Upstone —dijo ella, de forma muy abrupta, con la necesidad de romper el momento.

—¿Upstone? —preguntó él.

Le explicó lo que Peg le había dicho, aunque se refirió a ella como una criada que antes había vivido en aquella zona.

—Aunque he descubierto un problema —dijo ella—. Mi padre formaba parte del grupo de jueces de Upstone, e imagino que Augustus también lo será. Y eso significa que podemos encontrárnoslo por allí. En la calle, en una hostería…

—No en una sala de juego o un burdel —dijo él, devolviendo los cachorros a su madre.

—¿Un burdel?

—Creo que es lo que ha dejado implícito la criada que se lo ha dicho.

Bella recordó las palabras de Peg y se ruborizó.

—Ese sitio suena perfecto —dijo él—. Si Augustus acude al Old Oak con frecuencia, podría ser nuestra oportunidad.

—Pero, ¿cómo?

El capitán dejó la cesta en el suelo del carruaje en marcha.

—Lo tentamos con la misma trampa: la deuda. Su actitud será la misma ahora que en el pasado.

—Ahora tiene mucho más dinero —comentó ella.

—Entonces, subiremos las apuestas.

—¡Oh, detesto el juego! ¿Qué finalidad tiene, excepto arruinar a hombres y a sus familias?

—Las mujeres también juegan, y los responsables de sus deudas son los maridos.

—¿Por qué? —preguntó ella—. ¿Por qué alguien se arriesga a jugarse el dinero a los dados o las cartas?

—Por la emoción —respondió él.

—¿La emoción de ganar? Eso significa que hay otra persona que pierde.

—Ganar es una emoción muy fuerte, pero el miedo a perder es, para algunos, incluso más fuerte. Jugar sin riesgo les parece una estupidez, pero jugar con apuestas muy elevadas es vivir la vida al límite.

—Pero, ¿por qué eso es bueno?

Él se limitó a sonreír.

—Vaya, ya veo que usted también es un jugador.

—No —respondió él—. El juego también puede ser una forma divertida de pasar una noche con amigos. Pero nunca acepto apuestas que podrían llevarme a extremos, ni en la victoria ni en la derrota. Tengo otros métodos para sentir esas emociones.

—Imagino que se refiere al contrabando.

Él suspiró.

—Y sigue con lo mismo. El mar, querida, el mar. Esa señora sí que nos proporciona altas dosis de miedo y exaltación, dependiendo del humor que tenga ese día.

«Como usted conmigo», pensó Bella.

Porque, ¿qué otro motivo la había movido a aceptar ese viaje que la propia emoción de hacerlo y el poder adictivo de vivir la vida al borde de algo?

Él la estaba observando. Bella esperaba que no pudiera leerle la mente.

—Endeudar a Augustus no nos servirá para arruinarlo o desenmascararlo —dijo ella—. No sin arruinar a muchos otros. A todos los criados y arrendatarios. No puedo hacerlo.

—Una vengadora compasiva —comentó él, muy seco—. Me

complica las cosas. Muy bien, pues tendremos que conseguir que lo descubran ebrio y en compañía de mujeres de clase baja y moral distraída. De clase muy baja y moral muy distraída.

Bella lo miró boquiabierta.

—¿Augustus? Es demasiado... demasiado estirado para acercarse a las mujeres de clase baja.

—¿Eso cree? —Él sonrió—. Me juego un mono.

—¿Qué?

—Que apuesto quinientas guineas a que se codea con mujeres de clase baja siempre que puede, y que ese es parte del atractivo del Old Oak.

—¿Quinientas...? —Exclamó Bella—. ¿Puede perder tanto dinero?

—Es que no lo perdería.

—¡Es un jugador! Y de los buenos. Bueno, pues le aseguro que yo no tengo tanto dinero para apostar.

—Entonces, no nos lo jugaremos. Sencillamente, lo haremos. Piénselo. No sólo sería el juego, sino también iría con prostitutas. No le quedará ni un ápice de dignidad en el cuerpo. —Se rió—. Y eso hace que se le iluminen los ojos. Qué moza más extraña que es usted.

«No, usted hace que se me iluminen los ojos.» Aunque la idea de Augustus desnudo y ridiculizado también era para relamerse.


El sol se había escondido por el horizonte y ya todo estaba entre sombras cuando el carruaje llegó a Upstone. Thorn dijo a los postillones que los llevaran a la mejor hostería de la ciudad.

—El Hart and Hare* —dijo, cuando se apearon—. Esperemos que no intentaran aparearse.

* *Hart* es un ciervo y *hare*, una liebre. (*N. de la T.*)

Bella reprimió una sonrisa. Se quedó con la custodia de la cesta cerrada de los gatos mientras él reservaba las habitaciones. Sin embargo, cuando subieron, descubrió que había alquilado un salón y una habitación.

Una habitación.

Una parte de ella se emocionó, pero todavía no se había vuelto loca del todo.

—Necesitamos dos habitaciones.

—No se me ponga tiquismiquis ahora, dama valiente. Somos una pareja normal sin grandes riquezas. ¿Por qué íbamos a necesitar dos habitaciones?

—Porque ronco. O usted.

—Lo soportaremos. La gente vive con eso.

Bella lo miró con los ojos entrecerrados.

—No pienso compartir cama con usted, capitán Rose, con anillo o sin él.

—Es una cama muy grande —dijo él, señalándola.

Y a Bella le recordaba la del Goat. Ciertas partes de ella amenazaban con derretirse.

—Podemos dormir prácticamente vestidos —insistió él—. O puede dormir en el suelo.

—Ese es el deber del caballero —replicó ella.

—Pero la que no quiere compartir cama es usted.

Ella levantó las manos ante aquella visión tan estrambótica de la realidad.

—¿Y si lo descubre alguien? —preguntó—. Estaré perdida.

Aunque aquello no tuvo el efecto esperado.

Bella empezó a ir de un lado a otro de la habitación, furiosa. Estaba claro que él ya tenía en mente convertirla en su amante. Jamás en su esposa, uy no. A Bella Barstowe no.

—Ya lo tenía planeado, ¿verdad? —lo acusó, mirándolo a la cara.

—No, le doy mi palabra. Se me ha ocurrido en cuanto hemos

llegado. Me preocupo por dar veracidad a nuestra historia y puede confiar en mí.

—¡Ja!

Bella se acercó a la cama como si pudiera cambiarla a su gusto. Quizá separarla en dos.

Aquello la hizo detenerse y pensar. Era extraño que compartir habitación con un hombre le pareciera tolerable siempre que hubiera dos camas. Se estaba acercando lentamente al infierno.

—Es una cama muy grande —repitió él—. Seguramente, aquí podrían dormir cinco personas.

Bella había oído decir que, a veces, muchos extraños compartían cama en las hosterías, y aquella era tan grande que seguramente serviría para tal propósito.

Se volvió hacia él otra vez.

—De acuerdo. Pero dormirá con camisa y pantalones.

Él inclinó la cabeza. Bella sabía que se estaba divirtiendo a su costa, pero lo ocultaba con elegancia.

—¿Usted dormirá con corsé? —preguntó él—. No se lo aconsejo, pero como usted quiera.

Ella sonrió con aire triunfante.

—No llevo corsé.

La luz que se encendió en los ojos del capitán fue una señal de alarma aunque, al mismo tiempo, algo delicioso y satisfactorio. Bella no sabía que prescindir de corsé podría excitar a un hombre.

«¡Bella, lo último que quieres en este momento es excitarlo!»

—Llevo ropa interior —le explicó—. Para mayor comodidad en el viaje.

—Es usted una mujer muy sensata.

Bella se volvió hacia el espejo y se quitó el sombrero.

—Una mujer que viaja sola tiene que serlo, capitán. —Se quedó mirando la larga horquilla del sombrero y la dejó en la estantería que había junto a la cama, y luego se volvió para sonreírle.

Él estaba apretando los labios.

—Muy sensata. Bueno, debería bajar a tomarme una cerveza y hablar con los vecinos. Espero averiguar algo más acerca del Old Oak, pero también puedo introducir nuestra historia de los gatos.

—¿Cuál es, exactamente, nuestra historia? ¿Qué vamos a hacer con ellos?

Thorn había abierto la tapa de la cesta, pero los cachorros estaban muy ocupados mamando.

—Saldremos cada día para que los vecinos vean a *Tabitha* y preguntaremos si han visto a más gatos extraños como ella.

—O conejos extraños —dijo ella.

Él la miró maravillado.

—Debería formar parte de la comunidad científica. No sé si alguien ha planteado ese punto de vista. De acuerdo, o conejos extraños. ¿Qué cambios provocaría el cruce en un conejo?

—¿Una cola larga?

—Y orejas más pequeñas.

—Y los ojos.

—Claro, los ojos. Espero que encontremos algún espécimen. Diré que le suban la cena. Y algo para *Tabitha*.

En cuanto se marchó, la gata se movió.

—¡Ah-oo!

Fue un grito de alarma tan claro («¿Qué crees que haces?»), que Bella se rió.

—Sí, tus pequeños y tú os habéis quedado a mi cargo. Sé poco de cómo cuidaros, pero no dejaré que os pase nada.

La gata la miró con los ojos entrecerrados. Y luego, para mayor diversión de Bella, alargó la pata y cerró la tapa de la cesta.

—¿Es una indirecta? —preguntó Bella al universo.

Se oyó un chillido que podría ser una respuesta afirmativa.

Bella se rió pero luego, mientras volvía a fijarse en la cama, se puso seria. Fuera lo que fuera lo que el capitán Rose tenía en mente, no tenía la intención de permitirle ninguna libertad. Reconocía sus propios deseos, pero no flirtearía con el desastre hasta tal extremo.

Deshizo su pequeño equipaje hasta que sólo quedó la funda con el revólver. Lo cargó y lo metió en la maleta de mano, y luego dejó la maleta en el suelo, junto al lado izquierdo de la cama, el mismo donde descansaba la enorme horquilla del sombrero.

A su debido tiempo, quizá lo colocaría debajo de la almohada. La ponía nerviosa pero, siempre que tuviera el seguro puesto, no dispararía. O eso quería creer.

Volvió a ir de un lado a otro de la habitación, hecha un manojo de nervios, aunque luego se concentró en lo importante del viaje: Augustus.

¿Con qué frecuencia visitaría el Old Oak? Incluso con la historia de los gatos, no podían permanecer allí mucho tiempo sin empezar a levantar sospechas. Desvió la mirada hacia donde creía que estaba Carscourt, ansiosa por ir directa hasta allí y estrangular a Augustus hasta que se pusiera morado.

Se dio cuenta de que había cerrado los puños, y los relajó. Se dejaría marcas de sangre en las palmas de las manos.

Miró el anillo de casada y, aunque fuera ridículo, las lágrimas le nublaron la visión. ¿Por qué nunca había sabido lo mucho que le gustaría casarse cuando conociera al hombre adecuado?

Una doncella entró en la habitación y dejó la bandeja con la cena en la mesa. Había otro plato con trozos de carne.

—Esto es para el gato —dijo la chica, mirando a su alrededor.

—Déjalo junto a la cesta, gracias —respondió Bella.

La doncella lo hizo y se marchó. La cesta continuó cerrada.

—A eso se le llama tirar piedras contra tu propio tejado —dijo Bella, hablando con la cesta, antes de sentarse a cenar, pero las dudas sobre su futuro le quitaron el apetito.

El matrimonio era una forma sencilla y elegante de asumir una nueva identidad. No podría casarse con el capitán Rose, pero quizá encontraría a otro hombre más sencillo que se sintiera tentado por su dinero. Un hombre honesto, de confianza y amable que le diera su apellido.

Bella... Pennyworth, esposa del librero, no tendría ninguna relación con Bella Barstowe de Carscourt, y mucho menos con Bellona Flint.

Esa idea podría despertar esperanza para el futuro, pero le resultaba tan atractiva como un pudín a base de sebo frío.

Sólo se había comido la mitad de la cena, pero abrió la puerta y llamó a una criada. En cuanto llegó una, hizo que se llevara los platos y descubrió que la gata había salido de la cesta para cenar sin que ella la viera. Ahora la cesta volvía a estar cerrada.

Incluso una gata rechazaba a Bella Barstowe y, por lo visto, su «marido» se pasaría la noche de jarana abajo. Estaba claro que su virtud no estaría amenazada.

Muy deprimida, pidió que le subieran agua caliente a la habitación.

En cuanto se la trajeron, cerró con llave la puerta que comunicaba con el salón y la que daba al pasillo y se preparó para acostarse. Se quitó el vestido y la ropa interior. Estuvo a punto de quitarse también las enaguas. Abultaban mucho pero, si se las quitaba, se quedaría sólo con la camisola, y la tapaba menos que el camisón.

Recordó el camisón. Iba atado al cuello y llegaba al suelo. Tenía manga larga. Pero un camisón era un camisón, y no podía compartir cama con un hombre si llevaba camisón.

Se quitó las medias, se quitó la peluca y se soltó el pelo. Se lo cepilló, se lo recogió en una trenza y se volvió hacia la cama.

Cerró todas las cortinas. Quizá él lo tomaría como una indirecta.

Pegó la oreja a la puerta del salón. Nada. Giró la llave de ambas puertas y se metió en la cama.

Vio que se había dejado una vela encendida, pero tendría que quedarse así.

Se tapó hasta la nariz y se colocó en el extremo de la cama más alejado de la puerta. Recordó el revólver y deslizó la mano para abrir el maletín.

No se atrevió a ponerlo debajo de la almohada. Le parecía demasiado peligroso. Lo tenía cerca, y ya estaba tranquila, aunque no sabía si sería capaz de pegar ojo.

# Capítulo 17

$T$horn llamó a la puerta antes de entrar en la habitación. No obtuvo respuesta. Con la luz que daba la vela, vio que Bella se había lavado y que había cerrado las cortinas de la cama, y sonrió. Seguro que estaría en el otro extremo de la cama, como si le fuera la vida en ello.

Debería dormir en el suelo, pero los tablones eran muy duros y no tenía ningún sentido. Ella ya estaba arruinada por el mero hecho de estar allí, independientemente de dónde durmiera él. Si se trataba de eso, estaban comprometidos por muchas más cosas sin tener que compartir cama.

Recortó la mecha de la vela y luego pasó al salón a pedir agua fresca. Cuando se la trajeron, entró en la habitación sin hacer ruido y se colocó detrás del biombo para lavarse.

Volvió a ponerse la camisa, como le había pedido ella pero, en lugar de meterse en su lado de la cama, cogió la vela y rodeó la cama. Separó las cortinas lo justo para asomarse. Y allí estaba, justo en el extremo como se había imaginado pero, si se había cubierto hasta las orejas en un principio, debía de haberse destapado un poco, porque tenía toda la cabeza descubierta. Sonrió ante el sencillo gorro de algodón que llevaba atado a la barbilla.

Había estado con muchas mujeres en muchas camas, con algunas durante un rato y con otras durante toda la noche, pero ninguna se había puesto jamás un mojigato gorro de algodón. ¿Era por eso que le resultaba ridículamente erótico?

Se había recogido el pelo de color bronce en una trenza, pero se le habían soltado algunos mechones. Tenía los labios ligeramente separados y recordó lo dulces que le habían sabido en la terraza el día del baile. Se inclinó, pero enseguida se irguió y se controló.

Las pestañas se le apoyaban en las mejillas, pero no eran extraordinariamente largas o gruesas. A las cejas no les vendría mal una limpieza, pero la forma era bonita. No se comería con los ojos su barbilla muy a menudo, a pesar de que era bonita y podía ser muy firme.

Apagó la vela, pero la imagen de Bella durmiendo lo acompañó mientras se dirigía a su lado de la cama. Se metió dentro con el mayor cuidado del mundo y esperó poder conciliar el sueño.

Al día siguiente, Bella se despertó olfateando el aire como una coneja precavida. Si tuviera bigotes, los habría tensado. Podía notar la presencia del hombre. Podía olerlo, aunque no desprendía ningún olor especial. Incluso se dijo que podía oírlo respirar.

Se retorció sobre la espalda y lo miró. Él también estaba bocarriba. El brazo del otro lado estaba debajo de la colcha pero, el que le quedaba más cerca estaba destapado. Parecía profundamente dormido.

Quería observarlo. Quería acercarse a él. Encontró el valor para colocarse de lado, sacar las piernas de debajo de las sábanas y bajar al suelo sin necesidad de la escalera. Una vez fuera de la cama, recogió su ropa y se fue al salón.

Desde allí se oían los ruidos propios de la hostería: ruedas, cascos de caballos, voces al otro lado del cristal y pasos en el pasillo. Estaba segura de que esos ruidos también se oían desde la habitación, pero la tensión la había ensordecido. La cesta de los gatos estaba abierta, pero los animales parecían dormidos.

Se vistió deprisa y entonces se dio cuenta de que en el salón no había ningún espejo, y de que el cepillo del pelo, las horquillas y la cofia estaban en la habitación. Se dejó la trenza tal cual y se acercó a la ventana para asomarse. Un día razonable. Quizá un poco soleado para su ridícula búsqueda de gatos-conejos de Hesse.

No pudo evitar reírse. Seguro que el capitán se había inventado la historia.

Oyó un ruido a su derecha que la asustó y la obligó a volverse. No había nadie. Había sido un sonido suave, como algo ligero que hubiera caído al suelo. Después de mirar alrededor, descubrió que la tapa de la cesta estaba cerrada.

Se acercó y la abrió.

—Eres muy maleducada.

Como aquella gata siempre tenía el gesto torcido, costaba decidir si estaba contenta o enfadada, pero Bella habría jurado que ahora la estaba mirando con el ceño fruncido.

—Ni siquiera eres su gata. Eres de un amigo suyo.

La gata hizo un sonido parecido a «¡Zup!» que a Bella le pareció una expresión de desdeñoso rechazo. Bajó la tapa de la cesta y dijo:

—Como quieras.

—No me diga que usted también habla con *Tabitha*.

Bella se volvió de golpe, como si la hubieran sorprendido haciendo una maldad. Iba prácticamente vestido, sólo le faltaba la chaqueta, aunque llevaba el pelo suelto, como la primera vez que lo había conocido. Y como la noche en que ambos iban ebrios en el Compass. ¿Y en las Fiestas Olímpicas?

—Me ha cerrado la tapa de la cesta como un desaire.

—Sí, lo hace a menudo.

Mientras hablaban, Bella estaba mirando la cesta, y vio que la tapa se levantaba un poco. Y luego un poco más, cuando el animal se puso en pie. *Tabitha* la abrió del todo con un golpe de una extremidad posterior y dijo:

—Ah-ee-o-ee.

Dirigido a Rose, claro, sonaba a saludo.

Bella fue a la habitación a peinarse. «Que estén solos un rato.»

Cuando vio el ceño fruncido en el espejo, se echó a reír. Cuando se recuperó, vio al capitán Rose en el espejo, sonriéndole.

Había algo en su cara, una especie de ternura, que le aceleró el corazón. Bella se concentró en el pelo, deshizo la trenza y empezó a cepillarse el pelo, por algún motivo en completo silencio.

Cuando volvió a mirarlo, él seguía apoyado en el marco de la puerta, observándola.

—¿Sucede algo? —preguntó ella, sin volverse.

—No. Simplemente estoy disfrutando de ver cómo una mujer se peina.

—Una novedad para usted, ¿no es cierto? —preguntó ella con mordacidad.

Pero él respondió:

—Sí.

—Y ahora intentará convencerme de que es un santo.

—Eso nunca. ¿Necesita ayuda?

—¿Con el pelo? Dudo que un hombre como usted sepa hacerlo.

—Sé hacer nudos.

—Que es exactamente lo contrario de lo que quiero.

Bella se concentró en su reflejo, pasmada ante el efecto que ese hombre tenía en ella. Se le había acelerado el corazón. Y estaba segura de que se había sonrojado. Era por la cama y por la delicada y dulce sensación de matrimonio que los rodeaba.

—¿Ha pedido el desayuno? —preguntó ella, quizá un poco más brusca de lo que le habría gustado.

—Me ocuparé de ello, Majestad —respondió él, y desapareció.

Bella se colocó la mano en el pecho un momento, intentando calmarse pero, cuando se miró al espejo, tenía los ojos brillantes.

Tenía estrellas en los ojos.

¿Habría alguna forma de hacer realidad sus sueños?

Ni siquiera se plantearía si sería sensato hacerlo.

Una acogedora casa en Dover. Una habitación muy parecida a

esa, aunque con una cama más pequeña. Una que realmente compartieran.

Se retorció el pelo y lo sujetó con horquillas. Se colocó la peluca y, encima, la cofia. Ya estaba, así mucho mejor, aunque los ojos le seguían brillando. Se puso las gafas. Escondían un poco el brillo, aunque quizá no lo suficiente.

¿Por qué quería esconderlo?

¿Acaso no la había mirado él de una forma especial?

Oyó que alguien entraba en el salón y se levantó. El desayuno. El capitán debía de haber bajado a pedirlo, porque no lo había oído gritar. Se alisó la falda y volvió a mirarse en el espejo, deseando tener una belleza arrebatadora. Deseando, al menos, ir vestida de una forma menos seria. Y se fue al salón.

—Tenemos té y chocolate —dijo él, mientras la invitaba a sentarse a la mesa—. Si quiere café, iré a pedírselo.

—No, el chocolate es perfecto —respondió Bella mientras se sentaba.

Vio que él se servía un té. Era de un color ámbar claro y no le añadió ni leche ni azúcar. También se fijó en una pequeña caja de madera que había encima de la mesa.

—¿Se ha traído su propio té? —le preguntó.

—Es una manía mía.

—Todavía me sorprende que sea un bebedor de té.

Él le sonrió.

—¿Y cómo es un bebedor de té?

Bella se atrevió a tomarle el pelo y dijo:

—¿Homosexual?

—Es injusta con la bebida más deliciosa del mundo, Bella. ¿Puedo llamarla así, en privado?

Para mayor seguridad de su corazón, Bella sospechaba que debería protestar, pero dijo:

—Por supuesto. Y usted es Caleb, ¿verdad?

—Ah. —Se quedó mirando la taza unos segundos y luego levantó la mirada—. Mis amigos me llaman Thorn*. Por Rose. ¿Lo usará?

Ella quería asentir, pero le parecía peligroso.

—No estoy segura. Parece un… nombre muy personal.

—¿Cómo llama usted a su hermano? —preguntó él, mientras le daba un mordisco al jamón.

—Augustus. Nunca tuvimos la suficiente confianza para ponernos motes, aunque debería haber buscado una alternativa. —Bella cogió un pedazo de pan fresco, aún caliente, y lo untó con mantequilla—. Augustus significa el más alto. Me pregunto qué sería lo opuesto a eso.

—¿Inferior? —sugirió él—. ¿Vergonzoso? ¿Básico?

—Supongo que no hay ningún nombre que signifique básico.

—¿Bastardo? —propuso él, y luego preguntó—. ¿Qué le pasa?

Bella lo miró mientras intentaba decidir qué decía.

—Tengo entendido que usted es bastardo. Hijo ilegítimo del anterior duque de Ithorne y hermano del actual duque.

—Ah, eso. —Parecía incómodo, pero entonces se encogió de hombros—. No me avergüenza.

Bella observó cómo comía jamón con auténtico apetito y tuvo que creerle.

—He oído que el duque ha sido muy amable con usted.

—Bueno, soy capitán de *El Cisne Negro*. Y no le tengo envidia, si es lo que le preocupa. Ser duque es un trabajo horrible.

—Mucha gente no opinaría lo mismo.

—Mucha gente no tiene ni idea de lo que implica ser duque.

—Lo dice con convicción. ¿Le habla de su vida?

Estaba ocupado sirviéndose más té.

—Somos hermanos.

---

* *Thorn* se traduce por «Espina». De ahí que el personaje relacione su apodo con el apellido Rose (Rosa). *(N. de la T.)*

Bella recordó las sospechas que le despertó la donación de mil guineas.

—¿Es un hombre generoso? —preguntó.

Él levantó la mirada, sorprendido.

—¿Ithorne? Diría que sí.

—¿Sabe si apoya alguna causa en concreto?

—¿Busca una donación? ¿Para qué?

Había despertado su curiosidad, así que se encogió de hombros.

—Uy, nada de eso. Seguramente, para usted un duque es lo más normal del mundo, pero para mí es una criatura extraordinaria.

—Es sólo un hombre, como yo.

Bella no pudo evitar reírse.

—Lo dudo. Seguramente, tiene diez criados que lo ayudan a vestirse y cuatro barberos que lo afeitan a diario.

—Le gusta ir bien afeitado.

—¿Lo ve? Y nunca lleva un pelo fuera de su sitio ni una mancha en sus relucientes zapatos.

—¡Exacto! —Pero se estaba riendo.

—Es que lo he visto varias veces —dijo ella—. Desde lejos, claro. Pero siempre va perfectamente arreglado.

—En público. Tiene una faceta privada. —Bebió un sorbo de té mientras la miraba—. No es tan mal tipo, Bella. Créame.

Bella se dio cuenta de que apreciaba a su hermano, incluso quizá lo quería, y se sintió mal por haberse burlado de él.

—Como usted dice, quizá no es fácil tener una posición social tan alta y que todos te teman.

—No. Quizá la vida del bastardo es mucho mejor, y por eso Bastardo Barstowe sería un apodo demasiado bueno para su hermano. —Reflexionó un momento—. Creo que, sencillamente, pensaré en él como Babosa.

Bella estuvo a punto de atragantarse con el chocolate.

—Perfecto. De ahora en adelante, será el señor Babosa Barstowe.

Brindaron con las tazas, totalmente de acuerdo, y volvieron a concentrarse en el desayuno.

—¿Cuánto tiempo tenemos para darle su merecido al señor Babosa?

La expresión del capitán cambió, y Bella se dio cuenta de que se había relamido mantequilla caliente del labio.

—Dicen que la mantequilla caliente es mala para la salud —dijo ella, algo nerviosa—. Pero es que está deliciosa.

—Son todos unos aguafiestas —respondió él.

—¿A que sí?

Él seguía mirándola y apenas había tocado la comida.

—¡Coma! —le ordenó—. ¿Quiere huevos hervidos, queso...?

—¿Va a portarse como una madre? —Cuando ella levantó la mirada, él añadió—. ¿O como una esposa?

Ella captó las segundas intenciones de la frase y se sonrojó.

—¡No! —Se le escapó sin pensar—. No coquetee así conmigo, aquí y ahora no.

—Tiene razón. Lo siento. Pero es que me resulta casi irresistible, Bella.

Él volvió a la comida y ella también, en silencio.

Pero entonces, él añadió:

—Pero me encanta que deje la puerta abierta a que pueda coquetear con usted en otro lugar y otro momento.

Bella lo miró y, con el corazón en la mano, no podía rechazar la proposición. Estaba dejando la puerta completamente abierta, también al dolor, pero estaba dispuesta a correr el riesgo. Sin embargo, de momento tenían que volver a los negocios.

—¿Qué averiguó anoche?

—El Old Oak es lo que creíamos, y bastante discreto. La mayor parte de los hombres que acuden allí a jugar también van con las mujeres. ¿Le molesta que hable de estas cosas?

—No, pero siento lástima por las pobres mujeres que se ven obligadas a prostituirse —dijo Bella.

—Tiene un corazón amable y bondadoso. Nadie lo vería como el trabajo ideal, pero siempre habrá mujeres que tendrán que ganarse el pan de sus hijos y, dejando de lado la moralidad, hay peores formas de hacerlo.

—Nadie debería hacerlo por obligación —protestó Bella.

—Claro que no.

—Quiero decir que nadie debería ser tan pobre como para no tener otra opción.

Él suspiró.

—Olvidaba que es una reformista social. ¿De dónde va a salir el dinero para financiar la vida de esas mujeres?

—No lo sé. Lo siento. Es que yo he estado sin blanca y acabé encarcelada porque me negué a tomar ese camino. Aunque entiendo que no todo el mundo tiene comida y casa y que, por lo tanto, no les queda otra.

Él asintió.

—Quizá necesitamos conventos.

—¿Conventos?

Él cortó un trozo de pan.

—Los conventos supusieron una alternativa honorable al matrimonio para las mujeres con posibles, y un refugio a salvo de los hombres para las más pobres. Y también proporcionaban un lugar donde las mujeres líderes podían liderar. Creo que usted habría sido una excelente madre superiora.

—¿Yo? —preguntó Bella, sorprendida.

—Todavía es joven pero, dentro de veinte o treinta años, podría acobardar a obispos y reyes.

Bella se rió.

—¿Lo de la taza es té o está bebiendo brandy?

Él le ofreció la taza.

—Huela.

Bella lo hizo. Un aroma delicado. No era brandy, ni ningún otro tipo de alcohol.

—Le aseguro que no soy ese tipo de persona.

—¿Acaso nunca la han seguido?

—No.

Pero entonces se lo pensó mejor. Peg no la había seguido, precisamente, sino que había ligado su destino al suyo. Annie y Kitty habían salido de un centro de caridad pero, de inmediato, la tomaron como ejemplo a seguir. Y algunas mujeres del rebaño de lady Fowler acudían a ella para explicarle sus preocupaciones acerca de las hermanas Drummond, como si esperaran que se enfrentara a ellas.

Lo miró y leyó su expresión.

—No sea un engreído.

—¿Engreído? —Se rió—. Creo que nadie me había llamado así nunca. Entonces, tiene seguidores. ¿Quién?

—No le importa, y no son un ejército. Podrían pasar semanas antes de que Augustus vaya al Old Oak. ¿Cuánto tiempo puede quedarse aquí?

Se untó un poco más de pan para ocultar su intenso interés mientras rezaba que fuera mucho tiempo.

—¿Y usted? —respondió él—. ¿Cuándo regresa a casa su familiar?

Bella se había olvidado de eso.

—No lo sé. —Aunque tenía que darle algo—. Quizá dentro de dos semanas.

—Eso podría levantar sospechas entre los vecinos del pueblo —dijo él—. Será mejor que recemos para que la adicción de su hermano lo haga venir antes. Aunque está claro que podría tener más de un lugar de juego.

Dos semanas quizá eran esperar demasiado, pero Bella rezaba para que pasaran varios días antes de que Augustus necesitara vivir la vida al límite.

—Esta noche tengo que ir al Old Oak para averiguar todo lo que pueda.

—Me parece que usted se está reservando todos los trabajos interesantes —protestó Bella.

—¿Quiere visitar un burdel?

—No, ¿qué pensará la gente de aquí? Puede que su esposa se oponga.

Su no-esposa se oponía.

—¿Me montará una escena? —preguntó él, interesado.

—Soy más partidaria de lanzar cacharros. Un orinal, quizá.

—Señora Rose, me está asustando.

—Me alegro.

—Pero, para su beneficio, debo visitar el Old Oak.

Bella no veía ningún argumento racional para oponerse.

—De acuerdo —farfulló—. ¿Qué hacemos hasta que llegue el momento de la depravación?

—Buscaremos gatos-conejos de Hesse. —Se terminó el té y se levantó—. Diré que nos traigan un vehículo. Intente no pelearse con la reina felina de Hesse mientras estoy fuera.

Se marchó y Bella se quedó mirando la puerta cerrada con lágrimas en los ojos. Se dio cuenta de que no era por el burdel. Era porque eso quizá significaba que su plan estaría resuelto en un día.

En el pasado, aquella rápida retribución habría sido motivo de gran alegría, pero ahora sólo significaba que su tiempo con ese hombre podría terminarse muy pronto.

# Capítulo *18*

*H*abían llegado de noche pero, de día, incluso bajo la triste luz del sol, Bella reconoció Upstone y los terrenos de alrededor. Condujeron por caminos y se detuvieron en cada casa o granja para preguntar por los gatos-conejos. Mostraban los ejemplares a los más escépticos y, por algún motivo, *Tabitha* lo toleraba. A veces, incluso parecía que disfrutaba siendo el centro de atención.

Incluso con la prueba ante sus ojos, muchos granjeros dudaban de que ningún gato estuviera interesado en un conejo con ese fin, y viceversa. Bella vio claro que Thorn y ella serían recordados entre los locales como aquellos chalados de Londres con su extraño gato.

A los cachorros también les gustaba la atención y, a menudo, tenía que recoger a *Negro* y devolverlo a la cesta.

Durante los desplazamientos, Bella se dio cuenta de algunos cambios. Cerca de Pidgely, un rayo había partido un enorme olmo, y alguien se había construido una casa muy bonita cerca de Buxton Thrope. Cuando se detuvieron en ese pueblo para seguir con las averiguaciones acerca de los gatos de Hesse, dividieron los esfuerzos. Había un grupo de mujeres cuchicheando y Bella se dirigió hacia ellas, mientras que Thorn fue a la hostería a hablar con los hombres.

Eran un equipo, y de los buenos.

Bella preguntó cuántos años tenía aquella casa tan bonita, y comentó algo acerca de las líneas elegantes del edificio. Al cabo de poco, lo sabía todo acerca de aquella casa, aunque ese no era su objetivo. Lo había dicho para poder preguntar acerca de otras grandes casas de la zona y para saber si había alguna que se pudiera visitar. Buscaba que alguna mencionara Carscourt y a Augustus.

Y enseguida aparecieron ambos nombres. Una mujer corpulenta farfulló:

—Pero es un sitio muy feo. Como los corazones que viven dentro.

Bella estuvo a punto de asentir pero se temía que, siguiéndole el juego, sólo conseguiría que la mujer callara y no dijera más.

—¿Es vieja? —preguntó.

—¿Vieja, señora? No, no tendrá más de cien años.

—¿Y siempre ha pertenecido a la misma familia?

—¿Los Barstowe? No lo sé, señora.

Una señora mayor y muy enjuta intervino:

—Llegaron durante los tiempos de Oliver Cromwell. Parlamentarios —casi escupió—. Antes, allí vivía una familia monárquica, los de Breely, pero no quedó ninguno, o ninguno que quisiera regresar, y los Barstowe se la quedaron.

Estaba claro que lo consideraban un robo.

Bella nunca se había dado cuenta de que la aversión hacia su familia se remontaba hasta tanto tiempo atrás, pero las historias de pueblo se repetían durante muchos años. Los acontecimientos del último siglo, como la decapitación del rey, el largo y estricto mandato del Parlamento donde se prohibieron todas las tradiciones alegres y la reinstauración de la monarquía eran perfectamente recordados.

—Imagino que la familia será monárquica, ahora —dijo, como quien no quiere buscar encontronazos.

—Quizá —respondió la primera mujer—. Pero siguen siendo personas de corazón frío y Parlamentario. Sir Augustus hizo que azotaran a Ellen Perkins por comportamiento lascivo, y sólo es una viuda que tiene sus necesidades.

—¿Qué le pasó al hombre? —preguntó Bella.

La mujer soltó una risotada.

—Lo multaron. Ellen no tiene dinero para afrontar una multa, pero puede que la mandara azotar de todas formas.

—Y castigó al pobre Nathan Gotobed con el cepo por vender yeguas en domingo —dijo otra mujer—. No le había hecho daño a nadie.

—Dicen que sir Augustus se volvió loco con el hecho de que nadie le lanzara una moneda al pobre hombre —dijo una chica joven con un bebé apoyado en la cadera.

—Por eso no suele usar el cepo —dijo la señora mayor—. Si te enfrentas a sir Augustus, acabas azotado o multado.

Bella percibió una maldición silenciosa al final de la frase, pero las mujeres no iban a atreverse a tanto delante de una extraña. Tuvo que cargar con el peso de la reputación de su familia mientras regresaba al carruaje con Thorn.

—Ojalá tuviera las fuerzas suficientes para matarlo —dijo.

—¿Usted también ha oído hablar de él?

—¿Qué le han dicho?

—Una crueldad generalizada, sobre todo contra los que beben, juegan o muestran comportamientos licenciosos. Me pregunto si todos los jueces se muestran tan inflexibles con aquellos que cometen sus propios pecados, o los que les gustaría cometer, incluso.

—Preferiría que se autoflagelaran —dijo Bella.

—Amén. No tiene muchos admiradores por la zona, pero nadie ha hablado de hipocresía. ¿Y las mujeres?

—Tampoco.

—Una lástima. ¿La han reconocido?

Bella no lo esperaba.

—Creo que no, e imagino que no pasará a menos que me encuentre con alguien a quien conocía bien. E incluso así, a excepción de mi familia y del servicio de Carscourt, cualquier recuerdo será muy lejano.

—Entonces, evitaremos la zona próxima a Carscourt —dijo Thorn, mientras la ayudaba a subir a la calesa.

—En cualquier caso, tenemos menos posibilidades de que nadie de por allí nos hable de Augustus. Dependen completamente de él, los pobres.

Siguieron con sus pesquisas por las inmediaciones de la zona de influencia de los Barstowe, preguntando por los gatos-conejos pero también mencionando a los Barstowe y Carscourt siempre que podían. La aversión a veces era manifiesta y a veces sutil, pero era universal. Estaba relacionada con Augustus, pero se remontaba incluso a su padre e incluía también a su hermana Lucinda, cuya idea de la caridad era, por lo visto, visitar a los pobres y aleccionarlos acerca de su irresponsabilidad. Bella siempre había creído que las visitas solidarias de Lucinda incluían sopa y ropa de abrigo.

—Me siento contaminada —dijo, cuando entraron en otro pueblo—. Quizá, en el fondo, yo también soy así. Quizá mi deseo de venganza es la prueba de ello...

Él le silenció los labios con un dedo enguantado y detuvo al plácido caballo.

—No hay nada malo en ello.

—¿«La venganza es mía», como dijo el Señor?

—«Dios ayuda a los que se ayudan.» Y hablando de ayudarnos...

Deslizó la mano hasta envolverle la barbilla y le dio un beso.

Fue un beso muy delicado; nada sensual y muy respetuoso. Quizá no tan delicado como tierno, y derritió el corazón de Bella. Cerró los párpados y sólo notó cálidos labios. Y el canto de los pájaros y la delicada brisa, que parecían añadir magia al momento.

Él se separó y ella abrió los ojos.

—Gracias —dijo, sin pensar.

—Gracias —respondió él, con una dulce sonrisa.

Bella jamás habría esperado una dulce sonrisa del capitán Rose.

—Voluble como el mar —farfulló.

—¿Qué?

—Así se describió usted mismo. En el Compass, la noche que los dos estábamos ebrios.

Él parecía no recordar nada.

Bella se rió, porque se sentía extraordinariamente feliz.

—Quizá estaba más ebrio de lo que parecía.

—Seguro. Y sí, lo soy. Voluble. Prefiero considerarme polifacético, pero quizá me estoy engañando a mí mismo.

—Polifacético es como una piedra. Demasiado duro. Yo prefiero voluble como el mar.

Él se rió.

—Está claro que no se ha encontrado con ningún huracán. —Recuperó las riendas y retomaron el camino.

«Quizá no —pensó Bella—. Pero puede que esté viviendo uno ahora mismo.»


Thorn intentó mantener el gesto relajado, pero estaba furioso con Caleb por haber utilizado la palabra «voluble» sin habérselo dicho.

Y era ridículo. En realidad, estaba furioso porque más deslices como ese podían hacer que Bella se cuestionara con quién estaba. Por ejemplo, a Caleb no le gustaba el té y, por lo tanto, cuando interpretaba al capitán Rose, Thorn lo evitaba. Lo había pedido sin pensar en el Crown and Anchor y la tía de Caleb se lo había servido, porque sabía que a él le gustaba. Era la tía de Caleb y sabía diferenciarlos, pero los trataba a los dos con la misma calidez.

Sin embargo, el té había sido un error y podría cometer alguno más y... Estuvo a punto de echarse a reír a carcajadas ante la ironía. Le preocupaba que, si Bella descubría que era el duque, pudiera perderla.

Era el mundo al revés.

Sin embargo, parecía que tenía una opinión muy fuerte sobre la injusticia, y él se temía que fuera acompañada de una aversión natural hacia la aristocracia. Su gran reto quizá no sería ganársela sin presumir de fortuna y título delante de ella, sino ganársela a pesar de eso.

Y quería ganársela.

Había disfrutado esos días con Bella más de lo que recordaba haber disfrutado cualquier rato con una mujer. Hacía una semana, seguramente habría dicho que los días junto a una mujer serían de lo más aburridos, y más con una mujer que no era su amante.

Pero aquellos días habían sido distintos a pesar de las actividades normales que habían hecho: pasear, viajar, comer...

¿Dormir en la misma cama?

¿Besarse?

Bueno, besarse de la forma más dulce y casta; algo que era completamente nuevo para él. Nada de besos para flirtear. Nada de besos como preludio a la pasión.

Sólo besos, besos de los que quería más por los placeres que despertaban.

Se temía que se estaba volviendo loco.


Bella fue consciente del silencio que imperó entre ellos mientras regresaban a la hostería, pero no sabía qué hacer con él. Le gustaría pensar que él estaba tan abrumado por el beso como ella, pero lo dudaba.

Sospechaba que estaba preocupado.

Seguro que estaba preocupado por si había despertado alguna expectativa en ella, y eso lo preocuparía si no tenía ninguna intención de cumplirla. Fue un golpe duro, aunque no mucho porque, en realidad, no esperaba nada más. ¿Soñaba un poco? Sí, pero no esperaba nada.

En la hostería, adoptó una actitud tranquila y ligeramente alegre y se comportó como si el beso nunca hubiera sucedido. Subieron a la habitación, pero el silencio permaneció. Él estaba incómodo. Seguro que deseaba no estar atrapado allí con ella.

—Hoy podríamos cenar abajo —propuso ella—. Por si oímos algo.

Él asintió tan deprisa que Bella sospechó que debía de estar pensando lo mismo.

—Quizá deberíamos mostrarnos un poco fríos y distantes, teniendo en cuenta que estoy a punto de marcharme a un burdel.

Ella odiaba que se lo recordara.

—Si organizo una arenga a gritos, podría ser su excusa para ir al Oak.

—Seguro —respondió él, mientras le abría la puerta—. Pero quizá no debería llamar tanto la atención.

—Qué frustrante —dijo Bella, y empezó a bajar las escaleras.

Comieron prácticamente en silencio, lo que habría supuesto una ocasión estupenda para escuchar las conversaciones de los demás clientes, pero la otra pareja que estaba cenando en el comedor también estaba en silencio.

Después, Bella subió a su habitación, amargamente consciente de dónde estaba Thorn y vagamente consciente de lo que seguramente estaría haciendo. Cuando se dio cuenta de que estaba yendo de un lado a otro de la habitación, se obligó a sentarse y leer un rato, aunque no entendía nada de lo que leía y la luz de las velas le hacía daño en los ojos.

Después, se puso a coser, y terminó un dobladillo que casi podía hacer con los ojos cerrados.

Le dio mucho tiempo para pensar.

Descubrió que *Tabitha* había dejado la tapa de la cesta abierta, así que le preguntó:

—Thorn te llama oráculo. ¿Sabes dar consejos o predecir el futuro?

La gata le ofreció una de sus incomprensibles series de sonidos. Bella prefirió tomárselo como una invitación a continuar.

—Ya veo que le aprecias. Pero debo advertirte de que los marineros suelen ser infieles, al tener que pasar tanto tiempo fuera de casa.

La respuesta de la gata pareció ser negativa.

—No, no, es verdad. ¿Acaso crees que las esposas no prefieren que suceda en alguna costa lejana? Te aseguro que no es lo mismo que cuando un marido se busca una amante en un pueblo cercano y todos los vecinos lo saben. Es lo que le sucedió a lady Fowler y a muchas otras de sus seguidoras.

Y es lo que había hecho Squire Thoroughgood con su primera esposa: ridiculizarla sin ningún tipo de remordimiento. Y era uno de los motivos por los que Bella rechazó el matrimonio.

—Es intrigante, ¿no te parece? —Le dijo a la gata, que la miraba con los ojos entrecerrados—. Lo que podemos hacer y lo que no. Por ejemplo, habría dicho que no podría viajar así con un hombre. Bueno, con un extraño.

Tabitha emitió un sonido muy parecido a un suspiro. Bella prefirió tomárselo como una prueba de afinidad en lugar de una muestra de aburrimiento.

—Y ahora se ha ido a un burdel. Para obtener información, claro, pero supongo que tendrá que... que hacer lo que los hombres hacen en esos sitios. —Bella se dio cuenta de que tenía el ceño fruncido, como la gata—. Por supuesto, a mí no me incumbe.

La puerta se abrió y Bella se asustó, pero sólo era la doncella que traía más leña para el fuego. La mujer miró a su alrededor.

—Ah, me había parecido oír voces, señora.

—Hablo con la gata —respondió Bella—. El silencio la pone nerviosa. Es habitual con los gatos-conejos.

La mujer miró a Tabitha con incredulidad y, amablemente, el animal escogió ese mismo instante para salir de la cesta, dar un paseo y lucir sus cuartos posteriores tan propios de los conejos.

—Es un gato muy extraño, de eso no cabe duda —dijo la doncella—. ¿Han encontrado algún otro ejemplar, señora?

—No, todavía no.

—Entonces es que no lo hay. Toda la zona está comentando la recompensa que su marido ha ofrecido. ¿Quiere que le suba el agua y el calentador de camas?

En otras palabras: «¿Está lista para acostarse?».

Bella se dio cuenta de que quizá la doncella sabía que el marido de la señora Rose no estaba en la hostería, e incluso puede que supiera dónde estaba. Era para morirse de vergüenza, aunque quizá menos que esperar despierta a que volviera.

—Sí, por favor —respondió, y empezó a prepararse para irse a la cama.

Subió los escalones y se metió en su lado de la enorme cama, sintiéndose si cabe más extraña que la noche anterior.

Ese beso lo había cambiado todo.

No, no sólo eso. Un día a su lado también le había puesto la mente patas arriba.

Entablaban conversación con mucha facilidad y solían divertirse con las mismas cosas. También habían compartido cómodos silencios, aunque por debajo, y conscientemente, sentían una intensa sensación física cuando estaban cerca.

Bella nunca había sentido nada igual.

Se tumbó de espaldas. ¿Y si fuera su noche de bodas y estuviera esperando a su marido?

¿Quería a su marido imaginario? ¿Habían vivido un cortejo de semanas, meses, incluso años, con besos y algo más que besos, ambos ansiando la llegada de esa noche?

¿O era un matrimonio de conveniencia, donde ambos eran prácticamente unos desconocidos y ella no estaba segura de cómo sería él? Había oído suficientes historias en casa de lady Fowler para saber que una noche de bodas podía ser placentera u horrible. Incluso, al parecer, con o sin ropa.

Se dio cuenta, justo en ese momento, de que se había puesto el camisón.

¿Cómo había pasado?

Porque la doncella lo había dejado encima del perchero, delante del fuego para calentarlo, como hacía Kitty. Con la mente en otras cosas, se lo había puesto sin pensar.

Debería levantarse y ponerse la ropa interior y el viso, pero ella también estaba calentita y cómoda y, en definitiva, el sencillo y práctico camisón la cubría por completo a excepción de las manos y la cabeza.

Si fuera su noche de bodas, quizá la prenda sería de una tela más delicada, con encaje y quizá no la llevaría atada hasta el cuello.

Ahora tenía demasiado calor, y estaba inexplicablemente inquieta.

Se acordó de las mujeres que había conocido en casa de lady Fowler cuyos recuerdos eran más positivos, mujeres que habían querido y disfrutado de sus maridos y que sonreían de forma agridulce cuando se acordaban de ellos.

Esas mujeres habían terminado viviendo bajo el techo de lady Fowler porque sus dulces y cariñosos maridos las habían dejado sin un céntimo. Aquel era el problema a la hora de elegir marido. Una mujer no sólo necesitaba a un hombre a quien querer... y que la complaciera, sino uno que supiera gestionar sus asuntos con sensatez, esfuerzo y mirara por ella y por sus hijos, incluso después de su muerte.

Thorn.

—Thorn —lo pronunció en voz alta, saboreándolo. Estaba segura de que era un hombre que trabajaba duro y que llevaría bien sus asuntos. Jamás dejaría a una viuda endeudada o sin dinero. Y la complacería con gran habilidad.

Se acarició el cuerpo con la mano mientras se preguntó qué implicaría ese placer exactamente. Aparte de los besos y los abrazos, no lo tenía claro. Estaba segura de que podía obtener un placer infinito únicamente con los besos y los abrazos de Thorn.

Se le acumularon los recuerdos, recuerdos de la noche en la que él iba borracho. De su cuerpo desnudo y de cómo la había hecho sentir eso. La presuntuosa invitación a su cama. La promesa de que lo disfrutaría, y ella lo había creído.

Y en el Goat. Otra invitación con segundas, e igual de pecaminosamente tentadora.

Todo mezclado con cálidos e irresistibles besos en la terraza de Ithorne House.

Bella tuvo unos sueños salvajes e impensables...

Thorn entró en la habitación después de medianoche, con las botas en la mano, un poco borracho pero sin ningún otro pecado del que arrepentirse. Había ido al Old Oak preparado para utilizar a una de las mujeres si era necesario, pero se alegraba de no haberlo tenido que hacer. Gran parte del motivo era la repugnante naturaleza del lugar, pero la otra estaba dormida en su cama con dosel.

La cama de los dos.

Había subido una vela y se la llevó hasta detrás del biombo para desnudarse y lavarse. Se acercó al fuego a buscar la jarra de agua que alguien había dejado allí pensando en él, pero el fuego ya se había extinguido y el agua estaba fría. ¿Qué otra cosa podía esperar un marido infiel?

Se lavó los dientes y se frotó el cuerpo a conciencia, agradecido de poder apartar de su nariz la peste del Old Oak. Se había quitado la camisa porque una prostituta que se le había colgado al cuello se la había manchado con perfume barato y pintura facial.

Seguramente, la llevaba para tapar las marcas de la viruela. Era esa clase de sitio. Sin embargo, había encontrado lo que había ido a buscar, y más de lo que había esperado. Bella obtendría su venganza justa y él tendría la satisfacción de ofrecérsela en bandeja.

Fue hasta la maleta para sacar una camisa limpia y se la puso, y luego se llevó la vela hasta el lado de la cama de Bella. Separó las cortinas con cuidado y dejó entrar la menor luz posible.

El corazón le dio un vuelco. Con la trenza y el gorro de algodón, y el volante del camisón rodeándole el cuello, desprendía una juventud y una inocencia que las chicas del Oak ya habían olvidado hacía tiempo.

Le quitaba el aliento pero, ¿por qué demonios había consentido que lo acompañara en aquella peligrosa aventura? Y no sólo lo había consentido, sino que la había animado porque reconoció a Kelano y sentía una gran curiosidad.

¿Cómo había acabado Bella Barstowe en las Fiestas Olímpicas?

De nuevo, tuvo la ligera sospecha de que todo aquello formaba parte de un elaborado plan para obligarlo a hacerla duquesa, pero no podía creerlo. Y menos después de aquellos días con ella y aquel beso dulce e inexperto.

Debería conseguir que hiciera el equipaje y se marchara pero, ¿cómo? Ya la conocía y sabía que no se iría cuando tenía el triunfo tan cerca. Y si insistía, puede que ella lo malinterpretara y actuara de forma inesperada.

De repente, se le ocurrió que era la combinación de las esposas de sus amigos. A veces calmada y convencional; una compañera perfecta y tranquila como Caro. A veces salvaje, decidida y capaz de emprender acciones inmediatas y extremas como Petra.

La combinación perfecta.

Bella abrió los ojos y se tensó. Antes de que él dijera nada, se relajó.

—Ah, es usted. ¿Qué hora es?

—Pasada la medianoche. Vuelva a dormirse.

Pero le estaba sonriendo, dulce y seductora con la sonrosada relajación que aportaba el sueño.

Él se inclinó y le dio un beso. Se aseguró de que fuera como el último, delicado y relajado, a pesar de que la cálida esencia de rosa le invadió el cerebro. Se levantó, muy despacio para que ella no imaginara que la estaba rechazando y se sintiera herida. Se alejó de la cama con la intención de tomar la vela e irse a su lado del colchón.

Pero, entonces, Bella se lamió los labios. Y los dejó separados. Con un suspiro, Thorn volvió a inclinarse para saborearla un poco más.

Deliciosa. Le colocó una mano en la mejilla para adorarla, deslizó los dedos por debajo del gorro y entre el pelo, deseando que la tela desapareciera y la trenza se deshiciera.

Ella recibió de buen grado el beso más profundo, y luego se aferró a su antebrazo emitiendo un sonido gutural. Fue algo delicado y dubitativo pero, sin ninguna duda, una respuesta. Algo en el interior de Thorn despertó. Deseo, sí, pero más que eso… la necesidad de adorarla y protegerla, abrazarla…

Ahora estaba en la cama con ella. Bella había rodado con él y estaba bocarriba. Thorn estaba encima de ella, pero todavía los separaban las sábanas. Bella estaba a salvo.

Volvió a aferrarse a su brazo. No estaba caliente, pero ardía de todas formas.

Él se separó de la boca para besarle la mejilla, la oreja y la mandíbula.

—Dime que me detenga —le dijo.

—No. —Pero, sensata como era, añadió—. Todavía no.

Él se rió mientras le acariciaba el cuello del camisón de monja. Era más cerrado que la ropa interior, pero lo volvía todavía más loco.

—¿Cuándo debería detenerme?

Ella estaba completamente sonrojada, pero le brillaban los ojos.

—No lo sé. Todavía.

—Moza pícara.

Thorn deshizo el lazo y abrió el camisón hasta los pechos.

—No soy ninguna moza —insistió ella, pero tenía la voz ronca y el pecho le subía y bajaba con respiraciones excitadas.

Cuando él deslizó un dedo en el glorioso y cálido valle entre los pechos, que apenas se veía pero que él localizó sin problemas, a Bella se le aceleró la respiración.

—Sé una moza, por favor —murmuró él—. Sólo esta noche.

Le acarició los generosos pechos y luego sujetó uno con la mano y, como siempre, adoró el más delicioso de los pesos. Estaba erecto y se moría de ganas de penetrarla, pero no lo haría. Se controló y se dijo que, pasara lo que pasara, no podía penetrarla. Pero quería un poco más.

Volvió a besarla, con más pasión aunque también con cuidado, disfrutando del entusiasmo primerizo de Bella y de su sorprendida reacción cuando le acarició el pezón con el dedo pulgar. Emitió un sonido gutural, en parte alarma, en parte sorpresa y en parte, esperaba él, placer.

Thorn quería ronronear, porque estaba claro que era el primero que le hacía eso, que despertaba aquellos exquisitos placeres. Sabía que sería así, pero la confirmación era como una medalla, como una victoria. Como una conquista.

—No pasa nada —dijo él—. No pasa nada. Déjame tocarte.

Ella se movió, y podía haber sido con resistencia o con placer, pero entonces susurró:

—De acuerdo.

—De acuerdo. —Volvió a besarla mientras jugaba con ella y comprobaba su respuesta. Si tenía miedo, no respondería y él se detendría.

Ella abrió más la boca, de placer, y se pegó a él, que aprovechó la ocasión. Sus lenguas se encontraron; la de Bella un poco dubitativa aunque decidida. Él la penetró con la suya. El cuerpo de Bella reaccionó. Era un tormento. Era maravilloso.

Thorn la besó y jugó con ella; primero en un pecho, luego en el otro, y luego deslizó la boca desde sus labios hasta los pechos.

Cuando obtuvo la respuesta que esperaba, apartó las sábanas, le subió el camisón y exploró entre los muslos, buscando y analizando cada reacción para que, llegado el momento, pudiera detenerse. Para poder llegar al punto exacto y ofrecerle todo el placer posible.

¿Por qué había perfeccionado sus habilidades en las artes amatorias sino para esa noche? ¿Para esa mujer? ¿Para ese momento?

De pequeño, había recibido lecciones de mujeres expertas y el entrenamiento incluyó auto control, porque siempre quería controlar la situación. Bella estaba a salvo con él y, a medida que empezó a moverse de placer, cada vez más inquieta, y su rostro reflejaba lo perdida que estaba en el mundo de los placeres carnales, él también sonrió, satisfecho. Y luego la llevó a acariciar la dulce muerte.

Se unió con ella en el beso del clímax, silenciando sus gritos, y luego se metió debajo de las sábanas para abrazarla durante las sacudidas posteriores al orgasmo. Le acarició la espalda, le besó la mejilla y le dijo lo mucho que lo había complacido haberle dado placer.

Algunas mujeres no se lo creían. Algunas incluso miraban con recelo a cualquier hombre que quisiera llevarlas al clímax y observarlas. El placer de acostarse con una mujer era delicioso pero, cuando él también estaba en pleno éxtasis, no podía ocuparse de ella como se merecía. Llevar a una mujer al orgasmo y ser consciente de cada suspiro, sonido, sabor y olor era un banquete muy especial.

Llegado el momento oportuno y la mujer adecuada, podía hacerlo durar mucho tiempo. Estaba ansioso por poder vivirlo con Bella algún día muy pronto.

Él sonrió pegado a su gorro. Bella no dijo nada, pero él tampoco insistió.

Al final, ella preguntó:

—¿Qué ha sido eso?

—Esa sí que es una buena pregunta. Placer. ¿No te parece suficiente explicación?

Ella se movió para mirarlo a los ojos.

—Pero no me has... penetrado, ¿verdad?

—No.

—No lo entiendo.

Thorn la besó.

—Es demasiado complicado para explicarlo ahora. Tengo que dejarte un momento.

Fue al salón a liberar su propia tensión, pensando en Bella mientras lo hacía. ¿Le importaría, si lo supiera? Regresó a la habitación, apagó la vela y se metió en su lado de la cama.

Bella hizo ademán de acercarse, pero él dijo:

—Es mejor que ahora estemos separados. Buenas noches, Bella.

Al cabo de un momento, Bella respondió:

—Buenas noches, Thorn.

Thorn se alegraba de que ella no pudiera ver la incontrolable sonrisa que dibujó al oír de sus labios su nombre de pila justo en ese momento.

# Capítulo 19

*A*l día siguiente, Bella se despertó acariciándose el cuerpo. Recordó por qué y se detuvo. Pero sonrió. Había sido la experiencia más extraordinaria de su vida. No le extrañaba que algunas de las ayudantes de lady Fowler sonrieran al recordar a sus espontáneos maridos.

Seguro que, para haberse comportado así, Thorn se había planteado la posibilidad de casarse con ella. Rezó en silencio: «Por favor, que así sea».

Oyó que las campanas de la iglesia daban las ocho y se incorporó con cuidado, porque no quería despertarlo. Las cortinas cerradas apenas dejaban pasar la luz, pero le veía las pestañas y la barba. Si pasaban varios días más sin afeitarse, sería tan densa como la noche del Compass en que entró en su habitación.

Recordó haber notado esa barba contra su piel anoche y se preguntó si, recién afeitado, le gustaría más o menos.

Se dio cuenta de que debía de haberse afeitado después de la noche en el Compass. Entonces, ¿por qué no se afeitaba cada día? Se encogió de hombros. ¿Qué sabía ella de las costumbres masculinas?

Había alargado la mano para tocarlo, para adorarlo, pero la retiró. «Déjalo dormir.»

Bajó de la cama y volvió a cerrar las cortinas. Una vez fuera, se desperezó y sonrió. Se sentía de maravilla. Llena de una energía renovada, y quizá incluso con las articulaciones más relajadas. Abrió un poco las cortinas de la ventana y vio que hacía un día gris y lluvioso. No era el mejor día para ir a buscar gatos-conejos. Aún así, sonrió.

Alguien había entrado en la habitación y había encendido el fuego. Bella sintió una punzada de horror al ser consciente de que la habían descubierto durmiendo con un hombre, pero luego se rió. Allí eran marido y mujer. Estaba permitido.

Sonrió ante el sencillo anillo de bodas, lo acarició y se atrevió a soñar...

También habían dejado una jarra de agua frente al fuego, cubierta con un paño. Se la llevó hasta el lavamanos, la vació hasta la mitad en la palangana, y luego la devolvió al fuego para que estuviera caliente para Thorn. Sacó de la maleta un conjunto de ropa interior limpio y medias, las enaguas y el vestido y se lo llevó todo detrás del biombo. Y luego se quitó el camisón para disfrutar de una limpieza completa de un cuerpo que se sentía sutil y deliciosamente diferente.

Cuando empezó a vestirse, se resistía a convertirse en la seria y mojigata señora Rose, pero lo hizo y se recogió el pelo y luego se puso la peluca rubia.

Le añadió la sencilla cofia y luego fue al salón a esperar que Thorn se despertara. *Tabitha* levantó la cabeza y emitió un sonido que parecía decir: «Ah, eres tú». Y volvió a dormirse.

Bella se sentó, con las manos desocupadas, sin pensar en nada en concreto pero sintiéndose satisfecha.

Thorn apareció al cabo de una media hora, vestido y listo para el día. *Tabitha* lo recibió con entusiasmo y él mantuvo una breve conversación con la gata. Bella los observó, invadida por una estúpida ternura, pero también con nervios. ¿Evitaba prestarle atención porque se arrepentía de lo que había sucedido anoche?

Cuando sus ojos se encontraron, él sonrió de una manera que despejó cualquier incómoda duda.

—Buenos días —dijo ella, consciente de que se había sonrojado.

Él sonrió con más intensidad.

—Buenos días. —Miró a su alrededor—. ¿Y el desayuno?

Bella se levantó de golpe, sintiéndose culpable.

—Debería haber...

—Bella, sólo me preocupa que me hayas estado esperando. No me gustaría pensar que pasas hambre.

Se acercó a la puerta y llamó a gritos a un criado.

—Es muy útil tener una voz de mando —comentó ella, sin dejar de sonreír. No podía evitarlo.

Él le sonrió.

—Mucho. —Se acercó a la ventana—. Un día muy feo, pero perfecto para hacer planes. —Se volvió hacia ella—. Tu hermano estuvo en el Old Oak la semana pasada y suele visitarlo con frecuencia.

Eso recordó a Bella dónde había estado anoche Thorn. Alejó ese pensamiento. Nada le arruinaría el presente.

—¿Cómo evita el escándalo?

—Tienen una discreta puerta trasera que da a las habitaciones para los caballeros especiales, para que otros caballeros menos especiales no los vean.

Bella hizo una mueca ante la idea, pero preguntó:

—Si es uno de los caballeros especiales, ¿no le avisarán de tus pesquisas?

—No soy tonto. Fui muy discreto hasta que descubrí lo mucho que lo detestan. —La miró con complicidad—. No es un hombre amable.

Bella se hacía a la idea de lo que eso significaba.

—No sabe qué es la amabilidad.. ¿Significa eso que nos ayudarán?

—Encantados. No lamentarán perder de cliente a un hombre como él.

—Es delicioso saber que recibirá su merecido en parte gracias a su horrible carácter. ¿Has pensado en algún plan?

—No. —Se acercó un poco más al fuego, lo que significaba estar más cerca de ella—. Sería muy fácil mostrar a los clientes normales lo que sucede en las habitaciones traseras, pero no sé si será suficiente. Necesitamos que estén presentes algunas personas realmente respetables.

—Y que no sean clientes del Old Oak. ¿No tardaremos un poco en descubrir cómo hacerlo? —preguntó Bella, intentando ocultar su optimismo.

—Quizá sí —asintió él—. ¿Estás segura de que tu pariente no estará preocupada por ti?

Bella odiaba mentirle, pero tenía que hacerlo.

—Como te he dicho, ha ido a visitar a unas amigas, así que tengo libertad de movimientos durante un tiempo.

—Moza con suerte.

—No soy una moza —replicó ella, aunque con una sonrisa. Y él se la devolvió. Fue como si se hubiera acercado todavía más—. ¿Y el juego? —preguntó—. ¿Dónde se celebran las partidas?

—En esas mismas habitaciones traseras. Me resultó muy útil, porque así pude limitarme a jugar en lugar de tener que recurrir a los otros servicios.

Bella se sonrojó, aliviada, y fue consciente de que él lo vio.

—¿Perdiste mucho? —le preguntó.

—Qué pregunta más propia de una esposa. ¿No se te ha ocurrido pensar que pude ganar?

Se estaba burlando de ella, así que sonrió.

—¿Ganaste?

Él apretó los labios.

—No, pero sólo porque me pareció lo más sensato. Un cliente que pierde siempre es bien recibido.

En ese momento llegó el desayuno y ya no hablaron más de ese asunto. En lugar de eso, comentaron qué zona visitar para seguir buscando gatos-conejos de Hesse.

Se pasaron otro día como el anterior, paseando por caminos rurales buscando gatos-conejos. El cielo estaba encapotado, pero nada podía ensombrecer el ánimo de Bella. Los cachorros estaban particularmente inquietos y, mientras Thorn conducía, ella era la responsable de los pequeños. *Tabitha* lo permitía; en realidad, saltó de la calesa para explorar; seguramente, para cazar.

Cuando regresó, Bella la regañó.

—Este es tu trabajo. —Cuando *Negro* se acercó al límite de la calesa para intentar saltar, volvió a retenerlo—. ¿No puedes hacer que se comporte?

—Ee-ow. —Y un resoplido.

Bella se rió, porque se lo estaba pasando muy bien con los gatitos.

Sin embargo, cuando pararon en una hostería para cenar, Bella los metió en la cesta y la dejó en el suelo del salón. Miró a *Tabitha* y le dijo:

—Atiende tus obligaciones de madre.

La gata suspiró, se tendió en la cesta y los cachorros se pegaron a sus pechos.

—¡No me refería a eso! —protestó Bella, y vio que Thorn se estaba riendo de ella.

La abrazó para darle un breve pero intenso beso, lanzándole el sombrero al suelo justo cuando entraba una doncella para prepararles la mesa.

Bella se separó, pero lo único que se le ocurrió decir fue:

—Yo... Yo... —Parecía estúpida.

—Si no quieres que te bese, esposa mía, no deberías ser tan deliciosa de besar.

La doncella se rió y lanzó a Bella una sonrisa de felicitación. Bella se volvió para ponerse el sombrero y vio sus propias mejillas sonrosadas y ojos brillantes, incluso detrás de las gafas. La doncella veía a una pareja enamorada. Bella sólo podía soñar con que algún día fuera así, pero la certeza de que cuando aquella aventura terminara quizá tendrían que separarse la perseguía.

Mientras regresaban a Upstone al final del día, empezó a lloviznar. Bella cerró la tapa de la cesta y se puso la capucha de la capa. Thorn sólo tenía el tricornio para protegerse.

—Debería haber traído la capa —se lamentó él—. No te preocupes; he estado mucho más calado que hoy.

—¿Te sueles encontrar con el mar revuelto?

—Eso es mejor que la calma chicha. Igual que una mujer temperamental siempre es mejor que una mujer fría.

Bella hizo la pregunta antes de poder morderse la lengua:

—¿Y yo cómo soy?

Él la miró con chispas en los ojos.

—Ninguna de las dos. Tú, querida, eres una bendita brisa en un día soleado, que llenas las velas y das alas al barco.

Ella lo miró a los ojos.

—Ojalá lo fuera.

—¿Qué? ¿Una brisa?

Bella se rió.

—No, no creo que me gustara. —La visión de un jinete que volvía a casa, haciendo frente a la lluvia, le ahorró tener que dar más explicaciones.

Esperaba que pasara de largo, pero el hombre se detuvo.

—Buenos días. ¿Son ustedes los que han estado preguntando por gatos y conejos?

Bella se quedó inmóvil. Era lord Fortescue, un amigo de su padre, y que todavía tenía la cabeza clara a pesar de haber cumplido ya los sesenta. Si sospechaba de ellos, la observaría de cerca. ¿La reconocería?

El hombre dijo:

—¡Santo Dios! —Y Bella se preparó para tener problemas, pero entonces el hombre se disculpó—. Perdóneme, señora, pero Ithorne... ¿Qué estás haciendo aquí vestido como un...?

—¿Cómo un hombre normal y corriente? —Thorn terminó la frase por él con una sonrisa—. Estoy de incógnito.

—Ah. —El hombre volvió a mirar a Bella, a la que tomó por una amante, y volvió a concentrarse en el supuesto duque. ¿Cómo iba a manejar aquella situación Thorn?

—¿Negocios serios? —preguntó Fortescue.

—Para nada, señor. Los hay que buscan tierras lejanas o estrellas distantes. Yo busco más gatos-conejos como este. —Abrió la cesta.

*Tabitha* levantó la mirada y luego volvió a cerrar la cesta.

—Qué criatura más extraña. No quiero entretenerte con esta lluvia. ¿Dónde te alojas?

—En el Hart and Hare de Upstone.

—¿Puedo ir a hacerte una visita, Ithorne? Me gustaría comentar algunos asuntos contigo.

Bella vio que Thorn torcía el gesto, pero dijo:

—Claro, señor. Venga a cenar mañana.

Quedaron de acuerdo en la hora y lord Fortescue se acarició el sombrero mojado y se marchó. Mientras tanto, Bella miró al frente, preguntándose por qué Thorn no lo había corregido.

Cuando estuvieron a solas, Bella estalló:

—¿En qué demonios estás pensando? Ya es malo que te hagas pasar por tu hermano, algo que estoy segura que es ilegal, pero, ¿invitar a lord Fortescue a cenar? Quizá no se ha dado cuenta de las diferencias con este tiempo, pero compartiendo mesa…

—Confía en mí —dijo él, muy tranquilo—. Mi hermanastro y yo nos parecemos mucho.

—Pero él es un duque y tú un capitán de barco. ¿Por qué no lo has corregido y le has dicho quién eres?

—Al principio, me pareció más sencillo no hacerlo. No sabía que querría volver a verme.

Bella se secó una gota que le resbalaba por la nariz.

—Seguro que querrá hablarte de política. Tú no sabes nada de política.

—¿Ah no?

—No tanto como tu hermano.

—Eso seguro —respondió él, con una irritante y misteriosa sonrisa—. Sin embargo, me mantengo al tanto de todo. La cuestión es, ¿deberías acompañarnos?

—No —respondió ella con firmeza—. No quiero participar en esta farsa. Además, lord Fortescue era amigo de mi padre. No me ha prestado demasiada atención, pero podría reconocerme.

—Ah, de acuerdo.

—¿No puedes convencerlo para que no venga mañana? —suplicó ella—. La ley es muy dura. Cuelgan a la gente por casi todo. Estoy segura de que hacerse pasar por duque es una forma de traición.

—Bella, confía en mí —dijo él, quizá incluso riéndose de ella.

Ella abrió la cesta y preguntó a la gata:

—¿No puedes hacerlo entrar en razón?

El animal abrió ligeramente los ojos un segundo, pero luego volvió a cerrarlos. La respuesta silenciosa era un no rotundo.

—Esto podría tirar por la borda mi venganza —le dijo al irritante capitán—. Y si vuelves a decirme que confíe en ti, te... te clavaré la horquilla del sombrero.

Él se rió.


En el Hart and Hare, los recibieron con toallas, el fuego encendido y un ponche caliente. Bella lo utilizó todo, pero Thorn desapareció. Ella enseguida se preocupó por si lo había ofendido con sus protestas.

Estaba sentada en el salón, frente al fuego, con ropa seca y disfrutando de una taza de ponche caliente, cuando apareció él, secándose el pelo con una toalla. Se había quitado la chaqueta y sólo llevaba el chaleco encima de la camisa.

—¿Dónde estabas? —preguntó ella—. ¿Has cancelado la cita con lord Fortescue?

—No. —Se sirvió un poco de ponche y se sentí—. La casera quería entregarme una nota sin que la vieras. Del Old Oak.

—¿Vienes de allí? ¿Ahora? —Odiaba la idea de que hubiera vuelto al burdel, aunque fuera por poco tiempo.

—Sí, he estado muy poco —dijo, con segundas intenciones—. Augustus vendrá mañana.

Parecía encantado con la noticia, pero a ella le dio un vuelco el estómago.

—Mañana.

Todo eso podría terminar mañana.

—Entonces, tenemos que darnos prisa con los planes —dijo ella—. Excelente.

—Nuevos planes —replicó él, que se incorporó para volver a llenarse el vaso. Le ofreció más a ella, pero Bella meneó la cabeza. Si bebía más era capaz de echarse a llorar.

—La señora Calloway, la dueña, creía que estaba interesado en un día en que tu hermano hiciera una visita privada al Oak, pero hoy se ha acordado de decirme que mañana es día de juicios en Upstone. Y tu hermano vendrá como juez.

—Pero eso no nos sirve de nada, ¿no? —preguntó Bella—. A menos que después vaya al Oak.

—El Oak viene a él. —Bebió con entusiasmo—. Los tres jueces se reúnen aquí en el Hart and Hare, y también se quedan a dormir.

Estaba sonriendo como un gato con plumas en la boca, pero Bella estaba concentrada en otra cosa.

—¿Estará aquí mismo? ¿Y si nos cruzamos? ¡Me reconocerá!

—Con ese aspecto, quizá no, pero tendrás que esconderte. Pero mira, podría ser perfecto para tu plan. Después de sus obligaciones legales, los tres jueces disfrutan de una copiosa cena y una agradable velada, con cartas y…

—¡Ah!

—Disculpa mi vocabulario… Putas.

—¿Aquí? —preguntó Bella.

—Aquí —respondió él—. En el mismo salón del piso de abajo donde se reúnen. La señora Calloway enviará a tres de sus chicas y entrarán por la ventana. No me imagino que los dueños de la hostería no lo sepan, pero siempre pueden fingir que no lo saben. Nadie ve a los jueces. Se dedican a decidir y juzgar asuntos comerciales y criminales y, si alguien les ofende, siempre pueden encontrar alguna irregularidad.

—Qué asco.

—Pero eso no nos incumbe. La cuestión es que cometerán actos depravados, así que nuestro trabajo puede ser tan sencillo como levantar el telón.

Bella se lo estaba imaginando boquiabierta.

—¿Más ponche? —le ofreció él.

Ella alargó la mano con el vaso y luego dio un buen trago.

—¿Y cómo levantamos el telón? No estaremos dentro del salón.

—Tú no estarás ni cerca, pero estoy seguro de que yo puedo encontrar una excusa para entrar.

—¿Y conseguir que los que están fuera vean la escena?

—Se puede hacer correr el rumor. Imagínatelo. Será como cuando se levanta el telón en el teatro. Y con esa escena y esos actores… —Le sonrió—. Cómo te brillan los ojos.

Bella supuso que tenía razón.

—¿Es malo que me alegre? ¿Qué hay de los otros jueces? También les tenderemos una trampa.

—Sólo si disfrutan de los mismos vicios que tu hermano.

—¿Sabemos quiénes son?

—Creí que tú lo sabrías.

Bella reaccionó.

—¡Sí, claro! ¿En qué estaba pensando? Uno de ellos debe de ser Squire Thoroughgood, el hombre con quien mi padre quería que me casara.

—¿Es honrado e íntegro? Eso podría echar por tierra nuestros planes.

—Para nada. Bueno, supongo que lo consideran íntegro a la

hora de aplicar la ley con mano dura, pero es conocido por el gusto por la bebida y por serle infiel a su primera mujer.

—¿Cuántos años tiene?

Bella se encogió de hombros.

—Creo que ya ha pasado los cuarenta, ¿por?

—No era demasiado buena opción para ti.

Ella hizo una mueca.

—Mi padre insistió en que tenía que casarme, y no había ningún candidato. Squire Thoroughgood se ofreció a rescatarme de la deshonra. Mi padre lo aprobó. Recuerdo que mi padre me dijo que Squire Thoroughgood era un hombre severo que sabría cómo mantener a raya a una mujer caprichosa; si era necesario, a golpe de azote.

Thorn tensó la mandíbula.

—Ojalá tu padre no estuviera muerto. Me gustaría poder darle mi opinión acerca de su actitud.

—Te echaría a patadas.

Thorn sonrió de aquella forma tan segura de sí mismo que mostraba a veces.

—Lo dudo.

Bella imaginó que acudiría a dicha reunión con toda su tripulación.

Contempló el día siguiente con mayor satisfacción.

—Si Squire Thoroughgood queda retratado junto a Augustus, no tengo ningún problema.

—Perfecto. ¿Apruebas el plan?

Bella bebió un poco más de ponche.

—Si se puede ejecutar, sí. Pero la escena tendrá que ser instantánea y visualmente escandalosa. ¿Cómo vamos a asegurarnos? Los jueces jugando a cartas no bastará.

Él bebió y la observó.

—Juegan a los dados. Cuando pierden, las mujeres se quitan piezas de ropa.

—Oh.

—Cuando ya no les queda ropa, hay otras penalizaciones.

Bella decidió que no necesitaba saber más.

—Entonces, sólo necesitamos una señal cuando las cosas hayan llegado lo suficientemente lejos.

Él sonrió, quizá como premio.

—Exacto. Sin embargo, sería interesante tener a algún testigo de peso, aparte de los clientes habituales. Alguien que no tenga miedo de los jueces y que, por lo tanto, pueda explicar la historia abiertamente. —Irguió la espalda—. ¡Fortescue! Perfecto.

Bella se tapó los ojos con la mano.

—¿Quieres implicar a lord Fortescue en este descabellado plan? Estás loco.

—Locamente brillante, espero. ¿Quién mejor que él? Es recto, irritable y puritano, y un vizconde no tiene nada que temer de un juez. Normalmente, seguro que no se preocuparía por esa conducta pecaminosa pero, si se topa de frente con ella, testificará.

—Parece que lo conoces muy bien.

—He mantenido alguna reunión con él.

—Como capitán Rose.

Él la miró con gesto inexpresivo, como si su comentario no tuviera sentido, pero luego dijo:

—Confía en mí, Bella.

—Horquilla del sombrero —farfulló ella.

—Concentra tus esfuerzos en pensar a quién más podríamos reunir como testigo. ¿Qué me dices de la familia a la que tu hermano quiere acceder a través del matrimonio?

—Langham, pero el señor Langham sólo es rico. Sólo intenta establecerse aquí, así que querrá ahorrarse problemas.

—¿Ni siquiera si el pretendiente de su hija resulta ser un auténtico indeseable? ¿Ni siquiera si lo ve con sus propios ojos?

Bella reflexionó.

—Sí, en tal caso actuará. Por lo poco que sé de él, se ve que es un padre que quiere mucho a su hija. Si se entera de esa posibilidad, acudiría a ver la verdad.

Thorn asintió.

—Eso se puede arreglar. ¿Quién más? —Repiqueteó los dedos contra el vaso mientras pensaba—. Fortescue sería un testigo importante. Odia la hipocresía. Sin embargo, como has dicho, quizá Langham no quiera hablar. ¿Qué me dices del sacerdote? ¿Sabes qué clase de hombre es?

—¡Uy, sí! —exclamó Bella—. Si es el mismo, es el reverendo Jervingham. Un cura inflexible, y es hijo del conde de Moncliffe, así que no suele ceder a las influencias locales. Es conocido por denunciar a los pecadores desde el púlpito, sean nobles o lacayos.

—Ya lo adoro —dijo Thorn con una sonrisa de satisfacción—. Con un público de tantos locales como podamos reunir, esos tres caballeros deberían marcar la diferencia.

—Siempre que los jueces hagan de las suyas.

—Según la señora Calloway, siempre hacen de las suyas.

—¿Siempre?

—Tu hermano es un pecador habitual, Bella. No lo atraparemos por casualidad.

—No, supongo que no. Pero… ¡Es que se supone que tiene que hacer cumplir la ley!

—Algo que, por supuesto, los jueces nunca se aplican a ellos mismos. Lo único que necesitamos es una señal. Una forma de saber cuándo entrar y subir el telón.

—¿Por qué no dejamos que la dé una de las chicas? —sugirió Bella—. Sospecho que querrán.

—Y estarán encantadas. —Le brillaron los ojos—. Un grito me daría la excusa para entrar, ¿no crees?

Brindaron. Bella se dijo que habría sido un momento perfecto si su más que previsible triunfo no significara el final de todas sus esperanzas.

Porque era cierto. Sus sueños de casarse con Thorn sólo eran eso: sueños. Incluso con Augustus mordiendo el polvo, ella seguiría siendo la deshonrada Bella Barstowe.

—Debería volver al Oak a confirmar los detalles —dijo—. Me disculpo de antemano por mi aparente mala conducta.

—Estoy convencida de que tendré que fingir ser la esposa afligida.

Él se levantó y la besó, notando una mezcla de especias, brandy, naranjas y nuez moscada.

—No iría si no fuera de vital importancia —dijo.

—Lo sé.

Volvió a besarla.

—Ambos sabemos que, si esto fuera real, ya me habrías clavado el atizador en la cabeza.

Ella se rió.

—Si esto fuera real, haría tiempo que habrías aprendido a portarte como es debido.

Él también se rió.

—Sí, estoy seguro.

Bella mantuvo la máscara hasta que Thorn se hubo marchado, pero entonces tuvo que secarse algunas lágrimas.

La doncella entró con la cena para uno y con un plato de comida para *Tabitha*. Miró a Bella con compasión y ella se moría de ganas de aclararle que su «marido» jamás sería tan irrespetuoso. Que lo estaba haciendo por una causa noble...

Oh, se estaba volviendo loca y debería centrar toda su atención en la venganza. Eso, al menos, sí que podría disfrutarlo.

Después de cenar, se sentó a coser porque necesitaba algo que la relajara. Casi había terminado de bordar el pañuelo de caballero que estaba haciendo y, mientras daba las puntadas finales, decidió que se lo daría a Thorn. Era un pañuelo muy sencillo, así él no tenía que saber que era especial, pero ella sabría que lo tenía, pasara lo que pasara en el futuro.

# Capítulo 20

*T*horn regresó al cabo de una hora, algo que supuso una felicidad secreta para Bella.

—Qué visión —dijo él—. Una dama cosiendo a la luz de las velas.

Ella lo miró.

—Prefiero la luz del día. Sólo soy capaz de hacerlo porque mis dedos sabrían cómo hacerlo incluso con los ojos cerrados. ¿Han aceptado las chicas?

—Encantadas, como dijiste. Lo odian. Paga sus impuestos pero nada más y… Da igual. —Se sentó frente a ella—. También he averiguado el nombre del tercer juez. Sir Newleigh Dodd. ¿Otro tipo asqueroso?

Bella intentó recordar.

—Deben de haberlo destinado aquí después de que yo me marchara. Creo que no lo conozco.

—Será de la misma pasta, o demasiado débil para protestar. Este es el plan. Los jueces juzgan y después cenan. Cuando las mujeres llegan, suelen estar un poco bebidos, y después ya se emborrachan del todo, pero mañana por la noche, las chicas añadirán un poco más de alcohol al ponche para acelerar el proceso. Cuando las actividades hayan alcanzado unas dimensiones realmente escandalosas, una de ellas gritará y yo acudiré a su rescate, con Fortescue pisándome los talones.

—¿Y los espectadores de fuera?

—La señora Calloway ha hablado con uno de los clientes que comercia con remedios caseros maravillosos. Mañana por la noche, ofrecerá una demostración sobre un nuevo tónico contra el reumatismo que sólo se activa bajo la luz de la luna. La demostración tendrá lugar en el patio del establo, junto a la ventana donde cenan los jueces.

—Muy astuto.

Él inclinó la cabeza.

—¿Y el cura? —preguntó Bella—. No acudirá a la presentación de un remedio casero.

—Será más complicado, pero he conseguido que el tendero, un hombre que se llama Colly Barber, nos ayude. Tu hermano lo castigó con el cepo por engañar con la báscula, pero él juró que se lo inventó porque se negó a abastecer a sir Augustus Barstowe de gratis. Sea como fuere, llevará un mensaje al cura para que acuda aquí. La cuestión es: ¿qué mensaje?

—Una obligación religiosa —respondió Bella, con firmeza—. Jamás se atrevería a ignorarla. El mensaje puede decir que a Squire Thoroughgood le ha dado un ataque por comer demasiado y que está pidiendo a gritos confesar sus pecados antes de morir. Es un hombre corpulento; es una excusa creíble.

—Muy lista, Bella. Langham seguramente vendrá si recibe un mensaje anónimo advirtiéndole de que su futuro yerno va con putas. La trampa ya está preparada.

Bella lo repasó todo mentalmente. Quería que saliera a la perfección.

—¿Cómo sabrá el tendero cuándo acudir al cura?

—Cuando oiga el grito.

Ella meneó la cabeza.

—Será demasiado tarde. Aunque la vicaría esté muy cerca, el reverendo Jervingham podría llegar cuando todo estuviera solucionado. ¿Y si buscamos el lugar más cercano a la vicaría que se vea desde nuestra habitación? Yo estaré arriba mientras Fortescue y tú cenáis y habláis de vuestras cosas. Cuando oiga el grito, agitaré una vela para darle la señal al tendero, y así nos ahorraremos la mitad de tiempo.

—Perfecto como tu costura. Excelente.

Bella disfrutó de su aprobación. Antes de ponerse sensiblera, dijo:

—Hablando de perfección, si insistes en hacerte pasar por el duque, ¿no deberías afeitarte?

—Soy Ithorne viajando de incógnito, ¿recuerdas? Un duque puede dejarse barba igual que cualquier lacayo, y nos sirve para borrar cualquier diferencia en nuestro aspecto.

Ella suspiró.

—Y si no soy la señora Rose, ¿quién soy?

—Me temo que tendrás que ser la *chère amie* de Ithorne.

Su amante. Aunque en francés significaba «querida amiga».

Él se inclinó y la tomó de la mano.

—Te has convertido en una buena amiga, Bella, así que no es mentira.

Aquello estuvo a punto de derribar su compostura, pero al final respondió:

—Y tú también eres un buen amigo. Te has apropiado de mi causa como si fuera tuya. Pero, amigo mío, ¿no tendré ningún otro papel mañana por la noche aparte de agitar la vela?

Todavía estaban cogidos de la mano, y ella no pensaba soltarse.

—Deberías quedarte en la habitación, Bella —dijo él—. Podría ser muy desagradable.

—Muy bien.

—Me refiero a los pecados.

—Necesito ver el resultado —dijo ella.

—Puede que varias personas te reconozcan.

Por un momento, Bella se resistió.

—Pero ya no importará. Quiero decir, el plan ya estará ejecutado.

—¿Y tu reputación?

—Hace días que nos olvidamos de eso.

Él tensó la mano y el gesto, como si estuviera furioso, pero luego dijo:

—Como quieras. Baja detrás de mí e interpreta el papel que quieras.

—Gracias. Creo que funcionará.

Él se acercó la mano a los labios y le besó los dedos.

—Funcionará. Es mi servicial deber, señora. —Le soltó los dedos y se levantó—. Tengo que volver a dejarte para acabar de detallar cuatro cosas. Te prometo que ya no volveré al Oak.

—Más te vale —respondió ella, con una severidad fingida.

—Enviaré a alguien para que se lleve los platos de la cena y te traiga agua caliente.

Se marchó y Bella se dio cuenta de que la acababa de mandar a la cama.

¿Cómo debería tomárselo?

Cuando las doncellas entraron y salieron, Bella se quitó el vestido y se lavó, pero luego miró la cama y se preguntó qué ponerse. ¿Ropa interior y enaguas como el primer día o camisón como la noche anterior?

Sabía lo que quería que pasara en la cama esa noche, pero no quería enviar un mensaje demasiado obvio y obligarlo a hacer algo que quizá no le apetecía.

Las necesidades de Bella eran escandalosas, y no le importaba, porque podía ser su última noche juntos. Aunque no podían considerarse escandalosas. Quería ser la auténtica esposa del capitán Rose, quería ser su ayuda y su compañera, la guardiana de su casa de tierra firme, la madre de sus hijos y su amante en la cama.

Lo deseaba con más fuerzas de las que hubiera podido imaginarse.

Incluso más que vengarse de Augustus.

Sí, parecería que el amor es egoísta porque, si tuviera que elegir entre casarse con Thorn y evitar más acciones crueles por parte de su hermano, se casaría con Thorn y se olvidaría de Augustus Babosa Barstowe.

Se puso el camisón. Después de cepillarse el pelo, se lo recogió en una trenza y se puso el gorro. Luego cerró las cortinas de la cama y se metió dentro.

Thorn no tardó demasiado en regresar. Bella oyó ruidos al otro lado de la cortina e intentó identificar ansiedad o duda en ellos, y luego notó cómo se metía en la cama con ella. No se volvió. No quería que Thorn tuviera la sensación de que tenía que hacer algo.

Él se acercó a ella. Ahora sí que Bella volvió la cabeza y vio sus hombros desnudos. No llevaba camisa.

Se le secó la boca. Tenía unos hombros preciosos e, incluso en la tenue luz, pudo distinguir el tatuaje: el cisne negro que recordaba la noche del Compass en Dover. Lo acarició y le sorprendió comprobar lo suave que era.

—¿Por qué te lo has hecho?

—Los marineros lo hacemos. Para que puedan identificar nuestros cuerpos si nos hundimos.

—No digas eso.

—Es una realidad de la vida en el mar. —Acarició el lazo que le ataba el gorro debajo de la barbilla—. ¿Me permites?

Bella tragó saliva, sin estar segura de qué le estaba permitiendo, pero dijo:

—Sí.

Él lo aflojó y luego la obligó a sentarse para poder quitárselo. Luego la levantó a peso y la depositó encima de él, a horcajadas…

Deslizó las manos hasta su cabeza y le desató la cinta que le sujetaba la trenza y la deshizo, acariciándole el pelo con los dedos. Aquella caricia era tan dulce que Bella se preguntó si alguna vez se había planteado aquella posibilidad.

Y se dio cuenta de que, en aquella posición, podía hacerle lo mismo a él.

Alargó los dedos hasta su cabello.

—¿Te gusta?

—Eso espero, porque significará que a ti te está gustando.

Un poco vergonzosa, Bella preguntó:

—¿Qué más puedo hacer para complacerte?

—¿Puedo abrir las cortinas y encender más velas?

—¿Has dejado la vela encendida?

—¿Qué crees que nos está iluminando?

Bella se rió ante su ignorancia.

—Sí, me gustaría ver más. ¿Es demasiado atrevido por mi parte?

—Nada es demasiado atrevido, Bellissima. Nada.

Thorn bajó de la cama y abrió las cortinas para dejar entrar la luz de las velas y del fuego. Le iluminó el torso desnudo. Sólo llevaba los pantalones de lino.

Había subido un buen número de velas a la habitación, y ahora las estaba encendiendo.

Lo había preparado, algo que la sorprendió y la emocionó. No se mostraba reacio. No lo estaba haciendo por obligación. Aquello le dio la ocasión de comérselo con los ojos. Una espalda ancha que terminaba en una cintura y una cadera estrechas. Unas nalgas firmes debajo de la delicada tela. Músculos por todas partes. Músculos delgados pero fuertes. Imaginó que un capitán de barco hacía algo más que dar órdenes.

Thorn se volvió con una única vela en la mano, la sorprendió mirándolo y sonrió mientras regresaba a la cama. Bella realmente apreciaba la vista frontal. La delicada luz de la vela dibujaba distintos contornos en su pecho. Distinto al recuerdo que tenía del Compass. Más bonito.

Él dejó la vela en el soporte de la cama y se sentó frente a ella.

—Si te angustio, dime que pare.

—No me imagino cómo puedes angustiarme.

—Sí que puedo. Y de una forma que luego te gustará.

Ella se rió.

—Eso no tiene sentido.

Él sonrió.

—Ya veremos.

Le desabrochó el camisón y lo abrió, pero siguió bajando la tela por los brazos, hasta que los pechos quedaron al descubierto. Bella quería tapárselos con las manos pero, al mismo tiempo, no quería.

—¿Todavía no estás angustiada? —preguntó él, mirándola fijamente.

—Preocupada —consiguió responder ella—. Pero no angustiada. ¿Te complace la visión de mis pechos?

—Inmensamente. —Thorn se inclinó, tomó un pezón entre los labios y jugó con él. Bella se excitó e intentó sujetarlo, pero tenía los brazos atrapados.

Él succionó y el cuerpo de Bella dio un respingo.

—Qué sensible —farfulló él, mientras besaba y lamía el camino hasta el otro pecho—. No sabes lo mucho que me complace revelarte estos placeres. ¿Te provoca placer?

Bella contuvo la respiración.

—Creo que sí, pero me has atrapado los brazos y quiero tocarte.

Thorn acabó de bajarle el camisón hasta la cadera. La acarició, y luego subió por la espalda. ¿Cómo era posible que Bella no supiera que tenía una espalda tan sensible? Era pura e hirviente sensibilidad. Ella colocó las manos tras él y lo acarició de la misma forma.

Recordó el pelo y ascendió la mano hasta la cabeza. Jugueteó con los dedos en su cuero cabelludo y luego por la nuca, y entendió lo que había dicho del placer de complacer.

Quizá Thorn ronroneó antes de volver a descender los labios hasta su pecho.

Bella dejó de pensar y se sumergió en una oscura y acalorada pasión.

Y emergió con ganas de más. De más en todos los sentidos. Le besó el pecho y el oscuro tatuaje. Le recorrió la piel con una uña, comprobando la franja blanca y cómo ésta desaparecía. Jugó con su cuerpo, y él se lo permitió y se limitó a tocarla y acariciarla de formas que parecían superficiales pero que la mantenían viva e incrementaban su deseo.

Y llegó el momento en que las sábanas desaparecieron, así como toda su ropa. La habitación se había quedado fría, porque el fuego se había apagado, pero sus cuerpos desprendían calor de sobras.

Bella observó su miembro viril, cómo se elevaba tan largo y terso. Lo tocó. Muy duro. Muy caliente.

Oyó que Thorn contenía la respiración y lo miró. Él sonrió y le cerró la mano alrededor de la verga.

—¿Me permites? —le preguntó.

Bella respiró hondo.

—¿Y tú?

—Por supuesto.

Él cubrió la mano de Bella con la suya y empezó a moverlas.

—Esto me complace, Bella, pero sólo si a ti también te complace.

—Me complace que te complazca.

Él sonrió.

—Lo mismo pienso yo. En tal caso, compláceme.

Había cierta libertad en esa frase, pero también una parte de desafío, así que Bella decidió hacer lo que la complaciera mientras se abandonaba a aquella nueva experiencia y, por lo visto, funcionó y los complació a los dos. Sobre todo cuando tuvo la oportunidad de verle en plena pasión, literalmente en sus manos.

Thorn había cubierto su cuerpo con la sábana para recoger el fluido. Un fluido que debería haber derramado dentro de ella.

Si hubieran estado casados.

Se dio cuenta de que lo que acaban de hacer era el punto máximo, o más bajo, del pecado, pero no le importaba. Le acarició la cabeza y lo besó; un beso mucho más apasionado e intenso que antes, y luego él volvió a darle placer, una y otra vez, porque al parecer sabía cómo llevarla hasta un punto de destrucción y luego rescatarla justo antes de que muriera.

—Quiero hacerte lo mismo —farfulló, agotada.

—Una idea maravillosa —murmuró él, pegado a su cuello, y la pegó a su cuerpo mientras se dormía.

Bella se despertó con las campanadas del reloj. Las cinco.

Todavía estaba oscuro. Y todavía estaba pegada a su cuerpo glorioso y desnudo.

Pensó en todas las mujeres que parecían no experimentar aquella sinfonía de placer. Quizá debería escribir un libro. ¿Para las esposas o para los maridos?

—¿En qué estás pensando? —preguntó él, acariciándole el costado con pericia.

—En el placer. En por qué no siempre es así.

—Eres muy sensible.

—¿Es por eso que otras mujeres no sienten lo mismo?

Él la volvió y jugueteó con su pecho. Los tenía muy sensibles, casi doloridos, pero él pareció darse cuenta y los acarició con la delicadeza de una pluma.

—¿Conoces los secretos íntimos de otras mujeres? —le preguntó.

Bella se dio cuenta de que estaba muy cerca de cosas de las que no quería hablar, pero que tendría que acabar haciendo, y pronto. Entre ellos debería reinar la sinceridad. Aunque, de momento, lo dejó de lado.

—A veces, las mujeres hablan —dijo—. Y está claro que a muchas no les gusta la actividad marital.

—Y a veces ese es el problema. —Deslizó los dedos por su cuerpo desnudo y terminó en el punto sensible de la parte baja de la espalda—. Para algunas mujeres, la desnudez es desagradable en sí misma.

—Ah. Pero, ¿todos los hombres lo saben hacer tan bien como tú?

—No.

—¿Por qué no?

Él se rió.

—Empiezas unas conversaciones de lo más interesantes, fascinante Bella. Por lo mismo que no todos los cocineros cocinan igual.

—¿Una cuestión de práctica? —preguntó ella, sin demasiado convencimiento.

—Y quizá talento natural.

Ella se dio la vuelta para verle la sonrisa.

—Debería haberme imaginado que dirías eso.

—Talento y mucha práctica.

Antes de que Bella pudiera hacerle la pregunta que tenía en la punta de la lengua, él la silenció con un beso con tanto talento que ella no pudo resistirse.

# Capítulo 21

*B*ella se despertó tarde y remoloneó en la cama, satisfecha de nuevo. Se volvió para mirar a Thorn, que estaba precioso en el relajado sueño. Si al menos hubiera sido su noche de bodas, sellando su amor para la eternidad.

En realidad, ella sentía que era prácticamente lo mismo. ¿Cómo era posible que hubieran hecho eso y tuvieran que separarse? Aunque quizá él lo veía de otra forma y era consciente de que no la había desvirgado. Había sido extraordinariamente cuidadoso.

¿Significaba eso que quería asegurarse de que un hijo no los comprometiera a nada?

Le dolía pensar que podía ser tan calculador pero, de hecho, era sensato.

¿Qué tenía que ver el sentido común con todas esas cosas?

Podía darle vueltas y vueltas sin sacar ninguna conclusión, así que intentó concentrarse en la recompensa del día de la venganza. Se levantó, se vistió y se fue al salón a entretenerse con la costura. Sin embargo, en cuanto Thorn apareció en el salón, Bella casi se echó a temblar por su presencia, por los recuerdos, por las experiencias sensoriales...

Él sonrió y la besó, aunque fue un beso tierno.

Seguramente, era lo más sensato.

—La espera va a ser dura —dijo ella, pero no estaba segura de a qué se estaba refiriendo.

Él sonrió y ella tampoco estaba segura del significado de aquella sonrisa. Dijo:

—No podemos hacer nada hasta que los jueces terminen su trabajo y los hombres se entreguen a sus placeres.

—Podríamos desayunar —respondió él, divertido, y salió a buscarlo.

Thorn era plenamente consciente del efecto que tenía sobre ella, pero Bella no podía enfadarse con él. Jamás podría enfadarse con él por nada.

La sorprendió descubrir que tenía hambre, pero imaginó que había hecho mucho ejercicio durante la noche. Si eso era cierto, no la había agotado. Después de desayunar, empezó a ir de un lado a otro del salón.

De repente, se volvió hacia él.

—Quiero ver un juicio.

—¿Te parece sensato? —preguntó él, mientras seguía bebiendo té.

—No lo sé. Pero quiero ver a Augustus ejerciendo de juez. Recordarme lo vil que es.

Él la observó.

—Supongo que, si nos quedamos al final de la sala, no te reconocerá, pero tápate la cara con la peluca y ponte el sombrero encima de los ojos. Y las gafas.

Las recogió de la mesa malhumorada. Las de Bellona nunca le habían disgustado tanto como esas. Quizá porque estas eran redondas, o quizá porque odiaba el aspecto que tenía con ellas, ahora que estaba con Thorn.

Él sonrió como si le hubiera leído el pensamiento.

—Sin embargo, no llegarán hasta la tarde, así que deberíamos ir a cazar.

A Bella no le apetecía, pero tuvo que aceptar. Thorn incluso insistió en cenar en una hostería que estaba a varios kilómetros de Upstone mientras ella sufría por si los jueces decidían avanzar sus planes. Por si algo salía mal si ellos no estaban en el Hart and Hare.

—Paciencia, querida —dijo él cuando ella le respondió echando humo—. Llegaremos a tiempo. Además, cuanto más tarde regresemos y cuantas menos posibilidades haya de que te encuentres a tu hermano, mejor.

Ella retomó la rutina habitual de preguntar a los lugareños si habían visto algún gato-conejo por la zona. Hoy no hubo besos, sólo cómodos silencios y conversaciones relajadas. Bella se dio cuenta de lo bien que Thorn encajaba con los granjeros y los trabajadores del campo, haciendo que todos se sintieran cómodos.

Qué diferente tenía que ser de su hermanastro más soberbio. No obstante, le gustaba quizá demasiado flirtear con las mujeres, y a ellas les encantaba flirtear con él. La vida de esposa del capitán Rose sería dura en ocasiones, pero estaba decidida a arriesgarse.

Regresaron a Upstone cuando el reloj marcaba las tres y, cuando se acercaron al Hart and Hare, Bella estaba tan nerviosa que *Tabitha* había cerrado la tapa de la cesta y Thorn estaba meneando la cabeza.

—Intenta fingir que es un día cualquiera.

—Debería haber traído un pañuelo —farfulló ella.

Él le ofreció el suyo de inmediato.

—¡Para coser, idiota!

Lo miró, avergonzada, pero luego se echó a reír. Él tenía los labios apretados y Bella se dijo que los dos debían de parecer idiotas cuando llegaron al patio. Había bastante gente, quizá por el juicio.

Bella subió corriendo a la habitación para comprobar que la peluca y el sombrero le tapaban parte de la cara y luego bajó con Thorn hasta la alargada sala donde se estaba celebrando el juicio.

Era la sala donde después cenarían los jueces de modo que, cuando entraron, Bella enseguida se fijó en las ventanas. Dos ventanales enormes. Excelente.

Miró al otro lado, donde los tres jueces estaban decidiendo el futuro de un sinvergüenza. Squire Thoroughgood estaba en el centro, más gordo que nunca y con cara de desprecio. A su derecha, había un joven que debía de estar en la treintena y con aspecto de aburrido. Debía de ser sir Newleigh Dodd. Y a su izquierda, «en el lado siniestro», pensó Bella, estaba Augustus.

Había engordado un poco desde la última vez que lo vio, pero seguía luciendo una actitud de superioridad y desaprobación, a pesar de las mejillas más redondeadas. El caso que estaban juzgando parecía de destrucción de propiedad, y eso era serio. Un terrateniente se había quejado del chico y éste había destruido unos tablones de madera de la valla. Estaba intentando negarlo, pero el caso parecía claro.

Antes, Bella habría creído que era un hombre malo y que merecía el castigo más severo. Ahora sabía que la miseria podía provocar desesperación.

Squire Thoroughgood le impuso una multa de tres guineas. Casi todos los presentes contuvieron la respiración, y el joven exclamó:

—¡No puedo pagarla!

—Pues tendrás que irte a trabajar a América para ganarte el dinero —dijo Augustus, con una asquerosa satisfacción. «Arquerustus», se dijo Bella sin el menor ápice de frivolidad.

—Quédate aquí —dijo Thorn—. No llames la atención.

Él se levantó y se acercó al banco de los jueces.

—Caballeros, yo pagaré la multa del joven.

Dos pares de ojos se clavaron en él. Sir Newleigh simplemente parecía una oveja sorprendida.

—¿Y usted quién es, señor? —gruñó Squire Thoroughgood—. ¿Y por qué pretende pervertir la justicia de esa forma? Es su cómplice, ¿verdad?

—Me llamo capitán Rose y la justicia sólo exige que se pague una multa, ¿no es así?

—¡La justicia exige que un pecador reciba su castigo! —exclamó Augustus, golpeando la mesa con la mano. Bella estaba convencida de que querría tener una voz grave en lugar de aquel tono tan agudo.

Thoroughgood estaba sonrojado, pero sir Newleigh estaba pálido, y ahora parecía una oveja muy asustada. Estaba mirando a Thorn como si los ojos se le fueran a salir de las órbitas.

—¡Señor...! —Contuvo la respiración—. Quiero decir... ¿Capitán Rose?

Thorn se volvió hacia él. Bella no le veía la cara, pero su voz fue muy firme cuando afirmó:

—Así me llamo, sí.

—Pero, pero...

Oh, santo Dios, ese hombre había reconocido, como Thorn se temía, al duque de Ithorne. Y él lo estaba permitiendo. Otra vez. Y frente a un tribunal. Seguro que eso era perjurio.

Sir Newleigh parecía un pez, abriendo y cerrando la boca, pero no dijo nada más. Sólo se inclinó sobre la mesa y espetó a Augustus:

—¡Deja que pague la multa, maldita sea!

Augustus tenía la cara colorada.

—Ni por asomo. ¡No permitiré que ningún militar presuntuoso interfiera en mi tribunal!

—¡No es tu tribunal, maldita sea!

Bella contuvo el aliento porque se olía otro problema. ¡Una discusión entre los jueces arruinaría sus planes!

Quizá Thorn también lo sospechó, porque habló con mucha calma.

—Señores, no tengo ninguna intención de interferir en la aplicación de la ley. Pero creo que cualquier cristiano debe ser caritativo. Tengo la sensación de que este joven ha aprendido la lección. —Sacó el monedero, extrajo varias monedas de oro y se las entregó al joven, que lo miraba boquiabierto—. Ten más cuidado en el futuro.

Y, con eso, hizo una reverencia a los jueces y regresó a su sitio junto a Bella. Los ojos furiosos de Augustus lo siguieron, de modo que Bella tuvo que agachar la cabeza para que su hermano no la reconociera.

—Será mejor que nos vayamos —le susurró a Thorn—. No vaya a ser que el próximo caso también despierte tu instinto caritativo.

—Tienes razón, pero es que detesto esto.

Cuando empezó un nuevo caso, se levantaron y se marcharon. Bella dijo:

—Vamos a pasear por la ciudad para alejarte de la tentación.

—De acuerdo —asintió él, casi furioso—. Pero es que la holgazanería, la estupidez y el vicio son una tríada letal.

—Sir Newleigh creía que eras el duque. ¡Me daba miedo que lo confirmaras! Pero, ¿qué creía que podría hacer Ithorne en su contra?

—Cortarle las alas en la corte. La muerte social. Hablar mal de él. Inventar una historia chistosa sobre todo esto. La risa es una potente arma de destrucción. Espero reírme mucho esta noche.

Bella lo tomó del brazo.

—No frunzas más el ceño. La gente te mira con miedo en los ojos.

Él se relajó y le sonrió.

—Tú nunca tienes miedo de mí, ¿verdad?

—¿Debería?

—No estoy seguro.

—¿Qué significa eso? —preguntó ella.

—Tampoco estoy seguro —dijo.

Bella meneó la cabeza.

—Parece que los duques tienen mucha influencia. Son sólo hombres, como los demás.

—¡Herejía! —exclamó él—. Y es cierto. Se toma nota de cada una de sus palabras y se observa cada una de sus expresiones.

—Eso tiene que ser muy incómodo.

—¿Te da lástima Ithorne? Eres de las pocas.

Ella lo miró.

—Antes tú también dejaste implícito que te daba lástima.

—Pero, ahora mismo, no —respondió él, con una enigmática sonrisa. Miró a su alrededor—. Esto es muy agradable.

—Es una ciudad normal.

—No si tú estás a mi lado.

Bella lo miró, ruborizada, pero no pudo evitar sonreír. Tenía razón: era un momento perfecto.

Cuando regresaron a la hostería, empezó a tensarse otra vez con nervios y expectativas.

—¿Preocupada? —le preguntó Thorn.

—Sólo por si no sale bien.

—Si no sale bien, volveremos a intentarlo.

Esa afirmación hizo que Bella se preguntara si quería que el plan funcionara o no.


Thorn acompañó a Bella a la habitación, pero luego se marchó con la excusa de que tenía que hacer unas cuantas verificaciones. En realidad, necesitaba un momento para recuperar la cordura.

Esta noche, Bella vería completada su venganza, pero mañana Thorn tenía que regresar a su mundo. Los papeles y las obligaciones se le estarían acumulando encima de la mesa. Podría haber pasado cualquier cosa, porque nadie sabía cómo localizarlo. Era un grado de egoísmo que jamás se había permitido. Alguna vez a lo largo de esos últimos días había tenido la sensación de que realmente era el capitán Rose, y había empezado a tejer sueños acordes a esa locura. Sueños alrededor de la vida de un capitán y una casa sencilla.

Se refugió en el bar y se sentó solo en una esquina.

Se había embarcado en aquella aventura para ayudar a una valiente joven, y para castigar a un hombre que se lo merecía. Y luego se había visto seducido por la novedad de ganarse a una mujer que no sabía que era el duque, pero no había pensado en las consecuencias.

¿Cuándo le había pasado algo parecido? Era como si la locura se hubiera apoderado de él.

Y anoche estuvo a punto de consumar su amor. Por deseo, sí. Y por necesidad física. Pero, básicamente, porque la tentación en su mente le dijo: «Entonces, será tuya».

Él, que había crecido decidido a evitar las situaciones comprometidas, casi había comprometido a una mujer a que tuviera que casarse con él.

Si no hubiera sido consciente de que lo estaban mirando, habría hundido la cabeza entre las manos y hubiera gruñido. Bella se estaba enamorando de él, como había soñado. Se estaba enamorando del capitán Rose, sin ninguna expectativa de riqueza, rango social ni pompa social.

Se estaba enamorando de una mentira.

—¿Le sirvo más, señor? —le preguntó la chica de la barra que, al estar en estado avanzado de gestación, ya no era ninguna chica.

Él asintió. Cuando la joven regresó con la espumosa jarra, le preguntó:

—¿Problemas, señor? ¿Con su esposa?

Thorn la miró.

—¿Por qué lo dices?

Ella sonrió y mostró que le faltaba un diente.

—Los hombres siempre tienen la misma mirada cuando se trata de problemas con sus esposas.

—¿Ah, sí? ¿Y es distinta a la que tiene cuando se trata simplemente de un problema de mujeres?

Ella ladeó la cadera y se preparó para charlar un rato.

—Eso también depende de la mujer. Los chicos enamorados quizá también tienen un suspiro propio que anuncia si su amada está contenta con ellos o enfadada. Cuando el hombre está casado, los problemas con la mujer son una carga más pesada, porque se los encuentra en casa. Y, por supuesto, un marido no se excita con la amabilidad de la esposa, puesto que ya la tiene hasta la eternidad.

—¿Y todos los maridos son tan descuidados? —preguntó Thorn, interesado en aquella filósofa rural.

—Casi todos, y las esposas también. Nosotras tampoco sabemos en qué condiciones está la casa hasta que el tejado empieza a gotear.

—Un hombre sensato mantiene la casa en buenas condiciones.

Ella se burló.

—Pues casi todos los que conozco esperan a ver la gotera, y luego la arreglan.

—Y ahí tenemos, seguramente, una adición de todos los problemas del mundo.

—¿Una qué?

—Una suma. Has reunido un montón de asuntos complicados en una frase sencilla y clara. La cuestión es: ¿mi tejado tiene goteras?

—¿Tiene la cabeza mojada? —preguntó ella.

Él se rió.

—Buena pregunta. Sí. ¿En qué tejado está la gotera?

—En el que tiene encima. —La joven estaba riéndose, porque creía que era una broma, pero Thorn bebió un buen trago de cerveza y reflexionó sobre la analogía.

—Quizá la referencia debería ser el suelo mojado. ¿No es cierto que, a veces, el origen de un suelo mojado no siempre es obvio?

Ella miró a su alrededor para ver si alguien la necesitaba, y luego se sentó.

—Cierto, señor. Un charco puede ser consecuencia de un simple derrame o de una gotera en el tejado. Pero también puede venir del suelo. Mi tío Aaron vio humedad en el suelo del granero de un día para otro, y al final resultó que un río había cambiado su curso. El granero llevaba allí cincuenta años, seco como el polvo y, de repente, mi tío tenía que entrar con botas hasta las rodillas.

—Un río que cambia su curso. Una fuerza de la naturaleza.

—¡Exacto, señor! Nunca descubrió por qué, y menudo problema tuvo…

Thorn ya no escuchó nada más y se concentró en la imagen, que parecía de lo más apropiada. Una irresistible e insospechada fuerza de la naturaleza le había cambiado la vida, profundamente, pero él no se había dado cuenta hasta que tuvo los pies hundidos en el barro...

Las campanas de la iglesia tocaron las seis. Al cabo de unos instantes, vio cómo la gente empezaba a vaciar la sala de enfrente. Los juicios habían terminado. Las curiosas celebraciones estaban a punto de comenzar. Había una cosa que podía hacer, de todo corazón, por su mujer.

Varios hombres entraron en el bar y la joven se levantó.

—Tengo que marcharme, señor.

Thorn le dio un chelín.

—Me ha gustado conversar contigo. Eres una mujer sabia.

Ella se sonrojó y sonrió casi avergonzada.

—Sólo es cuestión de sentido común —le respondió, y acudió a sus obligaciones.

Sentido común. Común sí, pero extraordinario al mismo tiempo. Sobre todo, al parecer, en él.


Bella se había vuelto a dedicar a la costura para mantener la cordura cuando Thorn regresó de donde quiera que se hubiera escondido. Pasaba algo; lo sabía.

¿Su reputación? ¿Acaso lo había recordado de repente?

—Los juicios han terminado —dijo él, bastante seco—. Los jueces pronto empezarán a cenar, y Fortescue llegará dentro de media hora.

Al menos, iban a seguir adelante con el plan.

—Excelente —respondió ella—. Pero es que es muy duro esperar. Incluso *Tabitha* ha estado dando vueltas.

La gata volvió a hacerlo: se levantó de la cesta para merodear por la habitación como si buscara una presa. *Negro* salió tras ella, pero la madre se volvió y le siseó.

El pobre volvió a la cesta tan deprisa que se tropezó con sus propias patas.

Thorn se acercó y lo tranquilizó.

—*Tabitha* es muy sensible a las emociones —dijo—. Quizá deberíamos calmarnos todos. ¿Te gustaría que te leyera algo?

Bella se sorprendió, e incluso se sintió culpable de que Thorn le ofreciera parte de su sueño. Sabía que vivir aquella experiencia sólo serviría para aumentar su dolor, pero accedió.

—¿Qué libros tienes?

—Me temo que ninguna novela. —Thorn revolvió las cosas que llevaba en la maleta—. Los *Ensayos morales y políticos* de Hume quizá sean demasiado densos. *Las memorias del Bedford Coffee House* quizá un poco frívolas, y *Las revoluciones de Persia* un poco alarmistas.

—Una curiosa colección para un capitán de barco —dijo ella. Era un hombre desconcertante. No, fascinante.

—La moral nunca está de más —replicó él—. Un viaje a alta mar exige diversión, y uno nunca sabe… quizá me vaya a Persia.

—Entonces prefiero alarmarme. Léeme sobre Persia.

Él sacó el libro, se sentó frente a ella y se acercó la vela para ver mejor.

—Como la mayoría de las aventuras, básicamente son tediosas —la advirtió mientras abría el libro por la marca. Pasó varias páginas y empezó a leer.

Bella intentó no volver a sus sueños, pero ahí estaban, junto al fuego en un acogedor salón, él leyéndole mientras ella cosía. Era un pasaje acerca de un grupo de mendigos deseosos de hacerse ricos, no demasiado interesante, pero muy bien leído. No se había dado cuenta, hasta ahora, de la calidad de su voz. Podía escucharlo leer cualquier cosa con placer, y observarlo al mismo tiempo, iluminado por el fuego y las velas era, efectivamente, idílico.

# Capítulo 22

*L*os sorprendió un golpe en la puerta. Thorn puso el marcador en la página y guardó el libro.

—Es Fortescue. He dado instrucciones para que lo subieran aquí cuando llegara.

Ahí empezaba todo. Bella se levantó, le dio un beso rápido y se metió en la habitación. Thorn entró enseguida con la cesta de los gatos.

—Será mejor que mantengamos a *Tabitha* al margen de todo esto.

La besó antes de regresar al salón. Bella se quedó allí de pie, con los dedos pegados a los labios, acongojada.

—Ee-ow-ah.

Por una vez, no parecía un lamento por la ausencia de Thorn, sino algo dirigido a Bella.

—¿Que quién creo que soy? —especuló ella.

*Tabitha* salió de la cesta y, de un ágil salto, subió al alféizar de la ventana para mirar hacia fuera.

—Quizá deberías encargarte de las velas —farfulló Bella, y empezó a pasearse de un lado a otro de la habitación.

Se detuvo. Puede que desde el salón oyeran el ruido de los tacones en el suelo de madera, o incluso en el piso de abajo, donde estaban los jueces. Ella los oía con bastante claridad. No las palabras exactas, pero sí las voces y los tonos. Squire Thoroughgood dijo algo en voz alta y obtuvo, como respuesta, un risotada en forma de relincho.

Augustus.

Cuando se emocionaba, siempre reía con ese tono agudo.

Bella se dio cuenta de que se había puesto en pie como si tuviera que entrar en acción de inmediato. Se sentó, con las manos cruzadas, y esperó.

El tono de las voces de los hombres aumentaba y disminuía con alegría y emoción. Todavía no se oía ninguna voz femenina.

A pesar de que su tarea era muy sencilla, no podía evitar repasarla mentalmente: cuando la chica gritara (un grito agudo), ella agitaría la vela que estaba junto a la ventana. Colly Barber tenía un farol y lo agitaría para demostrarle que la había visto.

Aquella era su única misión, pero serviría para traer al reverendo Jervingham a la hostería. Thorn y Fortescue bajarían. No podían predecir cuándo llegaría el señor Langham pero, aunque no estuviera presente durante el escándalo, alguien se lo explicaría. Charlotte estaría a salvo.

Volvió a levantarse para ir de un lado a otro. Y volvió a pararse. Se dio cuenta de que no necesitaba los zapatos y se los quitó para poder pasearse tranquila. *Tabitha* se quedó en el alféizar de la ventana, como si estuviera de guardia, aunque con la cola retorcida. Los cachorros, que quizá presentían el peligro, no se atrevían a asomar más que la nariz por el borde de la cesta.

Bella pegó el oído a la puerta que conectaba con el salón. Estaban hablando tranquilamente, de modo que Fortescue seguía convencido de que estaba hablando con el duque de Ithorne.

Alguien llamó a la puerta de la habitación y la sobresaltó, pero sólo era la bandeja con la cena y la comida de *Tabitha*. Bella no esperaba tener hambre pero, de repente, estaba hambrienta. ¿Acaso su cuerpo quería prepararse para la acción? Ya se había comido la mitad del pastel de carne cuando oyó que llegaban las chicas.

Se las imaginó entrando por la ventana. ¿Qué llevaría puesto una prostituta para una ocasión así?

Sus voces agudas se unieron a las de los hombres. Otro relincho de Augustus, casi tan agudo como el de las mujeres.

Pero entonces, todo se calmó, con algún ruido ocasional. Quizá era la señal del éxito, o del fracaso. ¿Habían empezado a jugar a los dados?

Bella bebió un sorbo de vino e intentó imaginarse, exactamente, qué estaba pasando.

¿Cuánto tardarían en llegar al punto de máxima acción? ¿Cuánto tiempo se quedaría Fortescue?

Oyó algún grito de las mujeres, pero parecían básicamente de alegría.

Quizá esta vez todo sería distinto.

Quizá el plan no funcionaría.

En tal caso, tendrían que quedarse y volver a intentarlo…

No, no. Sería egoísta. Había visto a Augustus abusar de su poder en el tribunal. Conocía su carácter. Tenían que detenerlo esa misma noche.

Y entonces oyó un grito, y no de alegría. No el grito que tenía que servirles de señal, pero suficiente para que Bella quisiera acudir en su ayuda. Recordó el revólver que tenía y dio un paso hacia la maleta. Se detuvo. No podía arruinarlo todo actuando de forma impetuosa. Esta vez no, y menos cuando oyó otro grito de alegría de los hombres.

Se estaban animando entre ellos, aunque esperaba no saber nunca qué se animaban a hacer. No todos los gritos de las mujeres eran de dolor, y también reían, igual que ellos. Sin embargo, las risas de los hombres, y en especial la de Augustus, eran muy viles.

Entonces, oyó el inconfundible sonido de un látigo. Dos veces. Tres. Lo que provocó un grito de otra naturaleza: una súplica.

¿No era esa la señal? ¿Por qué no hacía nada Thorn?

Otro azote y un grito espeluznante.

¡Tenía que ser la señal!

Squire Thoroughgood gritó:

—¡Cierra el pico, estúpida! —Pero Bella oyó que, en el salón, Thorn exclamaba algo y luego salía corriendo por el pasillo.

Bella agarró la vela tan deprisa que estuvo a punto de apagarse. La acercó con cuidado hasta la ventana y la agitó. Vio la luz de un farol, que enseguida desapareció. Colly Barber ya estaba camino de la vicaría.

Bella se puso los zapatos y salió corriendo, alcanzando a lord Fortescue a los pies de la escalera. Thorn ya estaba en la puerta del salón.

En el pasillo había varios hombres, que obviamente habían salido del bar, porque todavía tenían las jarras de cerveza en la mano, y que se habían asustado con los gritos pero que no se atrevían a interferir.

—Los jueces. —El rumor corrió como la pólvora.

En la calle, alguien gritó:

—¡Se está cometiendo un asesinato en el Hart! ¡Un asesinato!

Eso seguro que sacaría de sus casas a todo aquel que lo oyera.

Bella tuvo que hacer un esfuerzo por no sonreír de satisfacción.

Desde el tercer escalón, vio cómo Thorn abría la puerta, con Fortescue tras él.

Desde donde estaba, podía ver la escena por encima del hombro de Thorn: una mujer desnuda y tendida bocabajo en la mesa, entre los restos de la cena de los jueces y varios dados. Tenía varias marcas de azotes en las nalgas.

Vio que Thoroughgood se volvía hacia Thorn con la cara colorada de ira.

Augustus, qué visión tan perfecta, estaba de pie detrás de la mesa, sin chaqueta, con la fusta en la mano. Estaba boquiabierto y parecía que se había quedado inmóvil, con los ojos pálidos.

—¿Qué demonios está pasando aquí? —gritó Thorn con su mejor voz de capitán de barco, y entró en el salón. Se quitó el abrigo y lo colocó encima de la mujer.

Ella bajó de la mesa y se envolvió con el abrigo mientras ofrecía la perfecta imagen de la mujer aterrada. Sin embargo, Bella reconoció satisfacción en su mirada y deseó que interpretaran su papel hasta el final.

Los hombres del pasillo empezaron a acercarse a la puerta. Dentro de poco, se produciría una estampida para quedarse con el mejor sitio.

Llegados a ese punto, una dama debería regresar a su habitación, pero Bella no estaba dispuesta a perderse nada. Acabó de bajar las escaleras corriendo y se colocó junto a Fortescue.

Ahora podía ver la escena completa, y fue casi demasiado para ella. Las tres prostitutas iban completamente desnudas a excepción de algunas joyas. El suelo estaba lleno de comida y bebida, y algunos vasos rotos suponían una amenaza para los pies descalzos. Quizá por eso las tres mujeres todavía llevaban los zapatos, cosa que acentuaba más la ausencia de cualquier otra prenda de ropa.

El salón apestaba a comida, vino, perfume barato y algo más.

Squire Thoroughgood se había levantado de su silla, en un extremo de la mesa, y por fin encontró su voz.

—¡Sacad vuestros cuerpos podridos de aquí, malditos seáis! ¡Fuera! ¡Fuera!

Los lugareños retrocedieron, pero Thorn avanzó.

—Si aquí hay alguien podrido, señor, son usted y sus amigos. ¿Qué clase de depravación es esta? Esto apesta.

Rodeó la mesa hasta la ventana, empujó las contraventanas, y la abrió. Los que estaban fuera se agolparon para ver lo que estaba pasando.

—Esto es un asunto privado —gritó Thoroughgood, que se había puesto de pie y estaba, aunque pareciera imposible, todavía más colorado—. ¡Haré que lo azoten!

Sir Newleigh, ya sin peluca y con un pelo fino y claro, susurró:

—Santo Dios, es… ¡Ya sabes quién!

Sin embargo, Thoroughgood no estaba para explicaciones. Se

inclinó hacia delante para mirar a Thorn con más ira y apoyó la barriga en el plato de la cena.

—Me da igual si es el mismísimo rey. Me da igual si es Dios en persona. Lo enjuiciaré por... por lo que sea. ¡Interferencias con la ley! Eso es. Por interferir con la ley.

—Abran paso, abran paso. —Una voz de barítono acostumbrada a gritar desde el púlpito separó a la gente como si se tratara del mar Rojo. El reverendo Jervingham había llegado. Era alto, robusto y con una melena plateada; sólo le faltaba la barba para ser la viva imagen de Dios. Bella se escondió detrás de Fortescue y éste se apartó de la puerta para dejar entrar a Dios.

Su llegada provocó un momento de absoluto silencio.

Entonces, las prostitutas empezaron a recoger su ropa del suelo en un intento por taparse, mientras sir Newleigh abría y cerraba la boca como una muñeca mecánica al intentar decir algo, aunque no podía.

Augustus, que estaba horrorizado, gimió. Estaba detrás de la mesa y había bajado la fusta o la había tirado al suelo.

Thoroughgood no dijo nada, pero desprendía ira por todo su cuerpo.

El sacerdote se volvió hacia él.

—Me han avisado para que atendiera tus últimas confesiones, Squire Thoroughgood, porque estabas «in extremis». Y, aunque veo que tu salud no está tan mal como creía, tu alma sí que está enferma. —Alzó la voz de nuevo para imitar la voz divina—. Confiesa, confiesa, miserable pecador, antes de que sea demasiado tarde.

—Váyase a predicar al infierno —dijo Thoroughgood, mientras volvía a sentarse.

Bella oyó expresiones de alarma tras ella, pero el reverendo Jervingham parecía impasible. Se volvió hacia los dos hombres.

—¿Puedo esperar de ustedes dos que quieran evitar los tormentos del infierno?

—Por supuesto... —respondió sir Newleigh, aunque con un hilo de voz. Levantó la mirada y cayó desmayado al suelo.

—¿Sir Augustus? —preguntó la voz de Dios.

Augustus también abría y cerraba la boca de forma automática, aunque al final respondió:

—Señor... Reverendo... un error. Un terrible error. No he tenido nada que ver. Reunión de los jueces... Mujeres... Putas...

Thorn estaba detrás de Augustus. Lo agarró por el cuello de la camisa y lo separó de la mesa. Llevaba los pantalones bajados y la camisa protegía su decencia.

—Puedo explicarlo... —Contuvo la respiración y se ahogó.

—Quizá se estaba preparando para recibir el castigo por sus pecados, ¿verdad? —Thorn agarró la fusta del suelo y azotó las nalgas de Augustus.

Augustus gritó.

—¡Basta! ¡Basta! ¿Cómo se atreve...? —Volvió a gritar ante un nuevo azote.

Bella se tapó la cara, pero únicamente para ocultar su felicidad. Aquello era mejor que cualquier cosa que hubiera podido imaginarse.

Thorn soltó a su hermano. Augustus se colocó a cuatro patas y se escondió debajo de la mesa como la cucaracha que era.

Thorn se volvió hacia Squire Thoroughgood.

—No se atreverá —dijo el hombre, aunque ahora estaba pálido. Una palidez furiosa—. Puede que sea un maldito duque, pero no se atreverá...

—¡Duque!

La palabra voló entre el público y Bella hizo una mueca. Volvían a estar en peligro. Sin embargo, se olvidó de todo eso cuando Thoroughgood sacó un revólver y apuntó a Thorn. Siguió apuntándolo mientras, con la otra mano, temblorosa, amartillaba el arma. Estaba borracho, pero no tanto como para matar a bocajarro.

¿Por qué no había bajado ella su revólver?

—No sea estúpido, hombre —dijo Fortescue, con firmeza.

—¡Baja el arma! —ordenó Jervingham.

Thorn se quedó inmóvil y Thoroughgood no obedeció ninguna de las dos órdenes. Thorn dejó la fusta en la mesa.

—Creo que le dispararé de todos modos —se burló Thoroughgood—. Es el último miembro de su familia, ¿verdad, Ithorne? Será una bonita recompensa por todo esto.

—Lo colgarán —respondió Thorn.

—Me suicidaré antes.

—Entonces, se lo ruego —dijo Thorn, que parecía divertirse con todo aquello—. Suicídese ahora y toda esta región saldrá ganando.

Bella lo miró con el ceño fruncido. ¿Por qué quería enfurecerlo todavía más?

Cuando Thoroughgood levantó el revólver intentando fijar el objetivo, Bella buscó a su alrededor un arma. Cualquiera.

Un hombre que estaba allí cerca tenía una jarra de peltre en la mano. Se la quitó. La última vez que había lanzado una jarra de cerveza, había golpeado en la cabeza del hombre por pura casualidad, así que no apuntó allí. Apuntó a la enorme tripa de Squire Thoroughgood. Al menos, Thorn tendría una oportunidad. Mientras rezaba para que los dioses de la fortuna volvieran a bendecirla, lanzó la jarra con todas sus fuerzas.

Golpeó y cayó con un golpe seco que resonó en sus oídos. ¡No, espera! No había sido la jarra. Vio el humo de la pólvora y la pared agujereada.

¡Había disparado!

Bella se volvió para mirar a Thorn, pero él la estaba mirando con gran sorpresa y, por lo visto, sano y salvo. Entonces, la risa le iluminó los ojos.

—Si tuviéramos un ejército de mozas tan leales, ¡Gran Bretaña no perdería ni una batalla!

Thoroughgood se quedó mirando la pared, dándose por fin por

vencido. Bella se dio cuenta de que la jarra debía de haber golpeado el revólver.

Thorn se dirigió a todos en general.

—Intento de asesinato, ¿no creen? Creo que necesitamos un juez.

Se oyeron algunas tímidas risas, pero luego las carcajadas se generalizaron. Sir Newleigh se había recuperado del desmayo, pero estaba destrozado. Y Augustus seguía escondido debajo de la mesa.

Ninguno de ellos podría volver a pasear con la cabeza alta por aquella zona, y Bella sintió una pequeña punzada de lástima... al menos, por sir Newleigh. Había visto suficiente para cerrar sus heridas y se estaba alejando de la puerta cuando un recién llegado al Hart pedía, con mucha educación, que lo dejaran pasar.

«Ah.» Todavía no había terminado. Bella se quedó para ver la llegada del señor Langham. Era un hombre robusto, de mandíbula cuadrada y vestido por un sastre excelente.

Llegó hasta la puerta y miró a su alrededor.

Después de un largo silencio, dijo:

—Me habían dado a entender que determinado caballero estaría aquí, pero veo que no es así. Y me alegro.

—Si busca a sir Augustus Barstowe, mire debajo de la mesa, señor —dijo el reverendo Jervingham, en un tono apesadumbrado.

A juzgar por los sonidos, Augustus estaba intentando esconderse más, pero Thorn debió de darle una patada porque, de repente, su regordeta cara apareció por debajo de la mesa, enmarcada por el mantel.

Estaba llorando.

Le moqueaba la nariz.

—Señor... Puedo explicarlo.

Pobre Augustus. Siempre había conseguido salir airoso de cualquier situación comprometedora, y todavía no había aceptado que hoy no sería así.

El señor Langham se lo quedó mirando.

—Lo dudo mucho, señor. Si fuera un caballero, entendería que es consciente que jamás volverá a ser bienvenido en mi casa. Pero, puesto que no lo es, se lo dejaré muy claro: si alguna vez vuelve a acercarse a mi hija para lo que sea, recibirá un azote tan fuerte que lo que haya pasado aquí esta noche será insignificante.

Dio media vuelta y se marchó, con la mandíbula tan tensa que parecía un bulldog, sin prestar atención a nadie más.

«Ahora sí que ha terminado», pensó Bella.

Ahora ya estaba hecho.

Incluso sintió un poco de lástima por haber destruido por completo su vida, pero se recordó que se lo había ganado a pulso y no se arrepintió.

Volvió hacia las escaleras. Lo habría hecho de forma discreta, pero todos estaban muy contentos y varios hombres la felicitaron por su puntería. No le costó poner reparos y justificar que había sido algo impulsivo. Que no sabía qué la había llevado a actuar de esa forma. Estaba temblorosa, casi mareada, y se sujetó con fuerza a la barandilla mientras subía las escaleras.

Cuando llegó a la habitación, se dejó caer en una silla. Seguro que el mareo era por la sorpresa. No estaba emocionada; se encontraba mal.

Aquello no era un final feliz. Quizá los otros jueces no merecían la vergüenza y el ridículo tanto como Augustus. Detestaba a Thoroughgood, pero no era, ni de lejos, más malvado que otros hombres. Y apenas conocía a sir Newleigh. Quizá sólo era débil.

Hundió la cara entre las manos porque era incapaz de pensar con claridad. Tenía la cabeza llena de pensamientos discordantes.

¿Y si...?

Pero si...

«Y ahora, ¿qué?»

«Ah.»

—Bella, ¿qué te pasa?

Levantó la mirada para encontrarse con la preocupación de Thorn.

Él se arrodilló junto a la silla.

—¿Ha sido demasiado para ti? —Cuando ella no respondió, le preguntó—. ¿Acaso no era lo que querías?

Su preocupación le llegó al alma. Jamás hubiera creído ver al capitán Rose desconcertado y preocupado. Irguió la espalda y lo tomó de las manos.

—Sí, claro que sí. Gracias. Ha sido magnífico.

Él la observó un buen rato más y, al final, la levantó de la silla y se sentó él. Después, la colocó sobre su regazo. Bella se tensó momentáneamente pero, ante la insistencia de Thorn, se relajó en sus brazos.

—Venga —insistió él—. Dime lo que realmente estás pensando.

«Que todo ha terminado» sería la respuesta más sincera. Tanto su misión como el tiempo con él habían terminado. Sin embargo, dijo:

—Sospecho de sir Newleigh, en realidad, no es un mal hombre.

—La complicidad en un crimen es igual de vil que la terrible ejecución.

—¿Ah sí?

—Las consecuencias para las víctimas son las mismas.

—Supongo que sí. ¿Cómo están las mujeres?

—Contentísimas. ¿Esperabas otra cosa? Aunque ellas tampoco tenían nada en contra de sir Newleigh. Thoroughgood y tu hermano eran los despiadados.

—¿Qué les pasará, ahora? A los jueces.

—Tendrán que abandonar su puesto de jueces.

—¿Y nada más?

—No es poco. Puede que Thoroughgood siga intimidando a la gente toda su vida pero, si la descripción que hiciste de tu hermano es cierta, está acabado.

—Me pregunto qué hará ahora.

—Esconderse y echar la culpa a todos menos a él.

—¡Pobre Lucinda!

—¿La hermana que vive con él en vuestra casa? Si es lista, si marchará a otro sitio.

Bella volvió a relajarse.

—Athena le ofrecerá su casa. Sin embargo, esta lacra caerá un poco sobre todos ellos.

«Y sobre mí, también», descubrió. Ahora ya no era sólo Bella Barstowe, sino la hermana del ridículo y asqueroso Augustus Barstowe. ¿Significaba que le había salido el tiro por la culata?

Se había quedado con un sabor amargo pero, aún así, no se arrepentía de nada.

Había detenido a Augustus. Había terminado con su poder corrupto.

Por algún motivo, eso la hizo echarse a llorar. Cuando empezó, no podía parar, por mucho que lo intentara, se disculpara y se sonara con la falda. Thorn encontró un pañuelo y se lo dio pero, aparte de eso, se limitó a abrazarla y a mecerla lentamente.

Ella logró controlarse e irguió la espalda para sonarse la nariz.

—Lo siento mucho. Debe de ser la sorpresa.

—¿Cuándo lloraste por última vez?

El pañuelo era el que había hecho para él. Eso provocó que las lágrimas amenazaran con volver a aparecer, pero se apretó los ojos con fuerza con una esquina seca del pañuelo y se calmó.

—Hace mucho tiempo —admitió—. Para mi familia, las lágrimas eran una señal de arrepentimiento, lo que implicaba culpabilidad. Así que dejé de llorar.

—Entonces, me alegro de que hayan vuelto a fluir —respondió él, y la abrazó con fuerza.

Eso provocó que volviera a llorar y Bella dejó que la voz de Thorn la calmara hasta que oyó:

—... esa arpía de lady Fowler.

—¿Qué? —preguntó Bella, intentando no levantarse de un salto.

Él la abrazó con más fuerza.

—¿Has oído hablar de ella? Una mujer demente que ha decidido exponer al escarnio público los pecados de los hombres de la nobleza. Si se entera de esta historia, le dará gran difusión y, por una vez, su labor habrá servido de algo.

—Ah, claro —dijo Bella, mientras se tranquilizaba poco a poco. Podría decirle que, hoy en día, esas pequeñeces importaban poco en casa de lady Fowler pero, claramente, no lo haría.

—Me pregunto de dónde saca los escándalos —dijo Thorn.

Bella tenía la sensación de que estar tan cerca de él mientras hablaban de eso la haría revelar sus secretos, así que se levantó muy despacio.

—Voy a lavarme la cara.

Se fue detrás del biombo y utilizó el agua fría de la palangana. En el espejo vio que tenía los ojos y la nariz enrojecidos. Menudo espanto. Se presionó la tela fría contra los ojos y luego se peinó.

Practicó una sonrisa más compuesta y luego salió.

—Siento haberme convertido en un mar de lágrimas. ¿Te he manchado la chaqueta?

—No. Mi regazo sigue disponible.

Y tentador.

Pero aquello había terminado. ¿Cuándo se marcharían? Era tarde, pero la luna iluminaba la noche. Podían viajar de noche. Ella estaba dispuesta a ponérselo fácil.

—Gracias —dijo—. Pero creo que ya va siendo hora de que me tenga de pie sola. O, al menos, me siente en mi propia silla. —Se sentó frente a él—. Nuestra misión ya está completa, ¿verdad?

—Nuestras parte, sí. Por desgracia, dudo que tu hermano tenga el valor de suicidarse pero, como dijiste tú un día, vivir siendo consciente de que el mundo entero sabe toda la verdad sobre él será su infierno particular. ¿Qué piensas hacer, ahora? —le preguntó.

Obviamente, no tenía ninguna sugerencia para ella. Ni ninguna proposición.

Ella se encogió de hombros como si no importara.

—Continuar como hasta ahora, con mi vida tranquila.

—Una triste pérdida. ¿No te gusta buscar emociones fuertes?

El preludio a la invitación a ser su amante. Era lo máximo a lo que podía aspirar, pero sabía que no podía hacerlo.

—Creo que ya he tenido suficientes emociones para esta vida. Tendrás que regresar a tu barco. Has sido muy amable por haberle dedicado tanto tiempo a este asunto.

—No hagas esto.

—¿El qué?

Pero entonces, se levantó y le dio la espalda.

—Maldición, tienes razón. Se ha terminado.

Aunque era lo que ella pretendía transmitir, oírlo de su boca fue como una puñalada en el corazón. Bella tragó saliva y dijo:

—Por supuesto.

Él se dio la vuelta y volvió a arrodillarse a su lado.

—Bella... Bella, yo haría... Tengo que regresar a mi vida.

Lo tomó de las manos y esta vez fue ella quien lo consoló.

—Creo que es lo que he dicho.

Él le apretó las manos, como si quisiera aferrarse a ella.

—He disfrutado de nuestro tiempo mucho más de lo que jamás habría imaginado. Creo que he sido feliz de una forma que no recuerdo haberlo sido nunca.

Bella empezó a albergar una pequeña esperanza. ¿Acaso necesitaba un pequeño empujón? No se imaginaba por qué pero, quizá, ser la esposa de un capitán de barco era considerado un arduo papel.

—Yo... creo que no me importaría pasar más tiempo contigo...

Quizá, después de todo, aceptaría su invitación a ser su amante.

Sí, claro que la aceptaría.

Sin embargo, los labios apretados de Thorn fueron un aviso antes de levantarse y retroceder.

—Sí, sí que te importaría. No digas nada. No puedo explicártelo. Créeme, por favor, Bella; no es posible. Simplemente, no es posible continuar así.

Nadie podía dudar de aquellas palabras. Bella apartó la mirada para intentar esconder su dolor, aunque estaba segura de que no lo había conseguido.

—De acuerdo —dijo ella, al final—. Estoy segura de que es lo mejor. Algunas no estamos hechas para las emociones fuertes. —Encontró el valor para mirarlo, e incluso consiguió sonreír, con la esperanza de aliviar el dolor de Thorn—. Después de verme privada, durante tanto tiempo, de una vida tranquila y normal, quiero disfrutarla y entiendo que tú no me la puedes proporcionar. No he sabido cómo crearla hasta ahora, pero creo que podré después de haber cerrado y cicatrizado la herida.

Él la hizo levantarse. Bella esperaba que la besara en los labios, por mucha tortura que supusiera.

Pero él le besó la mano.

—Rezo para que lo consigas. Sinceramente sólo te deseo lo mejor, Bella Barstowe. Tenlo siempre presente.

Retrocedió y habló con un tono desenfadado que habría engañado a más de uno.

—Debería bajar a unirme a la celebración. No te molestaré cuando suba. Dormiré en el suelo del salón.

Cogió la colcha y una almohada y se marchó.

Bella se quedó de pie, con las lágrimas rodándole por las mejillas, pero no se permitió sollozar hasta que estuvo segura de que no la oiría.

# Capítulo 23

$S$alieron a primera hora de la mañana del día siguiente hacia Londres con la excusa de que los acontecimientos de la noche anterior habían sido demasiado para los nervios de la señora Rose. El posadero se disculpó una y mil veces y, a juzgar por su actitud, estaba claro que creía que había tenido al duque de Ithorne alojado en sus habitaciones.

El ambiente general en Upstone era de alegría.

*Tabitha* debió de sentirse desatendida, porque parecía de mal humor y los sonidos que hacía de forma ocasional parecían gruñidos.

Mientras el carruaje se alejaba, alguien lo reconoció y empezó una celebración espontánea. Thorn saludó con la mano, sonriendo, y luego volvió a sentarse en la esquina.

—Será mejor que nos mantengamos alejados de esta zona durante un tiempo.

«Nos.»

No existía ningún «nos».

Quizá se dio cuenta, porque se quedó callado.

Preguntó:

—¿Quieres que te lea un poco? —Y ella sintió un gran alivio. Los acontecimientos de Persia eran un tema de conversación seguro.

Al cabo de un rato, intercambiaron los papeles y ella leyó en voz alta; y así se fueron turnando. La lectura les duró todo el trayecto, hasta que el carruaje se detuvo frente a la pequeña casa del barrio del Soho.

—¿Qué le dirás a tu benefactora? —preguntó Thorn.

—¿Mi benefactora? —preguntó Bella—. Ah... —No podía mentirle. Ahora ya no—. Vivo sola. Con tres criados pero nadie más. Dispongo de una pequeña renta vitalicia.

—No tan pequeña, si te puedes permitir esta casa —respondió él—. Eres muy joven para estar sola.

—El ama de llaves me conoce desde que era pequeña, y tengo un procurador que me aconseja cuando lo necesito.

—Pero que te da libertad para cometer tus pequeñas diabluras.

—¿Diabluras? Ya sabes por qué quise embarcarme en esta aventura.

—¿Me estás diciendo que, aparte del tiempo que hemos estado juntos, sueles llevar una vida tranquila e intachable? —Lo dijo con una pequeña nota de sospecha. Despertó la lógica ira de Bella.

—¿De qué me estás acusando?

Él no se amilanó y habló con firmeza.

—Hemos estados juntos dos veces, Bella. Hace cuatro años, en Dover, y ahora. Tus acciones no ayudan a convencerme de que te pases el día bordando pañuelos.

—No, también paseo por el parque. Y a veces acudo a alguna conferencia sobre arte e historia.

Con la mirada, Thorn le exigió más.

—¿Qué? —preguntó ella—. Dime qué crees que he hecho. —¿Había descubierto lo de Bellona y lady Fowler? Señor, ¿había reconocido a Kelano?

Le habría parecido imposible. Estaba tan distinta...

Él meneó la cabeza, más relajado, aunque todavía con ciertas dudas.

—Si llevas una vida tan tranquila, está mal, Bella. Quizá vivir con tu hermana no sería tan imposible como crees.

—Lo que dices es absolutamente ilógico. —Pero él ya había bajado del carruaje y lo estaba rodeando para abrirle la puerta. Ella metió sus últimas pertenencias en la maleta, Thorn la dejó en el suelo y luego le ofreció la mano para ayudarla a bajar.

Ella la aceptó y bajó, y vio que Kitty había abierto la puerta y estaba sonriendo con gran alivio.

—Gracias —dijo al capitán Rose, mientras hacía una reverencia para mantener intacta su dignidad—. Que le vaya bien.

Él inclinó la cabeza.

—A usted también, señorita Barstowe. —Se volvió hacia el carruaje y puso un pie encima del escalón. Pero luego se volvió—. Si alguna vez vuelve a necesitarme, envíe una nota a la hostería Cisne Negro de Stowting, de Dover, y me localizarán enseguida.

Subió al carruaje y cerró la puerta. Se marchó y Bella prefirió no perder el tiempo mirándolo. Entró en la casa abrumada por las exclamaciones y las preguntas de Kitty. Subió las escaleras casi de forma mecánica mientras se soltaba la horquilla que le sujetaba el sombrero. Se dio cuenta de que ya lo había hecho antes. El día que regresó del Goat.

Y también cuando había vuelto de Dover. Pero entonces estaba llena de sueños y esperanzas.

Recordó la calavera. La había guardado en el bolsillo derecho del vestido desde que él le había dicho: «Guárdela». La miró, con lágrimas en los ojos. ¿Supondría una excusa para escribirle a aquella dirección de Stowting?

—Señorita, ¿qué le pasa?

Bella enseguida cerró el puño y sonrió.

—Nada. Estoy bien, de veras. Sólo cansada del viaje y de unos días agotadores.

«Y las noches.»

«No te olvides de las noches.»

—Entonces, ¿se encuentra bien, señorita? ¿Ha podido hacer lo que tenía que hacer?

Bella se sentó para quitarse la peluca.

—Sí, Kitty. Necesito una taza de té bien fuerte, por favor, y luego me acostaré.

Una forma de conseguir paz y soledad.

—Subiré el calentador de la cama, señorita.

Kitty se marchó y Bella pudo relajar la cara y contemplar, en el espejo, la tristeza que teñía sus rasgos. No permitiría que los demás la vieran. Lo último que quería era dar lástima. Se quitó la peluca pero tuvo que levantarse para abrir la maleta y sacar el cepillo.

Annie entró hecha una exhalación y metió el calentador debajo de las sábanas.

—¡Le subo el té enseguida, señorita! —dijo, emocionada, antes de volver a salir corriendo.

Bella se cepilló el pelo, de pie frente al fuego, mientras veía cómo las llamas se agitaban. ¿Estaría ella tan viva alguna vez? ¿Tan viva como había estado durante unos días?

Y sus correspondientes noches.

Parecía incapaz de dejar de recordar cosas. Quizá, si no lo evitaba, se acabaría agotando, como un reloj. Y ya no tendría que volver a recordarlo. Había terminado. Ahora sólo tenía que decidir qué quería hacer con el resto de su vida. Era como si se enfrentara a un enorme vacío.

Kitty y Annie recogieron el equipaje entre las dos. Bajaron el baúl y se marcharon y, al cabo de un momento, una sonrojada Kitty regresó con la bandeja del té.

—Aquí tiene, señorita. Caliente, fuerte y dulce.

Le sirvió y Bella tomó la taza sin el plato para colocársela entre las manos heladas mientras sorbía.

—Ah, qué bien. Gracias, Kitty.

No tenía un sabor tan sutil como el del capitán Rose.

Jamás volvería a reaccionar de la misma manera ante un té.

Kitty estaba colgando un camisón frente al fuego y la miró.

—Parece cansada, señorita.

Seguramente era una descripción muy generosa, pero Bella respondió:

—Es que lo estoy.

—¿Quiere que le ayude a quitarse el corsé, señorita, o le traigo agua caliente?

Bella sonrió de corazón.

—Vuelvo a llevar la ropa interior, Kitty, así que tráeme el agua, por favor.

Kitty hizo una mueca, pero básicamente de burla. Cuando estaba en la puerta, se detuvo y le dijo:

—Tiene una pila de cartas en el salón, señorita. ¿Quiere que se las suba?

—¿Una pila de cartas?

—Un par son de lady Fowler, señorita. No pude evitar ver la dirección en el sobre.

«Ay, Señor.» Había enviado una nota a lady Fowler diciéndole que tenía que marcharse de la ciudad unos días. ¿Qué había pasado para que le enviara varias cartas a su casa? Ahora no estaba de humor para eso.

—Tendrán que esperar a mañana —dijo, y se sirvió más té. Mordió una de las crujientes galletas de Peg. Estaba deliciosa y la ayudó a concentrarse. Habían comido en una posada apenas hacía unas horas pero, cuando lo pensaba, no estaba segura de la cantidad que había ingerido. Estaba demasiado ocupada intentando no demostrar el dolor que sentía.

Se desnudó, se puso la bata y se concentró en sus logros.

Había conseguido vencer a Augustus.

Era una dama afortuna e independiente.

Era joven, gozaba de buena salud y tenía amigos...

No, no tenía amigos. Tenía dos doncellas que pronto la dejarían para casarse. Tenía a Peg y, aunque la quería casi tanto como a una madre, no era su amiga. Algunas de las mujeres que había conocido en casa de lady Fowler puede que sí lo fueran, pero estaba a punto de cortar cualquier relación con ellas.

Thorn. El tiempo que habían estado juntos se había parecido mucho a una amistad, quizá su primera amistad verdadera y, a la vez, la única que no podía tener. Una mujer no podía tener un amigo a menos que fuera su marido y, por lo visto, Thorn y ella no iban a casarse.

Cuando le trajeron el agua, se lavó a conciencia para eliminar cualquier resto de su reciente aventura. Bella Barstowe tenía que renacer. Tenía que construirse una vida y, esta vez, no huiría de la cárcel para meterse en un convento.

Encontraría la forma de ser verdaderamente libre.

Decidida, se puso el camisón, apagó las velas y se metió en la cama.


Mientras regresaba a su casa, Thorn volvió a ponerse en la piel de su estatus de duque, como si se pusiera la túnica ribeteada de armiño y la corona. Cuanto más tiempo pasaba alejado de sus responsabilidades, más le pesaban cuando regresaba.

Tener una esposa que lo esperara en casa cambiaría mucho las cosas.

Tener a Bella en casa.

Pero se estaba imaginando regresar a un acogedor salón, a una silla junto al fuego, a leer mientras ella cosía, a las sonrisas.

Su duquesa tendría sus propios aposentos, igual que él tenía los suyos. Sus «salones» serían enormes espacios, normalmente compartidos con subordinados e invitados. También dispondría de un tocador, y allí recibiría a sus invitados más íntimos. Y él tenía su despacho, donde hacía lo mismo.

Habría días en los que ni siquiera se verían, a pesar de vivir bajo el mismo techo.

En Upstone, había decidido intentar cortejar a Bella como el duque, quizá simplemente presentándose en su puerta y explicándole todo el lío. Ahora, en Londres, mientras se iba a cercando cada vez más a su estatus de duque, el abismo entre ellos crecía.

El carruaje pasó por delante del palacio de St. James, donde se suponía que la duquesa de Ithorne tendría que solicitar una recepción con la reina. Y no sólo no se imaginaba a Bella en ese papel, sino que la estirada joven reina nunca aceptaría a alguien que arrastraba tal escándalo.

Sí, las esposas de Robin y de Christian la aceptarían, y quizá alguna más, pero muchas no lo harían. Bella se sentiría incómoda y no sería feliz, y eso lo enfurecería. Pronto se convertiría en un aterrador déspota que pagaba su mala uva con los inocentes.

Al menos, debía darse un poco de tiempo antes de hacer algo que podría hacerlos infelices el resto de sus vidas.

Cuando llegó a su casa, se puso en manos de Overstone. Quería zambullirse en el trabajo.

# Capítulo 24

*E*ra un placer levantarse en la cama propia, y en la casa propia, pensó Bella cuando abrió los ojos al día siguiente. Un placer indescriptible. Aunque sería mucho más agradable despertarse con alguien...

Cerró esa puerta.

Saboreó los sencillos placeres de los ruidos familiares de la calle y del hilo de luz que se reflejaba en la otra pared, y empezó a acongojarse.

Le gustaba esa casa. Era lo suficientemente espaciosa para su pequeña familia y los vecinos parecían agradables. Seguramente, Bellona Flint había demostrado una actitud demasiado severa para hacer amigos, pero siempre se habían saludado con un «Buenos días» o con algún amable comentario sobre el tiempo. Sin embargo, no podía quedarse porque, ¿cómo explicaría la transformación de Bellona en Bella? ¿Cómo podía cortar por completo cualquier relación con lady Fowler cuando vivía a una calle de distancia?

Eso le recordó las cartas. Le gustaría ignorarlas pero, al fin y al cabo, sería mucho mejor leerlas lo antes posible. Tocó la campana que tenía en la mesita. Kitty llegó enseguida.

—¡Ya se ha despertado, señorita! —dijo, mientras dejaba la carbonera y se arrodillaba a encender el fuego—. Y con muy buena cara después de haber descansado. ¿Ha dormido bien, señorita?

—Sí —respondió Bella, algo sorprendida. Esperaba quedarse

despierta, atormentada por los recuerdos—. Debía de estar más cansada de lo que creía.

—Por el viaje, señorita. ¿Quiere que le suba el desayuno cuando haya encendido el fuego?

—Sí, por favor. Y las cartas.

Kitty encendió el fuego y lo vigiló unos segundos. Cuando estuvo satisfecha con el resultado, se levantó y se limpió las manos en el delantal.

—Muy bien, señorita. ¿Y qué vestido quiere que le prepare?

Bella tomó una decisión.

—Ninguno de los de Bellona. Bellona Flint va a desaparecer.

—¡Me alegro mucho, señorita! —exclamó Kitty con felicidad.

Bella se rió.

—Te he hecho ir de cabeza, ¿verdad? Y sí, me pondré corsé.

Kitty dibujó una amplia sonrisa y se marchó.

Bella hizo un esfuerzo por pensar en cosas sencillas mientras esperaba. Para su nueva vida, necesitaría vestidos nuevos. ¿Debería recurrir de nuevo a la señora Moray o ir a una modista? ¿Aquí o en otra ciudad?

Quizá debería marcharse de Londres de forma definitiva. Tuvo una idea... Pero no, ¡no podía trasladarse a Dover! Ni a cualquier otro puesto de la costa sur donde pudiera encontrarse al capitán Rose. Tendría que evitar la costa. Pero, aparte de eso, podía clavar una aguja en un mapa y decidir al azar.

El desayuno supuso una distracción muy bienvenida. Bebió un sorbo de chocolate y miró las cartas. Todas eran de casa de lady Fowler, aunque no de lady Fowler en persona. Había dos de Mary Evesham y el resto eran de varias de las mujeres.

Bebió más chocolate, mordió un trozo de pan recién hecho y untado con mantequilla y rompió el sello de una de las primeras cartas que llegó, una de Mary Evesham. Era hermana de un sacerdote y era una mujer inteligente y con un sentido del humor muy irónico.

*«Querida señorita Flint:*

*Echamos mucho de menos tu sentido común. Lady Fowler se encuentra muy mal. Para serte sincera, se está apagando, pero su mente se está descomponiendo antes, cosa que está creando una gran alarma y un gran caos por aquí. Yo misma tiemblo de miedo ante lo que pueda hacer o emprender. Si el sentido común te ha aconsejado alejarte de este lugar, soy reticente a animarte a volver, pero debo hacerlo.*

*Con cariño,*

*Mary Evesham»*

Bella suspiró. Alarmante pero, ¿qué significaba, exactamente? La expresión «tiemblo de miedo» podía ser fruto del humor de Mary, pero parecía alterada.

Se fortaleció con un poco más de chocolate y abrió la siguiente carta. Esta era de Clara Ormond, una mujer mayor rolliza y nerviosa, que vivía con un miedo constante a verse obligada a vivir en la calle. Era una a las que Bella quería ayudar a toda costa, porque estaba claro que no podía sobrevivir ella sola. Había querido mucho a su marido, pero no habían tenido hijos. Su marido lo perdió casi todo en los negocios y, cuando murió, ella se quedó sin nada. No tenía ningún interés especial en la causa de lady Fowler, pero se había entregado a la generosidad de la mujer.

La carta era un grito desesperado a Bellona para que regresara antes de que sucediera un desastre (subrayado tres veces).

La siguiente carta era de Celia Pottersby, en la misma línea que las anteriores, aunque mencionaba que las hermanas Drummond estaban jugando con la mente de lady Fowler.

Hortensia Sprott, delgada y directa, escribió: «Está loca pero no lo sabe. Cuanto antes muera, mejor. Recemos para que esto suceda antes de que nos destruya la vida a todas».

La última carta volvía a ser de Mary Evesham.

«*Querida Bellona:*

*Debo suplicarte, por puro egoísmo, que regreses con nosotras, aunque sea por poco tiempo. El asunto es grave y yo no sé qué hacer.*

*Sé que sería mucho más aconsejable decirte que te mantuvieras alejada de todo esto, incluso que te marcharas de Londres, pero debo pedirte que vuelvas.*

*Con cariño,*

*Mary Evesham*»

Las cartas dejaron a Bella muy preocupada pero, ¿por qué todas esas mujeres le habían escrito a ella? Era la más joven del grupo y no tenía ningún poder para cambiar nada.

Thorn le había dicho que era una líder. Ella no había estado de acuerdo, pero quizá él había estado en lo cierto al decir que así es cómo la percibían los demás. ¿Un líder era alguien que prefería actuar en lugar de retorcerse las manos esperando? ¿Las ovejas angustiadas estaban buscando a alguien que las sacara del embrollo?

Se sintió mal por pensar en las redactoras de las cartas como ovejas pero, incluso Mary, con su sentido común, y Hortensia, decidida y directa, no tenían ni un céntimo y dependían absolutamente de lady Fowler. Aquello bastaba para eliminar el valor de cualquiera. A ella la había tenido atrapada durante cuatro años en Carscourt.

Daba igual. Bella quería quemar las cartas y seguir adelante con su plan de abandonar Londres. No tenía ningún tipo de obligación hacia esas mujeres.

Untó más pan con mantequilla y una buena capa de mermelada. Aquella situación no tenía nada que ver con ella y, cuanto más desastrosa fuera, menos quería involucrarse.

Ni siquiera pudo meterse la comida en la boca.

Gruñó pero aceptó, al menos, que tenía que hacer una última visita a casa de lady Fowler o soportar la culpa toda su vida. Quizá sólo eran simples especulaciones fruto del pánico. Había visto cómo se iniciaban grandes escándalos en esa casa por nada.

Además, estaba en deuda con lady Fowler. Le había ofrecido un refugio cuando Bella necesitaba uno y, seguramente, se estaba muriendo.

Kitty regresó con el vestido azul y uno de los corsés.

—Ah. Me temo que voy a necesitar uno de los vestidos de Bellona. Tengo que hacer una última visita.

Kitty se puso triste y Bella se preparó para una larga discusión sobre ese asunto, pero el único y desanimado comentario de Kitty fue:

—Entonces, ¿no se pondrá corsé?

Bella se echó a reír.

—Nada de corsé. Pero mañana sí, te lo prometo.

Bella llevaba seis meses siendo Bellona. Nunca se le había hecho extraño, ni siquiera al principio. Quizá Bellona fue la piel natural que necesitaba la persona desubicada que había escapado de Carscourt. Ahora, en cambio, le resultaba un disfraz mucho más incómodo que el de Kelano o cualquier otro. Mientras caminaba hasta casa de lady Fowler, tenía miedo de que todo el mundo supiera que no era quien aparentaba ser.

Cuando llegó a la puerta, pensó en llamar porque ya no sentía que aquel fuera su sitio, pero entró. Ellen Spencer salió del *scriptorium*, la habitación donde transcribían la carta Fowler. La vio, gritó y subió las escaleras corriendo.

Bella la miró, atónita.

Al cabo de nada, se vio rodeada por las demás que empezaron a hablar y a explicarse unas encima de las otras, de forma que ella no entendía nada.

—¡Silencio! —exclamó, y la obedecieron.

Y sí, Bellona había vuelto y las ovejas ya volvían a tener pastor.

Quería dar media vuelta y salir corriendo, pero no podía abandonarlas.

—Al salón —dijo, y encabezó el grupo. Una vez allí, preguntó—: ¿A qué viene este revuelo? —Se abrieron una decena de bocas—. De una en una.

—Oh, Bellona —dijo Clara, reteniendo las lágrimas—. Me alegro tanto de que hayas vuelto. Tú sabrás qué hacer.

Intentó explicárselo, pero el hilo de la historia se perdía y las demás la interrumpieron con frecuencia. Al final, algunas cosas le quedaron claras. Lady Fowler estaba en su cama y decían que deliraba, pero sólo podían entrar las hermanas Drummond y Ellen Spencer.

—¿Por qué Ellen sí? —preguntó Bella—. No lleva tanto tiempo aquí.

—No lo sabemos —respondió Mary Evesham—. Pero su llegada estuvo rodeada de misterio y parece que siente devoción por las Drummond. Hace todo lo que Helena y Olivia le dicen.

—¡Y ahora están planeando imprimir un periódico! —gritó Clara.

—¿Las Drummond? ¿No habían utilizado la prensa hasta ahora? —preguntó Bella, sorprendida.

—Olivia imprimió unas copias de las cartas más recientes —explicó Hortensia—. Salió muy bien. Algunas nos llevamos copias a la calle y pagamos a niñas de la calle para que la entregaran a las damas de las zonas nobles de la ciudad. Para que nadie pudiera relacionarlas con nosotras.

Bella arrugó la frente.

—Pero, si era la carta Fowler, ¿no estaría claro para todo el mundo de dónde venía?

—No imprimimos el nombre y la dirección —respondió Hortensia, muy directa.

—Pero, aún así... —Bella abandonó cualquier intento de aplicar la lógica a aquella situación y fue consciente de los muchos ojos angustiados que estaban puestos en ella—. Imagino que las fuerzas de la ley no han venido, así que todo está en orden.

Mary Evesham asintió.

—Parece que estamos a salvo. Pero creo que lady Fowler se sintió decepcionada. Me temo que lo que en realidad quiere es que la lleven a juicio.

—Ah —suspiró Bella—. Pasar a la historia como John Wilkes. Ser una mártir.

—Yo no quiero ser ninguna mártir —protestó Clara—. ¡Sálvanos, Bellona!

«¿Cómo?» Pero Bella no lo dijo en voz alta. Reflexionó y decidió que la misión de un líder era dar, al menos, la impresión de que había alguien que estaba seguro y no tenía miedo.

—Dices que están planeando un periódico escrito. ¿Qué pondrá?

—No lo sabemos —respondió Mary—. Algunas hemos colaborado en la composición tipográfica de la carta, pero es un proceso lento y difícil. Se tiene que hacer al revés. Pero ahora ya tenemos un compositor profesional. El señor Smith es muy rápido y detallista, pero no sabemos qué pone en el periódico. Sólo hacen una copia para probar y Olivia Drummond se lo lleva directamente a lady Fowler.

—Me temo que será algo como lo que tú dices, Bellona —dijo Celia Pottersby, una viuda enjuta y pálida que siempre suponía lo peor—. Una publicación parecida al «North Briton» por la que enviaron a John Wilkes a la cárcel. De no haber sido miembro del Parlamento, lo habrían ahorcado por decir esas cosas del rey. Lady Fowler está planeando cometer una alta traición y a nosotras con colgarán con ella...

—¡No! —gritó Clara—. ¡No pueden hacerlo! Nosotras no tenemos nada que ver en todo esto.

—Arrestaron a los impresores del «North Briton» —añadió Hortensia, que nunca se amedrentaba ante nada—. Y a todas las personas relacionadas con la publicación.

—No pueden detener a casi una veintena de mujeres respetables —dijo Bella, deseando tener razón. Algunas parecieron más calmadas, aunque otras no.

—¿Y el compositor? —preguntó—. Seguro que puede decirnos lo que está escribiendo.

—¿Apellidándose Smith? —respondió Mary, con ironía—. Este cogerá el dinero y desaparecerá. Todo esto es consecuencia de la donación de mil guineas.

—Fue una maldición sobre nosotras —asintió Celia—. Una víbora que un malvado hombre introdujo en nuestras vidas.

«Quizá el duque de Ithorne», pensó Bella. Sus investigaciones la habían conducido hasta un bufete que hacía muchos trabajos para él, y puede que tuviera un motivo para desearle mal a lady Fowler. Esa mujer había hecho graves acusaciones en contra del marqués de Rothgar por el asunto de su hija ilegítima, y esa hija se había casado con el conde de Huntersdown, el primo de Ithorne y, por lo visto, uno de sus mejores amigos. Huntersdown estaba casado con la hija ilegítima, así que los ataques debían de parecerle doblemente ofensivos al duque.

Seguramente Ithorne estaba furioso pero, ¿cómo se le había ocurrido una venganza tan rebuscada? Era imposible predecir los desastrosos resultados de su generosa donación.

Sin embargo, si Ithorne fuera realmente la causa de esos problemas, Bella tendría un motivo para acudir a Thorn. Podría pedirle que hablara con su hermano en su nombre. Que intentara apelar a su sentido de la justicia.

Una parte de ella estaba ansiosa por aferrarse a cualquier excusa para contactar con él, lo que significaba que la otra parte tenía que cerrar con llave esa puerta.

Dios mío, ¿cuánto tiempo tenía que pasar para que esta locura desapareciera?

—Estoy segura de que la situación no puede ser tan mala —dijo a las angustiadas mujeres—. Sólo tenemos que mantener la cabeza fría.

Elizabeth Shutton dijo:

—Creo que mi hijo y mi nuera agradecerán mi sabiduría. —Era una viuda de cincuenta años que vivía allí casi como si fuera un hotel. Nunca colaboraba en nada.

—Pero, Elizabeth, siempre has dicho que no serías feliz viéndote como un caso de caridad en tu antigua casa —dijo Clara.

—Bobadas. —Elizabeth se levantó y se marchó.

Clara parecía confundida, pero Bella siempre había sospechado que la señora Shutton tenía más dinero del que decía. Quizá alguna otra encontraría alguna casa más atractiva que esta, en esos momentos. Lo esperaba.

Se levantó.

—Debo ir a presentar mis respetos a lady Fowler.

Después de una ausencia tan larga, esa visita era algo natural, pero Clara contuvo la respiración, Mary frunció el ceño y Hortensia dijo:

—Delira.

Celia se tapó la nariz con un pañuelo ribeteado con encaje.

—Y el olor.

Bella respiró hondo y subió las escaleras.

Ellen Spencer estaba haciendo guardia en la puerta y se le veían unos ojos enormes detrás de las gafas.

—Lady Fowler no recibe a nadie —dijo, aunque con un hilo de voz.

Bella hizo acopio del valor de Bellona.

—Apártate de mi camino —le espetó, y la apartó.

Con un «Dios mío», Ellen salió corriendo.

Bella abrió la puerta, pero tuvo que detenerse por la oleada de calor y, efectivamente, hedor que la invadió. El fuego ardía con fuerza y lady Fowler estaba incorporada en su enorme cama. Estaba claro que estaba muy cerca de la muerte. Respiraba con dificultad y se había quedado prácticamente en los huesos, únicamente cubiertos por una piel amarillenta.

—¿Quién es? —preguntó, en un gruñido.

¿Se había quedado ciega?

—Bellona —respondió Bella, con la voz teñida de compasión, a pesar de todo. Era un final triste para una vida triste.

Helena Drummond se levantó de la silla donde estaba junto a la cama.

—Largo de aquí. ¿No ves que lady Fowler está demasiado débil para recibir visitas?

—Yo no soy una visita —Bella cerró la puerta y entró.

Helena le impidió el paso. Bella la empujó. Debió de hacerlo con toda su rabia, porque Helena retrocedió y cayó al suelo.

Bella se acercó a la cama y se tapó la nariz con la mano, esperando que la mujer estuviera demasiado ciega para verlo. Y que no pudiera oler su propia putrefacción.

—Lady Fowler —dijo, en voz baja, y ya empapada en sudor—. Lamento mucho encontrarla en este estado.

—¿Bellona? ¿Dónde has estado? No tenías permiso para marcharte.

Bella sonrió un poco. No había perdido ni un ápice de la vieja arrogancia.

—Ya le dije que tenía que marcharme, señora. Tenía que atender unos asuntos familiares.

—Tu familia te echó de casa.

—Aún así. ¿Qué puedo hacer por usted?

La mujer alargó una mano en forma de garra. Bella la tomó. Tenía la piel seca, caliente y escamosa. Era como si fuera a romperse o a levantarse en cualquier momento.

—Ayudarme con mi gran obra —suplicó lady Fowler.

—¿De qué se trata?

—¡No diga nada más! —gritó Helena, que agarró a Bella e intentó alejarla de la cama—. Es una espía, señora. Es lo que ha estado haciendo estos días. Tratando con sus enemigos. Sólo ha venido a evitar que realice su gran obra.

Bella se agarró a las cortinas rojas e intentó que no la movieran de donde estaba.

—Eso no es verdad. ¿De qué trata esa gran obra?

Sin embargo, lady Fowler estaba tosiendo e intentando coger aire. Agnes Hoover, su doncella, apareció a su lado enseguida, la incorporó y le acercó un vaso a la boca.

—Tome, señora. Bébase esto. —Levantó la mirada—. Váyanse todas. Déjenla morir en paz.

—Una idea excelente —dijo Bella, volviéndose hacia Helena.

—Somos sus asistentes en esta obra —dijo Helena—. Nunca me separo de ella.

Bella tenía que admirar su fuerza. Ella no podía soportar el ambiente de la habitación ni un segundo más y se alejó hasta la puerta. Allí se detuvo.

—¿Alguien ha llamado a un médico?

—Ya no se puede hacer nada —respondió Agnes, sin apartar la mirada de su señora—. Tengo medicamentos para tranquilizarla. —En ese momento sí que levantó la cabeza y miró a Bella—. No tardará mucho.

Agnes tenía unos sesenta años y Bella nunca la había visto sin el ceño fruncido, pero tenía la sensación de que le estaba suplicando que trajera la calma para los últimos días de su señora. Otra persona que esperaba algo de ella. Salió de la habitación y tomó una bocanada de aire relativamente puro. El pasillo estaba vacío, así que se tomó un instante para pensar.

No quería tener nada que ver con aquello, pero tampoco podía abandonar a esas mujeres. Puede que fuera la más joven pero, a diferencia de las demás, exceptuando a las hermanas Drummond, la vida no la había maltratado. Además, tenía su renta. Era como poseer un revólver cuando las demás estaban indefensas.

¿Qué tenía que hacer?

Estaba claro que nadie podía hacer nada ya por lady Fowler, pero tenía que impedir que hiciera más daño. Las hermanas Drummond eran un peligro pero Helena, la más peligrosa, había echado raíces junto a la cama de lady Fowler. Bella pensó. ¿De qué iba a servirle?

Olivia siempre había sido la hermana más implicada en la prensa. Seguramente, estaría allí abajo ahora mismo. Lo más sencillo sería desactivar la prensa.

Bella bajó por la escalera de servicio. Primero llegó a la cocina, donde los tres criados la miraron con expresiones de angustia y súplica. ¿Ellos también?

Les dedicó una pequeña sonrisa y continuó hasta la sala donde habían instalado la prensa. Cuando abrió la puerta, un hombre se dio la vuelta. Luego la miró, con cautela.

En efecto, el «señor Smith» no quería verse salpicado por aquella aventura. Se preguntó cuánto le habían pagado para que aceptara correr el riesgo. Era un hombre bajito y delgado de unos cuarenta años y el pelo castaño. Iba en mangas de camisa y llevaba un delantal de cuero.

—Soy Bellona Flint, una de las asistentes más cercanas a lady Fowler —se presentó ella—. He estado fuera unos días. Quería asegurarme de que tenía todo lo que necesita.

—Sí, gracias, señora.

Bella asintió.

—¿Y la prensa está en buenas condiciones?

—No es mi trabajo verificarlo. Sólo compongo los textos.

—Ah, entonces seguro que estará bien. Es que tengo entendido que algunas de las mujeres la utilizaron y me da miedo que hayan desajustado algo.

Él soltó una carcajada.

—Hicieron un estropicio y dañaron algunas piezas, pero tendrá que funcionar así. Necesito que diga a las demás que tienen que imprimir las dos primeras páginas ahora, para que pueda empezar con las dos siguientes.

Volvió a su trabajo. Bella lo observó un momento y apreció la práctica que tenía para buscar la letra correcta en la caja correcta sin ni siquiera levantar la mirada. Cogía la pieza cuadrada de plomo, la colocaba y la fijaba. La cogía, la colocaba y la fijaba.

Bella se acercó a la prensa, pero no descubrió nada con sólo mirarla, y no podía tocar nada con el señor Smith allí. Se preguntó qué horario hacía.

Se marchó, subió al salón e hizo la pregunta.

—Trabaja hasta tarde —dijo Mary.

—Y seguro que empieza muy temprano —adivinó Bella—. Ansioso por terminar el trabajo y desaparecer. Dice que alguien tiene que bajar a imprimir las dos primeras hojas. ¿Dónde está Olivia?

Las mujeres intercambiaron miradas incómodas.

—Ha salido —respondió Hortensia—. ¡Entra y sale cuando quiere!

Bella pensó que no había ningún motivo para que las demás no lo hicieran. ¿Acaso se sentían prisioneras? ¿O como si estuvieran en un convento, donde necesitaban permiso de la madre superiora?

Recordó los comentarios de Thorn respecto a los conventos.

No, no podía seguir relacionándolo con todo.

—En cualquier caso, el señor Smith insiste en que no se imprima nada de noche cuando él no está —añadió, de forma irónica Mary—. Dice que le molesta.

—Entiendo. Entonces, tendrá que ser esta noche. Volveré para ayudaros. —Tenía que leer lo que estaban imprimiendo antes de tomar cualquier decisión. Se puso los guantes—. Después de tantos días fuera, tengo muchos asuntos que atender, así que me marcho un ratito.

—¿Cómo está lady Fowler? —preguntó Clara, muy nerviosa.

Bella se dijo que ojalá pudiera rebajar el impacto.

—Creo que a punto de morir.

Las mujeres gritaron y gimieron, y Bella creyó que quizá habría alguna que realmente lamentaría su muerte. Pero entonces, Clara preguntó:

—¿Qué será de nosotras?

—Quizá ha dejado algo escrito en su testamento —sugirió Celia, nerviosa.

Bella lo deseaba con todas sus fuerzas. Si el rebaño podía seguir viviendo allí, no tendría que preocuparse por ellas.

—Hizo venir a su abogado —dijo Mary.

—Eso podrían ser buenas noticias —respondió Bella.

—Podrían. Aunque, claro, Helena era la única que estaba con ella...

Sus miradas se encontraron. Mary, igual que Bella, no confiaba en ningún testamento redactado bajo la influencia de una de las Drummond. Otra cosa por hacer: escribir al señor Clatterford y preguntarle acerca de los testamentos firmados bajo coacción.

# *Capítulo* 25

*A* Thorn le costaba mucho concentrarse, y tenía mucho en lo que concentrarse. El precio de la comida había subido vertiginosamente desde el final de la guerra y estaba provocando cierta inquietud. Las posibles soluciones eran objeto de intensos debates, incluyendo las problemáticas leyes del maíz. Las colonias de América se oponían a los impuestos que la corona les quería hacer pagar por la defensa contra Francia. Y el latoso asunto de John Wilkes y su traicionera edición del «North Briton» seguían dando guerra. La huída a Francia del traidor no había puesto fin al problema.

Overstone le había preparado extensos informes sobre cada asunto que pudiera considerarse de importancia. Provisiones para la marina. Dinero para el ejército. Las mejoras en el sector agricultor de Norfolk. Thorn estaba leyéndolo todo cuando su primo Robin entró en su despacho.

—¿Qué demonios haces aquí? —preguntó Thorn.

Robin arqueó las cejas.

—Negocios. Te envié una carta. Esperaba poder quedarme aquí en lugar de en un club, puesto que la casa todavía no está preparada. —Rebuscó entre el montón de cartas por abrir y sacó una. Le dio la vuelta y le enseñó su nombre en el remitente—. ¿Has estado fuera?

Thorn lo miró con el ceño fruncido, aunque con quien estaba enfadado era con él mismo. Overstone no abría las cartas de los amigos. Motivo de más para que Thorn las atendiera antes que las demás.

—He ido a Dover —respondió.

—¿Jugando a ser el capitán Rose otra vez? ¡Me alegro! —Robin se sacó un diminuto perro del bolsillo. Sólo podía describirse como una bola de pelusa.

—Madre mía, eso no —se quejó Thorn, pero era una broma.

Robin había comprado el Papillón en Francia, y el perro se consideraba a sí mismo un accesorio fundamental. Robin lo consentía y se llevaba a *Coquette* a casi todas partes, incluso a la corte.

—*Tabitha* —dijo Thorn—. No te comas la mariposa.

*Tabitha* levantó la mirada y cerró la cesta. *Coquette* se acercó a olfatear. Robin se rió.

—No juego cuando soy el capitán Rose —añadió Thorn—. De hecho, no juego casi nunca.

—Eso podría cambiar. ¿Sabes que hay quien se dedica al contrabando de barcos con Francia?

—¿Barcos? ¿Con Francia?

La sonrisa de Robin era la de un niño pícaro.

—Los barcos ingleses son mejores que los franceses. ¿No crees que deberíamos terminar con ese negocio? Me merezco ponerme en la piel del teniente Sparrow una temporada.

—¿No se opondrá tu mujer?

Robin hizo una mueca.

—Lo más probable es que insista en acompañarnos. —Aunque enseguida se corrigió—. No, se está portando muy bien, ahora que está embarazada, pero si me fuera a la aventura sin ella la enfurecería.

—Admito que es tentador —dijo Thorn, reclinándose en la silla—. Cazar barcos ilegales con el Cisne Negro.

Con el teniente Sparrow y Pagan el pirata. ¿Y quizá también con la bucanera Bella?

Thorn recuperó la cordura e irguió la espalda.

—El negocio del contrabando de barcos tendrá que progresar o fracasar sin mi intervención. Tengo mucho trabajo. ¿Qué te trae por la ciudad?

—Rothgar.

—Entonces, ahora eres su marioneta, ¿no?

Robin lo miró fijamente.

—Nunca he tenido el problema que tú tienes con él.

—No eres de rango superior a él.

—Sigo siendo de rango superior a casi toda Inglaterra y nadie se ha convertido en una obsesión para mí. En realidad, lo admiro. No siempre estoy de acuerdo con él, pero es terriblemente inteligente y asquerosamente altruista.

—Siempre vela primero por sus propios intereses.

—No descuida sus propios intereses. Hay una pequeña diferencia. No te desea ningún mal.

—Lo que me resulta bastante mortificante.

—¿Qué? ¿Crees que debería morirse de miedo al pensar en ti? Deja de ser un imbécil con este tema.

Thorn hizo una mueca ante la extraña muestra de ira de Robin.

—Hablemos de algo más interesante. ¿Cómo está Petra?

—No, no cambies de conversación.

Robin podía llegar a ser muy superficial pero, cuando adquiría ese tono, hasta un hombre sensato le prestaba atención.

—¿Qué quieres? O, mejor dicho, ¿qué quiere él?

—Una reunión —respondió Robin.

—Ya nos reunimos. Ya negociamos el asunto de Christian. Incluso cooperamos. Nos reunimos constantemente en la corte y en el Parlamento.

—Ya sabes a qué me refiero.

Thorn cogió un pisapapeles, y luego se dio cuenta de que estaba jugando con él y lo dejó en la mesa.

—¿Por qué?

—Gran Bretaña vive un periodo de paz y parece que va a ser

duradero, cosa que está llevando a la gente a pensar que todo está en orden, pero están despertando algunos problemas.

—¿Es tu punto de vista o el de tu suegro?

—No vas a irritarme con esa mofa. Las evidencias son claras pero, sí, él ha aplicado una lente que hace que todo sea más claro. Los problemas en las colonias no van a desaparecer. Ese Otis parece capaz de despertar ciertas emociones y ahora ya hay quien lo sigue a ciegas. Sus argumentos son absurdos pero, si Gran Bretaña no sabe gestionar bien la situación, podríamos perder todas las colonias de América a manos de los franceses.

—Pero no pasará si Rothgar y yo defendemos las barricadas juntos, ¿verdad?

Robin puso los ojos en blanco.

—Vosotros dos estáis entre los pocos hombres que no se mueven por interés. En este caso, creo que es una elección moral. Y en tu caso en concreto, imagino que es porque no hay nada que quieras y no puedas conseguir.

Thorn hizo un gran esfuerzo por mantener el gesto impasible, pero dijo:

—¿Mi libertad?

—Tienes al capitán Rose. ¿O no? ¿Lo has dejado? ¿Por eso estás de tan mal humor? Vuelve al mar ahora mismo.

—Creía que me necesitabais para salvar al reino del desastre.

Robin inspiró hondo.

Thorn añadió:

—He abandonado momentáneamente al capitán Rose porque debería continuar con la línea de sucesión antes de volver a ponerme en peligro. Si quieres ser útil, encuéntrame a la esposa perfecta.

—Cásate con una de las hermanas de Christian.

—Él mismo me lo quitó de la cabeza.

—¿Qué? —preguntó Robin, atónito.

—Hace meses. Quiere que me case por amor.

—Y yo también.

—Quizá yo también, pero el amor no ha llamado a mi puerta. Al menos, no con la mujer adecuada.

Robin, de repente, se mostró más interesado.

—¿Quién es la mujer no adecuada?

—Olvídalo.

—Si te has enamorado, no. Sólo piénsalo un momento. Petra no es la «mujer adecuada» para mí y muchísima gente habría opinado que Caro no era la persona adecuada para el heredero de un condado.

—A Petra la criaron como a una aristócrata —dijo Thorn—. Se mueve con soltura en nuestro mundo a pesar de ser una extranjera católica e ilegítima. Ser la hija ilegítima de Rothgar tiene más puntos positivos que negativos. Caro se crió entre la pequeña aristocracia, el mismo ambiente que Christian, a pesar del condado. Encajará perfectamente en la sociedad de Devon y, con suerte, pasarán décadas antes de que tenga que convertirse en condesa. Yo no puedo permitirme ese lujo. Necesito casarme con una duquesa.

Robin no protestó enseguida, que ya era mucho, pero al final dijo:

—A menos que tu amada sea una lechera, aprenderá.

—Es una lechera —asintió Thorn.

Robin lo maldijo, aunque con aprecio.

—Me reuniré con Rothgar —dijo Thorn—. Cualquier cosa para perderte de vista. ¿Cuándo y dónde?

Un siseo provocó que ambos se volvieran.

Y actuaron a la vez.

*Negro* había escapado para jugar con el nuevo amigo y *Tabitha* estaba a punto de echar a correr para salvarlo. Robin agarró a su ridículo perro para ponerlo a salvo, pero *Coquette* ya venía con el cachorro felino colgado a su espalda, y *Tabitha* estaba preparada para dar uno de sus espectaculares saltos.

Thorn la sujetó por las piernas delanteras, lo que significaba que tenía los potentes cuartos traseros del animal pegados al pecho.

Robin estaba intentando que *Negro* se soltara pero, por alguna razón, el felino quería quedarse allí aferrado. *Tabitha* volvió a hacer fuerza con los cuartos traseros. Si Thorn no la hubiera soltado, le habría hecho daño en las costillas. De hecho, cayó al suelo y tuvo que levantarse para ayudar a Robin.

Pero Robin había conseguido esquivar el primer salto. Dejó a *Negro* en la alfombra, con *Coquette* pegada a él.

*Tabitha* lo miró fijamente, agitando la cola, y luego le escupió en los zapatos. Agarró a *Negro* por el collarín y lo volvió a meter en la cesta.

—¡Guau! —exclamó Robin—. Quizá deberíamos criarlos para que fueran gatos guerreros.

Thorn se frotó las costillas.

—Sólo si pueden atacar por detrás —dijo—. Mi vida es un constante desorden y no me gusta.

—Explícamelo —le pidió Robin, esperanzado.

—No. Dime cuándo y dónde se supone que tengo que rendir homenaje a Rothgar.

Robin acarició a la alterada perra.

—Estamos invitados a cenar en Malloren House esta noche. Si a ti te va bien. Si no, cuando tú quieras. Pero pronto. Hay asuntos urgentes.

—¿Lo de Wilkes?

—Eso se está haciendo eterno, pero no. —Robin se volvió hacia la puerta para verificar que seguía cerrada—. Puede que el rey no esté bien.

Con eso consiguió captar toda la atención de Thorn.

—No he oído nada.

—Es un secreto, pero tuvo un ataque extraño. Las noticias que llegan de las colonias hicieron que casi sacara espuma por la boca.

—Perdió los nervios. Ya no tiene el poder para mandar decapitar a nadie por un capricho.

—No fueron los nervios. O, al menos, no fueron sólo los nervios. —Aunque estaban solos, Robin habló en voz baja—. Pareció que, durante un periodo breve de tiempo, estaba loco. Y ha habido otras señales.

Thorn caminó hasta la ventana y regresó, reflexionando sobre las implicaciones de aquella noticia.

—Tiene hijos.

—Son muy pequeños.

—¿Qué pasa si el rey enloquece? ¿Una abdicación forzosa?

—Seguramente, una regencia. Pero, ¿de quién? ¿La reina? Es muy joven y no habla bien el idioma. La segunda opción más obvia sería la madre del rey.

—Que está bajo la influencia de Bute.

—Y quizá debajo de él en más de un sentido. Y luego está su tío, el duque de Cumberland.

—No.

—No —asintió Robin—. No hay ninguna opción buena, lo que significa que facciones de la corte y el Parlamento se pelearán por ello.

—¿Me estás diciendo que el rey podría estar loco de remate y no hay ningún candidato firme para la regencia?

—Es posible. O que tengamos que soportar al regente incorrecto. Rothgar cree que deberían aparecer un grupo de hombres de confianza dispuestos a actuar de común acuerdo, si fuera necesario.

—Y él sería la opción lógica para ser regente, ¿no es así?

—Quizá no me creas, pero no.

—¿Puede un leopardo cambiar las manchas de su piel?

—Un leopardo puede tener mujer e hijos. Y sé que eso lo cambia todo. De hecho Rothgar ya ha empezado a olvidarse de los asuntos de estado para concentrarse en asuntos más domésticos. Ahora está esperando su primer hijo legítimo para diciembre. Te aseguro que no quiere regir el país. Confía en mí, Thorn.

—No puedo dejar de ser cauto Robin pero, en esta situación, lo intentaré. De acuerdo, entonces. Esta noche.

Robin lo miró unos segundos.

—¿En son de paz?

—No puedo ir tan lejos, pero intentaré ser racional.

—¿Y no tendrías un rincón en tu casa para dejarme?

—Un armario, creo. —Thorn tocó la campana para llamar a un lacayo—. ¿Y tus asuntos familiares? Espero que Petra se encuentre bien.

—Fuerte como un roble, pero quiere pasar la Navidad en Rothgar Abbey.

—¿No deberíais estar en tu casa para las fiestas?

—Mamá puede encargarse de las celebraciones. Son las primeras Navidades en Inglaterra para Petra y quiere pasarlas con su padre y su nueva familia. Y, de paso, conocer a su hermanastro o hermanastra.

—Muy típico de Rothgar arreglarlo todo para que su hijo nazca en Navidades.

—No seas burro.

Thorn se rió.

—Lo he dicho en broma. Si vais despacio, Petra soportará el viaje perfectamente.

—Lo sé, pero me preocupo igualmente. Supongo que cualquier hombre haría lo mismo.

—Por desgracia, no, pero un marido enamorado debe hacerlo. —Se volvió hacia el lacayo y le dijo que avisara al ama de llaves.

Cuando el hombre se marchó, Robin dijo:

—Si estás enamorado, primo, haz todo lo que puedas para casarte con ella.

—¿Aunque sepa que será infeliz?

—¿Con el hombre que quiere? Porque tiene que estar enamorada de ti o, si no, ni siquiera te lo plantearías. Aprenderá a ser duquesa. Si te has enamorado de ella, seguro que es extraordinaria.

—Olvídalo, Robin. Tú más que nadie sabes que el amor no es eterno. Tú te has enamorado y desenamorado muchas veces. Dentro de unas semanas habré olvidado su nombre, sobre todo si tengo asuntos más importantes entre manos.

—¿Cómo se llama?

—Bella. —«Maldición.» No quería habérselo dicho.

Llegó el ama de llaves.

—Prepare una habitación para lord Huntersdown, por favor. —Se volvió hacia Robin y le dijo—. Y ahora largo. Si tengo que desperdiciar la noche, tendré que trabajar todavía más de día.

Robin se marchó pero, cuando llegó a su habitación, se sentó a escribirle una carta a Christian, que estaba en Devon.

*«¿A quién conocemos que se llame Bella? Thorn está enamorado, pero cree que no es la mujer adecuada. Tenemos que hacer algo. Estuvo en Dover hace poco. ¿Se te ocurre alguien?»*

La firmó, la dobló, la selló y la envió.

Bella regresó a casa de lady Fowler esa misma noche. Algunas mujeres estaban en el salón tomando té, pero se encontró con algunas en el sótano ayudando a imprimir el periódico. Olivia la miró fijamente, pero no tenía ninguna excusa para echarla.

Bella estaba muy intrigada por la máquina, que parecía bastante simple. El linotipista había colocado todas las letras en una especie de caja en medio del marco de madera. La rolliza Betsy Abercrombie, que siempre estaba dispuesta a lo que fuera, estaba empapando las letras con tinta con la ayuda de una bola de tela. Ellen Spencer, nerviosa como siempre, colocó una hoja de papel en el marco y Olivia levantó una palanca un par de veces para presionar el papel contra una enorme superficie plana. Luego levantó la prensa y Ellen retiró el papel, con el texto impreso.

Una página hecha en un momento.

—¡Qué maravilla! —exclamó Bella y, en cierto modo, lo era. Se acercó como si quisiera admirar el trabajo pero, en realidad, quería leerlo.

Olivia se interpuso en su camino.

—No toques nada, Bellona. No sabes cómo funciona.

Sin embargo, y a pesar de que la página estaba al revés, Bella había conseguido leer «Tiranía» y «Opresión» así, con mayúsculas.

Dejó que Olivia la alejara de la prensa y volvió a contemplar todo el proceso. Al cabo de un rato, dijo:

—Veo que no me necesitáis, así que volveré arriba.

Tenía que romper la prensa, pero ya habían imprimido algunas hojas. Ojalá la hubiera podido manipular antes. Ahora tendría que destruir también las impresiones.

Algunas mujeres seguían en el salón, ahogando sus preocupaciones en el té. No llegaba ningún sonido desde arriba, pero percibía el calor y la peste de la habitación de la muerte. ¿Debería intentar ver a lady Fowler otra vez? Sabía que no la haría cambiar de idea y, además, Helena Drummond estaría allí haciendo guardia.

Si era la líder, se sentía como una líder débil e inútil. Tenía que hacer algo más que fingir que sabía lo que hacía; necesitaba un plan.

# Capítulo 26

*T*horn sabía que era injusto sentirse cauto mientras Robin y él descendían del carruaje frente a la entrada de Malloren House, pero no acababa de creerse que las intenciones de Rothgar fueran absolutamente buenas.

Estaba de mal humor por haber tenido que enfrentarse al ejército de peticionarios que se acumulaban a la puerta de su casa. Había estado a punto de salir sin llamar la atención, como hacía casi siempre para pasar desapercibido pero, después de haber esquivado sus responsabilidades durante tanto tiempo, no podía permitirse ese lujo. En cualquier caso, cuando se dirigía a una reunión con Rothgar parecía importante hacerlo con la pompa y la solemnidad necesarias: por la puerta principal.

Conocía a algunos aristócratas que disfrutaban recibiendo aquel tipo de servidumbre, como si fuera una prueba de su importancia. A Thorn no le gustaba, quizá porque no era capaz de pasar con actitud altiva frente a ellos como hacían esos hombres.

Tenía la costumbre no sólo de aceptar las cartas que le daban, sino de tomarse un instante para escucharlos. A veces, tenía la tentación de entregarles un poco de dinero, pero eso sólo conseguiría atraer a una multitud a las puertas de su casa. Le entregaba las cartas de Overstone, que las revisaba. La mayoría eran casos de miseria, porque eran tiempos difíciles. Algunos reclamaban su ayuda en asuntos legales en los tribunales y era cierto que una influencia importante podía decantar un caos en un sentido o en otro. Sin embargo, nunca lo hacía, a no ser que viera una injusticia grave. Quería ayudarlos a todos pero, en realidad, esperaba que algún día no hubiera ninguno. Era como esperar que el Támesis se secara.

Después de escucharlos, se enfadó con Robin, porque pasó entre ellos con gesto imperturbable. Seguro que él también los tenía en su puerta, aunque quizá no tantos, porque un conde no era un duque.

Ahora, mientras entraban en Malloren House, estaba cauto y de mal humor. Entregaron los guantes y los sombreros, y un lacayo los acompañó a un salón de tamaño modesto. En cierto modo, le recordaba al salón de la hostería de Upstone. Las paredes estaban pintadas de color marfil, en lugar de estar encaladas, y los cuadros eran mucho más refinados, pero compartían la sensación acogedora. El fuego estaba encendido en una chimenea con la repisa de mármol, pero calentaba igual a un rey que a un campesino.

Frente al fuego había un sofá y dos butacas. Al otro lado de la sala había una pequeña mesa preparada para cuatro.

¿Cuatro?

Rothgar los recibió vestido de forma cómoda, con el único adorno de su anillo de sello y un excesivo diamante que Thorn imaginaba que había sido un regalo de su mujer. Parecía que lo llevaba como alianza. A Thorn siempre le había parecido ridículo pero, ahora que no podía quitarse a Bella de la cabeza, se preguntó si él también haría lo mismo.

Sin embargo, Bella no podría permitirse una señal de propiedad tan espectacular. La mujer de Rothgar era la condesa de Arradale por derecho propio, y tenía el dinero suficiente para permitirse comprar diamantes. Era la mujer perfecta para el gran marqués, y el duque de Ithorne debería casarse con una mujer así.

Hizo acopio de valor y saludó a su anfitrión, contento de no haberse equivocado y haberse vestido, también, con un atuendo informal. La conversación enseguida se trasladó a asuntos ligeros: carreras de caballos, artistas, inventos y aparatos. Thorn siempre se había preguntado si el interés de Rothgar por los relojes era para acercarse al rey, pero ahora comprobó que era real. Se interesó por el cronómetro del señor Harrison.

Thorn también, pero por las utilidades que podía tener aplicadas a la navegación. Era muy poco probable que algún día navegara lejos de la costa, pero poder cruzar océanos y situarse de forma exacta era algo inaudito. Descubrió que realmente estaba disfrutando con la conversación y decidió no luchar contra eso.

Anunciaron un nuevo invitado.

El duque de Bridgwater.

Mientras todos se inclinaban, Thorn no pudo evitar sentirse intrigado. De entrada, Bridgwater era uno de los duques más jóvenes del país, de la generación de Thorn. Hacía unos años, había participado en los círculos más sociales de la ciudad pero, tras un desengaño amoroso, se había retirado a sus propiedades del norte y se había dedicado en cuerpo y alma a los canales. Eso lo definía como excéntrico hasta la locura, sobre todo porque lo conocían como el Duque Pobre puesto que tenía que apretarse el cinturón para financiar sus obras. Sin embargo, a través de sus canales ahora podía transportar el carbón al mercado de forma más barata, había empezado a revolucionar el transporte y la gente ya lo veía con otros ojos.

Seguía siendo un hombre poco atractivo, delgado, pálido y con un perpetuo aspecto enfermizo. También tenía otra forma de hacer, aunque Thorn sabía que nunca había sido tan inseguro como fingía ser, y dedicaba toda su inteligencia a los asuntos que le interesaban.

Se sentaron a la mesa, servidos por un lacayo presumiblemente muy discreto, y hablaron de política, el oficio de gobernante e ingeniería. Thorn seguía pasándoselo muy bien y, al final, se dio cuenta de que era porque estaba entre iguales.

¿Acaso habían invitado a Bridgwater únicamente por ese motivo?

No era únicamente una cuestión de rango alto, aunque aquello proporcionaba una perspectiva común, sino también de pensamiento similar a pesar de las obvias diferencias entre los caballeros presentes.

Todos estaban muy bien informados aunque, si alguno de ellos no tenía conocimientos sobre un asunto en concreto, no tenía que fingir lo contrario. Sobre política, todos comprendían cómo funcionaban las complejas máquinas del Parlamento, las influencias, el dinero, el comercio y las relaciones internacionales. Todos parecían estar de acuerdo en lo que era importante y lo que no.

Sin embargo, estaba claro que el líder era Rothgar. Era diez años mayor que el resto; diez años que se había pasado tratando de esos asuntos bajo el mandato de dos reyes distintos.

—Hay ciertos puntos de inflexión en la historia —dijo, mientras tomaban brandy, cuando el lacayo se hubo marchado—. La ampliación de Europa hacia el Mediterráneo oriental con las Cruzadas. El Renacimiento. La Reforma Protestante. Me temo que estamos ante otro cambio y, a pesar de que las consecuencias de esos puntos de inflexión acabaron siendo positivas y necesarias, ninguno fue agradable para los que tuvieron que vivirlos.

—¿El Renacimiento? —preguntó Thorn.

—Fue benigno, en general, pero los cambios son destructivos. Así debe ser. Muchos descubrieron que sus actitudes tradicionales ya no eran necesarias. Y siempre sucede lo mismo. Fijaos en el torno de hilar.

Thorn esperaba no haber demostrado públicamente que no entendía la importancia del torno de hilar en aquella conversación.

Robin intervino y dijo:

—La máquina de hilar de husos múltiples. Pronto no habrá necesidad de hilanderas.

—Y ya sabes qué será lo siguiente —dijo Bridgwater—. Tampoco se necesitarán tejedores. Y no lo apruebo. Se exterminará toda una forma de vida.

Thorn le respondió:

—Tus canales van a afectar el sustento de carreteros y de los dueños de caballos de carga.

—Ah, cierto.

—Pero, como el rey Canuto, no podemos detener la marea —dijo Rothgar.

—Pero sí que se puede controlar —replicó Thorn—. Con espolones y rompeolas. A veces, incluso con construcciones más importantes.

—Aún así, puede que la siguiente ola gigante engulla la obra del hombre.

—No si está bien diseñada —señaló Bridgwater.

—En cualquier caso, siempre es mejor adaptarse al poder del mar —dijo Thorn—. Entenderlo y utilizarlo. Siempre es contraproducente intentar luchar contra el viento.

—Como con un molino de viento —intervino Rothgar—. Por eso debemos entender y saber utilizar el espíritu de nuestra era.

Thorn tenía la irritante sensación de que Rothgar había querido conducir hasta allí la conversación desde el principio.

—Podemos buscar causas, como culpar a los filósofos por plantear preguntas problemáticas, o a nuestros monarcas y políticos por crear injusticias, pero eso no va a cambiar nada. Como tampoco lo harán, en mi opinión, nuevas y draconianas leyes. Es mejor entender nuestro tiempo y sacar partido de las fuerzas crecientes en la causa de la paz y el bienestar. ¿Estamos de acuerdo?

Robin y Bridgwater respondieron que sí, pero Thorn se lo pensó.

—Hablas de una teoría de vientos y olas. ¿Hacia qué puerto nos dirigimos?

—Un buen marinero prepara su barco para cualquier viento que pueda soplar. Sobre todo, para una tormenta.

—¿Esperas tormenta?

—Sí —respondió Rothgar con certeza—. Seguramente, un huracán.

Ninguno había mencionado la salud mental del rey, por supuesto. Hacerlo sería rozar la traición. Pero era una cuestión que subyacía detrás de todo.

El rey podía ser testarudo, sobre todo cuando estaba nervioso. A pesar de que el Parlamento lo guiaba, incluso mandaba sobre él hasta cierto punto, podía fácilmente interponerse en la salida del barco del estado. Si estaba loco, podía hundirlos a todos, sobre todo si tenía que enfrentarse a un mar revuelto.

Al final, Thorn aceptó que sería sensato establecer unas medidas para evitarlo. Maldición. Iba a tener que unir fuerzas con el marqués de Rothgar.


Bella le había pedido a Kitty que se asegurara de despertarla muy temprano y todavía era de noche cuando bajó a desayunar a la cocina. Tenía que hablar con Peg de planes futuros, y quería hacerlo y salir de casa mientras la ciudad siguiera dormida.

La cocina estaba limpia, como siempre, con relucientes cacharros y hierbas aromáticas colgando del techo. Junto al fuego siempre había una tetera, lista para hervir en cualquier momento. Bella se preparó sus cosas en la sencilla mesa de madera y escogió un panecillo de la cesta, que todavía estaban calientes de la panadería cercana.

—¿A qué debemos este honor? —preguntó Peg, con una sonrisa. También estaba sentada en la mesa, comiendo un poco de pan con jamón y tomándose un té, con Ed Grange y Kitty a su lado. Annie se estaba encargando del chocolate de Bella.

—Para hacer planes —respondió Bella, mientras untaba el pan con mantequilla—. Voy a volver a ser yo misma.

—Bueno, gracias a Dios.

—Y seguramente me marcharé de Londres. ¿Qué te parece?

Peg bebió un sorbo de té. Bella arrugó los labios porque sabía lo fuerte que le gustaba.

—Aquí estoy bien —respondió la mujer, al final—. Pero no tengo ningún problema en trasladarme a otro sitio. Siempre que sea dentro del país, claro. No pienso ir a sitios extraños donde no entienda lo que dicen ni lo que comen. —Y, con un escalofrío, añadió—. Caracoles.

—Yo tampoco quiero irme al extranjero —dijo Bella.

—Y tendremos que encargarnos de Ed —añadió Peg, colocando una tierna mano en el hombro del chico.

Bella casi se había olvidado de Ed, pero Peg y él eran prácticamente como madre e hijo.

—Obviamente, vendrá con nosotras —dijo.

Annie dejó el cazo con el chocolate en la mesa.

—Si nos necesita, Kitty y yo podemos quedarnos con usted un poco más.

Bella le sonrió.

—Sois muy amables, pero no tengo ninguna intención de separaros de vuestros futuros maridos. Espero bailar en vuestra boda antes de marcharme.

Annie sonrió. Ah, esas estrellas en los ojos.

—Entonces, celebraremos la boda muy pronto, señorita. Estamos de acuerdo en que primero viviremos todos juntos una temporada, así podremos ahorrar.

—Una idea excelente. —Bella se sirvió una taza de chocolate y se volvió hacia Peg—. No sé dónde iré, pero no será cerca de Carscourt.

—A mí no me importaría, querida. Como siempre he dicho, estoy dispuesta a ver un poco más de Inglaterra. ¿Y Dover? —preguntó, mirando a Bella por encima del borde de la taza.

—Fui allí por negocios, Peg. —Bella rezó para que su expresión no delatara nada.

—¿Y luego? —preguntó Peg.

—Más negocios.

—Con un hombre.

—Peg...

—No soy su madre, lo sé. Pero es joven, querida, y siempre ha tirado al monte.

—Siempre, ¿qué? ¿Crees que estoy loca?

Peg se rió.

—No, pero ya de pequeña prefería correr que caminar, y saltar que quedarse quieta. Siempre fue inquieta como un chico. Parecía usted el chico, y no su hermano —dijo, con un gesto de desdén—. Además, fue esa misma inquietud la que la hizo aceptar la cita que provocó todos los problemas, ¿no es cierto? No estaba enamorada de ese joven. Simplemente, le gustaba el riesgo.

—Tienes razón, como siempre, pero espero haber aprendido la lección.

Peg arqueó las cejas.

—Sí, de acuerdo, mi reciente aventura tuvo un punto de locura, pero también fue algo necesario. Y valió la pena.

A pesar de la pena, seguía disfrutando de la desgracia de Augustus.

—Entonces, me alegro. Sin embargo, el nuevo destino tendrás que decidirlo usted sola. Quizá podría preguntárselo al atento señor Clatterford.

—Querrá que vaya a Turnbridge Wells.

—¿Y qué tiene eso de malo?

—No estoy muy segura de querer ir a un sitio pequeño y de renombre. No sé lo que quiero pero, en cuanto Kitty y Annie se casen, nos marcharemos. Creo que será mejor alejarme de lady Fowler y sus seguidoras.

—Entonces, ¿por qué no nos vamos ahora?

Bella suspiró.

—Porque quiero intentar dejarlas a salvo.

Salió de casa y caminó, incómoda en las calles oscuras y vacías, la poca distancia que había hasta casa de lady Fowler. Llegó sana y salva, entró por la puerta trasera y atravesó la cocina, sorprendiendo al servicio.

—Me he levantado temprano —dijo, a modo de excusa—. Y he decidido venir. Tengo mucho trabajo.

La cocinera y la doncella la miraron con incredulidad, así que Bella se marchó. Sabía que ninguna de las dos se metería en los asuntos de la casa. El servicio nunca duraba demasiado en esa casa. Lady Fowler siempre había sido una mujer imprevisible, y había mucha gente de quien cuidar y todos demasiado pobres para darles un pequeño obsequio en forma de dinero como era costumbre.

Fue hasta la sala donde estaba la prensa... y se la encontró cerrada con llave. ¿Desde cuándo? Quizá siempre la cerraban con llave por la noche. Subió arriba, furiosa y preocupada. Ahora tendría que inventarse una excusa por haberse presentado allí tan temprano o, si no, las Drummond sospecharían.

La casa estaba en silencio, y fría, porque nadie había encendido ningún fuego, todavía. Bella entró en el *scriptorium* pero sin quitarse la capa. Colocó una hoja de papel en la mesa y buscó una pluma. Desenroscó la tapa de un tintero y lo encontró seco.

¿Acaso nadie se dedicaba a copiar la carta ahora que tenían la prensa? Encontró un poco de tinta, la vació en el tintero y empezó a escribir.

No había ninguna necesidad de llenar la página entera, así que solía detenerse a pensar en otras cosas. ¿Cuánto tiempo tendría que pasar antes de cerciorarse de que las mujeres de esta casa estaban a salvo? ¿Dónde iría? ¿Qué debería hacer con su vida?

La cabra siempre tira al monte. Era verdad, y tenía que ir con cuidado de no meterse en ningún lío. La cabra que llevaba dentro había estado silenciada durante los cuatro años de encarcelamiento en Carscourt, y creía que había salido de allí como una mujer cambiada. Más sobria.

Sin embargo, cuando revisaba sus recientes aventuras veía que la cabra afectada temporalmente por la primavera todavía estaba viva.

Sospechaba que eso significaba que tendría que encontrar un trabajo. Y no por el dinero, porque los puestos que se ofrecían a las mujeres eran aburridos, sino algo con que ocupar el tiempo y el cerebro. No imaginaba qué. Quizá debería olvidarse de sus orígenes y montar una hostería, como la tía de Thorn.

Cerró la puerta a los recuerdos pero, cuando bajó la mirada hasta el papel, vio lo que había escrito: «Thorn». La palabra terminaba después de la «o», porque la pluma se había quedado sin tinta, pero ella la leía entera de todas formas.

—¡Bellona! ¿Qué estás haciendo aquí tan temprano, y con todos los fuegos apagados?

Era Clara Ormond, envuelta en varios chales.

—Iré a buscar unos carbones calientes —dijo, y volvió a salir corriendo. Regresó con un cubo de la cocina y depositó los carbones calientes encima de la yesca. Al cabo de poco, las llamas ya envolvían los carbones que habían quedado de la noche anterior.

La madera era más agradable, pensó Bella, aunque no había suficiente para calentar las ciudades, así que debería dar gracias por el carbón aunque ensuciara el aire mucho más.

¿Acaso el practicismo siempre requería compromiso y un poco de suciedad?

Clara dijo:

—Ya está. Un buen fuego. Me gusta sentirme útil. —Sonreía, pero tenía los ojos nerviosos, como siempre—. ¿Qué estabas escribiendo?

Bella había tachado la última palabra.

—Mi diario. He oído un rumor sobre algo que puede servirnos para la carta.

—Uy, eso ya no lo hacemos. A lady Fowler sólo le interesa el periódico, y lo escribe Helena Drummond. Estoy preocupada —dijo—. Ahora que ya no hacemos nada, ¿nos dejará que sigamos viviendo aquí?

Bella sintió mucha lástima por la mujer mayor.

—Dudo que haya muchos cambios a corto plazo.

—No, supongo que no.

Ambas se estaban refiriendo a la salud de lady Fowler.

—Si tuvieras que marcharte, ¿dónde irías? —le preguntó Bella.

A Clara se le descompuso el rostro y se sentó.

—Al asilo —gimoteó.

Bella se acercó y le dio un abrazo.

—Claro que no. Debes de tener familia.

Clara meneó la cabeza.

—No, no tengo a nadie. Sólo tenía un hermano y una hermana. Mi querido Algernon era dependiente en una tienda, pero se ahogó al caerse de un barco camino de Francia. Mi querida Sarah se marchó para convertirse en institutriz. Y ahora vive de la caridad de uno de sus alumnos. Y decir caridad es exagerar. No me recibiría con los brazos abiertos. Sarah siempre me tuvo envidia por haberme casado, y mucho más por haber sido feliz. Pero es muy triste ser una mujer mayor y sola.

Bella la abrazó con más fuerza y le dijo lo único que podía:

—No dejaré que te vayas al asilo, Clara. Si es necesario, vivirás conmigo.

Clara abrió los ojos llenos de lágrimas.

—¿Lo dices en serio? ¿De veras? —Las lágrimas le resbalaron por las arrugadas mejillas—. ¡Oh, Bellona! Eres la mejor mujer del mundo. ¡Eres una santa!

—No, no. Y te pido por favor que no digas nada de esto. No tengo sitio para todas.

—Claro —susurró Clara—. Guardaré nuestro pequeño secreto.

Sin embargo, Clara era incapaz de guardar un secreto y, en cualquier caso, si la veían contenta las demás la avasallarían con preguntas. Bella no tenía sitio para todo el rebaño, ni dinero para mantenerlas y, además, quería volver a ser Bella Barstowe.

¿Qué diantres estaba haciendo?

Para colmo, cuando regresó a la sala de la prensa y vio que la puerta estaba abierta, descubrió que las páginas impresas habían desaparecido. La prensa estaba parada y el linotipista todavía no había llegado, pero el material peligroso ya no estaba.

Bella observó la prensa en busca de alguna pieza pequeña que pudiera quitar o romper, pero parecía muy sólida. A menos que la rompiera con un hacha, no veía qué otra cosa podía hacer. Como había temido, era un fracaso en todos los aspectos.

# Capítulo 27

*B*ella había prometido acudir a las bodas de Kitty y Annie y, por lo tanto, no podía marcharse de Londres, así que continuó yendo a casa de lady Fowler cada día, buscando a diario una solución al problema. Consiguió acceder a la habitación de lady Fowler otra vez, pero la pobre mujer ya deliraba constantemente. Después de aquel día, se conformaba con preguntar a Agnes Hoover si había alguna novedad en las escasas ocasiones que la leal criada abandonaba la habitación de su señora.

Clara intentó guardar su secreto, pero al final se acabó sabiendo y otras mujeres acudieron a Bella a pedirle ayuda. Ella tuvo que aceptar pero empezó a pintarles un futuro muy oscuro, argumentando que su dinero sólo daría para la comida y la calefacción más sencilla. Lentamente, otros miembros del rebaño empezaron a seguir el ejemplo de Elizabeth Shutton y decidieron que la caridad de sus familiares era preferible a aquella casa de muerte y peligros.

Al final, sólo quedaron ocho: las hermanas Drummond y sus partidarias, Betsy Abercrombie y Ellen Spencer, y Bella y las que se consideraban de su bando: Mary Evesham, Clara Ormond y, por raro que pareciera, Hortensia Sprott. Bella siempre había creído que le caía mal, pero ahora había llegado a la conclusión de que le caía mal todo el mundo.

La prensa seguía haciendo su trabajo, pero ahora el linotipista tenía un ayudante, un desagradable irlandés que Bella decidió que sólo se dedicaba a hacer guardia. A juzgar por la sonrisa de satisfacción de Olivia Drummond, estaba allí expresamente para evitar que Bella hiciera algo que evitara la realización de su trabajo.

Pero, ¿en qué consistía su trabajo?

Allí componían e imprimían hojas que luego desaparecían. Bella sospechaba que estaban en la habitación de lady Fowler, pero no veía la forma de hacerse con ellas. La tranquilizaba saber que no se había distribuido ninguna, pero su existencia colgaba sobre la casa como la espada de Damocles.

La boda también estaba en el aire. No se había producido. A finales de octubre, Bella llamó mandar a Kitty y a Annie y les exigió que pusieran una fecha.

Las hermanas se miraron.

—Es que todavía no nos va bien, señorita —dijo Kitty—. Esperamos que no le importe.

—¿Por qué no os va bien?

Más miradas.

—¡No estamos seguras de que nos guste la casa! —espetó Annie.

—Hace dos semanas dijisteis que era perfecta.

—Es un poco oscura —explicó Annie—. Seguimos buscando.

Bella suspiró.

—¿Lo estáis retrasando por mí?

Las dos chicas bajaron la mirada.

—No nos gusta dejarla sola, señorita —dijo Kitty.

—¡No podemos soportarlo! —exclamó Annie, mirando a Bella con los ojos llorosos—. Después de todo lo que ha hecho por nosotras. ¿Por qué no se marcha de Londres, como dijo?

—Shhh, Annie —dijo Kitty, con fiereza—. Lo siento, señorita. Tómese su tiempo.

Bella elevó la mirada al cielo en busca de consejo. Todavía no podía abandonar a lo que quedaba de rebaño, pero tampoco podía permitir que las chicas retrasaran una y otra vez la boda.

—Dos semanas —dijo, con la voz de Bellona—. Fijad la fecha

para dentro de dos semanas, y no más retrasos. Peg y yo podemos arreglárnoslas solas. ¿De acuerdo?

—Sí, señorita —farfullaron las dos, aunque a regañadientes.

Bella las abrazó.

—Sois unas chicas maravillosas y me habéis servido muy bien. Sólo quiero veros felices. Prometedme que, dentro de dos semanas, os casaréis y seréis felices.

Las dos sonrieron y se ruborizaron.

—No lo dude, señorita —dijo Kitty.

Las dispensó y se quedó pensativa. Al final, había encontrado una solución. Esa casa sólo tenía tres habitaciones. Una para ella, otra para Peg y otra para las hermanas. Cuando las chicas se marcharan, podía instalar a Clara y a Hortensia en aquella habitación y Mary y ella podían compartir su enorme cama.

Estarían un poco apiladas, pero funcionaría, y así podría dar por terminada su asociación con lady Fowler. No estaba haciendo nada bueno y presentía que se avecinaba una gran tormenta. Sólo se había quedado para ayudar a aquellas a las que quería ayudar. Las hermanas Drummond y las que habían decidido apoyarlas podían continuar con lo suyo.


La boda fue una celebración sencilla, pero rebosante de felicidad. Kitty y Annie tenían viejas amigas de antes de la muerte de su padre y nuevas amigas entre el servicio de las casas vecinas. Con la familia y los amigos de los dos hermanos, unas veinte personas se reunieron en casa de Bella para el desayuno posterior a la ceremonia.

Bella se sentía muy feliz por las chicas, aunque le costó mantener la sonrisa. Aquello sólo le recordaba lo que ella jamás podría tener.

Intentaba con todas sus fuerzas, día y noche, no pensar en Thorn, pero la pena parecía que iba en aumento en lugar de reducirse. Cada día tenía que resistir la tentación de ir a Dover a buscarlo. No había podido evitar leer libros sobre navegación y barcos, e incluso había practicado con los nudos.

Podía ser una buena esposa de capitán de barco; sabía que sí. Soportaría las largas temporadas de ausencia cuando él estuviera en alta mar y crearía un ambiente acogedor en casa cuando regresara a tierra firme.

Él, por lo visto, no opinaba igual, de modo que Bella no debería buscarlo más. No lo haría.

Sin embargo, siempre que pensaba en trasladarse y en instalarse en un sitio en el que él nunca había estado, tenía la tentación de escribirle la nueva dirección. Le había dado un lugar donde enviarle un mensaje: la hostería Cisne Negro, de Stowting, Kent. ¿No sería un simple gesto de cortesía enviarle una carta comunicándole su nueva dirección? Por si necesitaba encontrarla.

Una locura, pero esa locura se había apoderado de ella, incluso mientras despedía a Kitty y a Annie y las enviaba a una nueva vida. Esa noche, no pudo evitar pensar en su noche de bodas. Esperaba que sus maridos fueran considerados y capaces de demostrarles las maravillas que Thorn le había demostrado a ella.

Sin las chicas, la casa estaba vacía, pero pronto la llenaría. Antes de hacerlo, recibió la noticia de que el señor Clatterford estaba en Londres y que le gustaría hablar con ella. Lo invitó a té de inmediato y se alegró de volver a ser Bella para la ocasión. Se puso el precioso vestido verde de flores rosas y él lo interpretó como una señal de que había dejado de ser Bellona Flint.

—Me alegro mucho, querida. Las noticias que me llegan de lady Fowler me preocupan. Un caso muy triste. Lord Fowler era… —Meneó la cabeza—. Da igual, pero me temo que puede estar relacionada con asuntos turbios. He recibido un aviso.

—¿Un aviso?

Pero él volvió a menear la cabeza.

—Fue un comentario muy vago, querida, que me hicieron únicamente cuando mencioné tu relación con la señora. Pero ya te has desentendido de todo eso, ¿no es cierto?

Bella estuvo a punto de mentir, pero quería terminar con los engaños de una vez por todas. Aún así, omitió la idea de llevarse a varias mujeres a vivir con ella.

—Tendré que despedirme, señor, cuando me vaya. Aunque no sé dónde puedo vivir de forma tranquila.

—Y ahora hay que añadir la actitud de tu hermano —dijo, agitando la cabeza—. No estoy seguro de si lo has oído... Muy desagradable. Mucho.

Bella se sonrojó. Esperaba que el señor Clatterford lo interpretara como vergüenza o ira.

—A Peg le han llegado comentarios desde Cars Green. Es difícil de creer.

—Pero cierto, querida. Me lo han asegurado fuentes muy creíbles. Toda una sorpresa. Sir Augustus siempre ha parecido tan... —Volvió a menear la cabeza—. Obviamente, una historia tan salaz y con tres jueces implicados ha corrido como la pólvora.

Bella tenía la esperanza de que los chismes se limitarían a aquella zona pero, en cuanto la historia llegó a oídos de Peg, supo que no sería así.

—Supongo que eso no cambia nada. —Bella suspiró—. Es llover sobre mojado.

Él dejó la taza en el plato.

—He estado pensando mucho en tu situación, querida. Mucho. Tu padre fue muy exagerado con tu pecado, pero era conocido por su carácter firme e inflexible. Teniendo en cuenta tu comportamiento impecable desde entonces, muchos dudarán de la historia, y más si se les vende como falsa.

—Mi actitud fue impecable bajo amenazas, señor. Y luego he vivido en la piel de Bellona Flint.

—Nos olvidaremos de Bellona Flint. Simplemente, has llevado

una vida muy tranquila durante los últimos seis meses, recuperando la salud.

—¿Me creerán?

—Si no hay motivo para dudarlo... Piénsalo, a los ojos de quien importa, nunca cometiste un pecado ni provocaste un escándalo.

Bella se acordó de las Fiestas Olímpicas, y del Hart and Hare. Pero nadie sabía que aquella mujer era Bella Barstowe.

—La mayor parte de la gente que importa nunca ha oído hablar de ti —continuó el señor Clatterford.

—Pero, seguramente, habrán oído hablar de Augustus —replicó ella.

—Pero podemos convencerlos de que te compadezcan por ser su hermana en lugar de arrastrarte en su caída.

Bella frunció el ceño.

—¿De veras lo cree?

—Jamás te engañaría, querida. Y menos en algo así. Lady Raddall volvería para perseguirme. Creo que si volvieras a presentarte en sociedad, y bajo el manto de la dama adecuada, te aceptarían.

—¿Usted cree? —preguntó Bella, que no quería hacerse falsas esperanzas.

—Será necesario valor, y aquel espíritu atrevido que te metió en líos hace años, aunque también fue el mismo que te salvó.

—Peg Gussage dice que soy como la cabra que siempre tira al monte.

—¿Ah, sí? Pues me gustaría verte corretear de un sitio a otro. —Se comió otro trozo de pastel—. Delicioso. La señora Gussage es un tesoro.

—Sí —asintió Bella—. Pero, ¿qué dama apoyaría a alguien como yo? ¿Está pensando en Athena? Su marido jamás lo permitiría.

—Aunque tu hermana lo estuviera deseando, no tiene el nivel que estamos buscando. Ya he hablado del asunto, discretamente, con algunas de las damas que conozco.

—Oh. ¿Quién?

¿Lo había visto sonreír?

—Las hermanas Tracey. Eran amigas de tu bisabuela en Turn-bridge Wells. —Sí, por algún motivo, estaba muy satisfecho consigo mismo.

—Tracey. Creo que lady Raddall las mencionó en alguna carta, pero parecían un poco extrañas. Una lleva una peluca roja y la otra está chiflada, ¿no?

—Tu bisabuela también era extraña a los ojos de muchos —replicó el señor Clatterford—. Las hermanas Tracey son excéntricas, sí, pero hay que tenerlas en cuenta. Y mucho. Son tías del marqués de Ashart y del marqués de Rothgar y, a pesar de que casi nunca viajan o se pasean por Wells, son unas ávidas escritoras de cartas y tienen mucha influencia.

—Pero, si no participan de la vida social, ¿qué pueden hacer por mí?

—Su mera sonrisa obra milagros.

—¿De veras? —Todo aquello le parecía muy extraño, aunque había algo en el nombre que le resultaba familiar. De repente, se acordó—. ¡Tracey! Están subscritas a la carta de lady Fowler. ¿Son de esa cuerda?

El señor Clatterford se rió.

—En absoluto, pero no me sorprende que reciban la carta. Les encantan los escándalos. ¿Sabes que muchos de los subscriptores a la carta lo son únicamente por el placer de leer las historias que escribe?

—Lamentablemente, me he dado cuenta, pobre mujer.

—¿Ella no tiene ni idea?

—A estas alturas, dudo que tenga idea de nada, pero solía ver la creciente popularidad de la carta como una prueba de que estaba cambiando el mundo.

Él meneó la cabeza.

—Un caso muy triste, pero creo que podemos mejorar tu situación. ¿Estás dispuesta a trasladarte de Turnbridge Wells? ¿A vivir con las hermanas Tracey una temporada? Puedes fingir ser su acompañante, pero se te trataría como a una invitada.

El instinto de Bella fue rechazar la oferta. Estaba decidida a salir adelante sola, pero otro santuario era muy tentador. Aunque sólo fuera por un tiempo. Sobre todo, si servía para restituir su reputación.

Empezó a albergar esperanzas.

—¿Y Peg? —preguntó—. Y luego está el chico, Ed Grange.

–Ah —dijo él—. Dudo que sea conveniente que te los lleves a tu nuevo hogar, querida, pero yo también lamentaría tener que separarme de la señora Gussage. Tiene una mano maravillosa para hacer pasteles.

Bella sonrió.

—Seguro que le hace otro el próximo día que venga a visitarnos. —Bella estaba pensando—. Puedo permitirme mantener esta casa, ¿verdad?

—Si quieres, sí.

Bella no le habló de las otras mujeres, pero eso significaba que podía dejar que vivieran aquí y escaparse con la conciencia tranquila.

—Entonces, Peg y Ed se quedarán aquí, de momento. Y, si las hermanas Tracey están dispuestas a aceptarme, iré a Turnbridge Wells.

—Excelente. Después de pasar una temporada con ellas, podrás ir a cualquier sitio. Cualquier persona importante que va a Wells visita su casa, y lady Thalia y lady Urania salen por la ciudad un poco. Cuando la gente de Wells te acepte, tendrán que aceptarte en todas partes y, por supuesto, enseguida verán la joven admirable que eres.

Bella arqueó las cejas.

—Nada de eso. Eres absolutamente admirable, querida. También hay muchos jóvenes casaderos que visitan Wells —añadió, con una sonrisa—. Va siendo hora de que pienses en el matrimonio.

Bella volvió a sonrojarse.

—Ya lo hago —respondió ella—. Pero sólo me casaré por amor.

—Amor sensato —le aconsejó él—. Así que olvídate de esa cabra en estos asuntos. Te ruego que me consultes antes de comprometerte. Hay muchos granujas encantadores por el mundo, y tú dispones de una modesta fortuna.

—Una renta cómoda.

—Pero eso es hasta los treinta, cuando recibirás la herencia completa.

—¿Ah sí? —preguntó Bella, sorprendida—. Quizá me lo dijo al principio, pero estaba un poco atolondrada. ¿De qué cantidad cree que estamos hablando?

—De unas quince mil libras, porque la renta que recibes ahora sale de los intereses. Suficiente para tentar a cualquier granuja paciente, así que debes redactar un acuerdo prematrimonial que te proteja.

Quince mil libras todas suyas, bajo su control.

—Señor Clatterford, le prometo que seré sensata a la hora de casarme.

Aquello era fácil de decir porque, en esos momentos, Bella no podía imaginarse casada con alguien que no fuera Thorn.

—Regresaré a Wells dentro de tres días. ¿Podrá viajar conmigo?

Bella tendría que explicárselo todo a Peg y dejar arreglado lo del dinero para mantener la casa. Y luego tendría que ayudar a las mujeres a trasladarse.

—Tengo que dejar arregladas algunas cosas.

—Estoy impaciente por verte como una joven actual en Turnbridge Wells, aceptada socialmente, bailando en las fiestas, acudiendo a bailes...

Bella estuvo a punto de dar un respingo en la silla, pero consiguió limitarlo a una sonrisa.

—Suena maravilloso.

—¿Vendrás?

Impulsivamente, Bella respondió:

—Sí. Lo acompañaré dentro de tres días.

El señor Clatterford la ayudó con los asuntos prácticos y ella dejó la casa lista para que las mujeres se instalaran en cuanto ella se marchara. Y, como habría más espacio, buscó a dos amables doncellas para servirlas. No eran tan rápidas o listas como Kitty y Annie, pero eran buenas trabajadoras.

Dijo que estaba enferma para excusar su ausencia de casa de lady Fowler, porque allí no podía hacer nada. Se quedó en casa y lo preparó todo, incluso se arregló los vestidos y disfrutó siendo Bella, y no Bellona, cada delicioso día.

Eran las siete de la tarde y estaba recogiendo las últimas cosas para el viaje del día siguiente cuando oyó que llamaban a la puerta. Se asomó por la ventana y vio que era una mujer. Conocía el sombrero. Era Mary Evesham.

Corrió por el pasillo, se asomó a las escaleras y vio que Peg ya estaba camino de la puerta.

—¡Di que no estoy! —le susurró.

Peg abrió la puerta.

—¿Sí, señora?

—Tengo que hablar con la señorita Flint.

—Lo siento mucho, señora, pero no está.

—¿No está? Creía que estaba enferma.

—Ha ido a ver al doctor —dijo Peg.

—¿A estas horas?

Bella pensó que quizá Peg se pondría nerviosa, pero debería haber sabido que no.

—Puede dejarle un mensaje, señora, y se lo daré cuando regrese.

Al cabo de un instante, Mary dijo:

—De acuerdo. Por favor, dígale que es urgente. Que la necesitamos. Que, si puede, venga a casa de lady Fowler. La situación es muy, muy grave.

—Lamento oírlo, señora. Le daré el mensaje.

En cuanto cerró la puerta, Bella bajó.

—¿Qué voy a hacer?

—Ignórela —dijo Peg—. Ya ha hecho todo lo que podía por ellas y mañana las mujeres a las que quiere ayudar estarán aquí sanas y salvas.

—Parecía preocupada.

—Déjelas, señorita Bella. Usted tiene que vivir su propia vida.

Bella suspiró.

—Sabes que no puedo hacer eso y vivir con la conciencia tranquila. Me convertiré en Bellona e iré allí una última vez.

Peg suspiró y meneó la cabeza.

—Hará lo que quiera. Como siempre.

—Simplemente quiero ver cuál es el problema ahora.

—La convencerán para que se quede y las ayude.

—No, te lo prometo. Lo juro. Mañana me iré a Turnbridge Wells hacia mi respetable futuro.


A Bella no le costó tener un aspecto severo mientras se acercaba a casa de lady Fowler. Si la habían avisado por nada, les daría una buena reprimenda.

Alargó la mano para girar el pomo, pero la puerta estaba cerrada con llave, así que llamó.

Alguien abrió, aunque muy poco y sólo pudo ver unos preocupados ojos. Luego, la puerta se abrió del todo.

—¡Oh, Bellona! Gracias a Dios que has venido.

Era Betsy Abercrombie, una de las partidarias de las hermanas Drummond, que tenía la nariz colorada, como si hubiera estado llorando.

Bella entró y las demás mujeres salieron de las otras salas.

—¿Qué ha pasado?

—¡Oh, Bellona! —Betsy se echó a llorar otra vez.

Clara y Ellen Spencer se unieron a ella. Bella no vio a las hermanas Drummond por ninguna parte. Lo que realmente le apetecía era dar media vuelta y marcharse pero, en lugar de eso, recurrió a la panacea universal.

—¡Té! —ordenó—. Tomemos una taza de té y hablemos de todo esto.

La historia empezó antes incluso de que pudiera sentarse. Lady Fowler estaba a las puertas de la muerte y la estaba cuidando únicamente Agnes Hoover. Algunas mujeres dijeron que les gustaría ayudar pero que aquel calor, y aquel olor...

—¿Qué dice el médico? —preguntó Bella.

—No quiere volver a verlo —respondió Mary—. Grita si la toca cualquier hombre. Agnes le está dando láudano.

—Seguramente, es todo cuanto puede hacer. —Bella lo lamentaba por la mujer, pero había resistido más de lo que parecía posible.

Trajeron el té y la tarea de servirlo calmó un poco los nervios. Cuando todas tuvieron su taza, Bella preguntó:

—¿Dónde están las hermanas Drummond?

Las tazas temblaron.

—¡Se han ido! —dijo Betsy.

—¡Han desaparecido! —exclamó Hortensia.

—¡Se han llevado la plata!

—¡Nos han dejado en la estacada!

—¿Por qué? —preguntó Bella.

El silencio por respuesta. Eso, y miradas incómodas.

Al final, Mary dijo:

—Creemos que han distribuido el periódico.

—Y también contenía otras cosas —añadió Hortensia.

—¿Qué otras cosas? —Pero Bella ya se lo imaginaba.

—Cosas irlandesas.

Bella bebió un buen trago de té, y se alegró de haberle echado mucho azúcar.

—Su principal interés siempre fue Irlanda. ¿Alguna consiguió ver lo que imprimieron? —Miró directamente a Betsy.

—Meras menciones —dijo Betsy, pero desvió la mirada—. Más puntos a las listas de las tiranías y las opresiones de los hombres.

Bella no dejó de mirarla.

—Últimamente, ha habido más.

Bella miró a las seis mujeres.

—¿Por qué nadie les impidió distribuir ese material?

—¿Cómo? —gimoteó Ellen Spencer, que parecía que esperaba que apareciera un verdugo por la puerta en cualquier momento.

Era una pregunta lógica. Parte de por qué Bella había estado evitando ir a casa de lady Fowler había sido para evitar una confrontación con las hermanas Drummond, y ella era la más capaz de hacerlo de todas.

—Si se han ido, lo peor ya ha pasado —dijo.

Más miradas incómodas.

—Explicádmelo —dijo, con un suspiro.

Mary le entregó una hoja de papel doblada.

—Hemos recibido esto hace menos de una hora.

Bella desdobló el papel y lo leyó:

«Estad atentas. Vuestro trabajo ha llegado a las autoridades. Huid mientras podáis.»

No iba firmada.

Bella tragó saliva.

—Podría ser simplemente un recurso alarmista. O una trampa. Incluso podría ser de las Drummond. No lo descartaría.

—Oh —dijo Betsy, que parecía más animada.

—Es posible —añadió Mary, aunque no estaba demasiado convencida.

Las demás sí. Bebieron té y comieron tarta con más entusiasmo, como si la crisis ya hubiera terminado.

Bella, en cambio, estaba frente a un nuevo problema. Con el añadido de Betsy y de Ellen, e incluso seguramente Agnes Hoover, el rebaño era demasiado grande para vivir en su casa. ¿Sería posible que siguieran viviendo aquí? Si al menos supiera qué ponía en el testamento de lady Fowler.

—Señoras —dijo.

Todas la miraron, algunas con impaciencia ante la interrupción, y otras preocupadas de nuevo.

—¿La prensa todavía está en la casa?

—Sí, claro —respondió Mary.

—Sería sensato deshacernos de ella. Mañana, si es posible.

—Pero es muy útil para imprimir copias de la carta —protestó Hortensia.

—Si lady Fowler muere, la carta muere con ella.

Hortensia levantó la barbilla.

—Había pensado en continuar su trabajo. El original: recordar a las mujeres la naturaleza vil del hombre, y proponer mejoras en las leyes.

En esos asuntos, Hortensia tenía buenas intenciones, pero cualquier cosa escrita por ella sería una diatriba.

—Es muy amable por tu parte, Hortensia, pero estaría mal utilizar el nombre de lady Fowler, ¿no crees?

—A ella le gustaría que su obra perdurara. Estoy segura de que lo ha dejado estipulado en su testamento.

A Clara se le iluminó la mirada.

—¿Crees que podremos seguir viviendo aquí?

—No veo por qué no —respondió Hortensia, que claramente se veía como escribiente y líder del rebaño—. Si no es adecuado seguirla llamando carta de lady Fowler, debemos cambiarle el nombre.

Aquello provocó una conmoción de alegría entre las mujeres, básicamente entre Hortensia, Clara y Betsy. Bella quería agarrarlas de la cabeza y gritarles. ¿Acaso se habían olvidado de la nota? Ella había intentado tranquilizarlas, pero no que se olvidaran por completo de la amenaza.

La conversación se interrumpió cuando alguien llamó a la puerta.

—¿Quién será? —preguntó Mary, pero se levantó para ir a abrir.

Regresó al cabo de un instante, pálida, con un hombre muy serio tras ella. Y detrás, más hombres, algunos serios y otros con miradas lascivas.

Con un hilo de voz, Mary dijo:

—Creo... Creo que estamos todas detenidas.

# Capítulo 28

*T*horn estaba desayunando cuando un lacayo le entregó una nota.

—Hay un caballero abajo, señor, que pide hablar urgentemente con usted. Me ha pedido que le entregue esta nota.

Thorn aceptó el papel, sorprendido. Los peticionarios no recibían tantas atenciones. Pero entonces vio el sello de la nota.

No, claro. Su servicio no dejaría a Rothgar en una sala de recepción.

Abrió la nota.

«Mis disculpas, Ithorne, pero me temo que debo abusar de tu confianza, puesto que tengo que salir de la ciudad para atender unos asuntos que no pueden esperar. Te envío a mi secretario, Carruthers, para que te ponga al corriente de una situación delicada en la que necesito tu ayuda.

Rothgar»

¿Rothgar necesitaba su ayuda? ¿Era una señal de victoria o un truco sutil?

—Haz subir al señor Carruthers —dijo Thorn.

El hombre que apareció por la puerta y se inclinó iba muy bien vestido, debía de tener unos cincuenta años y, seguramente, se movía con soltura en la corte. Thorn reconoció a otro Overstone: brillante, eficiente y entendido. Lo invitó a sentarse y le ofreció un refrigerio, que el secretario rechazó.

—Muy bien, señor —dijo Thorn—. Exponga su caso.

Carruthers arrugó los labios.

—Se trata de la señorita Spencer, señor. Ellen Spencer, que actualmente reside en casa de lady Fowler. Creo que las conocerá a ambas, señor.

Thorn intentó no mostrarse sorprendido, aunque lo que lo sobresaltó fue escuchar el nombre de Ellen Spencer. Tras el escándalo entre Christian y la mujer que resultó ser su mujer, Caro, en las Fiestas Olímpicas, alguien había intentado atentar contra la vida de Christian.

La dama de compañía de Caro durante muchos años, la citada Ellen Spencer, decidió liberar a Caro de lo que ella veía como un matrimonio opresivo. Aunque quizá no debía de sorprenderle tanto que la señorita Spencer fuera una ferviente seguidora de lady Fowler, pero esa relación la había inspirado para intentar matar a Christian mezclando dedalera en sus galletas.

Un intento absurdo, pero a Thorn le habría gustado verla encerrada en un manicomio. La bondadosa Caro, en cambio, había decidido que su antigua acompañante viviera en casa de lady Fowler. Quizá aquello ya era castigo suficiente, pero Rothgar lo había empeorado dejando en manos de lady Fowler la responsabilidad por el buen comportamiento futuro de Ellen Spencer.

¿Cómo había terminado todo eso en aquella nota?

—Conozco a ambas señoras —dijo Thorn, mientras levantaba la tetera—. Aunque me sorprende que me acompañen a la hora del desayuno. ¿Qué ha hecho ahora la señorita Spencer?

—Está detenida por traición.

Thorn dejó la tetera.

—¿Y cómo diablos lo ha hecho?

—Trabajando para lady Fowler, señor, que compró una prensa. Un aparato muy peligroso, como demostró el señor Wilkes.

—La carta de lady Fowler sólo se dedica a recoger escándalos y divertir a la aristocracia. ¿Qué han impreso? ¿Algún pecado real?

—Por desgracia no, señor. —Thorn vio que Carruthers estaba a punto de disfrutar de lo lindo—. Imprimieron y distribuyeron una llamada a las armas. Una llamada a que las mujeres de todas partes se revelaran para exigir el final de la monarquía y crear una nueva Commonwealth.

Thorn ofreció al secretario una dramática reacción, apropiada para el momento: se tapó la cara y miró a Carruthers a través de sus dedos. ¿Debía reírse o enfadarse? La última Commonwealth implicó la decapitación del rey, de modo que aquel llamamiento a la revolución seguro que había hecho que Jorge sacara espuma por la boca. Y quizá de forma literal. Con las colonias inquietas, cualquier intento de levantamiento en casa tendría que ser erradicado.

En realidad, no tenía gracia.

—Está loca —dijo—. Yo ya lo dije.

—Dudo que la señorita Spencer tuviera un papel principal en todo esto, señor. Las líderes han sido las hermanas Drummond, dos mujeres a las que las autoridades irlandesas conocen de sobras. —Carruthers se sacó un periódico del bolsillo y se lo entregó—. Por encima, el documento parece tratar sobre la opresión a las mujeres pero, en el fondo, trata de Irlanda.

—Y, por lo tanto, es especialmente traicionero —comentó Thorn, que leyó el artículo por encima—. Con Francia siempre dispuesta a utilizar a Irlanda como puerta trasera para atacarnos.

—Hay varias mujeres atrapadas en esta trampa, seguramente todas inocentes, pero la ley puede engullir de forma indiscriminada una vez las tiene entre las mandíbulas. Lord Rothgar espera que haga un esfuerzo por rescatar a la señorita Spencer.

—¿Por qué? —preguntó Thorn directamente, olvidándose de tanto rodeo.

—En primer lugar, porque es inocente, señor, pero también porque el marqués tuvo algo que ver en que acabara viviendo en casa de lady Fowler. En aquel momento, le pareció un lugar seguro y un castigo menor para ambas mujeres. Como usted sabrá, lady Fowler lo había convertido a él y a su hija en objetivo de sus cartas.

—Una prueba más de que, como mínimo, no está bien de la cabeza.

—Por supuesto, señor. Sin embargo, el marqués cree que una persona es responsable de las consecuencias de sus actos, incluso de los involuntarios.

—Igual que yo.

Carruthers inclinó la cabeza.

—Por eso mismo ha recurrido a usted.

—¿Ah sí? —preguntó Thorn, que tenía la sensación de que la trampa se había cerrado.

—El asunto de las mil guineas, señor.

Thorn se sirvió más té para ocultar la sorpresa.

—¿Cómo diantres sabe eso? Y no me diga que por omnisciencia.

Carruthers sonrió.

—Cualquier omnisciencia es el resultado de una política de estar bien informado, señor. Como le he dicho, lord Rothgar se interesó por lady Fowler por las ofensas que ésta había lanzado contra su familia. Cuando descubrió que el fondo Fowler había recibido tan generosa donación, naturalmente quiso saber más.

—¿Sabe que hice el ingreso en nombre de lord Huntersdown y sólo porque se casaba con la hija de lord Rothgar?

—Y se lo agradecieron, seguro.

Aunque no admitió saberlo ni ignorarlo.

—¿Qué tiene que ver el dinero con la acusación de traición de la señorita Spencer?

—Parte de ese dinero se utilizó para adquirir la prensa.

Thorn maldijo. Obviamente, nunca había imaginado nada igual, pero Robin se había opuesto a cumplir la promesa de juventud argumentando que sería peligroso entregar tanto dinero a lady Fowler. Por lo visto, él había tenido bastante que ver en todo ese lío.

—De acuerdo. Liberaré a la señorita Spencer de las garras del león. ¿Dónde la envío?

—Por desgracia, señor, ese es el dilema. Lord y lady Rothgar han empezado un lento desplazamiento hacia Rothgar Abbey, puesto que el doctor cree que el nacimiento puede adelantarse. Y tienen que hacer algunas paradas obligatorias por el camino. Lord y lady Grandiston están en Devon.

—Pues la enviaré con lord y lady Huntersdown. En definitiva, la donación la hizo él.

Carruthers compartió su sonrisa.

—Me parece justo, señor.

Carruthers se levantó y Thorn lo acompañó hasta la puerta.

—¿Cuál es la dirección de casa de lady Fowler? —preguntó.

—La Gallina y los Polluelos, en Grafton Street.

—¿Lady Fowler tiene sentido del humor?

—Por lo visto, sí, ¿no cree? Al menos, un día lo tuvo. Creo que se está volviendo loca y está moribunda.

Thorn lo dejó en manos de un lacayo y mandó llamar a Overstone.

—Lady Fowler. Tráeme detalles de sus actividades recientes, especialmente las ilegales, y descubre el auténtico motivo de la detención de la mujer y sus polluelos anoche. —Incluso Overstone mostró una ligera sorpresa—. ¿Quién ha sido el principal promotor de la detención y quién les puede ayudar legalmente? También fuentes de ayuda irregulares. Y cualquier otra cosa que se te ocurra.

—¿Vamos a ayudar a lady Fowler? —preguntó Overstone con voz insulsa.

—Vamos a intentar ayudar a la señorita Spencer, la antigua dama de compañía de lady Grandiston.

—Ah. —Overstone estaba al corriente del asunto de las galletas envenenadas.

—Tendré que ir hasta allí. —Thorn redactó una nota—. Envía esto a Fielding en Bow Street, pídele que me autorice a entrar y que me dé libertad para hablar con las mujeres.

Cuando el secretario se marchó, Thorn contempló su situación algo molesto. Iba a ser muy aburrido y seguro que tendría que pedir ayuda a personas a las que no quería deber nada. También tenía la sensación de que lo habían puesto a prueba. No obstante, aceptaba su parte de responsabilidad y, con esa actitud, haría todo lo que pudiera por la señorita Spencer.

Llamó mandar a Joseph y regresó a su habitación.

—Vestimenta correcta para realizar una intervención sobria en asuntos de mujeres preocupadas, Joseph.

—Ropa de campo, señor —respondió el ayudante, muy seguro.

—Eres una joya. Con el chaqué negro, seguramente las habría asustado todavía más. Y los pantalones y las botas me permitirán montar a caballo. Que me preparen un caballo y un mozo para acompañarme.

Cuando estuvo listo, vio que había llegado una carta del juez supremo dándole vía libre. También mencionaba que el jefe de la administración de justicia estaba preocupado por el asunto.

«Rayos y truenos.»

Thorn salió de su casa entre la muchedumbre de peticionarios, montó a caballo y desapareció, acompañado por un mozo que sabría el camino.

—Ya hemos llegado, señor —dijo el mozo poco tiempo después, cuando accedieron a una calle tranquila llena de casas estrechas.

Le sonaba de algo, y enseguida se dio cuenta de que estaba muy cerca de casa de Bella.

Podría ir.

Aunque no lo haría.

Había pasado algún tiempo y sus sentimientos no habían cambiado, pero aquello dificultaba todavía más sacar a Bella de su cómoda independencia para sumergirla en su imposible vida.

A primera vista, Grafton Street parecía muy tranquila, pero entonces vio a un hombre haciendo guardia a las puertas de una casa.

Iba vestido de forma discreta, pero era indudable que estaba haciendo guardia.

Thorn desmontó y se acercó.

—Ithorne. Tengo permiso para entrar.

—Sí, Excelencia. —El hombre golpeó la aldaba de latón y se apartó. Cuando la puerta se abrió unos centímetros, dijo—. Su Excelencia, el duque de Ithorne.

La puerta se abrió del todo y Thorn entró.

«Demonios, esto apesta como un corral», pensó cuando olfateó el ambiente.

El hombre que le había abierto la puerta, vestido con discreción, dijo:

—Lady Fowler ha muerto durante la noche, Excelencia.

—¿Y ya se está descomponiendo?

—Ya se estaba descomponiendo antes, señor.

El hombre debía de tener unos cuarenta años, robusto pero fuerte, y parecía que prefiriera estar en cualquier otro sitio.

—Menudo trabajo —dijo Thorn, con compasión—. ¿Su nombre, señor?

El hombre inclinó la cabeza.

—Norman, Excelencia. Represento a Lord Northington.

La compasión de Thorn desapareció. Tuvo la sensación de estar frente a un paniaguado que disfrutaba jugando a ser Dios pero, como paniaguado del jefe de la administración de justicia, tenía poderes, al menos, de semidios.

Thorn se quitó los guantes.

—¿Por qué se ha implicado lord Northington?

—Porque este caso está considerado de importancia nacional, señor.

—¿Un grupo de mujeres? ¿De las que ahora sólo quedan los polluelos? ¿De veras que es tan importante?

—No me corresponde a mí decirlo, señor.

Un Poncio Pilato que disfrutaba ejerciendo su poder, especialmente sobre las mujeres, aunque luego se distanciaba de la culpa. Thorn había acudido a esa casa con la esperanza de poder aprovechar su título ducal para sacar a la señorita Spencer de inmediato y terminar con todo eso, pero Norman se aferraría a sus víctimas como un avaro se aferraba a las guineas.

—¿Las señoras todavía están aquí?

—Bajo arresto domiciliario, Excelencia. De momento.

—¿Dónde están? Tengo permiso para hablar con ellas.

El hombre dudó, pero el poder ducal se impuso.

—Dos todavía están en la cama, señor, puesto que han sufrido ataques de nervios. Les hemos cerrado la puerta, pero hay un agente arriba para dejarlas salir si lo solicitan. Las otras han desayunado y están en el pequeño salón que tiene a su izquierda.

—¿Nombres?

—Señora Abercrombie, señorita Sprott, señorita Flint y señorita Evenham. Es la que está más serena, y seguramente sea la líder, aunque la señorita Flint también se ha mostrado muy firme.

—¿Y las de los ataques de nervios? —Thorn no quería revelar el verdadero motivo de su visita.

—La señora Ormond y la señora Spencer.

Thorn asintió.

—¿Sólo seis?

—Cuando lady Fowler enfermó, la cifra disminuyó, Excelencia. Sin embargo, había dos más: la señorita Helena Drummond y la señorita Olivia Drummond. Irlandesas y, con casi toda seguridad, las responsables de escribir el texto traidor. Desaparecieron en cuanto el periódico se distribuyó.

—Y dejaron a los pollos para los halcones. Imagino que las están buscando, ¿no es así?

—Por supuesto, Excelencia. No irán demasiado lejos.

Thorn lo dudaba. Seguro que habían planificado la huída con identidades falsas y disfraces. La solución más sencilla a todo aquello sería que las detuvieran. Con un poco de esfuerzo por su parte, la ley se contentaría con ellas.

Thorn asintió para darle las gracias, abrió la puerta y entró.

Varios pares de ojos nerviosos se posaron en él como si fuera, se dijo, un verdugo. Cuatro damas y la sensación general de mediana edad y torpeza.

Alguien contuvo la respiración. Una se cubrió la cara con el pañuelo, llorando. Él dibujó una amable sonrisa mientras inclinaba la cabeza.

—Señoras, las compadezco por el apuro que están pasando. Soy el duque de Ithorne y, por deseo expreso de algunos admiradores, haré lo que pueda por ustedes.

—¡Oh! —exclamó una mujer de cara rubicunda, mientras se levantaba y unía las manos frente al pecho—. ¡Estamos salvadas!

Una mujer de mediana edad que parecía muy sensata dijo:

—Gracias a Dios.

Otra, de rasgos angulosos, preguntó:

—Entonces, ¿podemos irnos? ¿De inmediato?

La otra seguía llorando.

—No puedo prometerles nada. Están implicadas en un asunto muy serio, señoras. ¿Puedo tomar asiento?

La de rasgos angulosos espetó:

—Siéntate, Betsy. ¿No ves que su Excelencia no puede sentarse mientras tú estés ahí de pie? —Esa debía de ser la señorita Flint, muy áspera.

«Betsy» se sentó de golpe en la silla, farfullando mil disculpas. Debía de ser la señora Abercrombie, puesto que no era de mediana edad ni se mostraba firme. La de mediana edad debía de ser la señorita Evesham, sobre todo porque asumió el papel de portavoz.

—¿Podemos ofrecerle una taza de té, Excelencia? —dijo—. Creo que eso todavía podemos hacerlo.

—Gracias, pero no. Quizá alguna podría relatarme los acontecimientos más recientes.

Todas se volvieron hacia la misma persona, la mujer que se seguía secando las lágrimas de los ojos. La señorita Abercrombie susurró:

—¡Bellona!

La diosa de la guerra y, seguramente, la que se apellidaba Sprott. De repente, Thorn se dio cuenta de que su juego de las adivinanzas era estúpido.

—¿Pueden decirme cómo se llaman, señoras?

Una vez más, la mujer de mediana edad se encargó de hacer los honores.

—Yo soy la señorita Evesham, Excelencia; ella es la señora Abercrombie. —Señaló a la rolliza y emocionada—. La señorita Sprott. —Señaló a su derecha y, después, al otro lado—. Y la señorita Flint.

Interesante.

Al menos, la sosa señorita bajó el pañuelo un poco para saludarlo. Piel amarillenta, gafas de media luna y unas cejas que casi se juntaban. Parecía que llevaba el pelo recogido pero, en cualquier caso, quedaba oculto bajo una especie de gorro propio de una monja que llevaba atado debajo de la barbilla.

No sabía por qué las otras se habían vuelto instintivamente hacia ella, porque parecía muda de asombro.

—Ah —dijo, casi en un susurro—. No creo que... Al fin y al cabo, yo no estaba aquí cuando todo sucedió. ¿Mary?

Se había dirigido a la señorita Evesham, así que quizá Norman tenía razón al designarla como la líder.

La señorita Evesham dijo:

—La señora Abercrombie y la señorita Sprott llevan mucho más tiempo que yo con lady Fowler, Excelencia, pero puedo hablarle con certeza de los recientes acontecimientos. Creo que somos víctimas de dos víboras llamadas Helena y Olivia Drummond.

—¿Por qué las describe como víboras, señorita Evesham?

—Porque aparecieron de repente para vivir de la caridad de lady

Fowler y la utilizaron vilmente. Al huir, hicieron lo que pudieron para destruirnos.

Un relato conciso y, seguramente, cierto.

La señora Abercrombie empezó a llorar y Flint volvió a taparse con el pañuelo. Thorn se concentró en la admirablemente calmada señorita Evesham.

—¿Por qué iban a hacer eso?

—Por rencor. Eran... Son unas jóvenes desagradables y rencorosas.

Continuó con el relato. El donativo de mil guineas había causado una gran emoción, y lady Fowler lo había visto como una señal de respaldo secreto de alguien importante. Había hecho crecer sus ambiciones. Se había comentado mucho, pero fueron las hermanas Drummond las que plantearon la idea de comprar una prensa. Lo propusieron, dijeron, simplemente para facilitar el proceso de copia de la carta y porque Olivia sabía cómo hacerla funcionar, lo que resultó ser cierto.

—Hábleme más de ellas, por favor —dijo Thorn—. ¿De dónde venían?

—Si lo que nos dijeron es cierto, son hijas de un caballero irlandés. Cuando él murió, la propiedad donde vivían fue a parar a manos de un primo y a ellas sólo les quedó una modesta dote. Decidieron utilizar el dinero para luchar por conseguir leyes más justas para las mujeres en lugar de venderse a la esclavización eterna que supone el matrimonio.

Thorn debía de haber arqueado las cejas, porque la señorita Evesham lo miró abiertamente.

—Suele ser así, Excelencia porque, ¿qué poder de independencia puede albergar una mujer casada?

—Y, sin embargo, la mayoría de las mujeres decide casarse —replicó Thorn, con calma.

—Porque no tienen alternativa. No obstante, las hermanas Drummond supieron de lady Fowler y vinieron a unirse a la causa.

—¿Lady Fowler acogía a todo el mundo? —preguntó él.

—A todas y cada una de las que la apoyaban. Aunque la cantidad de mujeres que acogía en su casa venía limitado por el espacio. Las Drummond, al tener una pequeña renta, se alquilaron su propia casa aquí cerca, igual que la señorita Flint.

Thorn miró a la señorita Flint. Si tenía dinero, ¿por qué no se compraba un vestido decente? ¿Y a qué venía tanta llorera? Desde que había llegado, no había dejado de secarse los ojos, y sin quitarse las gafas. Qué extraño. Y el pañuelo tenía una esquina descosida. ¿Por qué no lo arreglaba?

La señorita Evesham se aclaró la garganta y él volvió a concentrarse en ella. Sin embargo, había algo extraño en la llorica señorita Flint.

—Helena y Olivia Drummond llegaron llenas de entusiasmo y elogios —dijo la señorita Evesham—. Y ofrecieron parte de sus modestas dotes para contribuir a la causa.

—¿Lady Fowler necesitaba el dinero? ¿Acaso su generosidad había reducido su capital?

—No creo, Excelencia, pero no estoy al tanto de dicha información.

—Quizá la señorita Flint sí —dijo él, volviéndose hacia ella.

Un instinto le decía que era la persona más importante de la sala, aunque no se imaginaba por qué. Y entonces vio una mancha de sangre en el pañuelo. No la había oído toser pero, ¿padecía tisis?

Ella lo miró y parpadeó desde detrás de las gafas pero, aunque estuviera muriéndose, Thorn no pensaba dejar que se escabullera.

—¿Y bien? —insistió.

—No sé nada de los ingresos y los gastos de lady Fowler —farfulló la chica.

Era una criatura extraña, pero Thorn estaba dejando que las nimiedades lo distrajeran. Había venido para garantizar la libertad de Ellen Spencer.

Se dirigió a las cuatro mujeres.

—¿Pueden demostrar que la publicación ofensiva fue únicamente obra de las Drummond?

La señorita Evesham respondió:

—¿Nos creerá alguien, Excelencia?

Una pregunta excelente. Thorn se planteó las diversas opciones.

—¿Han hablado de esto entre ustedes?

—Por supuesto, Excelencia. No hemos hablado de otra cosa.

—No, me refiero concretamente a quién imprimió y distribuyó la última edición.

Sólo vio miradas de nerviosa incertidumbre y tuvo ganas de agitarlas a todas.

La señorita Flint bajó las manos y el pañuelo hasta el regazo y habló con calma:

—No creo, Excelencia. A mí me mandaron llamar anoche, cuando estaba claro que lady Fowler se moría y las hermanas Drummond se habían marchado. Nadie sabía qué hacer.

—¿Y acudieron a usted?

Ahora parecía otra mujer, calmada y clara. Y Thorn tuvo la poderosa sensación de que la conocía. Aunque la recordaría. La pobre incluso tenía una verruga en la nariz.

—Sí, aunque no sé muy bien por qué.

—Pero, Bellona, siempre has mantenido la cabeza fría y nos has transmitido mucha confianza —dijo la señorita Abercrombie—. Estoy segura de que es porque tienes una renta —suspiró—. Y porque nunca has tenido que someterte a la tiranía de un hombre. Te enfrentaste a las Drummond cuando ninguna de nosotras se atrevía. En realidad, las calaste enseguida.

—No. Simplemente, no me gustaban.

—Otra forma de sensatez —dijo Thorn, aunque tuvo que hacer un esfuerzo por controlarse.

Pues, mientras hablaba, había descubierto la verdad: la señorita Bellona Flint era Bella Barstowe.

Cuando volvió a hablar, Thorn apartó la mirada para verificar su alocada idea basándose en el sonido de su voz.

—Sea como sea, Excelencia —dijo ella—. Yo sólo estuve aquí una hora antes de que llegaran los agentes para detenernos, y no he ido a ninguna parte desde entonces. A pesar de que hemos estado hablando de esto, no sé nada de los detalles concretos.

Sin distraerse con la vista, no tenía ninguna duda. Volvió a mirarla y le hizo alguna pregunta vaga más para encajar todas las piezas.

Liberada de la crueldad de su familia, se había unido a una mujer que luchaba, aunque con métodos bastante vulgares, para evitar tales actitudes. ¿Y el disfraz? Quizá no quería seguir siendo Bella Barstowe. Al tener una renta propia, había alquilado una casa cerca.

Su interés rudimentario en aquel asunto de repente se había intensificado.

Bellona Flint era su Bella, y estaba claro que las demás la veían como a una líder, lo que la ponía en grave peligro, y más teniendo en cuenta que las Drummond no estaban para llevarse las culpas. Debería haberse traído a Overstone y a uno o dos abogados, pero eso podía arreglarse. También necesitaba hablar con Bella a solas, pero eso tendría que esperar. No quería señalarla.

Ah, aunque había una manera.

—Muy bien —dijo, mientras se levantaba—. Vamos a intentar establecer la verdad. Voy a hacer algunas confirmaciones y luego cada una de ustedes, en privado, dará su versión de los acontecimientos más recientes. Debo pedirles que, hasta entonces, no lo comenten entre ustedes, y será mejor que un agente venga a hacer guardia para asegurarse de que eso no sucede. ¿Tienen alguna objeción?

Alguien, seguramente Sprott, empezó a protestar, pero Mary Evesham la hizo callar.

—No, Excelencia. Creo que entendemos su propósito.

Inclinó la cabeza, consiguió no mirar a Bella de una forma especial, y salió dejando la puerta entreabierta.

Encontró a Norman allí cerca.

—¿Ya se va, Excelencia?

Seguramente, eso le haría feliz.

—Todavía no. ¿Quién está con los restos de lady Fowler?

El hombre puso los ojos en blanco.

—Su doncella, Agnes Hoover. Insiste en preparar el cadáver. Ha dicho que ningún hombre tocará a su dulce señora. Esperamos que permita que, al menos, la pongan en el ataúd.

Ese hombre lo irritaba, aunque intentó no demostrarlo.

—Si las mujeres aceptan meterla en el ataúd, ¿lo permitirá?

—No veo por qué deberían hacerlo, Excelencia. Tengo órdenes de...

—No burocratice la compasión. ¿Qué daño pueden hacer? Se lo agradecería —añadió, intentando no gruñir. Nunca le había gustado recurrir a su estatus de duque.

El hombre se sonrojó de ira, pero cedió, como era su deber.

—Si usted lo cree conveniente, Excelencia.

En otras palabras: «Si usted asume la responsabilidad».

—Así es. Con convicción. —Aunque, ¿estaría dispuesta alguna de ellas a asumir esa tasca?

Volvió a entrar en el salón y les planteó la cuestión, y se encontró con silencio y miradas incómodas.

Al final, obviamente, fue Bella quien dijo:

—Yo lo haré, y estoy segura de que algunas de vosotras me ayudaréis. Ya sabemos la opinión que lady Fowler tenía de los hombres.

Después de eso, la señorita Evesham y la señorita Sprott aceptaron ayudarla.

Recordaba haber hablado del liderazgo con Bella y que ella

había admitido ser una líder, aunque no por decisión propia. Y se refería a esto. A regañadientes, era la líder de aquel patético grupo, y eso la había metido en un buen lío.

Volvió a salir del salón, hirviendo de admiración y exasperación.

# Capítulo 29

*B*ella estaba intentando reunir valor y ver cómo podía aprovechar aquella oportunidad.

El hermanastro de Thorn, el duque, estaba allí y además, ¡en una especie de calidad oficial!

Cuando había entrado, había creído que era Thorn y se había escondido lo mejor que había podido. Enseguida se había dado cuenta de que debía de ser el duque y luego ha ido descubriendo las sutiles diferencias. El duque era más altivo, por supuesto, y a pesar de que llevaba ropa de campo, iba impecable en todos los sentidos y tan bien afeitado que nadie imaginaría jamás ver un pelo en la barba ducal.

Sin embargo, el parecido era asombroso. No le extrañaba que a Thorn lo hubieran hecho alejarse del país, de pequeño.

Y ahora que había descubierto la verdad, tenía que encontrar la manera de aprovecharla para salvar a sus amigas. ¿Serviría una súplica directa, argumentando... qué? ¿Que era la amiga del capitán Rose? ¿Se atrevería a definirse como su amante? No estaba segura de que fuera cierto pero, con el aspecto de Bellona, el duque jamás la creería.

Thorn se mantenía informado de la vida del duque. ¿Acaso el duque hacía lo mismo con Thorn?

El duque había dicho que un hombre entraría en el salón para asegurarse de que no comentaban los recientes acontecimientos, y ese hombre había llegado. Era un hombre con mandíbula firme que las miraba de forma sospechosa. Todas se callaron, pero entonces Betsy susurró:

—¡El duque de Ithorne! Deben de considerar que esto es muy, muy serio. ¿De veras... De veras creéis que podrían colgarnos?

—No, estoy segura de que no —respondió Bella de inmediato—. Somos inocentes.

—Podrían utilizarnos como chivo expiatorio —dijo Hortensia, mirando a Betsy directamente—. Las que estaban más que dispuestas a ayudar con la prensa.

—Yo no quería hacer daño a nadie —gimoteó Betsy—. ¡Olivia Drummond se impuso sobre nosotras!

Bella intentó recordar a Betsy la presencia del hombre y lo consiguió. Betsy se echó a llorar otra vez.

—No nos colgarán —dijo Mary, más tranquila—. Somos damas de buena familia. Sería algo impensable.

—Aunque a algunas puede que nos deporten —insistió Hortensia, que siempre tenía que ponerse en lo peor.

—Todo esto se aclarará —insistió Bella—. El duque ha venido a ayudarnos.

—Tienes mucha fe en los duque, Bellona —se burló Hortensia—. Por el simple hecho de haberte codeado con...

Gracias a Dios no terminó la frase, pero Bella se había ruborizado debajo de la pintura facial.

—No tiene por qué identificarse con nuestra causa —añadió Hortensia, y Bella se temía que quizá tenía razón. ¿Qué eran ellas para el duque de Ithorne?

—Sospecho que sólo está interesado en Ellen Spencer —dijo Mary.

Bella miró al hombre que lo estaba escuchando todo, pero seguro que ninguna información sobre Ellen podía considerarse una traición nacional.

—¿Por qué?

—¿No te acuerdas? Antes de venir aquí, era la dama de compañía de una dama que resultó ser la desconocida esposa de un caballero importante. —Mary fue cautelosa y no mencionó ningún nombre.

—Ah, sí. —Aquello fue en la época de las Fiestas Olímpicas, cuando Bella no prestó demasiada atención a los acontecimientos del día a día de la casa. Lanzó a Mary una mirada interrogativa, porque todavía no acababa de entender la relación.

—Creo que el marido de esa dama está relacionado con el duque.

—Ah. —Bella se quedó pensativa y luego se alegró—. Si ha venido a salvarla, tendrá que salvarnos a todas.

—¿De veras lo crees? —preguntó Hortensia—. No sabes lo insensibles que pueden llegar a ser los de su clase. Además, es un granuja. —No se esforzó por bajar la voz—. ¿No recuerdas con qué crueldad trató a la mujer a la que había corrompido durante años? La invitó a ser adúltera y, en cuanto el marido de la mujer murió, terminó la relación con ella.

Bella miró a Hortensia para que fuera precavida. Todo aquello podía saberse y no era el momento para enemistarse con el duque. Además, ella había coincidido con lady Jessingham en las Fiestas Olímpicas. El duque se había equivocado con su actitud pero, en opinión de Bella, la señorita no era tan inocente.

Mary expresó la advertencia en voz alta.

—No nos ayudará tratar al duque con hostilidad, Hortensia.

Hortensia hizo una mueca, pero no dijo nada más.

Sin embargo, Betsy susurró:

—Pero creo, señoras, que deberíamos tener en cuenta su reputación. Un mujeriego empedernido. Ha dicho que quiere hablar con cada una de nosotras a solas, ¿no es cierto?

Bella dudaba que ni siquiera Casanova, que se suponía que era el mayor mujeriego vivo, intentara pervertir a Betsy, o a cualquiera de ellas, pero no lo dijo. En esa casa había aprendido que incluso las mujeres que proclamaban no tener ningún interés en los hombres se ofendían si alguien les decía que su aspecto las mantendría a salvo.

Todas se quedaron en silencio y esperaron mientras otros se encargaban de decidir su destino.

Bella alisó el pañuelo que tenía en la mano y frunció el ceño cuando vio la mancha de sangre que se había hecho cuando se había tapado la boca y se había mordido el dedo. Tendría que lavarlo con sal de inmediato, pero dudaba que se lo permitieran. Además, debería terminar el dobladillo antes de lavarlo. Volvió a coger la aguja, dobló la tela y dio otra puntada, intentando encontrar la manera de sacar a todo el mundo de aquel silencio sepulcral.

Teniendo en cuenta su situación, había pensado escribir a Thorn a la dirección de Stowting y suplicarle que influyera por ellas ante su hermano, pero dudaba que le dejaran enviar ningún mensaje, y tardaría días en responder. Y mucho se temía que no tenían días antes de que, al menos, las metieran en una cárcel. Y sabía lo suficiente de las cárceles para temer ese destino. Eran lugares llenos de disturbios, vicios, crueldad y enfermedad.

Si hubiera hecho caso a Peg y se hubiera quedado en casa. Ahora estaría sana y salva camino de Turnbridge Wells. Pero las otras seguirían en peligro.

Se quedó inmóvil.

Se estaba acordando de las hermanas Tracey de Turnbridge Wells. Debería estar camino de aquel lugar ahora mismo y se preguntó qué estaría haciendo el señor Clatterford. Quizá podría ayudarlas. ¡Lo más inquietante era que el nombre de las dos mujeres aparecía en la lista de subscriptores!

¿Habían encontrado esas listas? Estaban guardadas, junto con otros papeles, en una pequeña habitación que había en el *scriptorium*. La puerta de la habitación estaba empapelada igual que la pared, y costaba de ver. Quería gruñir al descubrir que tenía que cumplir otra misión, pero era consciente de que debía destruir esas listas. Las Tracey no serían las únicas inocentes que aparecerían allí.

De hecho, todas las mujeres de las listas eran inocentes, pero estaba claro que a las autoridades les daba igual.

Quizá sí que colgarían a ocho mujeres.

Quizá incluso citaran a cientos a declarar en un juicio.

Pero entonces lo vio todo desde otro ángulo.

Según el señor Clatterford, las Tracey eran tías o tías abuelas del marqués de Rothgar y el marqués de Ashart. ¿Podía recurrir a su nueva situación de peligro para pedirles ayuda?

«Veamos —se dijo, con un punto de diversión—. Un duque, dos marqueses...» Debería encontrar tres condes relacionados con aquel desafortunado asunto.


Thorn había vuelto a llamar a Norman, y éste llegó con un gesto tenso y resentido, aunque con una sumisa reverencia.

—Creo que es aconsejable interrogar a las mujeres por separado para intentar establecer la verdad. Si alguna miente, su declaración lo revelará. ¿Se opone? —Cuando el hombre no asintió de inmediato, Thorn añadió—. Si lo prefiere, puedo discutirlo con lord Northington.

Era consciente de que estaba intentando matar un mosquito a cañonazos, pero quería matar algo.

Norman palideció.

—No, no, por supuesto que no, Excelencia. ¿Pero usted quiere interrogarlas? ¿A solas?

Thorn decidió ignorar la insinuación.

—Una de las otras puede estar sentada en la sala ejerciendo de carabina. —Aquella era la parte importante—. Sugiero que sea la señorita Flint, puesto que no estaba presente en los momentos cruciales. En realidad, no veo motivo alguno para seguir reteniéndola.

—Tengo instrucciones de evitar que nadie salga de aquí. —Un modesto intento de devolvérsela.

Thorn se recordó que ese hombre necesitaba el trabajo desesperadamente. De hecho, él lo estaba presionando por cumplir órdenes razonables.

—Parece estar ejecutando correctamente sus responsabilidades, Norman. A menos que disponga de un escribano, mandaré llamar a uno de los míos y empezaré con los interrogatorios.

No había ninguna necesidad de avisar a Overstone, así que Thorn le mandó un mensaje donde le decía que escogiera a un subordinado adecuado y que lo enviara a casa de lady Fowler junto con un abogado para asesorarlo. Envió un breve informe a Rothgar, por si acaso todavía no había salido de la ciudad, y le sugirió que hablara con lord Northington.

No era la clase de trabajo al que Thorn estaba acostumbrado, y había llegado dispuesto a dejarlo todo en manos de terceros enseguida pero ahora, con Bella implicada, era impensable.

Y pronto estaría a solas con ella.

Tuvo que hacer un esfuerzo por no sonreír. Aquella situación no era divertida, pero el disfraz de Bella bastaba para hacerlo reír a carcajadas.


Bella creía que lo tenía todo bajo control pero, cuando el duque regresó, sus palabras la sorprendieron.

—Señorita Flint, ¿puedo hablar con usted en la sala de aquí delante?

Cuando se levantó y dobló la costura, Betsy gimoteó:

—Oh, Bellona…

—No voy a la horca, Betsy. Estoy segura de que estaré completamente a salvo.

—Completamente —añadió el duque, con frialdad—. Por supuesto, la puerta permanecerá abierta. Señoras, pronto las llamaremos para que ofrezcan su versión de los recientes acontecimientos, pero en privado. La señorita Flint, que no estaba presente en ese momento, hará las funciones de carabina.

Bella salió del salón con el duque preguntándose si tendría ocasión de hacerse con las listas. Sólo necesitaría unos momentos sola.

—A esta sala la llamamos el *scriptorium* —dijo ella, mientras entraba—. Nos sentamos en la mesa alargada para redactar las copias de la carta. Antes de tener la prensa, claro. —Se volvió hacia él.

Como había prometido, había dejado la puerta entreabierta. La estaba mirando de una forma extraña y ella se preguntó si se había dado cuenta de que su aspecto era falso. Cualquier disfraz podía interpretarse como algo sospechoso.

O quizá era por su actitud. Se dio cuenta de que no se estaba mostrando demasiado impresionada, porque le costaba no verlo como Thorn. Realmente, eran casi idénticos. Se moría de ganas de acercarse, acariciarlo, sonreírle y esperar una sonrisa a cambio. Estuvo a punto de reírse cuando se imaginó la reacción de Ithorne ante tal asalto por parte de Bellona Flint.

—¿Está dispuesta a ser la carabina, señorita Flint?

—Haré todo lo que esté en mi mano para ayudar a estas mujeres, Excelencia.

Él hizo una mueca y se volvió hacia la puerta. Bella también lo hizo, pero no vio a nadie. Se dio la vuelta y se preguntó si el duque tendría un tic nervioso.

—Pero no mentiría —dijo él.

—¿Conoce a alguien que no lo haría si fuera eso o la horca? —Él le lanzó una mirada de advertencia tan feroz que ella se dio cuenta del peligro que corría—. Pero no, Excelencia, no suelo mentir, y además no tendría sentido. No dispongo de ninguna información que haya que ocultar.

—Muy bien. —Acompañó las palabras con un movimiento afirmativo de la cabeza.

¿Realmente estaba de su lado? ¿Por qué?

—Dentro de poco, llegará un escribano —añadió él, rodeando la alargada mesa—. Tomará nota de todo lo que se diga aquí. Usted sólo se encargará de garantizar el decoro. —Llegó al extremo de la mesa, el punto más alejado de la puerta, y volvió a sufrir otro tic. Pobre hombre—. No hablará ni apuntará nada. ¿Lo entiende?

Y entonces la llamó con señas.

Santo Dios, ¿acaso estaban fundamentados los temores de Hortensia? ¿Los hombres mujeriegos actuaban de forma tan indiscriminada?

Pero entonces, en voz baja, casi susurrando, él dijo:

—Acércate, Bella.

¡Por todos los santos, era Thorn!

De algún modo, se había enterado de su situación y había acudido a rescatarla. Pero, ¿y el peligro que corría? ¿Hacerse pasar por un duque en un asunto de traición? ¿Y aquí en Londres, con su hermano a escasa distancia?

Lo interpretaba muy bien, pero no podía funcionar.

Bella se dio cuenta de que tenía el ceño fruncido mientras se acercaba, mientras se dirigía al punto más alejado de la puerta y de los oídos indiscretos, y fuera del campo de visión del pasillo. Pero entonces sonrió. No pudo evitarlo.

Se acordó de responder a la última pregunta que le había hecho, como debería hacer Bellona:

—No hablaré ni apuntaré, Excelencia. Quiero agradecerle sinceramente que haya venido a ayudarnos.

—He venido a establecer la verdad, señorita Flint. —Pero Thorn la había tomado de las manos y le estaba devolviendo la sonrisa. De repente, Bella se sintió más fuerte y tuvo la sensación de que ya no estaba sola—. Espero llegar a la conclusión de que todas las mujeres de esta casa son inocentes.

—Lo hará, señor. —Bella se dio cuenta de que podía matar dos pájaros de un tiro. Se soltó las manos lentamente—. Aquí hay un pequeño cuarto —dijo, mientras abría la puerta del almacén—. Solemos guardar papel, tinta y otros objetos, pero también hay una colección de todas las cartas de lady Fowler. Estoy segura de que servirán para demostrar que ninguna de estas mujeres tenía intenciones de traicionar al país.

Entró, muy consciente de que la estaba siguiendo, pero entonces se dio cuenta de algo más; algo que hizo que se le revolviera el estómago. Ahora Thorn conocía toda su locura y, encima, estaba viendo a Bellona Flint, ¡con verruga incluida!

Necesitó todo el valor del mundo para darse la vuelta y mirarlo.

Cuando lo hizo, vio que él estaba sonriendo.

—Bella, eres una sorpresa constante.

—¡Y tú estás loco!

—No finjas estar enfadada conmigo. Por lo visto, voy a rescatarte por tercera vez. ¿Ganaré algún premio?

—Sí, seguramente la cuerda de la horca.

—¿Por qué demonios iban a colgarme?

—Por hacerte pasar por tu hermano. Aquí, en Londres, en medio de una investigación por traición.

Thorn se quedó mudo, algo que no le solía suceder con frecuencia. Se había quedado tan sorprendido de encontrarse allí a Bella, y había tenido tanto miedo por ella, que no había caído en la cuenta de que ella creería que era el capitán Rose. No. Seguramente, creía que era el duque hasta que él había cometido la estupidez de revelar su identidad.

Fuera cual fuera su «identidad» en ese momento.

Si era Thorn, sólo conseguiría que ella se preocupara por él.

Si era Ithorne, tendría que confesarle, allí mismo, y sin sutilezas ni poderla preparar, que la había engañado.

—Seguro que te das cuenta de los riesgos —dijo ella, con el ceño fruncido, un gesto bastante alarmante si iba acompañado del pelo recogido, la ceja única y la verruga.

—Por supuesto —respondió él, de forma automática—. Pero son menores.

—¿Menores? Ayer mismo leí en la prensa que Ithorne estaba en un evento en una escuela de caridad en Cheapside. Alguien se dará cuenta de que sois dos personas.

—Sí pero, ¿cuál es el auténtico?

Ella puso los ojos en blanco.

—Bueno, pero puedes ayudarme —dijo, y lo sorprendió todavía más—. Sigue dándole instrucciones a Bellona un poco más. —Se volvió y abrió un cajón.

Thorn le miró la espalda y tuvo que hacer un esfuerzo por no reírse. Bella Barstowe realmente era la mujer más increíble que había conocido. Tuvo que esforzarse por seguir fingiendo.

—Quizá debería sacar todas esas copias de las cartas, señorita Flint.

Ella señaló unas cajas que había en una estantería y siguió rebuscando en el cajón.

Él meneó la cabeza, bajó una caja y la abrió.

—¿Cuántas hay?

Bella sacó un montón de hojas y las miró mientras respondía:

—No estoy segura, pero lady Fowler empezó a escribirla poco después de la muerte de su marido, y de eso ya hace diez años.

Thorn vio que, efectivamente, dentro de la caja había un ejemplar de cada carta, escrita a mano.

—¿Estas cartas archivadas son las originales, escritas de puño y letra de lady Fowler?

—No lo sé, pero seguro que las más antiguas, sí. —Se acercó a él, con los papeles en la mano, y revisó una carta—. Sí, es su letra. De hace algún tiempo, creo. Últimamente, la carta ha adquirido un tono más ferviente y las últimas eran dictadas.

—¿Qué es eso? —le preguntó él en voz baja, señalando los papeles que tenía en la mano.

—Las direcciones de las personas que recibían la carta. Tengo que destruirlas.

Él se las quitó de las manos.

—Será mejor que no. Podría verse como una falta grave.

Ella intentó recuperarlas y susurró:

—Pero la mayoría de estas mujeres son inocentes de la más mínima inclinación revolucionaria.

—Entonces, no les pasará nada.

—¿Y a nosotras?

—No sois tan inocentes...

—¿Excelencia?

Ambos se quedaron de piedra ante la voz de Norman en la otra sala.

Bella lo miró fijamente, suplicante con la mirada.

Con un segundo para decidir, Thorn se metió las hojas en los pantalones debajo de la chaqueta. Justo había terminado cuando Norman apareció con un gesto sospechoso.

—¿Qué es este lugar?

—Yo también acabo de descubrirlo —respondió Thorn, a quien le costó recuperar su tono ducal—. Sólo es un almacén, pero la señorita Flint ha sido muy amable y me ha informado de la existencia de un original de todas las cartas de lady Fowler. Supongo que tendrían que guardarse por si contienen alguna prueba.

—Por supuesto —dijo Norman, que le quitó la caja de las manos—. Creo que sería mejor que dejara la investigación de este lugar a manos de mi gente, señor.

—Por supuesto. Pero creo que debemos darle las gracias a la señorita Flint. Sin su ayuda voluntaria, habría pasado algún tiempo antes de que sus hombres encontraran esta habitación.

Norman tensó los labios y miró a Bella con tanto desdén que, si fuera por Thorn, su vida correría peligro, pero al final dijo:

—Tendremos en cuenta su colaboración, señora.

Bella se mostró especialmente dura.

—Deberían. Ya le he dicho, señor Norman, que si nos viera como sus aliadas, todo esto avanzaría de forma más ágil.

—Haga el favor de regresar al salón, señorita Flint —le espetó Norman.

Bella, la moza traviesa, miró a Thorn.

—¿Usted está de acuerdo, Excelencia?

Él quería decir que no, en parte para molestar a Norman y en parte para estar más tiempo con ella pero, al final, se impuso la sabiduría.

—Sí, señorita Flint. —Acompañó la frase con una reverencia.

Ella le devolvió la reverencia, elegante y provocativa, y se marchó con la espalda recta. Thorn recordaba esa espalda...

—Esa es un poco tramposa —farfulló Norman—. Esconde algo más de lo que se ve.

—¿Más inteligencia?

—Las mujeres no son inteligentes.

—Señor, me temo que corre el riesgo de llevarse más de una sorpresa en esta vida pero, de momento, me interesan las dos mujeres que están en sus habitaciones.

—Ambas estaban muy nerviosas, Excelencia.

—¿Y confía más en una mujer nerviosa que en una inteligente?

Thorn vio que Norman quería discutirle el adjetivo «inteligente», pero al final decidió callarse.

—Es natural que una mujer se venga abajo en una situación como esta.

—Me da igual. Recomiendo fervientemente que les digan que se unan a sus compañeras en el salón.

A regañadientes, el hombre dijo:

—Como usted quiera, Excelencia.

Thorn asintió.

—Debo regresar a mi casa para tomar algunas medidas. Confío en que evitará que las mujeres compartan puntos de vista sobre los acontecimientos más recientes.

Y se marchó, deseando que el crujir de las hojas que llevaba a la espalda no pudiera oírse a escasos metros de distancia.

Bella regresó al salón y estuvo a punto de fingir un ataque de nervios para que la dejaran ir a una habitación, pero entonces las demás interpretarían que Thorn la había tratado mal. Que el duque de Ithorne la había tratado mal, algo que a ella no le incumbía excepto en que quizá podía provocar que uno de ellos hiciera una locura, o incluso algo peligroso.

La cabeza le daba vueltas con los extraordinarios acontecimientos pero, debajo, rebosaba felicidad. Thorn había acudido a ayudarla. La apreciaba. Y ella lo había visto otra vez...

—Bellona, querida. ¿Qué ha pasado?

Bella parpadeó cuando vio a Mary Evesham, que parecía muy preocupada.

—Oh, nada, en realidad. Bueno... Creo que el duque realmente pretende ayudarnos.

—No confíes nunca en un hombre como él —terció Hortensia.

—Necesitamos ayuda de alguien —replicó Bella.

—No, no, no —gimoteó Betsy—. No discutáis, por favor. Vuelvo a tener migraña.

La aparición de Ellen y Clara impidió que Bella estallara contra Hortensia. Clara parecía agotada de preocupación, pero Ellen Spencer estaba temblorosa y sus ojos iban de un lado a otro, como si sospechara que hubiera un peligro en cada esquina.

—¡Tú también ayudaste a las Drummond! —exclamó Betsy, señalándola directamente—. Si a mí me cuelgan, ¡a ti también tienen que colgarte!

Ellen Spencer se desmayó.

# Capítulo 30

*T*horn dejó las listas de direcciones arrugadas pero bien ordenadas encima de la mesa. Estaban por orden alfabético, aunque algunas de las letras menos habituales estaban agrupadas. Las últimas entradas estaban más frescas y, las más antiguas, casi se habían borrado. Mientras repasaba la lista, reconoció a muchas damas de la alta sociedad. No le extrañaba. La carta Fowler se había convertido en fuente de diversión para muchas mujeres.

Aparecía el nombre de la madre de Robin, y Psyche Jessingham. Vio el nombre de lady Arradale y arqueó las cejas. ¿La esposa de Rothgar había sido su conducto o había solicitado la carta de motu propio? Era conocida su opinión acerca de varios asuntos que afectaban a las mujeres.

No podía destruir las listas porque podían ser importantes. Algunas de esas personas podían ser realmente peligrosas y auténticos motores para la revolución. Sin embargo, se alegraba de habérselas llevado de casa de lady Fowler. Las guardó en un cajón de su despacho y lo cerró con llave.

Otro servicio realizado a su extraordinaria dama. Tenía la incómoda certeza de que, si ella se lo pedía, cometería más actos de dudosa moralidad. Tenía que alejarla del peligro que la acechaba...

Y luego, ¿qué?

*Tabitha* subió a la mesa de un salto.

—Ai-o.

—¿Un suspiro de resignación? Creo que sí. No puedo seguir ignorando su existencia. Me saldrían cabellos blancos a las dos semanas. Pero, ¿cuándo voy a decirle la verdad?

—¿A quién? —preguntó Christian, mientras entraba en el despacho.

—La mayoría suele llamar a la puerta —dijo Thorn, con frialdad.

Christian arqueó las cejas, pero no se dejó impresionar.

—Toda la vida he entrado sin llamar. ¿Sigues hablando con *Tabby*? ¿Y ella te sigue respondiendo?

—Como un oráculo. Entonces, ¿cuál es la verdad?

Thorn observó, divertido, cómo *Tabitha* se escondió debajo de la mesa. Estaba claro que no se había olvidado de la aversión que sentía hacia Christian. Los cachorros, que ahora ya tenían meses de vida, salieron y empezaron a pasearse entre las botas de Christian.

—¿Piensas quedarte? —preguntó Thorn.

—Si no te importa —respondió Christian, casi con sarcasmo.

Thorn meneó la cabeza.

—Lo siento. Por supuesto. Es tu casa. Es que he tenido una mañana horrible.

—Explícamelo —dijo Christian.

Y Thorn lo hizo.

—¡Ellen Spencer! —estalló Christian—. No pienso acogerla bajo mi techo.

—Había pensado enviársela a Robin.

—No durará demasiado. Para mujeres así necesitamos conventos. Encerrarlas, pero donde las traten con decencia.

Thorn recordó haberlo hablado con Bella.

—¿Por qué sonríes? —le preguntó Christian.

—Una locura.

—¿Puedes sacar a Ellen Spencer de todo ese lío?

—Tengo que hacerlo —respondió Thorn que, de repente, se vio capaz de explicar a su hermano de leche toda la historia de Bella.

Cuando terminó, Christian estaba sonriendo.

—Parece la mujer perfecta para ti.

—Tiene tanta idea de cómo ser duquesa como sensatez tiene este gato —respondió Thorn, mientras alejaba a *Negro* de las cortinas.

—Sí que tiene sensatez. Pero no le interesa comportarse como tú esperas que lo haga. Dijimos que necesitabas una esposa así.

—¿La excéntrica duquesa de Ithorne? No quiero que sea infeliz, Christian. Ya sabes lo cruel que puede llegar a ser nuestro mundo, y especialmente en las altas esferas.

—Sí, pero parece que tiene valor. Y, como bien has dicho, no tienes otra opción.

—No, ¿verdad? Sea cual sea la fuerza que atrae a dos personas a pesar de toda lógica y todos los preceptos de la sociedad, me ha atrapado en sus redes y me ha llevado demasiado lejos para engañarme creyendo que es un capricho. ¿Tienes algún otro propósito en la ciudad, aparte de aconsejarme?

—Unos recados, y habíamos pensado que podríamos liberarte de los gatos.

Thorn miró a *Tabitha* y sintió una inexplicable punzada de dolor.

—Pero, ¿a quién consultaré?

—Si quieres quedártelos los tres...

—Caro no querrá.

—Tenemos decenas de gatos en casa, y ahora está ocupada aprendiendo a dominar a las abejas. —Christian sonrió con adoración—. Es una chica de campo. Y también está ocupada aumentando la familia, el Señor salve a Inglaterra.

—Felicidades.

—Tú también deberías ponerte manos a la obra —dijo Christian, feliz—. Quédate los gatos, de momento. Cuanto se presente la posibilidad de juntaros Caro y tú, ya decidirá el destino.

—De acuerdo. Ojalá pudiera quedarme, pero tengo que regresar al corral. —Abrió la puerta y se encontró de bruces con un lacayo que retrocedió, sorprendido.

—¿Sí?

—Ha venido a verlo un caballero, señor. El señor Clatterford, en referencia al caso Fowler.

—¿Dónde está?

—En la tercera sala de recepciones, señor.

Thorn bajó y se encontró con un caballero fornido y rollizo aunque, a primera vista, honesto.

Thorn asintió.

—Señor Clatterford.

El señor Clatterford inclinó la cabeza.

—Excelencia.

Thorn le invitó a sentarse.

—¿En qué puedo ayudarle?

—Lamento mucho haberme presentado así en su casa, señor, pero tengo entendido que está participando en la investigación de los desafortunados acontecimientos en casa de lady Fowler. He venido a suplicarle ayuda para una de las mujeres de la casa.

Thorn controló la impaciencia y la decepción. Otro peticionario, nada más.

—¿Qué mujer?

—La señorita Flint.

Ah, aquello era distinto.

—¿Y cuál es su relación con la señorita Flint, señor?

—Soy su abogado, Excelencia. Tuve el honor de encargarme de los asuntos de su bisabuela, lady Raddall y, cuando nos dejó y legó parte de su patrimonio a… la señorita Flint, me designó como su abogado.

Entonces, el abogado sabía que el nombre era falso.

—¿Y qué puedo hacer por usted, señor Clatterford?

—Espero que me ayude a sacarla de la casa. Había cortado toda relación con lady Fowler varias semanas antes de que todo esto sucediera.

«¿Ah, sí?»

—¿Por qué?

—Porque, como usted sospechará, señor, se sintió incómoda con la nueva dirección que estaba tomando la actividad de lady Fowler.

—¿Y por qué regresó?

El hombre hizo una mueca, nervioso.

—Eso sólo puedo explicarlo por lo que me ha explicado su ama de llaves, señor. La señora Gussage me mandó llamar muy nerviosa anoche. Cuando la señorita Flint no regresó a casa, fue hasta casa de lady Fowler y descubrió que estaba custodiada. No le permitieron hablar con la señorita Flint. Enseguida fue a buscarme, pero ella y su hijo tardaron un poco en encontrarme, puesto que era muy tarde. Esta mañana, lo más temprano posible, he ido a casa de lady Fowler. Me he encontrado con unos hombres muy oficiosos, pero uno me ha redirigido hacia usted. Le aseguro, señor, que la señorita Flint es incapaz de cometer ningún crimen.

«Entonces, no la conoce tan bien como yo. Bella Barstowe haría lo que fuera necesario por una causa justa.» Thorn sólo podía rezar para que nunca viera necesario empezar una campaña para derrocar la monarquía. No obstante, aquí tenía a un caballero sobrio y formal dispuesto a responder por ella, y podía serle útil.

—Que usted sepa, Clatterford, ¿la señorita Flint ha participado en actividades desleales?

—Le aseguro que no, señor.

—¿Y hay más gente dispuesta a defenderla?

El abogado pareció estar muy incómodo, algo que no debía sorprender a nadie teniendo en cuenta que él sabía que se estaba refiriendo a la señorita en cuestión con un nombre falso.

—Estoy seguro de que puedo encontrarlos, Excelencia, pero ha llevado una vida muy discreta hasta ahora.

Thorn se levantó.

—Muy bien, señor, haré lo que pueda. ¿Dónde tiene el despacho?

—En Turnbridge Wells, Excelencia.

Thorn se detuvo en la puerta y lo interrogó con la mirada.

—Vine a la ciudad para convencer a la señorita de que viniera conmigo a Wells. Teníamos que marcharnos hoy.

—¿Puedo preguntarle por qué?

—Para instalarse allí, señor. Lo he arreglado todo para que pueda progresar bajo el manto de algunas damas con la intención de que recupere su sitio en la sociedad.

—¿Y ella ha aceptado? —preguntó, muy interesado.

El señor Clatterford malinterpretó su sorpresa. Se ofendió.

—Creo que siempre se puede mejorar, Excelencia.

Thorn decidió que el señor Clatterford le caía bien.

—Le deseó toda las suerte del mundo a la señorita Flint en Wells, y le aseguro que haré todo lo que esté en mi mano para que pueda ir.

Y lo decía en serio. Si Bella recuperaba su prestigio social, eso le pondría las cosas mucho más fáciles y Thorn podía hacer algunas cosas para darle la vuelta a la tortilla. Acompañó a Clatterford a la puerta y estaba a punto de salir para la casa de lady Fowler cuando llegó un correo con una carta de Rothgar.

«Querido Señor, escribo esto a toda prisa. En referencia al caso Fowler, me temo que si lo dejamos en manos de los cazadores de espías, las mujeres podrían sufrir de forma excesiva antes de que cualquier proceso legal las libere. Le sugiero que apele directamente al rey. Su Majestad siempre es amable con el sexo débil y quizá esté dispuesto a socorrer a esas mujeres en una situación complicada.

Muy agradecido, etc.

Rothgar»

Thorn admiró la vaga obligación posible gracias a las prisas, y la elección de palabras en caso de que la carta cayera en las manos equivocadas. Ningún hombre casado con la condesa de Arradale podía creer que las mujeres eran universalmente más débiles que los hombres, pero el rey se tomaba la palabra de Dios al pie de la letra.

Thorn pensó en Bella como una representante del sexo débil y meneó la cabeza, pero sabría fingir. Evesham y Abercrombie encajarían con la concepción femenina del rey. No sabía nada de las mujeres que estaban en sus habitaciones, pero era de esperar una reacción similar. La única complicación era la delgada y amargada señorita Sprott. Parecía de las que insistían en morir en la horca por sus principios.

Thorn encargó a Overstone que redactara una carta para el rey y llamó a Joseph para que le preparara el atuendo perfecto para una posible audiencia real. Cuando se dispuso a volver a salir hacia Grafton Street, al menos dejó a dos personas satisfechas con su trabajo.

Bella estaba cosiendo una prenda que había elegido de la cesta de caridad que había en el salón. Había animado a las otras a hacer lo mismo. Todas necesitaban algo con qué ocupar sus mentes, y más ahora que tenían prohibido hablar de los asuntos importantes.

Su mente regresó, como era de esperar, al salón de la hostería de Upstone, y a Thorn leyéndole mientras ella cosía. Seguramente, no era natural que considerara aquel recuerdo más dulce que sus momentos en la cama, pero había sido una escena muy simple, fácil de revisitar.

Pero él corría un gran peligro. Si sufría algún tipo de consecuencia por intentar ayudarla no lo soportaría.

Un sexto sentido la alertó, levantó la cabeza y vio a Thorn en la puerta. Tuvo que hacer un gran esfuerzo por no sonreírle y rezó para no sonrojarse.

—Estamos listos para empezar a escuchar sus relatos, señoras. Señorita Flint y señorita Evesham, por favor.

Bella se levantó, contenta de que Mary fuera la primera elegida.

Seguramente, su relato sería el más coherente y veraz. Entraron al *scriptorium*, donde había un joven junto a la mesa, con un montón de hojas delante, varias plumas y tres tinteros, uno destapado, dispuesto a todo.

Había otro joven presente, con su propio material de escritura, aunque no lo exponía de forma tan impresionante. Presumiblemente, era el encargado de recoger todos los datos para el jefe de administración judicial. Y también había un señor mayor sentado en una esquina que, al parecer, sólo observaba.

Todos se sentaron y el interrogatorio empezó.

Todo salió bien y Mary dejó claro, con su relato de los acontecimientos, que ninguna de las mujeres había tenido nada que ver con la escritura o impresión del periódico desleal con el rey. Sin embargo, Betsy Abercrombie seguía en peligro.

Después, Thorn llamó a Ellen Spencer.

Ellen entró por la puerta defendiendo su inocencia con una desesperación que sugería que la llevaban a la horca y que era más culpable que el demonio. Cuando Thorn le ordenó que se calmara y que se limitara a ofrecerles su versión de lo que había pasado esas últimas semanas, Ellen se echó a llorar.

Thorn miró a Bella para que lo ayudara. Ella había obedecido sus instrucciones de no hablar ni apuntar, pero ahora abrazó a Ellen.

—Ellen, querida, no puedes continuar así. Todos sabemos que no has hecho nada.

Ellen la miró.

—Pero sí que he hecho algo, Bellona. Lo peor que te puedas imaginar. —Como si así pudiera mantenerlo en secreto, susurró—. Asesinato. Y Helena Drummond lo sabía.

Bella miró a Thorn, pero él no podía hacer nada, porque tanto el secretario de Norman como el suyo estaban tomando nota.

Bella se preguntó de dónde había sacado Thorn un secretario ducal tan impecable.

Alguien tenía que preguntarlo, así que fue ella:

—¿A quién mataste?

Todavía susurrando, Ellen respondió:

—No lo maté... porque no se comió las galletas. Pero lo intenté. Y se lo explicaron a lady Fowler, de modo que Helena lo sabía. Y me obligó a hacer cosas.

Bella se negó a hacer la siguiente pregunta, pero Thorn dijo:

—¿Qué cosas?

—El periódico. Hice una copia a mano. —Ellen se cubrió la cara con el pañuelo empapado—. Unas cosas horribles. Cosas contra el rey, que es un hombre tan bueno.

—Escribid eso —dijo Thorn, con firmeza—. Señora Spencer, nadie va a tomar más acciones contra usted por el asunto del intento de asesinato. Tuvo un momento de locura pasajera porque creía que su señora estaba en peligro, e intentó salvarla de la única manera que supo. Varias personas, cuya opinión se considera influyente, responden por usted.

¿Thorn sabía la historia?

¿Cómo?

—¿De veras? —preguntó Ellen, que salió muy despacio de detrás de su máscara.

—Le doy mi palabra de honor.

Bella le quitó el pañuelo empapado y le dio el suyo, y Ellen se sonó la nariz. Bella todavía estaba intentando encajar aquella última pieza.

Ellen empezó un relato moderadamente coherente de las últimas semanas. Resultó ser especialmente revelador, porque Helena sabía que tenía a Ellen bajo su poder y no se había preocupado por ocultarle nada. Bella sospechaba que la irlandesa había disfrutado obligando a Ellen a ver y oír cosas que sabía que la pondrían nerviosa.

Helena había fingido consultarlo todo con lady Fowler pero, como la señora apenas era capaz de construir un discurso racional, todo se reducía a explicarle lo que estaba pasando, aunque pidieron a Ellen que se quedara para ser testigo de que lady Fowler aceptaba.

—Y, en general, estaba de acuerdo —dijo Ellen, muy seria. Ahora que había revelado lo peor, volvía a ser una mujer sensata—. Lady Fowler no estaba bien de la cabeza, así que aceptó que su nombre fuera unido a una gran revolución sería un triunfo memorable. No le temía a la muerte, pero sí que temía caer en el olvido.

Thorn dijo:

—Pero el plan y la idea del periódico, ¿fueron idea de Helena Drummond?

—Por lo que tengo entendido, sí, Excelencia.

—¿Quiere añadir algo más que crea que puede ser importante, señora Spencer?

Ellen Spencer se quedó pensando y, ahora que estaba calmada, incluso parecía otra persona.

—Sólo que las mujeres de esta casa no son traidoras, Excelencia. Algunas son tontas y otras, amargadas, pero todas son honestas y leales.

«Vaya, una mujer sensata, pero desagradecida», pensó Bella, mientras se alegraba de verla salir por la puerta.

Thorn miró a Bella.

—Gracias por su ayuda, señorita Flint. ¿Está de acuerdo con la declaración de inocencia de la señora Spencer?

—Completamente, Excelencia.

Thorn bajó la mirada hasta una lista que tenía delante.

—¿Quién nos queda? La señorita Sprott, la señora Ormond y la señorita Abercrombie. Que entre la señorita Abercrombie.

Bella estaba preocupada por Betsy. Había sido una entusiasta colaboradora de las Drummond, aunque quizá sólo porque era una mujer débil que siempre se sentía atraída por las fuertes, pero también era un poco estúpida y podía decir algo que la incriminara. Thorn pareció haberse dado cuenta y sólo le hizo preguntas sencillas. Por auténtico pánico, Betsy no dijo más de la cuenta.

Hortensia fue la siguiente, y desprendió hostilidad, pero dijo poco y fue al grano. Puesto que detestaba a las Drummond, todo salió bien. Estaba tan claro que Clara Ormond simplemente era una dulce señora mayor que nadie iba a sospechar nada malo de ella.

Cuando se marchó, Thorn dijo:

—Pues ya está.

—Todavía no —intervino Bella—. Falta Agnes Hoover, la doncella de lady Fowler. Ahora que el cuerpo de su señora está en el ataúd, quizá la convenzamos para que hable con usted, si alguna otra persona vela el cuerpo.

Thorn se volvió hacia el secretario de Norman.

—¿Puede intentar encontrar a la sustituta, señor? Quizá la señorita Evesham sea la más indicada, pero que lo haga la que quiera.

El secretario inclinó la cabeza y se marchó.

En cuanto estuvo fuera, en voz baja Thorn le dijo:

—Este secretario es mío, igual que el señor Delibert, abogado. Podemos hablar con libertad un momento. Estamos intentando interferir para que el rey se muestre indulgente. Si lo logramos, puede que envíe a alguien en su nombre a encargarse de la investigación. Es crucial que todas y cada una de las mujeres se muestren sobrias, decentes y convencionales.

Bella lo miró con el ceño fruncido, pero dijo:

—Lo entiendo, Excelencia. Debo volver a agradecerle sus esfuerzos.

¡Santo Dios! ¿Iba a conseguir que alguien se pusiera en la piel de un emisario del rey?

El secretario de Norman regresó en ese momento y, al cabo de poco, entró Agnes Hoover. Fue tan estoica en su dolor como había sido hasta ahora pero ofreció una descripción de las Drummond irrefutablemente mordaz. La opinión que tenía del resto de mujeres no era agradable, pero nada de lo que dijo sobre ellas ofrecía una base para juzgarlas.

Cuando se marchó, Thorn dijo:

—Gracias, señorita Flint.

Bella quería una oportunidad para hablar con él en privado y convencerlo de que pusiera fin a su peligroso juego de hacerse pasar por el duque, pero tuvo que levantarse, hacer una reverencia y marcharse.

Thorn detestó perderla de vista y odió tener que dejarla preocupada por su seguridad. No veía la oportunidad razonable para confesarle que, en realidad, era el duque. Podía destrozarla y Bella necesitaba todas sus fuerzas para soportar los próximos días. No obstante, en cuanto todas las mujeres estuvieran a salvo, se lo explicaría todo y esperaba poder ser feliz.

Cuanto antes, mejor. Mandó llamar a Norman.

—Opino que todas estas mujeres son inocentes y que deberían ser puestas en libertad.

—Con el debido respeto, Excelencia, no estoy de acuerdo. Está claro que algunas accedieron a ser cómplices de las Drummond, o más que eso. En realidad, es lo que afirman las hermanas irlandesa.

Maldito sea. Estaba disfrutando dándole aquella noticia sin previo aviso.

—¿Han atrapado a las Drummond?

Norman sonrió.

—Sí señor, y afirman que la señorita Abercrombie y la señora Spencer fueron unas entusiastas colaboradoras. Mi secretario me ha informado que la señora Spencer lo ha admitido.

—Ha admitido que la coaccionaron.

—Porque tiene miedo de que la juzguen por asesinato.

—Le puedo asegurar, Norman, que nadie fue asesinado y que nadie piensa presentar cargos contra ella.

—Las Drummond también afirman que la señorita Flint apoyaba su causa y que así se lo hizo saber en varias ocasiones.

«Menudas víboras —pensó Thorn—. Qué brujas.» Bien estaban decididas a destruir a las demás en su caída o bien estaban intentando desesperadamente unir su destino a las que pudieran resultar rescatadas.

Había esperado no tener que recurrir a un hipotético interés del rey, porque Jorge era un hombre impredecible en esos asuntos, pero ahora era la única salida. Por supuesto, Rothgar tenía razón.

Él también dejaría caer una bomba.

—Debería saber que el propio rey Jorge está interesado en este asunto, Norman, y se muestra bastante indulgente, excepto con las hermanas Drummond, por supuesto.

Norman apretó los labios.

—Yo tenía entendido que estaba indignado.

—Pero únicamente con las auténticas criminales.

—Esperaré confirmación de esa información, señor.

—Por supuesto. Usted tiene que hacer su trabajo. Pero le aconsejo que lo afronte con actitud respetuosa. Algunas de estas mujeres cuentan con gente poderosa que se preocupa por ellas, incluida la señora Spencer. Aparte de mí mismo.

Thorn mandó llamar a su secretario y volvió a casa, intentando planear los siguientes pasos en su peligroso juego. Se dio cuenta de que nunca había puesto toda la carne en el asador hasta ahora, y esperaba no tener que volver a hacerlo. Pero lo estaba haciendo porque la vida de Bella estaba en juego.

# Capítulo 31

*T*horn se preparó a conciencia para la audiencia con el rey. Sería privada, así que una vestimenta pomposa sería inapropiada. Sin embargo, el rey había decidido que se celebrara en St. James Palace, lo que le daba un aire extremadamente formal. Y también advertía que Su Majestad no la afrontaba con una actitud necesariamente conciliadora.

Joseph le había preparado un traje de terciopelo azul marino con un poco de encaje. Thorn lo aprobó, aunque cambió el chaleco por uno más alegre.

—No queremos que parezca que vamos de funeral.

Después de una larga reflexión, decidió no ponerse la peluca empolvada, aunque eso significaba hacer llamar al peluquero para que lo arreglara más que de costumbre. Al final, con sutiles joyas y su Orden Real, tenía la sensación de que había logrado el mejor aspecto posible, pero le disgustaba sobremanera sentirse aunque fuera un poco nervioso.

Se presentó ante *Tabitha* para que le diera su opinión. La gata parpadeó.

—¿No me das ningún consejo?

—Eee-ah.

—Absolutamente incomprensible. —Thorn se asomó a la cesta—. Señora, ¿dónde están tus hijos? —Miró a su alrededor y vio que *Negro* estaba colgado en el respaldo de una silla, intentando aparentar fiereza. Y Jorge estaba sentado en el suelo. Thorn lo recogió y lo dejó al lado del otro gato—. Si, al menos, el otro Jorge se dejara manipular con tanta facilidad —comentó, y se marchó.

Como Thorn había imaginado, el rey Jorge estaba en pie de guerra. Estaba ofendido, muy ofendido, por las violentas intenciones de las mujeres. Ofendía todas las leyes del hombre, de Dios y de la naturaleza, y se tenía que actuar de forma ejemplarizante.

—Con las hermanas Drummond, por supuesto, señor, pero las demás mujeres no son como ellas. Son la hermana de un sacerdote, la viuda de un decano, una señora mayor y una que, por desgracia, jamás encontrará marido. Acudieron a lady Fowler porque no tenían otro sitio donde refugiarse.

A Thorn le estaba costando encontrar el tono adecuado. Era un peticionario, pero el rey no toleraría ninguna actitud servil por su parte, y Thorn dudaba si podría soportarlo. En general, su relación había sido distante, sobre todo cuando, en un momento dado, ambos habían estado interesados en la atractiva lady Sarah Lennox.

Jorge seguramente creía que tenía un aspecto severo pero, a ojos de Thorn, estaba más cerca del puchero.

—Deberían haber aceptado el refugio del cabeza de familia, ¿qué?

—Por desgracia, en algunos casos, dicho caballero no les tiene mucha estima, y ellas tienen miedo de entregarse a su poder. Son damas decentes, señor.

—Lo sé, lo sé. Una desgracia, ¿qué?

—Sí, señor, y sobre todo porque las ha llevado a estar en un aprieto. Estoy convencido de que estará de acuerdo conmigo en que es impensable que dichas damas decentes entren en la cárcel.

Thorn observó con nerviosismo cómo Jorge daba un paseo por la sala, con las manos a la espalda. El rey se detuvo y lo miró.

—Nunca creí que usted pudiera interesarse por un asunto como este, Ithorne.

Thorn estaba preparado para esa pregunta.

—Y no me interesaba, señor, pero nada más y nada menos que lord Rothgar me pidió que lo hiciera.

—¿Rothgar, eh? Me ha mandado una carta al respecto. Mujeres decentes, ¿qué? ¿Nada de tendencias revolucionarias?

Thorn intentó no pensar en Sprott, y seguramente también en Bella.

—En absoluto, señor.

—Necesita casarse, ¿qué?

Thorn se dio cuenta de que eso iba dirigido a él.

—Espero hacerlo muy pronto, señor.

—Excelente. Dirige los pensamientos de un hombre hacia el deber y la posteridad, ¿qué? Aleja los días de locura.

«De modo que todavía piensa en Annie Lennox, ¿verdad?»

—Espero que el matrimonio enriquecerá mi vida.

—Enriquecer, enriquecer. Excelente, ¿qué? Y niños. Muchos niños, ¿qué?

Temeroso de que se estuvieran desviando del asunto que les ocupaba, Thorn dijo:

—Entonces, ¿puedo liberar a las mujeres, señor?

El rey se tensó y luego hizo una mueca extraña con la cara. «Señor, no dejes que dilapide esta oportunidad.» Al menos, no estaban solos. Lord Devoner era el caballero testimonial, aunque parecía muy aburrido, y un lacayo con aspecto de estatua estaba pegado a la pared.

Thorn jugó la última carta, la que había deseado no tener que enseñar.

—Quizá podría presentarle a las mujeres, señor, para que compruebe con sus propios ojos su decencia y lealtad.

El rey volvió a hacer una mueca y tenía el ceño fruncido como si fuera consciente del problema. Pero entonces dijo:

—¡Sí, sí! Una idea espléndida. Pero las visitaré donde están. Veré esa casa. La respiraré. La conoceré.

Thorn se dio cuenta de que las preocupaciones tenían un motivo de ser: el rey no estaba del todo bien. Sin embargo, las ramificaciones de esa realidad ya las afrontaría luego. Ahora, su principal objetivo era la seguridad de Bella y aquella extraña decisión. Thorn esperaba que Jorge las hiciera traer a palacio, o a alguna otra residencia real, y confiaba en eso para amilanar a la rebelde Sprott. Sin embargo, ahora era inevitable y no tenía forma de enviar ninguna advertencia.

Intentó un último recurso.

—Lady Fowler murió recientemente, señor, y en el aire todavía se respiran algunos restos de su enfermedad.

Sin embargo, el rey lo miró fijamente.

—¿Intenta ocultarme algo, Ithorne?

—En absoluto, señor.

Partieron casi de inmediato en un carruaje sencillo y sin acompañantes porque el rey quería ir de incógnito, pero los lacayos iban armados y dos caballeros armados los seguían de cerca. Llegaron a Grifton Street sin ningún contratiempo, aunque el hombre que estaba haciendo guardia en la puerta pareció que corría el riesgo de sufrir un ataque cuando vio quién se acercaba.

Norman se quedó pálido, luego se ruborizó, y luego empezó a sudar. A Thorn le encantó.

—¿Las señoras? —preguntó Thorn.

—En el salón, Excelencia —respondió Norman—. No hace mucho que han terminado de cenar. Una cena excelente, se lo aseguro.

El rey estaba echando un vistazo a la sencilla casa.

—Huele a sucio —dijo—. Un mal servicio, ¿qué?

Thorn no le recordó que se lo había advertido.

—¿Quiere que traiga las mujeres ante usted, señor? Aquí hay una sala vacía.

—No, me enfrentaré a las leonas en su terreno, ¿qué? —Jorge se había vuelto genial, y eso era una buena señal. Le gustaba ser un benefactor—. ¿Dónde están?

Norman dio un salto, abrió la puerta del salón y anunció:

—¡Su Majestad, el rey!

De esta forma, Thorn no pudo ver lo que vio el rey.

Cuando entró tras él, sonrió. Bella había hecho muy bien su trabajo, por supuesto.

Las seis mujeres estaban allí, de pie y boquiabiertas. Estaban cosiendo, menos la señora Abercrombie, que estaba leyendo en voz alta.

El rey se sentó.

Thorn se tranquilizó al comprobar que todas se dieron cuenta de que deberían seguir de pie.

—¡Siga leyendo! —ordenó Jorge.

La señora Abercrombie siguió leyendo algo abrumada. Por azar o por elección propia, el texto que estaba leyendo era una especie de sermón sobre la humildad. El rey la escuchó durante unos minutos, asintiendo. Luego dijo:

—Basta, basta.

La sala se quedó en silencio y todos los ojos se posaron en él. Todas las miradas parecían nerviosas, aunque Thorn percibía que la señorita Sprott estaba a punto de estallar al no poder hablar. Bella era la más tranquila, pero incluso ella parecía precavida.

—Han sido todas muy estúpidas —dijo el rey—. Nunca es bueno que una mujer decida vivir sin que un hombre la guíe, y aquí tenemos la prueba. El peculiar comportamiento de lady Fowler empezó poco después de la muerte de su marido.

Sprott emitió un sonido, aunque lo camufló con un ataque de tos.

—Me han dicho que ninguna de ustedes dispone de un familiar varón que las proteja, ¿qué?

Por respuesta, recibió una serie de susurros y movimientos de cabeza afirmativos, pero le pareció una incoherencia adecuada.

—Muy bien. Entonces, yo las acojo bajo mi manto. Seré como un tierno padre para todas.

Thorn tuvo que hacer un esfuerzo por mantener el gesto serio, y más cuando vio que a Bella le estaba pasando lo mismo.

Sin embargo, enseguida dejó de ser gracioso.

—Como sustituto, designo a su Excelencia el duque de Ithorne. Quedan en sus manos y él evitará que vuelvan a cometer otra locura como esta en el futuro.

El silencio que siguió se alargó una eternidad, pero entonces Ellen Spencer puso la guinda. Se arrodilló frente al rey, con las manos juntas frente al pecho.

—¡Majestad! ¡Es demasiado bueno, demasiado noble! Hacer esto por unas mujeres tan estúpidas como nosotras.

Era el tipo de actuación que al rey le gustaba, pero a Thorn le pareció que era algo muy sincero. Las demás siguieron su ejemplo. La señorita Evesham tenía el gesto torcido y la señorita Sprott parecía que se estaba ahogando, pero igualmente se arrodillaron. Bella también, con la cabeza inclinada.

En ese momento, Thorn se dio cuenta de algo.

En algún momento desde que había entrado en la sala, Bella había descubierto la verdad.

Hasta ahora estaba convencida de que era el capitán Rose, pero nadie se atrevería a seguir con el engaño delante del rey. Apretó los puños para frenar el impulso de correr hacia ella e intentar explicárselo.

Un pensamiento irónico le vino a la cabeza: Rothgar lo habría hecho mucho mejor.


Bella estaba atónita.

Debería haberse dado cuenta en cuanto mencionó al rey, pero había asumido que seguiría con el engaño.

Al principio, sólo vio al rey y estaba concentrada en ofrecer el aspecto adecuado mientras vigilaba a las demás. Fueron las palabras «el duque de Ithorne» las que hicieron que se diera cuenta de que estaba allí. Lo había mirado, lo había visto y lo había sabido.

Aparte de que estaba al lado del rey, ahora sí que parecía el perfecto aristócrata, vestido de terciopelo y con las joyas, con los tacones de los zapatos y el pelo perfectamente arreglado. Era imposible imaginárselo enfrentándose a criminales en la Rata Negra.

Aquel debió de ser el auténtico capitán Rose, el hermanastro de Ithorne.

Y este era el duque pero, no hacía tanto, Thorn había estado allí. El hombre con quien había viajado y la había ayudado a destruir a Augustus no podía ser ese. ¿Tanto se parecían que podían hacerse pasar el uno por el otro de forma indistinta?

Bella era incapaz de distinguir qué era qué y quién era quién. Con el drama que tenía organizado alrededor, intentó seguirles el juego mientras su mente intentaba averiguar quién había sido Rose y quién había sido Ithorne.

¿Con quién se había enfrentado aquella noche en la habitación del Compass?

¿Quién le había leído en el salón del Hart?

¿Quién le había hecho el amor de forma deliciosa?

Apenas se dio cuenta de que el rey y el duque de Ithorne salían del salón, pero entonces tuvo que estar alerta ante las exclamaciones de alivio y los susurros de nuevas preocupaciones. Por lo visto, iban a trasladarse de inmediato a casa del duque y sólo tenían media hora para recoger sus cosas.

—¡Bajo su poder! —exclamó Hortensia—. Esto es vil.

—Da las gracias —le respondió Mary Evesham con dureza—. Hagamos lo que nos han dicho. Estoy impaciente por salir de esta casa.

—Sí, sí —dijo Clara, y salió corriendo.

Las demás la siguieron, pero Bella se dirigió al señor Norman y dijo:

—Yo no tengo nada aquí. Anoche tuvieron que prestarme lo más básico. ¿Puedo ir a mi casa a recoger mis cosas?

Norman ya casi no tenía a nadie a quien gritar, así que se despachó a gusto con ella.

—No irá a ningún sitio, señora, excepto donde la han mandado. Su Excelencia decidirá el resto.

Así que Bella regresó al salón y a la costura, aunque no dio ni una puntada porque estaba demasiado ocupada descifrando identidades.

El Rose medio desnudo del Compass pareció confundido ante su presencia. Bella lo había interpretado como uno de los efectos del alcohol, pero quizá no tenía ni idea de qué le estaba hablando. Ese debía de ser el auténtico capitán Rose, lo que significaba que el duque de Ithorne la había rescatado en la Rata Negra y había fingido ir ebrio por las calles de Dover.

Y también significaba que Ithorne la había acompañado en su aventura para castigar a Augustus. No le extrañaba que no le preocupara tener que reunirse con lord Fortescue. Qué bien se lo debió de pasar ante los nervios de ella. Y tampoco le extrañaba que no hubiera podido casarse con ella. Ahora todo parecía ridículo.

Dio la bienvenida a la rabia, porque escondía muy bien el dolor, pero se recordó que Ithorne había venido a esa casa a rescatarla y que, por eso, le estaría agradecida toda la vida. Ojalá le hubiera explicado la verdad en Upstone, pero ella misma sabía lo suficiente acerca de mentiras y disfraces para entender hasta qué punto podían llegar a atrapar a una persona.

¿Y ahora, qué tenía que hacer? Sólo podía esperar que le permitiera marcharse con el señor Clatterford a Turnbridge Wells y aceptar que no podían volver a verse nunca más. Sería doloroso pero quedarse en su casa un largo periodo de tiempo sabiendo lo imposible que era hacer realidad sus sueños sería una tortura.

La imposibilidad de un futuro juntos fue todavía más evidente cuando llegaron a Ithorne House. Las mujeres bajaron de los tres carruajes y las acompañaron hasta el impresionante vestíbulo. Bella ya había estado aquí antes, por supuesto, pero estaba dispuesto como un escenario teatral, muy irreal. Ahora era real y dejaba boquiabierta.

Las paredes eran oscuras y estaban partidas por la mitad por columnas de mármol dorado. El techo estaba decorado con dioses y diosas ascendiendo hasta las infinitas nubes, como si quisieran dejar claro que aquel lugar no era para los mortales ordinarios. El suelo era de mármol, y de eso se acordaba. Había parecido un suelo sencillo en la plaza italiana falsa, pero ahora parecía lujoso.

Thorn estaba allí.

No, no era Thorn. Era Ithorne. Dejó a cada mujer en manos de una doncella que las acompañaría a su habitación. Sin embargo, pidió hablar con Bella. Ella supuso que tenía que pasar, pero deseó poder esconderse en alguna sencilla habitación y llorar.

Él la invitó a entrar en una sala de recepción cercana a la puerta principal, uno de los lugares donde se reuniría con alguien que no era apropiado para acceder a las partes de la casa que consideraba su hogar. Ella lo agradeció, porque servía para distanciarlos.

Sin embargo, cerró la puerta.

—¿Te importa? —le preguntó—. No creo que queramos que nadie nos oiga.

Bella se encogió de hombros.

—No creo que nadie piense que quiere violarme.

Él respiró hondo y dijo:

—Pues sí que quiero.

Ella se volvió.

—No. No puedo imaginarme cómo ha podido suceder todo esto, pero ahora entiendo por qué no quería tener nada que ver conmigo después de lo de Upstone. —Encontró el valor para darse la vuelta y mirarlo—. Lo entiendo. Pero no puedo ser su amante, así que esto tiene que terminar. Ahora.

Él estaba sonriendo.

—Kelano de la Amazonia, ya veo. Pero con quien quiero casarme es con Bella.

Entonces, siempre había sabido que era Kelano y no había dicho nada.

Y después fue consciente de la segunda parte de la frase.

—Le aseguro que es un honor, Excelencia, pero no.

—¿No?

Su sorpresa casi la divirtió, pero estaba demasiado enfadada e irritada.

—Es imposible y usted lo sabe. Por eso no ha intentado buscarme. Podría haberlo hecho. Niéguelo si se atreve.

—Podría —admitió él. Cerró los ojos un momento antes de decir—. No sabía qué era mejor.

—Bobadas. Sabía perfectamente qué sería una locura. Mírese. Míreme.

—Ahora sé lo que quiero —replicó él, con firmeza—. No puedo vivir sin ti. Podemos solucionar cualquier otro problema menor. —Se le acercó y habló en un tono más suave, el que ella recordaba perfectamente—. Bella, te quiero. Te quiero con locura.

Ella quería rendirse, pero ese no era Thorn. Aquel hombre perfectamente arreglado, aquel aristócrata enjoyado en su elegante casa no era su amante, su amigo, su marido de ensueño en un acogedor salón.

—¡Escúchese! —espetó ella—. «Con locura.» Esto es una locura pasajera, Tho... —Se interrumpió para no decir su nombre de pila y dio media vuelta—. Un día recuperará la cordura, Excelencia, y no quiero ser su esposa cuando eso suceda.

—¿Qué clase de chalado crees que soy?

—Por lo visto, uno enamorado. —Pero hizo una mueca ante sus propias palabras—. Le pido disculpas. Usted ha sido muy amable conmigo.

—Bella...

—Me han invitado a trasladarme a Turnbridge Wells para vivir con unas damas. Le pido que me lo permita.

Silencio, de modo que no se atrevió a mirarlo.

—Te concederé lo que me pidas, por supuesto —dijo él—. Incluso eso.

Bella oyó la voz de Thorn y eso la hizo volverse, pero el hombre que tenía delante seguía siendo el duque.

—Es mejor así —dijo ella.

—Sí —respondió él—. Creo que sí. —El dolor ilógico de Bella debió de reflejarse en su cara, porque él hizo un gesto de rabia consigo mismo—. No me refería a eso. Soy un estúpido enamorado por intentar convencerte ahora. No podía esperar. Pero esperaré. A que cambies de opinión.

—No lo haga, por favor. Si desfallezco, esto sólo nos conducirá al desastre.

Él la tomó de las manos, y aquel contacto estuvo a punto de hacer que se derrumbara pero, cuando Bella bajó la mirada, vio un anillo de zafiros y el delicado encaje de los puños de la camisa. Un encaje que debía de costar una fortuna. Levantó la mirada y vio un zafiro en su oreja.

Ella se separó y sacó el pañuelo. La única locura que se había permitido aquellos últimos meses era llevar el pendiente con forma de calavera en el bolsillo. Lo sacó y se lo entregó.

Él lo aceptó y se quedó mirando los ojos de rubí.

—La idea de esto y los demás detalles extraños es para reforzar el engaño. Caleb y yo nos parecemos, pero no tanto. Cuando la gente ve la levita vieja, el pañuelo rojo y la calavera, ve al capitán Rose. —La miró—. Cuando puedo, saco un poco de tiempo y me pongo en la piel del capitán Rose, pero no es frecuente. En el Compass, hablaste con Caleb, con mi hermanastro. Me lo explicó y fui a Dover para averiguar qué te pasaba. Debería habértelo explicado en algún momento, pero no supe encontrarlo.

—Debería haberlo adivinado cuando nos encontramos a Fortescue.

—Caleb se ha hecho pasar por mí en una o dos ocasiones, pero sólo si es absolutamente necesario. Hacer de duque es lo más complicado.

Lo decía de corazón y Bella lo compadeció, pero tenía que mantenerse firme. A él puede que le pareciera posible que fuera voluble como el mar y pudiera llegar a convertirse en parte de su mundo, pero ella sabía que no era así.

—Nunca funcionaría —dijo.

Él se guardó la calavera en el bolsillo.

—Descansa Bella, después del trabajo hecho. Puedes confiarme a tus mujeres y lo arreglaré todo para que puedas viajar con el excelente señor Clatterford mañana mismo. —Ante la sorpresa de ella, añadió—. Vino a pedirme ayuda, pero ya me habían encargado que me ocupara del caso. Para ser sincero, fui a casa de lady Fowler sin saber nada de tu presencia allí, para rescatar a Ellen Spencer.

De repente, Bella se rió.

—Mary tenía razón desde el principio. Se la recomiendo, Excelencia. Es la más sensata de todas.

Él sonrió y alargó la mano. Bella le entregó la suya, aún sabiendo que se la besaría. Y así fue.

—Ojalá fuera un capitán de barco, porque es lo que tú quieres. Pero soy lo que soy, y siempre lo he sido. Espero que puedas perdonarme por ello.

La soltó y se dirigió hacia la puerta, pero ella le hizo una pregunta.

—¿Por qué entregó mil guineas al fondo Fowler?

Él se volvió, sorprendido.

—¿Cómo lo descubriste? No, no me lo digas —añadió, con una sonrisa irónica—. Tú eres tú. Fue una pequeña locura, Bella, nada más. ¿Imaginaste algún tipo de plan oculto? Las aboné por un amigo, que tenía que pagarlas por culpa de una estúpida promesa.

Bella lo miró a los ojos.

—Una pequeña locura, pero estuvo a punto de destruir a varias personas. No lo olvide, Excelencia.

Abrió la puerta ella misma y accedió al magnífico vestíbulo.

Había una doncella esperándola. Bella hizo una reverencia al duque de Ithorne y subió a una preciosa habitación donde, por fin, pudo disfrutar de un poco de intimidad y llorar hasta caer rendida en un exhausto sueño.

# Capítulo 32

*Turnbridge Wells, diciembre*

—*L*ord Youland, Bella, querida. Flirtea con él.

—Es que no me apetece, lady Thalia —respondió Bella, en tono amigable—. Sabe perfectamente que enseguida imagina cosas.

—Pero necesitas práctica, querida. Asustas a los caballeros.

Estaban paseando, bien protegidas con capas forradas de piel, por los caminos de Turnbridge Wells. En diciembre, las únicas personas que había allí eran residentes o inválidos, pero igualmente era un punto de reunión social.

Bella había aparecido dos semanas antes de lo previsto, cuando el nuevo vestuario completo que las Tracey insistieron en que se comprara estuvo listo. Había protestado diciendo que sólo necesitaba unos días para descansar y recuperar su identidad como Bella Barstowe antes de encontrar un propósito noble en su vida. Sin embargo, lady Thalia Trayce, un encanto de dama a pesar de sus años, había insistido, casi con lágrimas en los ojos, que el señor Clatterford les había prometido que Bella sería su acompañante durante un tiempo.

¿Cómo podía negarse?

«Tuvimos una acompañante joven el año pasado y nos pareció algo muy rejuvenecedor —le había explicado lady Thalia—. Pero se casó. Lo probamos con otra joven, pero era una criatura muy pesimista que siempre esperaba lo peor de la vida. Se la recomendamos a lady Vester, que es igual.»

Había tres hermanas Tracey, todas ellas hijas del marqués de Ashart. Del anterior, porque el actual era un chico joven. En realidad, era uno de los mujeriegos a los que lady Fowler había seguido más de cerca. Y él la había recompensado con jugosos escándalos y sin inmutarse ni un ápice por las reprimendas de ella.

Ahora estaba casado, y con la tal Genova que había sido la acompañante de las damas. Sólo era la hija de un capitán sin ninguna riqueza, algo que lady Thalia le recordaba cada vez que Bella decía que ella era demasiado ordinaria para los importantes caballeros que le presentaban.

Lady Thalia era, a sus magníficos setenta años, la más joven de las tres. Nunca se había casado, porque su amado murió en la guerra hacía mucho tiempo. Se seguía vistiendo con un estilo juvenil porque lo único que parecía preocuparle era qué pensaría su amado cuando la viera tan vieja en el cielo.

Lady Urania, unos años mayor, era tranquila, sensata y viuda. Ya se había marchado a casa de su hijo mayor a celebrar con él las Navidades.

La mayor era lady Calliope, una mujer rolliza y corpulenta que sólo podía dar dos o tres pasos seguidos. Las damas tenían a dos fuertes lacayos encargados de trasportarla a todas partes en una silla especial, y lady Thalia admiraba abiertamente sus músculos.

Al principio, lady Calliope había asustado a Bella, porque parecía enfadada por todo. Sin embargo, Bella había aprendido a buscar la chispa de diversión en aquellos ojos hinchados y a escuchar el tono irónico. A estas alturas, sabía que podía confiar a ciegas en lady Calliope. Era fuerte como un roble. Lady Thalia, aunque era encantadora, era una mariposa.

Bella aceptó que le presentaran a sir Irwin Butterby, que parecía un poco perdido pero, cuando se acercó a él junto a lady Thalia, él abrió los ojos con pánico. Lady Thalia provocaba ese efecto en muchas personas, porque siempre estaba intentando ejercer de Celestina.

Cuando lady Thalia se alejó, Bella se apresuró a tranquilizar al baronet. Hizo un comentario casual acerca de las ambiciones de lady Thalia como Cupido y una vaga referencia a un caballero que estaba en otro sitio.

Él enseguida se tranquilizó y confesó una situación similar. Había acudido a Turnbridge Wells a acompañar a su madre enferma, pero la enfermedad le había supuesto retrasar la boda con su querida Martha, que era una santa y no se quejaba por nada. Al cabo de un cuarto de hora, ambos acordaron protegerse mutuamente. Bella continuó con su paseo, satisfecha con aquella nueva amistad, aunque triste en otros aspectos.

Esos días, la tristeza vivía en ella, y no sabía cómo evitarlo. Tenía miedo de estar perpetuamente triste por Thorn pero, siempre que se cruzaba con un par de enamorados con estrellas en los ojos, su dolor se acrecentaba. Incluso sir Irwin, que había tenido que retrasar la boda por una obligación hacia su madre, estaba en una situación mejor que ella.

Bella lloraba muy a menudo. Nunca había sido de lágrima fácil, pero ahora era un continuo que amenazaba con avergonzarla, porque no quería que nadie lo supiera. Al principio, no dormía bien pero, al menos, el insomnio acabó desapareciendo. No así los sueños tristes. No le serviría de nada. Tenía veintiún años y la vida por delante. No pensaba vivirla llorando.

En primavera. Es lo que había decidido. En primavera empezaría a buscarse la vida de forma independiente, aunque no estaba segura de cómo hacerlo. Ed Grange había empezado un periodo de aprendizaje en Londres y se temía que Peg no querría marcharse de la ciudad, pero Bella sabía que ella no podía vivir en la ciudad. No podía vivir en ningún lugar donde existiera el peligro de encontrarse con el duque de Ithorne. Quizá su determinación flaqueara.

Vivía con un miedo constante a que se presentara allí. Había venido a vivir con las hermanas Tracey para reconducir su reputación, pero no esperaba que ellas la condujeran hasta las esferas sociales más altas.

Quizá debería unirse a Mary y a las demás en su convento. Lo llamaban así en broma, porque las cinco mujeres vivían en una tranquila casa a las afueras de Londres, compartiendo la gestión de la misma y realizando obras de caridad en el vecindario. Hortensia seguía quejándose por todo, pero había aceptado trabajar para lograr pequeñas mejoras. Mary era la madre superiora oficiosa, con Betsy como su dispuesta ayudante. Cuando estuvieran realmente instaladas, pretendían acoger a otras damas decentes.

Sin embargo, Bella no podía ir allí. Sería otro rebaño y estaba bajo el auspicio del duque de Ithorne, que lo había creado y fundado.

Lucinda le había propuesto irse a vivir las dos juntas. La implicación era: dos tristes solteronas juntas. Bella sintió una pequeña punzada de lástima, pero se mantendría firme.

Augustus, para mayor tranquilidad de todos, seguro, se había matado. Igual que Squire Thoroughgood, aunque él había cumplido su promesa: se había pegado un tiro el día después de los acontecimientos de Upstone. Sir Newleigh Dodd había huido al extranjero como el conejo asustado que era.

Augustus había intentado recuperarse del escándalo, convencido de que habría alguna manera de superar la vergüenza. Cuando no lo consiguió y sufrió el ostracismo al que la condenó a ella, empezó a tomar láudano cada vez en mayores cantidades. Al final, de forma accidental o deliberada, tomó demasiado. Bella no sintió ni un ápice de culpabilidad después de comprobar no sólo cómo se había portado con ella, sino también con todos aquellos que caían en sus manos. El mundo era mejor sin él. Charlotte Langham estaba prometida con un caballero agradable y fiel.

Aquel capítulo de la vida de Bella estaba cerrado. Y pronto abriría uno nuevo y, a pesar de la tentación, sin Thorn... Aunque tendría que esperar hasta la primavera.

—Ya es hora de prepararnos para las Navidades —dijo lady Thalia una noche mientras estaban sentadas en el pequeño salón, que disponía de una enorme chimenea.

—Bobadas —gruñó lady Calliope.

—Venga, venga, Callie. Sabes que no te las perderías por nada del mundo.

«¿Perderse las Navidades?», se preguntó Bella.

—Yo estoy impaciente por celebrarlas —dijo Bella—. Las últimas cuatro Navidades las pasé en Carscourt y fueron horribles.

—¡Entonces estas serán muy divertidas! —exclamó lady Thalia—. Las pasaremos en Rothgar Abbey.

Bella se detuvo a media puntada.

—Pero, ¿no está muy lejos? —Lady Thalia y lady Calliope nunca viajaban. Bella ni siquiera estaba segura de si lady Calliope podía.

—Mucho —gruñó lady Calliope.

—Sabes que quieres ir, Callie. ¡Piensa en el bebé de Rothgar!

«Ah.»

—¿Lady Rothgar ya ha tenido al bebé? —preguntó Bella. Había sido un evento muy comentado desde su llegada.

—No, no. Todavía no —dijo Thalia—. Y espero que no lo haga antes de que lleguemos. Lady Elf, la hermana de Rothgar, Elfled, tuvo a su hijo la noche de Navidad el año pasado. ¿No sería perfecto? Otro bebé de Navidad. Y Genova montó el pesebre y cantamos aquella canción que nos enseñó. Era algo de alegría y campanas. Espero que alguien se acuerde de la letra.

—Oh, deja de parlotear, Thalia —gruñó lady Calliope—. Fue bastante desagradable cuando llegamos.

—Rothgar lo arreglará todo y sabes que nos ha prometido que nos buscará unos buenos asientos para que lo veas bien. Y estará su hija. Me muero por conocerla. Tan romántico. Una historia de amor en Venecia —le dijo a Bella, sin ningún tipo de vergüenza. Era extraordinaria.

—Un escándalo en Venecia —la corrigió lady Calliope—. Él apenas era un crío.

—¡Un amor de juventud! —exclamó lady Thalia—. Y ahora la hija de Rothgar está casada con Huntersdown, querida —le explicó a Bella—. Un granuja encantador y un seductor delicioso. Te encantará, Bella, querida.

Bella, de repente, se mostró muy cauta. Por la carta Fowler sabía que lord Huntersdown era primo de Ithorne. ¿También estaría allí?

—¿Y será una celebración muy grande? —preguntó.

Thalia hizo pucheros.

—Por desgracia, este año, no. Como el bebé estará a punto de nacer, sólo han invitado a la familia más cercana. Pero estoy segura de que tendremos lo más esencial. Cerveza especiada y comida. Acebo y hiedra. El árbol de Navidad.

A Bella le daba vueltas la cabeza, algo que solía sucederle cuando estaba con lady Thalia, pero ahora que no tenía que temer otro encuentro con Thorn, podía tranquilizarse.

—En tal caso, estoy impaciente, señora. Gracias por invitarme.


Thorn leyó la carta y reconoció la tentación. Era de Rothgar y lo invitaba a pasar las Navidades en Rothgar Abbey.

«Maldito sea.» ¿Cómo se había enterado de lo de Bella?

Tenía que ser por eso. El mismo correo le había traído una carta de Clatterford con la noticia de que Bella iba a pasar las Navidades en Rothgar Abbey. Aquello iba en contra de sus planes.

Le había dado, a propósito, un mes para recuperar el equilibrio con la esperanza de que su tiempo con las hermanas Trayce la convenciera de que podía tolerar el esplendor ducal. Estaban entre lo más selecto de la sociedad y, aunque no organizaban grandes fiestas, le enseñarían a tratar con las elites.

A Thorn le hubiera gustado darle la oportunidad de adquirir experiencia entre los círculos de la corte, pero su paciencia no soportaría esperar hasta enero, cuando empezaba la temporada de invierno. Había planeado realizar una visita a Turnbridge Wells para cortejarla justo antes de Navidad. Si se la ganaba, se la llevaría a pasar las Navidades a Ithorne Castle con alguna carabina.

Cuando obtuviera su compromiso, le daría todo el tiempo que necesitara para adaptarse a su mundo y aprender protocolo, pero tenía que conseguir su compromiso. Vivía con el miedo constante de enterarse que se había casado con otro hombre. Era capaz de acordar un matrimonio de conveniencia para no rendirse ante él.

Había esperado, y se había mantenido sereno únicamente gracias a las misivas de Clatterford, pero ahora el abogado le había informado de que las hermanas Tracey irían a Rothgar Abbey a pasar las Navidades, y que se llevaban a Bella. Aunque saliera hoy mismo, ellas ya habrían emprendido el viaje.

Había intentado resignarse a tener más paciencia, pero la inesperada invitación era casi irresistible. Significaría tomar lo que quería de las manos de Rothgar y renunciar a su deber de celebrar la Navidad en Ithorne Castle.

—¿Tu opinión? —le preguntó a *Tabitha*, que estaba más lustrosa ahora que los cachorros ya no mamaban tan a menudo. Ahora pedían mucha más atención de Thorn y de sus criados, porque eran unos intrépidos aventureros.

El oráculo se mantuvo en silencio.

—¿Me espero? —le preguntó él.

—Ee-ah-a.

—No, no, te gustará mucho que ella viva aquí.

—Ay-a.

—Tendrá que gustarte que viva aquí.

—¡Ah-oo-ee-a!

—No tiene sentido que protestes, y tengo que decidirme. No puedo soportar esta tortura mucho más tiempo.

Volvió a leer la carta de Rothgar, pero no encontró ninguna señal de malicia. Le molestaba que Rothgar se hubiera enterado de su amor, pero dejar que eso lo apartara de lo que quería sería una locura.

Como siempre, su principal obstáculo era el deber, el maldito deber.

Se acercó hasta la ventana que daba a los helados campos de Ithorne Castle, donde había celebrado las Navidades cada año desde que nació. En más de una ocasión había deseado poder ir con Christian a su casa, donde eran muchos hermanos y había celebraciones para todas las edades.

Sin embargo, siempre había cumplido con su deber para no decepcionar a la gente del castillo. Si él no estaba en casa, ¿por qué decorar? ¿Por qué preparar un gran festín únicamente para los familiares a su cargo que vivían de su caridad? Los arrendatarios y otras personas locales querrían que se uniera a ellos en sus celebraciones. Había ciertas tradiciones y responsabilidades que, por lo visto, sólo podía ejecutar él.

Robin tenía una madre que se encargaba de esas cosas por él encantada.

Él no tenía a nadie.

Aunque quizá el año que viene tendría una mujer y, a su debido tiempo, hijos.

Bella, y los hijos de Bella.

Su gente podría celebrar la Navidad sin él un año. Este año. Se sentó para escribir a Rothgar y aceptar su invitación.

Pero arrugó el papel y lo tiró al fuego.

No funcionaría. Decepcionaría a demasiada gente.

Sacó otra hoja de papel y escribió a Robin, pidiéndole que cuidara de Bella por él y que se asegurara, por encima de todo, de que no establecía ningún tipo de relación afectiva con nadie.

Cuando hubiera cumplido con sus obligaciones navideñas, iría a buscarla estuviera donde estuviera. Y si seguía pensando igual, si seguía sin tolerar la grandeza del duque de Ithorne, no sabía qué haría.

Bella bajó del lujoso carruaje de viaje frente a Rothgar Abbey muy emocionada. El viaje le había sentado bien. En cierto modo, la había apartado de la rutina de infelicidad y se sentía fresca como una rosa y dispuesta a pasárselo bien.

Nunca había vivido una Navidad alegre. Bajo la autoridad de su padre, Navidad había sido una celebración sobria marcada por su significado religioso. Ni rastro de las antiguas tradiciones de las que lady Thalia le había hablado durante el camino: el árbol de Navidad, una rama de muérdago o el Obispo de los locos.

Augustus había añadido el ahorro a la tradición. Obviamente, ahora Bella sabía que necesitaba ese dinero ahorrado para pagar sus deudas de juego. Todavía le extrañaba que nadie lo hubiera adivinado y a menudo pensaba en los secretos que la gente guardaba. Las hermanas Tracey, por ejemplo, sabían lo de su escándalo de juventud, pero no sabían nada de Bellona Flint ni de los sentimientos de Bella hacia el duque de Ithrone, y pretendía que así siguiera siendo.

El hombre moreno que las estaba esperando debía de ser el marqués, pero llevaba una ropa muy sencilla y su sonrisa era tan cálida que Bella se preguntó por qué a veces lo llamaban el Marqués Oscuro. Los presentaron, y el marqués ofreció a lady Tahlia el brazo para ayudarla a subir las escaleras mientras unos lacayos sacaban a lady Calliope del ingenioso asiento deslizable que le había facilitado mucho el viaje. A pesar de la vestimenta y la actitud afable, el poder y la importancia de ese hombre eran obvios.

Y el estatus social de Thorn era incluso más alto, se recordó.

No funcionaría.

Hacía un precioso día soleado, como sucedía de vez en cuando en diciembre, cuando el sol bajo calentaba a través de las ramas desnudas. Bella se detuvo en lo alto de las escaleras de la entrada para observar el paisaje y disfrutar. Si uno se tomaba la molestia de mirar, el mundo estaba lleno de belleza. Una persona podía tener una buena vida sin un marido, sin hijos, sin esa clase de amor especial.

Los lacayos estaban subiendo a lady Calliope por las escaleras en su silla habitual. Bella la esperó y entró en la casa con ella, porque aquel impresionante edificio todavía la intimidaba.

La casa era tan espléndida por dentro como por fuera, pero no vio ninguna señal de la llamativa decoración navideña que le habían prometido. Le presentaron a la marquesa, que estaba inconcebiblemente enorme, y que se frotó la barriga con una mueca.

—Creo que el bebé está practicando pasos de baile aquí dentro

Su brillo y su madura satisfacción fueron otro duro golpe para Bella. Aunque casi todo lo era. Hizo una reverencia y dio las gracias a lady Rothgar por haberla invitado.

—Es muy bienvenida, señorita Barstowe.

Lord Rothgar se colocó al lado de su mujer.

—Tendrá que disculparnos por haber organizado una fiesta tan tranquila este año, señorita Barstowe. Estamos todos pendientes del pequeño Malloren.

Le sonrió a su mujer.

Otra vez, estrellas en los ojos, incluso entre personas de tanto nivel.

¿Era posible?

Era una pregunta que se había prohibido pero que, de repente, apareció. La ignoró. La marquesa de Rothgar era condesa de Arradale antes de su matrimonio; una condesa por derecho propio puesto que había heredado el título de su padre. Uno tenía que casarse con su igual. ¿No lo decía la Biblia?

La dejaron en manos de una doncella que la acompañó al primer piso y la guió por un laberinto de pasillos hasta una habitación que parecía demasiado grande para una aocmpañante. Bella no dijo nada, pero preguntó dónde instalarían a lady Thalia y lady Calliope.

—Al otro extremo del pasillo, señorita. No las perderá, aunque los que visitan Rothgar Abbey por primera vez siempre se pierden. No dude en llamar a un lacayo para que la acompañe. Aquí tiene la campana. —Le enseñó una cuerda junto a la chimenea—. Tire fuerte, señorita, y sonará abajo. Voy a buscarle un poco de agua caliente para que pueda refrescarse del viaje, señorita. Enseguida le suben el equipaje. ¿Desea algo más, señorita?

—No, gracias.

Bella observó la habitación y observó la casa y la sorprendió que no fuera tan aterradora como había imaginado. A pesar del tamaño, lo imponente que era y el laberinto de pasillos, desprendía un aire acogedor y familiar.

Se planteó la misma pregunta que antes y aparecieron nuevas respuestas, como las semillas que crecen de la tierra en primavera. En un principio, las bloqueó, pero luego se relajó y las dejó entrar.

El viaje hasta aquí la había cambiado de una forma peculiar. Estar en un lugar nuevo, que no tenía ningún tipo de connotaciones, también le estaba haciendo bien.

Luchar contra su mayor deseo sería de locos y, si una diminuta planta podía mover una piedra, como ella sabía que podía, dejaría que las semillas de su mente crecieran libremente.

# Capítulo 33

*E*n muy poco tiempo, Bella se sintió como en casa en Rothgar Abbey.

Quizá era porque, como habían dicho, se trataba de una reunión íntima, básicamente familiar. Al ser en la época fría del año, la aproximadamente docena de personas solían reunirse en pequeños salones que se calentaban en seguida.

Descubrió que, en años anteriores, los hermanos de lord Rothgar siempre venían pero, a medida que se iban casando, las tradiciones familiares iban cambiando. Empezaban tradiciones nuevas en sus casas con sus nuevas familias. Si lord Rothgar sentía nostalgia, lo disimulaba muy bien. Al fin y al cabo, él también estaba cambiando las tradiciones. Tenía, por primera vez, a su hija mayor con él, ahora convertida en lady Huntersdown, una alegre y encantadora dama italiana.

Bella recordaba cómo lady Fowler había intentado convertir la existencia de Petra Huntersdown en un perpetuo escándalo, y ahora se avergonzaba de haber tenido algo que ver con esa mujer. Quería disculparse, pero Bellona Flint estaba muerta y se había llevado todos sus actos con ella.

Pronto lord Rothgar tendría otro hijo, seguramente el primero de muchos y, en el futuro, la Navidad en Rothgar Abbey tendría otro tono.

Había unos cuantos invitados más, que Bella imaginó que estaban tan acostumbrados a pasar la Navidad allí que igualmente los habían invitado ese año. La señorita Malloren, de mediana edad y con tendencia a chismorrear. Conocía todos los escándalos de Bella pero alguien debió de advertirla porque, después del primer comentario, ya no volvió a mencionarlos. El señor Thomas, muy callado, y el teniente Moresby, que tenía lazos familiares con la familia y que, al no estar en alta mar, no tenía otro sitio dónde ir. Tenía tendencia a alegrarse por todo, incluso por la presencia de Bella, lo que lo convertía en un excelente invitado. Bella no estaba interesada en él, por supuesto, pero se convirtió en su pareja de hecho y disfrutaba de su compañía.

A veces, lord Huntersdown parecía competir por la atención de Bella, algo que la avergonzaba, hasta que descubrió que a su mujer no le importaba.

—¡Ah, Robin! Flirtea casi tanto como respira —dijo Petra Huntersdown en su delicioso acento italiano—. Y lo hace muy bien. ¿No le parece extraña la Navidad inglesa? El pudín de pasas. El árbol gigante. Mañana, los hombres tienen que cortarlo. Será divertido. Nosotras bajaremos juntas, porque somos las únicas damas jóvenes para sujetarles los abrigos, que imagino que es otra tradición.

Así que, el día de Nochebuena, Bella caminó junto a Petra para ver cómo los jóvenes se quedaban en mangas de camisa, cogían una sierra enorme y cortaban el árbol de Navidad. Incluso lord Rothgar participó.

Acompañó al teniente Moresby a cortar acebo, hiedra y muérdago, y le permitió que le robara un beso debajo de una rama. O, mejor dicho, lo animó a robarle un beso. Era muy tímido. Todos colaboraron a la hora de decorar el salón con las plantas que habían recogido y, de vez en cuando, cantaban canciones tradicionales.

Nunca se había imaginado así a la alta aristocracia y, entre ellos, fue consciente de cómo su pequeña planta crecía y empezaba a abrir las primeras hojas.

Sí, ya conocía la otra cara, el resplandor y la formalidad, la arrogancia y la distancia, pero ahora también conocía esta. Era simplemente una familia celebrando la Navidad y esperando, con nervios, la llegada de un bebé deseado con impaciencia.

Los doctores habían dicho que quizá se adelantaba, pero ya era Nochebuena y no había ningún síntoma de parto. En Rothgar Abbey también había un doctor y una comadrona que vigilaban constantemente a lady Rothgar, que ahora apenas salía de su habitación. Lord Rothgar ejercía de perfecto anfitrión, aunque la tensión empezaba a hacer mella en él.

—Porque no puede hacer nada —le dijo Petra a Bella. Estaban adornando la escalera con cintas de colores. Otros estaban colgando pequeñas campanas. Tenían un sonido muy bonito, pero era tan insistente que a Bella la estaban empezando a poner nerviosa.

—No se puede hacer nada —dijo Bella—. Pero sería horrible que algo saliera mal.

Entonces recordó que Petra también estaba embarazada, aunque todavía le quedaban varios meses para dar a luz, y se arrepintió de haber dicho eso.

—Está acostumbrado a que todo salga como a él le gusta. Siempre dice que, con un Malloren, todo es posible. Son difíciles de querer.

—¿Ah sí? —preguntó Bella, mientras ataba una rama de acebo a la cinta. Tenía muchos frutos lo que, según la creencia popular, significaba buena suerte, pero entonces recordó una antigua canción que los equiparaba a la sangre.

—Pues claro. Cuando amamos, lo que más tememos es perder a nuestros seres queridos.

—Entonces, quizá sea mejor no querer.

—No hay otra opción. Es la vida. El amor nos visita a todos. —Petra la miró—. ¿Nunca... Nunca has querido?

—No estoy segura.

—Entonces, es que no —dijo Petra, agitando la mano en el aire.

—¡Sí que he querido! —protestó Bella, que se sentó en un escalón, desesperada con ella misma.

Petra se sentó a su lado, impaciente.

—¡Explícamelo!

—No.

—¿Por qué no?

Porque hacerlo convertiría una planta en un roble en cuestión de segundos, sacudiéndolo todo.

—¿Te encuentras bien, querida? —Era lord Huntersdown, preocupado por su mujer porque se había sentado.

—Por supuesto. —Pero entonces Petra admitió—. Sólo un poco cansada.

La ayudó a levantarse con mucha ternura y preocupación. El amor, maravilloso y terrible, imposible de negar, y el mayor regalo de la vida.

Mientras Bella observaba cómo la pareja se alejaba, mirándose a los ojos, pensó: «Así que el árbol crece, por mucho que intentes protegerte».

Se sentó en la escalera entre la vegetación de esperanza y las cintas de celebración, con las campanas de felicidad tintineando a su alrededor. De repente, todo parecía perfectamente claro. Tanto que ni siquiera se imaginaba cómo había podido verlo de otra forma.

El amor era la clave, y ellos tenían amor. El capitán Rose o el duque de Ithorne; el hombre debajo de la máscara era el mismo. Era el héroe de la Rata Negra y el generoso compañero de viaje. Era su cómplice en la venganza, su amante y su amigo.

El amor resplandeció en su interior. El mismo amor que él le había confesado con una perfecta simplicidad.

Ese amor no era delicado y con riesgo de romperse con los obstáculos y las dificultades. Era como una planta, firme y fuerte, y capaz de mover piedras, incluso montañas. Era un roble.

Lady Thalia se acercó al pie de las escaleras.

—Bella, querida, ¿te encuentras bien?

Bella se levantó sonriente.

—Perfectamente. —Cogió otro trozo de cinta y otra rama de acebo.

Excepto que su ceguera podría haberle costado su felicidad.

¿Y si Thorn había cambiado de idea? Había pasado un mes.

No, no podía ser porque, si no, su amor no era tan grande.

Sin embargo, ella lo había rechazado. Y de forma definitiva. Si pudiera acudir a él y retirar ese rechazo. Era imposible. Tenía que esperar…

¿Por qué?

Soltó la rama y corrió hasta el pequeño salón, donde sabía que había papel y tinta.

«¡La cabra tira al monte!», pensó, y se rió, y tuvo que taparse la boca para que nadie la oyera. Reía de felicidad, pero también estaba experimentando cierto vértigo ante la posibilidad de un futuro dichoso.

Podía ir a su casa, ¡incluso podía robar un caballo!, pero no estaba tan loca. Estaba demasiado lejos, y más teniendo en cuenta que todo estaba nevado. Tendría que conformarse con intentar escribir algo coherente.

Destruyó cinco hojas, hasta que, al final, optó por unas palabras absurdamente sencillas:

«Thorn, querido mío:

Perdóname. Sí. Por favor.

Tuya,

Bella»

Le temblaban las manos mientras doblaba y sellaba la carta y entonces, fruto de una estúpida y persistente resistencia, no quería que nadie supiera a quién se la enviaba. Se obligó a superar ese miedo, escribió la dirección y fue a buscar a lord Rothgar.

Estaba hablando con lady Calliope, y se volvió hacia Bella con una sonrisa, aunque también se adivinaba la sombra del amor asustado.

El precio del amor.

Un precio que ella estaba más que dispuesta a pagar.

—Necesito enviar esta carta —dijo—. Sé que es Navidad y siento mucho tener que pedir que un lacayo la lleve pero... pero debo hacerlo.

Rothgar vio la dirección y amplió la sonrisa y quizá relajó un poco la tensa sombra.

—Por supuesto que debe. Yo me encargo.

Ahora sólo podía esperar mientras, como los demás, participaba de las celebraciones.

Cuando se acercó la medianoche, lady Rothgar bajó, sonriente y aparentemente relajada, lo que tranquilizó los ánimos generales. Sin embargo, caminaba de una forma extraña, como si la carga empezara a ser demasiado. Entraron una enorme caja de madera y lord Rothgar se volvió hacia lady Thalia.

—¿Te gustaría abrirla?

Thalia se puso contenta como una niña con un regalo.

—¿Puedo? ¡Qué emoción!

Levantó la tapa, se encontró con paja y empezó a buscar debajo. Sacó un burro pintado.

—Oh —exclamó—. ¿Es un pesebre? Qué maravilla. Estaba pensando en lo triste que era que este año no tuviéramos uno. Bella, querida, ven a ayudarme. Genova trajo uno el año pasado. ¿Te acuerdas de Genova? ¿La que se casó con Ashart? Las Navidades pasadas no dejaron de coquetear. El amor joven. Nunca es fácil, pero eso forma parte del placer. ¡Todos a ayudar! —gritó, muy contenta—. Tenemos que tenerlo todo listo para que el bebé pueda llegar a medianoche.

Pareció ajena a las miradas que se intercambiaron a su alrededor. Sin embargo, lady Rothgar parecía muy tranquila. Se sentó, se acarició la tripa y observó.

Petra estaba casi tan emocionada como lady Thalia, puesto que el pesebre era una tradición italiana. Se lo comentó a su marido, y le habló de otros pesebres y otras Navidades, y él sonrió, emocionado por la felicidad de su mujer.

«El amor multiplica —pensó Bella—. Multiplica el dolor, pero también la alegría.»

Alguien había colocado una mesa junto a la chimenea para la escena de la natividad, y la montaron sin perder ni un segundo. Las piezas eran preciosas, pero sólo había las principales: María, José, el buey y el burro. Había tres pastores y algunas ovejas, pero lady Thalia y Petra insistieron en colocarlas a cierta distancia de la estructura de madera que representaba el establo. También había tres reyes a lomos de tres camellos pero, por lo visto, su llegada tenía que esperar hasta la Epifanía.

—Genova tenía muchas más piezas —dijo lady Thalia—. Pero tú ya irás añadiendo más, como hicieron sus padres, en forma de regalos para el cumpleaños de tu hijo.

Esta vez, sus palabras transmitieron una certeza que los tranquilizó a todos.

Entonces, los relojes sonaron y las campanas repicaron, y ya era Navidad. Thalia colocó al bebé en el pesebre y todos cantaron villancicos.

Sin embargo, el bebé de verdad no había llegado y, mientras todos se iban a la cama, Bella se preguntó cuánto tardaría Thorn en responder su carta.

La cabra estaba empezando a perder fuelle y a tener sus dudas. ¿Podía desaparecer el amor? ¿Podía morir?

# Capítulo 34

*E*l día de Navidad trajo el sol y, después del servicio religioso en la capilla, Bella fue a dar un paseo. Necesitaba estar sola un rato.

Sus plegarias habían sido básicamente egoístas: «Que me siga queriendo. Que me lo confirme deprisa. Que termine esta espera agónica», pero también se había acordado de rezar porque el bebé de lady Rothgar llegara pronto y bien, para que todos dejaran de preocuparse.

Caminó deprisa por un camino helado entre setos de hoja perenne, y no estaba segura de si quería ir hacia algo o huir de algo. Decidió que el amor era una locura. Notaba que no estaba bien. Caminó y caminó por los caminos como si realmente pudiera llegar a Kent, pero luego se obligó a detenerse.

Tenía que regresar para la comida de Navidad.

Se reunieron en un comedor pequeño, pero los platos eran enormes y algunos incluso los sirvieron en bandejas doradas. Se sirvió un vino excelente y brindaron varias veces, pero el nerviosismo y la impaciencia estaban en el aire. Bella empezó a creer que sería mejor que dejaran cualquier tipo de celebración hasta que llegara el bebé.

¿O quería decir hasta que llegara Thorn?

Y entonces, justo cuando el precioso pudín de pasas hizo su aparición estelar, lady Rothgar dijo:

—Ah.

Todos la miraron y nadie necesitó más explicación. No parecía asustada ni con dolores; simplemente aliviada.

—Creo que... Por fin...

Su marido se acercó al instante y la ayudó a levantarse y a salir del comedor. Todos se quedaron un poco desubicados, pero lord Huntersdown se encargó de todo.

—Buenas noticias, y todavía más motivo para celebrar. Sentaos, amigos, y continuemos con el festín.

Lo hicieron, pero Bella sospechaba que la atención de muchos estaba puesta en lo que estaba pasando en otra parte de la casa. Un nacimiento no siempre era sencillo. A veces, madre, hijo, o los dos morían. Sin embargo, la celebración continuó y se trasladaron al salón para jugar a cartas.

El desconcierto se apoderó de Bella cuando se vio sentada en una mesa larga y comprobar que todos esperaban que jugara. Se acordó de Augustus, pero este juego era por diversión y las apuestas se contaban en peces de marfil. Todos, incluso lady Calliope, tardaron muy poco en gritar de emoción o decepción, y se lo pasaron en grande.

No obstante, Bella no podía evitar estar pendiente del nacimiento. Ojalá alguien los fuera informando, pero lo único que podía hacer era concentrarse en las cartas para distraerse.

Alguien dijo:

—¿Bella?

Ella levantó la mirada con impaciencia.

Se lo quedó mirando, incapaz de creer lo que sus ojos estaban viendo, pero se levantó y se lanzó a los brazos de Thorn. Por fin, por fin...

Cuando terminó el apasionado beso, entre vítores y risas de felicidad, se volvió, sonrojada, para mirar a los presentes. Pero nadie la estaba mirando. Todos estaban mirando a lord Rothgar, que había entrado en el comedor con un bebé en brazos.

«Ojos llenos de estrellas —pensó Bella—. Brillantes con otro tipo de amor. Y felicidad.»

—He sido bendecido con otra niña —dijo—. Y todo ha salido muy bien.

Independientemente de las tradiciones de Navidad en Rothgar Abbey, ese día se las saltaron. Sirvieron más vino para que todo el mundo pudiera brindar por la niña, y luego Petra y Thalia subieron con lord Rothgar para ver a la madre. Abandonaron las cartas a favor de una conversación más animada.

Bella y Thorn se perdieron en la noche, de la mano y con el único deseo de estar solos.

Él le tomó la cara entre las manos y la miró a los ojos:

—¿Tienes una habitación? —le preguntó.

Bella sabía lo que le estaba preguntando y sabía que tenía estrellas en los ojos.

—Ven.

Se perdió por el camino, lo que provocó las risas de Thorn, y las de ella, de modo que se besaron en el pasillo; hicieron algo más que besarse, con lo que el vestido escotado de Bella quedó más escotado y el pelo revuelto. Gracias a Dios que había tan poca gente en aquella casa tan grande y que todos estaban en otro sitio.

Bella volvió a intentarlo y, al final, encontró el pasillo y su habitación.

Thorn la desnudó con pericia, y ella lo permitió y lo disfrutó, sobre todo con todas las interesantes caricias y los besos que acompañaron el proceso. Estaba mareada y las rodillas casi no la sostenían, pero él la levantó en brazos y la dejó en la cama, en las sábanas que astutamente ya había apartado.

Talento y práctica. Mientras miraba cómo se desnudaba, sonrió. Tenía la sensación de que era todo sonrisas, todo felicidad, todo pura alegría, todo rebosando con la sensación triunfante de que, a pesar de todo, allí estaban. Que eran uno. Él se acercó y ella reconoció la misma posesión triunfante en su expresión. Lo completaba todo. Este hombre, este héroe, este duque, realmente la quería, la deseaba y la necesitaba tanto como ella a él.

—Siento mucho habernos hecho esperar —dijo.

Él se rió.

—En este momento, yo no.

Se unió a ella en la cama para acariciarla como sólo él sabía, de aquella forma tan hábil, pero ella percibió la diferencia y lo vio en sus ojos. Cuando la reconoció, contuvo el aliento. Esta vez, la unión sería completa.

—Hazme tuya —dijo—. Sella esto para la eternidad.

Y él lo hizo, y cualquier idea que ella tuviera de cómo sería la unión final, era falsa, porque fue mucho más allá de cualquier cosa que hubiera podido imaginar. Thorn había tomado el intenso placer que ya le había dado anteriormente y la había llevado, a los dos, a un nivel imposiblemente alto.

Más tarde, ella estaba apoyada en él y tuvo que secarse las lágrimas para creerse que aquello podía ser suyo, que sería suyo.

—Yo también ganaré habilidad —le dijo.

Quizá esperaba que él hiciera caso omiso de aquel comentario, pero dijo:

—Qué maravilla. —Sin embargo, después se puso serio—. Debería haber sido más inteligente en el Hart. Debería haber aceptado lo que me ofrecías allí mismo.

Ella se dio la vuelta para mirarlo en todo su esplendor.

—¿Por qué no lo hiciste?

—Porque creía que quien soy era importante. Pero, al final, todo se reduce a esto, ¿no? Somos nuestra desnudez.

Bella se rió.

—Creo que no, porque tendremos que volver a disfrazarnos. Cualquier pieza de ropa es un disfraz. Quizá incluso me convierta en Bellona.

Él sonrió.

—Me desharé de tu verruga.

Más tarde, en algún momento de la madrugada, y a Bella no le importaba que la casa entera supiera lo que estaban haciendo, dijo:

—Aprenderé a ser una buena duquesa.

—Amor mío, serás una duquesa espléndida tal y como eres. No necesitarás igualar a otras duquesas, porque tú marcarás el paso.

—¿Quieres decir que seré escandalosa? —Todavía estaba preocupada por eso, pero dispuesta a pagar el precio.

Sin embargo, él dijo:

—Eso espero.

Thorn salió de la cama, magnífico como una estatua clásica, y recogió los pantalones del suelo. Sacó algo del bolsillo y se volvió.

—¿Me permites?

Era un anillo.

Bella se quedó muda, algo absolutamente impensable.

—Tienes que aceptar, ¿lo sabes? —le dijo, y Bella reconoció cierta preocupación tras sus palabras.

¿El duque de Ithorne todavía no estaba seguro de ella?

Ella saltó de la cama y se lanzó a sus brazos, y él empezó a girar y girar. Al final, la dejó en el suelo y le puso el anillo en el dedo. No era particularmente grande, pero lucía una única piedra. Un rubí.

—Pensé en una calavera —dijo él—. Pero quizá no queremos ser tan extravagantes.

—¿Ah no? —bromeó ella—. ¿Después de esto?

Él volvió a reírse.

—Sin duda, lo queremos. Los escandalosos duques de Ithorne. —Volvió a besarla—. Escandalosos, en particular, por su amor y devoción eternos. —Se la llevó a la cama—. Tú y yo volaremos muy alto pero, cuando las alturas nos asusten, seremos escandalosos de otra forma. Nos escaparemos a *El Cisne Negro* y seremos el capitán Rose y la bucanera Bella, libres en alta mar.

# www.titania.org

Visite nuestro sitio web y descubra cómo ganar
premios leyendo fabulosas historias.

Además, sin salir de su casa, podrá conocer
las últimas novedades de
Susan King, Jo Beverley o Mary Jo Putney,
entre otras excelentes escritoras.

Escoja, sin compromiso y con tranquilidad,
la historia que más le seduzca
leyendo el primer capítulo de cualquier libro
de Titania.

Vote por su libro preferido y envíe su opinión
para informar a otros lectores.

Y mucho más…